Aus Freude am Lesen

Thomas Nyström reist nach Hamburg, um seine Freundin, die Journalistin Helen Jonas zu sehen. Doch er findet ihre Wohnungstür vesiegelt vor: Helen Jonas ist tot. Natürliche Todesursache, meint die Polizei. Doch Thomas Nyström glaubt nicht daran. Zusammen mit der Schwester der Toten, Anna Jonas, findet er heraus, dass die Journalistin einem Umweltskandal auf der Spur war, der eine gigantische Meeresverseuchung zur Folge hatte. Nyström und Jonas folgen der Spur des Öls und bekommen es mit einem übermächtigen Gegner zu tun, der sie gnadenlos in die Enge treibt...

Lukas Erler, Jahrgang 1953, studierte Soziologie, Philosophie und Sozialgeschichte in Marburg und absolvierte dort eine Ausbildung zum Logopäden. Er arbeitete als Soziologe in der Stadtentwicklungsplanung und ist seit über zwanzig Jahren als Logopäde in der neurologischen Rehabilitation tätig. Lukas Erler lebt mit seiner Frau und zwei Söhnen in Nordhessen. *Ölspur* ist sein erster Roman.

Lukas Erler

Ölspur

Kriminalroman

btb

Verlagsgruppe Random House FSC-DEU-0100
Das für dieses Buch verwendete
FSC®-zertifizierte Papier *Pamo House*
liefert Arctic Paper Mochenwangen GmbH.

1. Auflage
Genehmigte Taschenbuchausgabe März 2012,
btb Verlag in der Verlagsgruppe Random House GmbH, München
Alle Rechte vorbehalten
Copyright © der Originalausgabe 2010 by Kein & Aber AG
Zürich – Berlin
Umschlaggestaltung: semper smile, München
Umschlagmotiv: © mauritius images/imagebroker/Christian Ohde
Druck und Einband: CPI – Clausen & Bosse, Leck
LW · Herstellung: BB
Printed in Germany
ISBN 978-3-442-74309-4

www.btb-verlag.de

Besuchen Sie unseren LiteraturBlog www.transatlantik.de.

»Es gibt Menschen auf dieser Welt, die herumlaufen und verlangen, dass man sie tötet. Sicher hast du sie schon bemerkt. Sie fangen beim Glücksspiel an zu streiten, springen voll Wut aus ihren Autos, wenn ihnen ein anderer auch nur den kleinsten Kratzer am Kotflügel beibringt, sie demütigen und tyrannisieren Menschen, deren Veranlagung sie überhaupt nicht kennen … Diese Menschen gehen durch die Welt und rufen allen zu: Tötet mich! Tötet mich! Und immer ist jemand zur Hand, der ihnen diesen Gefallen erweist!«
Don Corleone (Mario Puzo, *Der Pate*)

»Wir handeln nicht mit Bildern, sondern mit der Realität.«
Edward Bernays (Gründervater der PR-Branche)

»Die fast unlösbare Aufgabe besteht darin, weder von der Macht der anderen noch von der eigenen Ohnmacht sich dumm machen zu lassen.«
Theodor W. Adorno, *Minima Moralia*

Vorbemerkung

Das vorliegende Buch ist ein Kriminalroman. Alle darin vorkommenden Privatpersonen sind Fiktion, eine Ähnlichkeit mit wirklichen oder gar noch lebenden Menschen wäre rein zufällig, und selbstverständlich ist die ganze Geschichte frei erfunden.

Darüber hinaus handelt das Buch von der völlig wahnwitzigen Verseuchung der Meere und der Macht der PR-Industrie. Bei beiden Themenkomplexen sind Ähnlichkeiten mit tatsächlich existierenden Firmen und Institutionen leider unvermeidbar.

Trotzdem wollte ich natürlich mit keiner Zeile den Eindruck erwecken, dass eine der real existierenden PR-Firmen auf die Idee kommen würde, mit illegalen Methoden die Interessen ihrer Kunden zu schützen, oder dies jemals getan hätte. Bleibt letztendlich die Frage, warum man ihnen so gut wie alles zutraut.

Prolog

Es ist sehr schnell dämmerig geworden. Wenn ich aus dem Fenster schaue, sehe ich eine flache Weidelandschaft und einen schnurgeraden Kanal, der an beiden Uferseiten von Bäumen gesäumt wird. Im verblassenden Tageslicht zeichnen sich die Umrisse der Bäume scharf gegen den Himmel ab. Ich bin noch nie in Flandern gewesen. Aber das hat nichts zu sagen. Ich habe ja auch noch nie ein Gewehr in der Hand gehabt. Eine doppelläufige Schrotflinte, sehr groß, sehr schwer, die sich fabelhaft anfühlt. Schließlich gibt es für alles ein erstes Mal.

Im Schuppen neben dem Haus habe ich zwei Petroleumlampen gefunden, die ich jetzt anzünde. Der Strom funktioniert schon lange nicht mehr. Das alte Bauernhaus muss schon vor Jahren verlassen worden sein, aber eigentlich ist es in erstaunlich gutem Zustand. Das Dach ist noch dicht, und niemand hat sich die Mühe gemacht, die Fenster einzuwerfen. Bis auf einen Tisch, drei Stühle und ein uraltes Sofa sind alle Einrichtungsgegenstände verschwunden. Auf dem Sofa liegt der Mann, der mir zum Schluss die Wahrheit gesagt hat.

Nun ja, das ist vielleicht nicht ganz richtig. Um ehrlich zu sein: Ich habe ihn so lange misshandelt, bis er mir erzählt hat, was ich wissen wollte. Ich bin nicht stolz darauf, aber es tut mir auch nicht leid. Er hat mir erzählt, wie alles angefangen hat. Und wie es schließlich außer Kontrolle geriet. Ich verstehe jetzt die Zusammenhänge, aber ich werde nicht viel damit anfangen können.

Der Mann auf dem Sofa hat mir noch etwas anderes anvertraut: dass sie nämlich keinesfalls die Absicht haben, mich am Leben zu lassen. Ihn übrigens auch nicht. Ich gehe zum Sofa und betrachte sein zerschlagenes Gesicht. Ich überprüfe seine Fesseln, richte ihn auf und gebe ihm etwas Wasser. Vielleicht brauche ich ihn noch.

Draußen ist es jetzt vollständig dunkel. Das Flackern der Öllampen taucht den Raum in ein unwirkliches Licht. Ich setze mich auf einen der wackeligen Stühle und richte den Lauf des Gewehres auf die Tür. Dann stelle ich die zwölf Patronen, die noch in der Schachtel waren, in einer Reihe vor mir auf dem Tisch auf. Zwölf ist eine gute Zahl. Zwölf Apostel, zwölf Geschworene, zwölf Schuss.

Sobald ich anfange, über die Ereignisse nachzudenken, kommt mir alles völlig irreal vor. Nichts von alledem, was passiert ist, hätte ich vor drei Wochen für möglich gehalten. Ich gehöre nicht hierher. Ich interessiere mich nicht für Verschwörungen, Schusswaffen oder erpresste Geständnisse. Normalerweise beschäftige ich mich mit kranken Gehirnen. Aber wenn ich es mir recht überlege, bin ich von diesem Thema auch jetzt gar nicht so weit entfernt.

Eins

Der Mann wusste nicht, was er tun sollte. Sein Blick wanderte durch den kleinen Raum und blieb an seinem Spiegelbild haften. Er sah sich selbst vor einem großen Tisch sitzen und bemerkte den feinen Schweißfilm auf seinem Gesicht. Die Größe des Spiegels machte ihn noch nervöser. Vor sich auf dem Tisch sah er mehrere Gegenstände, die er kannte. Eine Kaffeemaschine, eine Karaffe mit Wasser, eine Filtertüte. Eine Dose mit gemahlenem Kaffee. *Natürlich* wusste er, was das war – und was wir von ihm wollten.

Er berührte die Kaffeemaschine vorsichtig mit zwei Fingern. Offenbar versuchte er, den Anfang zu finden. Er nahm aus der Dose etwas Kaffeepulver und schüttete es in den Wasserkrug. Beinahe zufrieden beobachtete er, wie das braune Pulver durch das Wasser rieselte und sich am Boden der Karaffe absetzte. Dann goss er das Wasser mit dem Pulver in den Trichter der Kaffeemaschine. Jetzt noch die Filtertüte. Er zog seine ausgestreckte Hand wieder zurück. Das poröse, braune Papier hatte sich fremd angefühlt, und ihm wurde klar, dass er nicht wusste, was er mit der Filtertüte anfangen sollte. Er war offensichtlich verwirrt, schüttelte den Kopf und steckte die Filtertüte versuchsweise in den Plastikfilter. Das *sah* zumindest richtig *aus*. Aber er wusste nicht, wie es weiterging. Ein Ausdruck von leiser Verzweiflung und Resignation lag auf seinem Gesicht, als er direkt in den Spiegel blickte.

Eine junge Frau hinter dem Spiegel fing diesen Blick auf und wich unwillkürlich etwas zurück. Sie saß mit einer Gruppe von weiteren zehn Studenten in einem Halbkreis, die den Mann im Nebenraum beobachteten. Nur auf seiner Seite war das große Glasfenster ein Spiegel.

»Was Sie gesehen haben, bezeichnet man als ideatorische Apraxie.«

Meine Stimme aus dem hinteren Teil des Raumes war wie immer etwas heiser, und das Sprechen strengte mich an. Die Studenten drehten sich halb um, und einen Moment schien es so, als seien sie überrascht, dass ich noch da war.

»Sehen Sie, die Aufforderung an den Mann lautete: Machen Sie bitte vor, wie man Kaffee kocht. Die ideatorische Apraxie ist charakterisiert durch die Unfähigkeit des Patienten, Bewegungen sequenziell zu komplexen Handlungsfolgen aufzubauen. Häufig kommt es, wie Sie sehr schön sehen konnten, zu sogenannten ratlosen Abbrüchen. Tatsächlich ist der Patient nicht in der Lage – ich zitiere –, ›eine Situation so zu organisieren, dass er logisch aufeinanderfolgende Handlungen mit mehreren Objekten ausführen kann, um ein bestimmtes Ziel zu erreichen‹. Sie werden mir zustimmen, dass diese Störung durchaus alltagsrelevant ist. Die neurologischen Details hören Sie in der nächsten Woche. Vielen Dank für Ihre Aufmerksamkeit.«

Ich wartete das leise Lachen und den verhaltenen Beifall der Studenten ab und verließ den Seminarraum. Ich war so müde, dass ich die helle Stimme, die hinter mir meinen Namen rief, nicht sofort registrierte.

»Dr. Nyström, bitte warten Sie!«

Hinter mir war die junge Studentin, die sich bei der Verzweiflung des Mannes hinter der Scheibe so offensichtlich unwohl gefühlt hatte.

»Ich möchte gern noch mehr dazu lesen. Das war echt bizarr, was er da gemacht hat, ich meine ...«

»Ja«, sagte ich, »das ist der besondere Witz an der Neuropsychologie. Eine kleine Verschiebung in der Chemie da oben – und: hasta la vista, baby!«

Sie sah mich konsterniert an und hatte ganz offenbar eine wissenschaftlich differenziertere Äußerung erwartet.

Ich riss mich zusammen und versuchte, freundlich zu sein.

»Lesen Sie *Control of Human Voluntary Movement* von Rothwell. Schon etwas älter, aber eine gute Übersicht.«

Sie war hübsch und hatte einen intensiv wissbegierigen Gesichtsausdruck, der mir gefiel.

»Okay, ich muss los. Schönes Wochenende.«

Mit einem gezwungenen Lächeln drehte ich mich um und hastete durch das große Glasportal des Instituts ins Freie. Es war später Nachmittag und ziemlich kalt für April. Ich spürte die Kälte in den Lungen und widerstand der Versuchung, mir eine Zigarette anzuzünden. Never before sunset, lautete Hemingways alte Säuferregel, aber das galt nicht für mich. Auch nach Sonnenuntergang würde es keine Zigarette geben. Ich hatte seit 434 Tagen nicht geraucht, und das war die längste Zeit meines Lebens gewesen. Ich ging über den Parkplatz, schloss den alten Saab auf und roch den letzten Rest des kalten Rauchs, der in den 434 Tagen nicht herausgegangen war. Der Lungenzug mit frischer Aprilluft hatte eine unbändige Lust auf eine Zigarette ausgelöst. Vorsichtig löste ich die Finger von der Marlboro-Schachtel in meiner Manteltasche und fuhr nach

Hause. Ich hatte eine geräumige Altbauwohnung am Stadtrand von München, die mich weit mehr als die Hälfte meines Monatsgehalts kostete. Gut angelegtes Geld, wie ich fand. Helen liebte die Wohnung, aber sie war trotzdem wieder weggefahren. Und ich hatte sie gehen lassen.

Ich dachte an die Studentin im Institut und wusste, dass ich sie beinahe angeschrien hatte wegen ihrer harmlosen Bemerkung. Von wegen bizarr. In Småland saß ein alter Mann in einem bunten Holzhaus, der sich dabei beobachtete, wie ihm der Verstand abhandenkam. Zumindest eine Weile würde er es noch merken.

Bei meinem letzten Besuch in Schweden hatte ich die MRT-Bilder vom Gehirn meines Vaters gesehen und wusste, dass diese Weile kurz sein würde.

Ein Neuropsychologe, dessen Vater an Alzheimer erkrankt, *das* war bizarr. *Quatsch!* Deutlich hörte ich Helens Stimme in meinem Kopf. *Das ist auch nicht ungewöhnlicher als ein Augenarzt, dessen Vater blind wird. Oder ein Cowboy, dessen Vater Rinder stiehlt, obwohl ...* Wie immer hatte ihr Sarkasmus mich aus dem Stimmungstief herausgeholt.

Ich ging zur Stereoanlage, schob eine CD von Yo-Yo Ma rein und setzte mich in einen Ledersessel, der so groß war, dass ich darin abtauchen konnte. Mit geschlossenen Augen konzentrierte ich mich auf den tiefen und warmen Klang des Cellos. *Der beste Cellist aller Zeiten,* hatte Helen verkündet, als sie mir die CD schenkte.

Als meine Eltern nach Schweden zurückgingen, war völlig klar, dass ich in München bleiben würde. Nie im Leben hätte ich die bayerischen Biergärten gegen schwedische Alkoholgeschäfte eingetauscht. Schließlich hatte auch meine Mutter den jungen Gunnar Nyström in einem

Biergarten kennengelernt. Der Beginn einer bayerisch-schwedischen Liaison, die sich erstaunlich gut gehalten hatte. Bis Anfang letzten Jahres jedenfalls, als Gunnar auf dem Parkplatz des Supermarktes seinen Volvo nicht wiederfand.

Immer wenn sie anrief und mir von ihren Blumen oder den schwedischen Preisen erzählte, hörte ich einen anderen Text: Den ganzen Tag beschäftigst du dich mit anderen Leuten und ihren Problemen. Was ist mit uns?

Ich stand auf, ging zum Wandregal und goss aus einer Flasche Highland Park zwei Daumen breit Whisky in ein dickwandiges Glas. Mit dem Glas in der Hand kroch ich zurück in den Sessel und versuchte, nicht an Helen zu denken. Yo-Yo Ma vergnügte sich jetzt mit einem Tango von Piazzolla. Der Malt Whisky roch nach Rauch und Heide, und ich dachte zum wiederholten Mal daran, wie schwer es mir fiel zu trinken, ohne zu rauchen. Ohne Helen hätte ich auch das nicht geschafft. Um genau zu sein: Ich hätte es nicht einmal versucht.

Sie war mitgeflogen nach Schweden damals, nachdem der Anruf gekommen war. Nach der Landung in Stockholm waren wir mit einem Mietwagen nach Småland gefahren. Während der ganzen Fahrt hatte ich hartnäckig geschwiegen, während sie, auf das schwedische Tempolimit fröhlich pfeifend, den Wagen fuhr.

Warum lässt du dich so hängen? Weil dein Vater dir leidtut? Oder deine Mutter? Oder du dir selbst? Es wird viel Arbeit geben, aber die wird größtenteils deine Mutter erledigen. Kann es sein, dass der große Thomas Nyström beleidigt ist, weil er einen Vater bekommt, der den Verstand verliert?

Auf dieser Fahrt war mir klar geworden, dass ich sie nicht

annähernd so gut kannte wie sie mich. So viel zum Thema Psychologie.

Es funktioniert nicht mit uns beiden. Weil wir beide zu lange allein waren! Weil wir beide mit unseren Jobs verheiratet sind! Und weil wir zwei gottverdammte Eigenbrötler sind.

Sie hatte recht gehabt. Funktioniert hatte es nicht. Aber aufgehört auch nicht. Ich stand auf, setzte mich an den Schreibtisch, schaltete den PC an und sah auf die Uhr, während der Rechner mit sonorem Brummen hochfuhr. Es war kurz vor sieben. Prime Time. Ich sah zu, wie ihre E-Mail-Adresse an die richtige Stelle huschte, und begann zu schreiben:

An: Jonas.H@foxnet.de
Ich brauche dich. Bitte antworte mir. Lass mich
nicht hängen.

Wir besuchten uns in unregelmäßigen Abständen und telefonierten gelegentlich. Hauptsächlich aber kommunizierten wir über das Internet. Jeden Abend ab sieben. Zur besten Sendezeit. Wenn etwas unsere Beziehung exakt widerspiegelte, dann diese elektronischen Plauderstündchen. Bis vor zwei Tagen jedenfalls. Seitdem hatte sie keine meiner Mails mehr beantwortet.

Ich ging ins Bad und ließ Wasser in die Wanne laufen. Anschließend goss ich noch einmal Whisky in das Glas, setzte mich damit langsam in das heiße Wasser und starrte auf meine Zehen.

Dr. Thomas Nyström, ein echter Kracher vom Max-Planck-Institut. Keine Aussicht auf eine Professorenstelle, keine Aussicht auf die Frau des Jahrhunderts, keine Aussicht auf eine Zigarette.

Dafür jede Menge Selbstmitleid, sagte Helens Stimme in

meinem Kopf. Sie hatte sich daran gewöhnt, das letzte Wort zu haben. Als das Wasser kälter wurde, stieg ich aus der Wanne und ging zum Computer. Keine Mail. Ich beugte mich über die Tastatur und begann zu tippen:

An: Jonas.H@foxnet.de
Wo steckst du?

Danach zog ich mir etwas über und wählte ihre Telefonnummer. Nach dem zehnten Klingeln legte ich auf. Bei der Handynummer meldete sich eine kühle Frauenstimme: »Der Teilnehmer ist zurzeit nicht erreichbar. Bitte hinterlassen Sie …«

Zwei

Helen sitzt auf der sonnenüberfluteten Terrasse einer griechischen Taverne. Sie trägt einen Strohhut und ein weißes, ärmelloses Sommerkleid. Von meinem Beobachtungspunkt aus kann ich sehen, dass ihre Haut trotz der griechischen Sonne nur eine leichte Segelbräune aufweist. Sie bewegt sich sicher und ungezwungen, scherzt mit dem Kellner und trinkt zügig aus einem großen Cocktailglas.

Ich stehe auf einer Art Holzturm, wie sie als Aussichtsplattform für Strandwächter und Rettungsschwimmer gebaut werden. Nur dass ich nicht den Strand beobachte, sondern eine Terrasse. Obwohl diese ziemlich weit entfernt ist, kann ich Helen gut erkennen. Im gleißenden Licht der Nachmittagssonne sieht sie unglaublich schön aus. Ich sehe, wie sie einen neuen Cocktail bestellt und sich aus dem Hintergrund, wo die Taverne sein muss, ein Schatten löst. Ein Mann betritt die Terrasse. Er ist mittelgroß und sehr schlank. Er trägt schulterlanges, dunkelblondes Haar und ist lediglich mit einer über den Knien abgeschnittenen Jeans bekleidet. Zielstrebig geht er auf Helen zu, küsst sie und setzt sich an den Tisch. Helens Gesicht hat jetzt einen merkwürdig ratlosen Ausdruck angenommen. Sie hat den Kuss des Mannes weder abgewehrt noch erwidert, sondern nur höflich gelächelt.

Ich bin überhaupt nicht eifersüchtig. Weil es nicht stimmt. Die ganze Szene stimmt nicht.

Der Mann hat einen Arm um Helens Schulter gelegt und angefangen, auf sie einzureden. Helen hört mit ernstem Gesicht zu, scheint aber nicht beunruhigt zu sein. *Das solltest du aber.*

Beide sind jetzt aufgestanden, und Helen wirft einen Geldschein auf den Tisch. Der Mann legt seinen Arm wieder um ihre Schultern, und gemeinsam gehen sie auf den Ausgang zu, den ich aber nicht erkennen kann. In diesem Augenblick dreht der Mann seinen Kopf um und sieht genau in die Richtung, in der sich mein Aussichtsturm befindet. Sein Gesicht wird von der hellen Sonne wie mit einem Scheinwerfer angestrahlt und zeigt einen höhnischen, frettchenhaften Ausdruck. Ich bin so erschrocken, dass ich einen kurzen Moment das Gleichgewicht verliere, und dann wird mir klar, was ich da sehe. Der Mann hat nicht einfach über die Schulter zurückgeschaut. Er hat, ohne den Rumpf zu bewegen, den Kopf vollständig nach hinten gedreht, sodass sein Gesicht sich unmittelbar über dem Genick befindet. Jetzt völlig panisch, fahre ich herum und sehe direkt hinter mir eine grob gehauene Holzleiter. Ich haste drei Sprossen hinab und springe dann einfach nach unten. Aber es gibt dort keinen Strand. Ich lande mit den Füßen auf einer Asphaltstraße, und ein rasender Schmerz schießt meine Beine hinauf, explodiert in meinem Kopf. Und dann bin ich wach.

Ich war nass geschwitzt und zittrig, und in meinem Kopf hämmerte es gleichmäßig und heftig. »Bang, bang Maxwell's silver hammer came down upon his head.« Woher kannte ich das? Auch der Schmerz in meinen Beinen war real. Ein Wadenkrampf, gleich in beiden Beinen. Ich richtete mich auf, und Maxwells Hammer erhöhte die Taktfrequenz. »… made sure that he was dead.«

»Nicht ganz tot«, wollte ich sagen, aber meine Zunge spielte nicht mit. Dick und pelzig, wie ein toter Hamster, lag sie in meinem Mund und rührte sich nicht. Ich setzte mich auf die Kante der Ledercouch und versuchte, mich zu orientieren. Das Wohnzimmer lag weitgehend im Dunkeln, aber ich war eindeutig zu Hause. Der matt leuchtende Bildschirm des PCs tauchte den Schreibtisch in ein diffuses Licht, und ich konnte auch die Leuchtziffern meiner Armbanduhr deutlich sehen. Es war 4.30 Uhr. Der Schmerz in den Beinen ließ langsam nach. Ich hatte noch nie einen Albtraum gehabt. Zumindest keinen, an den ich mich nach dem Aufwachen erinnern konnte. Wie war das passiert? Ich hatte bis kurz vor Mitternacht versucht, sie anzurufen. Und die ganze Zeit getrunken. Danach war ich auf der Couch eingeschlafen und hatte angefangen, diesen Irrsinn zu träumen.

Ich ging ins Badezimmer, drehte die Dusche auf und wartete, bis der ganze Raum mit Wasserdampf gefüllt war.

Anschließend zog ich mich aus und stellte mich mitten in den heißen Strahl. Die Kopfschmerzen gingen etwas zurück, aber dafür spürte ich eine leichte Benommenheit, die sich im Laufe des Morgens zu einem veritablen Kater auswachsen würde. Meine Zunge erholte sich, während ich über den Traum nachgrübelte. Helen und ich hatten uns in Griechenland kennengelernt, aber das war auch schon alles. Mehr Realitätsbezug gab es nicht.

Wie wäre es mit deiner Eifersucht? Ich war nicht eifersüchtig! Nicht in dem Traum, aber sonst schon. Vergiss den Traum. Okay, aber das bringt uns zur Masterfrage: Wo ist sie?

»Schluss jetzt«, sagte ich, so laut ich konnte. Ich drehte das Wasser ab und begann, mich mit einem angewärmten Handtuch langsam und sorgfältig abzutrocknen. Anschließend zog ich einen Bademantel über und schluckte drei Aspirin. Ich kochte eine Kanne schwarzen Kaffee, zwang mich, zwei Scheiben Toast zu essen, und begann zu warten. Frühestens um sechs Uhr konnte ich sie anrufen. Sie jetzt zu wecken wäre ein verdammt großer Fehler gewesen.

Sie ist sowieso nicht da. Was willst du eigentlich? Bist du eifersüchtig oder besorgt?

Um Punkt 6.00 Uhr wählte ich Helens Nummer. Nach dem zehnten Klingeln stand mein Entschluss fest. Ich zog mich an, packte eine Reihe von Kleidungsstücken in einen kleinen Koffer und rief die Zugauskunft an. Rund drei Stunden später saß ich in einem klimatisierten Abteil des ICE von München nach Hamburg. Trotz meines Katers fühlte ich mich ausgezeichnet. Es war ein regnerischer Samstagmorgen, und das Wetter wurde schlechter, je weiter der Zug nach Norden kam.

Drei

In Hamburg schüttete es wie aus Kübeln. Ich hatte einen Teil der Zugfahrt verschlafen und merkte erst jetzt, wie hungrig ich war. An einem Kiosk kaufte ich mir ein ungenießbares Sandwich, das ich nach zwei Bissen wegwarf. Meine Hochstimmung war verschwunden. Es war eine lächerliche Idee gewesen hierherzufahren. Sie würde denken, dass ich sie kontrollieren wolle. Es war nun mal einfach so, dass sie überall hinfahren konnte, ohne mir Bescheid zu sagen. Aber würde sie das tun? Ich wusste es nicht.

Auf dem Weg zum Ausgang sah ich ein Blumengeschäft und kaufte einen großen Strauß Frühlingsblumen. Damit trat ich auf den Bahnhofsvorplatz und winkte zur langen Reihe der wartenden Taxis hin. Die Fahrt zu Helens Wohnung dauerte fast zwanzig Minuten, und der Regen hatte eher noch zugenommen. Ich war kurz davor, den Fahrer zu bitten, mich zum Bahnhof zurückzubringen. Was ich hier machte, verstieß gegen unsere Vereinbarung.

Was würdest du sagen, wenn ich samstagnachmittags unangemeldet vor deiner Tür stünde. – Ich würde mich freuen.

»Zweiundzwanzig Euro«, sagte der Fahrer.

Der Wagen hielt vor einem großen, sandfarbenen Haus aus der Gründerzeit, in dem ich bereits viele Male gewesen war. Ich stieg aus und ging zur stilvoll restaurierten Haustür hinüber. Es gab vier Mietparteien im Haus, und Helen wohnte im Obergeschoss. Ich besaß einen Schlüssel vom Haus und der Wohnung. Aber so blöd war selbst ich nicht. Stattdessen drückte ich auf den Klingelknopf. Dann starrte ich auf die Gegensprechanlage und wartete fast eine Minute. Sie war nicht da. Das hatte ich doch gewusst, oder? Ich klingelte erneut, kurz, kurz, lang. Während der Zugfahrt hatte ich versucht, mich auf diesen Moment der Enttäuschung vorzubereiten, aber irgendwie hatte es nicht funktioniert.

Ich hatte nicht die Absicht, die verdammten Blumen wieder mitzunehmen. Also schloss ich die Haustür auf und stieg die Treppe hinauf. Das Treppenhaus war mit Holz getäfelt, gepflegt und sehr still. Es wirkte trotz des trüben Wetters freundlich und einladend. Statt der sonst üblichen Hausordnungen und Verbotsschilder hingen an den Wänden sorgfältig gerahmte Drucke von Miró, die den Treppenaufstieg beinahe wie den Gang durch eine Galerie erscheinen ließen. Keine Kinder, dachte ich, als ich die letzten Stufen zu Helens Wohnung hinaufstieg, nie im Leben lassen die hier Kinder rein.

Dann sah ich den weißen Fleck an der Tür. Er war etwa handtellergroß, glänzte und war irgendwie beschriftet. Ich war jetzt vielleicht noch fünf Meter entfernt und konnte deutlich erkennen, dass der Fleck über den schmalen Spalt zwischen Tür und Rahmen geklebt war und das Wappen der Stadt Hamburg trug. Unwillkürlich war ich stehen geblieben und spürte, wie mein Hals trocken wurde. Ich trat nahe an die Tür heran, aber im Grunde hatte ich sofort gewusst, was es war: Die Tür war polizeilich versiegelt. Ich hatte so ein Siegel schon einmal gesehen. In München, vor fast achtundzwanzig Jahren. Als Mischkas Vater sich erhängt hatte.

Warum versiegeln sie eine Wohnung? – Weil sie noch nicht fertig sind mit der Untersuchung. Weil sie befürchten, dass Spuren vernichtet werden könnten. Weil es ein Tatort ist.

Ich selbst hatte es dem heulenden Mischka erklärt und war mir dabei ziemlich cool vorgekommen. Dass ausgerechnet Mischka weinte, hatte mir jedenfalls mehr ausgemacht als der Selbstmord seines Alten.

Was war hier passiert? Es musste etwas geschehen sein, während sie nicht da war. Das war es. Sie war verreist, und während ihrer Abwesenheit war jemand eingebrochen. Die Polizei hatte die Spuren gesichert und die Wohnung versiegelt. Aber warum hatte man Helen nicht benachrichtigt? Vielleicht hatte man sie nicht finden können.

Ich legte die Blumen vor die Tür, stieg die Treppe hinab und klingelte bei den drei anderen Mietern. Es war niemand zu Hause. Ich war tatsächlich allein im Haus. Unschlüssig öffnete ich die Haustür und trat hinaus ins Freie. Es regnete kaum noch, und ein kräftiger Wind hatte in die einheitlich graue Wolkenfront ein paar blaue Löcher gerissen. Ich griff in meine Manteltasche, holte die Visitenkarte heraus, die der Taxifahrer mir mit dem Wechselgeld in die Hand gedrückt hatte, und wählte die angegebene Handynummer.

Frierend wartete ich fast zwanzig Minuten auf das Taxi und versuchte, mir darüber klar zu werden, was ich tun sollte. Als der Wagen neben mir hielt, hatte ich eine Entscheidung getroffen.

»Fahren Sie mich zum nächsten Polizeirevier!«

Es war der gleiche Fahrer, der mich hierhergefahren hatte, nur dass er jetzt ziemlich misstrauisch aussah.

»Irgendwas nicht in Ordnung gewesen bei Ihrem Besuch?«

»Keine Ahnung.«

Überhaupt nichts war in Ordnung. Und ich hatte durchaus eine Ahnung. Eine schlechte, um genau zu sein.

Das Polizeirevier in der Innenstadt war ein moderner Bürokomplex mit viel Glas und Beton. Ich gelangte durch eine Drehtür in die Eingangshalle, von der eine Vielzahl von Fluren in alle Richtungen abgingen. Hinter einem mit Glas verkleideten Schalter mit der Aufschrift »Information« saß eine junge Polizistin, die mich neugierig musterte, als ich näher kam.

»Hallo«, sagte ich, »vielleicht können Sie mir helfen. Ich wollte heute Nachmittag jemanden besuchen und musste feststellen, dass die Wohnungstür polizeilich versiegelt war. Na ja, und nun möchte ich gern wissen, was da los ist.«

»Welche Straße?«

»Abteistraße 15, die Wohnung gehört Helen Jonas.«

»Moment, bitte.« Die Polizistin griff zum Telefonhörer und wählte eine kurze Nummer.

»Ich glaube, hier ist jemand für Kommissar Geldorf ... Okay, mach ich.«

Sie legte auf und lächelte mich freundlich an.

»Sie können mit den zuständigen Beamten sprechen. Gehen Sie den Flur da vorn rechts bis zur letzten Tür. Der Name steht dran.«

Ich folgte dem Flur bis zu einer Tür mit dem Namensschild: KOK Geldorf. Nach kurzem Klopfen betrat ich einen hell eingerichteten Büroraum, in dessen Mitte ein großer Schreibtisch stand, hinter dem ein dazu passend großer Mann saß. Kommissar Geldorf, der jetzt aufgestanden war, hatte mindestens die Größe von Michael Jordan, nur dass er etwa zweimal so viel wog. Er hatte kurz geschnittenes, blondes Haar und einen gutmütigen Gesichtsausdruck. Auf seiner Nase zeichnete sich ein filigranes Muster von blauroten Äderchen ab, für das er eigentlich noch etwas zu jung war. Seine Stimme war dröhnend und jovial.

»Mein Name ist Geldorf. Was kann ich für Sie tun?«

»Nyström! Ich komme wegen der Wohnung in der Abteistraße, die Sie versiegelt haben.«

»In welcher Beziehung stehen Sie zu der Bewohnerin?«

»Wir sind befreundet. Schon ziemlich lange. Hören Sie, ich möchte gerne wissen, was ...«

»Setzen Sie sich«, sagte Geldorf und zeigte mit einer einladenden Bewegung auf einen großen Stuhl vor seinem Schreibtisch. Er selbst zwängte sich in seinen riesigen Kunstledersessel zurück und sah mich neugierig an.

»Ich will mich nicht setzen. Ich will wissen, was mit der Wohnung und mit Frau Jonas ist!«

»Woher kommen Sie?«

»Ich bin vor etwa einer Stunde aus München angekommen und habe die Wohnung von Frau Jonas versiegelt vorgefunden. Und ich will jetzt endlich wissen, was los ist.«

»Es tut mir sehr leid«, sagte Geldorf. Sein Gesicht war nun völlig ausdruckslos. »Frau Jonas ist tot.«

Mit einer ungeschickten Bewegung griff ich nach dem Stuhl, den er mir angeboten hatte, und schaffte es, mich hinzusetzen, bevor meine Beine nachgaben.

»Was ist passiert?«

Geldorf drückte auf die Taste einer Gegensprechanlage auf seinem Schreibtisch. Sekunden später öffnete sich die Tür, und ein junger Mann in Jeans und Flanellhemd kam herein. Er nickte mir zu und sah Geldorf fragend an.

»Das ist Kommissar Born«, sagte dieser, zu mir gewandt, »er wird Ihnen erzählen, was wir über den Tod von Frau Jonas wissen.«

Born hockte sich auf die Kante von Geldorfs Schreibtisch und warf mir einen mitfühlenden Blick zu.

»Soweit wir bisher wissen, ist sie an einem plötzlichen Herzstillstand gestorben. In der Sauna. So was kommt vor, auch mit siebenunddreißig. Sie war ganz gut durchtrainiert, aber sie hatte immerhin 1,2 Promille im Blut, sagen die Pathologen. Hat sie öfter getrunken? Sudden Death, wie man so sagt. An sich kein schlechter Tod, ich meine: kein Altersheim, keine Schmerzen, keine Maschinen. Okay, okay ...«

Geldorf grunzte missbilligend. Offenbar hatte er meine Gesichtsfarbe richtig gedeutet. Born schien kurz irritiert und machte dann einfach weiter.

»Der Todeszeitpunkt ist nicht ganz klar, wegen der Sauna, wissen Sie? Beeinflusst den Prozess der Leichenstarre. Entschuldigung, ist Ihnen nicht gut?«

Mit erstaunlicher Geschwindigkeit kam Geldorf hinter seinem Schreibtisch hervor, hievte mich aus dem Stuhl und schleppte mich zu einem der Fenster, das er mit einer schnellen Bewegung aufstieß. Böige, nasskalte Luft schlug mir entgegen und half tatsächlich, die wie eine Welle heranrollende Übelkeit abzuschwächen. Ich atmete mehrmals, so tief ich konnte, durch und hielt mich dabei am Fensterbrett fest.

»Danke!«

»Oh, gerne«, sagte Geldorf, »Hauptsache, Sie kotzen nicht in mein Büro.«

Mein Magen brannte wie Feuer, und hinter meinen Augen machte sich ein dumpfer Schmerz breit.

»Sind Sie sicher, dass es ein natürlicher Tod war, ich meine, haben Sie die Ermittlungen schon abgeschlossen?«

»Nein, haben wir nicht«, sagte Born, »aber es sieht alles

nach einem plötzlichen Herztod aus. Keine inneren oder äußeren Verletzungen, nicht einmal Kratzer oder blaue Flecken. Nicht die geringsten Hinweise auf irgendeine Form von Gewaltanwendung. Die Kleidung war ordentlich zusammengelegt, und die Saunatür war von innen jederzeit zu öffnen.«

»Sie war kerngesund!«

Woher wollte ich das wissen? Ich hatte ja noch nicht einmal gewusst, dass sie gelegentlich in die Sauna ging.

»Wir haben das Ganze einigermaßen rekonstruiert«, sagte Geldorf. Er schlug einen schmalen Aktenordner auf und begann, den Inhalt zusammenzufassen: »Sie hat zwischen sieben und acht Uhr an der Bar des Fitnessclubs gesessen und was getrunken. Es war ziemlich was los. Einige der Gäste, die sie überhaupt bemerkt haben, sagten aus, dass sie sich mit einem Mann, der neben ihr saß, unterhalten hat. Gegen acht ist sie aufgestanden und war offenbar unsicher auf den Beinen. Der Mann hat sie etwas gestützt, und sie sind zusammen in Richtung Toiletten rausgegangen.«

»Was für ein Mann? Vielleicht weiß er, was passiert ist. Haben Sie mit ihm gesprochen?«

»Nun mal langsam!«

Geldorf schien besorgt um meinen Geisteszustand, und ich riss mich zusammen, so gut ich konnte.

»Natürlich versuchen wir den Mann zu finden. Bis jetzt allerdings ohne Erfolg. Er hat sie möglicherweise als Letzter lebend gesehen, aber er ist kein Verdächtiger. Es gibt ja kein Verbrechen. Warum sie noch einen Saunagang machen wollte, wissen wir nicht. Vielleicht wollte sie den Alkohol ausschwitzen, wieder einen klaren Kopf bekommen.

Um halb zwölf Uhr kommt ein Reinigungsdienst. Der hat sie gefunden. Sie hat ganz friedlich dagelegen. Die Augen geschlossen, wie wenn sie kurz eingenickt wäre.«

Ich saß da, versuchte verzweifelt, mich zu konzentrieren, und begriff immer weniger, je länger ich ihnen zuhörte. In meinem Kopf war ein weißes Rauschen, das langsam stärker wurde.

»Ich will sie sehen!«

»Sie ist noch in der Gerichtsmedizin. Ich denke, Montagmittag wird der Leichnam freigegeben«, sagte Born, »dann können Sie sie sehen. Haben Sie einen Ausweis dabei?«

»Ja. Kann ich auch in die Wohnung? Ich habe einen Schlüssel.«

Born und Geldorf sahen sich an und schienen sich kurz abzustimmen. Geldorf nickte.

»Ich schicke jemanden hin, der das Siegel entfernt. Wir haben die Wohnung durchsucht und vorsichtshalber versiegelt, weil Frau Jonas eine ziemlich bekannte Journalistin war.«

»Sie kannten sie?«

»Oh, ja!«

Ich wollte weiterfragen, aber Geldorf war aufgestanden und schien das Gespräch für beendet zu halten.

»Wo ist dieser Fitnessclub?«

»Sie bleiben in der Stadt?«, fragte Born.

»Wo ist der Fitnessclub?« Fragen ignorieren konnte ich auch.

»Norddeich 5«, sagte Geldorf, »und lassen Sie uns wissen, wo wir Sie erreichen können.«

Ich machte, dass ich rauskam. Niemand hielt mich auf,

niemand kümmerte sich um mich. Als ich ins Freie kam, war der Himmel aufgeklart. Eine zaghafte Aprilsonne tauchte den Parkplatz neben dem Gebäude in ein milchiges Nachmittagslicht, und mein Verstand machte sich Stück für Stück davon.

Vier

Der Barmann zuckte die Schultern und schob mit zwei Fingern ein Bitter Lemon in meine Richtung. Er war groß, schön und cool.

»Ich hatte Donnerstagabend keinen Dienst. Mirko war hier.«

»Wo finde ich Mirko?«

»Den brauchen Sie nicht zu suchen. Der ist um Punkt sechs Uhr hier, wenn er den Job behalten will.«

Die Bar des Fitnessclubs war ziemlich groß, gut besucht und durch eine Glaswand vom Kraftraum abgetrennt. Dort trainierten etwa fünfzig Menschen bei heftiger Technobeschallung an Geräten, von denen ich die meisten noch nie gesehen hatte. Der Barraum selbst war karibisch gestylt. Große Aquarien an den Wänden reflektierten ein angenehm gelbgrünes Licht, und die leise Musik aus den Lautsprechern steuerte der Buena Vista Social Club bei. Alle hatten Geld, waren jung und sonnenbankgebräunt.

Was hatte Helen hier zu suchen gehabt?

»Sie wollten mich sprechen?«

Ich drehte mich um. Mirko sah beinahe noch besser aus als sein Kollege. Sonnenbrille, Goldkettchen, alles dran.

»Es geht um die Frau, die am Donnerstag gestorben ist.«

»Sind Sie von der Versicherung?«

»Sie war eine Freundin von mir.«

»Sorry, tut mir leid. Die Sache ist uns allen mächtig an die Nieren gegangen, aber ich habe der Polizei schon alles erzählt.«

»Wo hat sie gesessen?«

Mirko rollte ostentativ genervt mit den Augen und hob beschwörend die Hände.

»Da, wo Sie jetzt sitzen. Vielleicht zwei Hocker weiter. Hören Sie, es war viel zu tun an dem Abend. Ich habe nicht groß auf sie geachtet. Sie sah nett aus, aber nicht unbedingt der Typ, der in einem Fitnessclub alle Blicke auf sich zieht.«

Ich holte einen Fünfzig-Euro-Schein heraus, drehte ihn zu einem dünnen Kokser-Röhrchen zusammen und steckte ihn zu den original karibischen Strohhalmen, die in einem Glas auf der Theke standen.

»War sie allein?«

»Zuerst ja. Später hat sie sich mit einem Mann unterhalten, der neben ihr saß.«

»Kannten Sie den?«

»Nein. Sportlicher Typ. Mittleres Alter. Völlig unauffällig. Es tut mir leid, ich muss hier jetzt weiterarbeiten.«

Er fischte sich den Fünfziger aus dem Glas und drehte sich um.

»Ich gebe Ihnen noch fünfzig, wenn Sie mir die Saunakabine zeigen.«

Mirko zögerte kurz, nahm dann einen Schlüsselbund vom Wandhaken und winkte mir wortlos, ihm zu folgen.

Wir gingen durch einen hell erleuchteten Flur, folgten den Hinweisschildern »Toiletten / Sauna / Schwimmbad« und landeten schließlich bei den Einzelsaunakabinen. Er schloss eine auf.

»Diese war es. Normalerweise ist nicht abgeschlossen.«

Ich betätigte den Lichtschalter, ging zwei Schritte in den Raum hinein, und da wusste ich es auf einmal. Seit ich mit Geldorf und Born gesprochen hatte, war ich dieses Gefühl nicht mehr losgeworden, und doch war ich überrascht von der überwältigenden Gewissheit, die ich jetzt verspürte. Es war ein kleiner, fensterloser Raum, Wände und Decke mit hellem Holz verkleidet, sieben oder acht Quadratmeter groß. Alles sehr sauber und gepflegt.

Vielleicht war Helen manchmal in die Sauna gegangen, obwohl sie nie etwas davon erzählt hatte. Vielleicht hatte sie zu viel getrunken, und vielleicht war es auch richtig, dass es keinerlei Hinweise auf Fremdeinwirkung gab. Aber eines wusste ich ganz sicher: Nie im Leben und unter keinen Umständen hätte sie freiwillig diesen Raum betreten.

Du bist Psychologe? Das ist ja wunderbar. Vielleicht kannst du mir helfen. Ich habe eine heftige Macke. Ich bin klaustrophobisch bis unter die Haarspitzen.

Ich konnte ihren sarkastischen Tonfall in meinem Kopf beliebig an- und abschalten.

Der Barmann sah meinen ungläubigen Gesichtsausdruck und sagte:

»Die Einzelkabinen sind alle nicht größer, aber dafür ist die Gemeinschaftssauna sehr schön geräumig.«

Ich gab ihm den Geldschein und ließ ihn stehen. Auf dem Weg nach draußen sah ich Helens Gesicht vor mir. Die Lippen waren aufeinandergepresst, die Pupillen starr und geweitet, ein feiner Schweißfilm bedeckte die Stirn. Bei einer Bergwanderung im letzten Herbst hatte sie sich kurz vor dem Aufstieg auf den Gipfel den Knöchel verstaucht. Ein Abstieg zu Fuß kam nicht infrage, und so hatte ich darauf bestanden, mit der Kabinenbahn ins Tal zurückzufahren. Zwanzig unvergessliche Minuten. Die Panikattacke hatte eingesetzt, als die hydraulische Tür der Kabine sich schloss, und ließ erst nach, als Helen auf dem Klo der Talstation alles von sich gab, was sie jemals gegessen hatte.

»Mach das nicht noch mal mit mir«, hatte sie gekeucht und dabei verzerrt gelächelt.

In dieser Nacht hatten wir das letzte Mal miteinander geschlafen.

Auf der Straße war es überraschend hell. Während ich am Rande eines geistigen Totalschadens herumbalancierte, hatte Hamburg sich entschlossen, den Frühling einzuläuten. Die Abendsonne war immer noch warm, auf den Straßen und den Autos glitzerte die Nässe, und wildfremde Menschen grinsten sich an. Ich kaufte mir ein Stück Pizza mit Sardellen und Kapern darauf, die wie Küchenschaben aussahen.

Es schmeckte mir.

Ich war völlig durchgedreht.

Danach fuhr ich mit dem Taxi zu Helens Wohnung.

Fünf

Mein Vater hatte einmal im Jahr einen heftigen Anfall von Heimweh, gegen den Ruth und ich machtlos waren, und so verbrachte ich meine Sommerferien als Kind zwangsweise in Schweden. Ich hasste es.

Meine Freunde flogen mit ihren Eltern nach Teneriffa oder Gran Canaria. Sie erzählten von Beachpartys und Mädchen, wie es sie in Bayern gar nicht gab, und waren immer fantastisch braun. Das Ferienhaus meiner Großeltern an der Schärenküste dagegen war für mich der Inbegriff von Langeweile und Trostlosigkeit. Weit und breit keine Nachbarn, nichts als Strand, Kiefernwälder und jeden Tag Fisch. Bis ich das Mädchen traf.

Wenn ich die Augen schloss, konnte ich das Bild nach fast dreißig Jahren in absoluter Klarheit abrufen. Blond, braun gebrannt und sehr zart, war sie der schönste Anblick, der mir in meinen zwölf Lebensjahren zuteilgeworden war. Sie saß in einer kleinen sandigen Bucht auf einem Stein, ließ die Beine baumeln und beobachtete das Wasser. Als ich näher kam, drehte sie sich um und sagte etwas in einem weichen Schwedisch, das ich nicht verstand und das mich trotzdem vollständig verzauberte. Mein Schwedisch war damals nicht besonders, aber das änderte sich in diesem Sommer. Wir waren drei Wochen unzertrennlich, und sie schrieb mir zwei Briefe nach München, die ich verloren habe. Als sie sich nicht mehr meldete, rief mein Vater ihre Eltern an und erfuhr, dass sie bei einem Badeunfall ertrunken war. Sie muss etwa zehn Jahre alt gewesen sein.

Ich saß an Helens Schreibtisch, und wie eine Endlosschleife zog die Erinnerung an diesen Sommer durch mein Gehirn. Ich sah Bilder von Sonne und Strand, endlosem Himmel und einem verbotenen Lagerfeuer. Ich hörte verschwörerisch flüsternde Kinderstimmen und roch die Kiefernwälder. Aber der harte Kern dieser Erinnerung war Schmerz – das Gefühl zu fallen und die Gewissheit, etwas unwiederbringlich verloren zu haben.

Es war ein emotionales Déjà-vu.

Benommen und ziellos lief ich durch die Wohnung, betrachtete Fotos an den Wänden und hatte das verzweifelte Bedürfnis, irgendetwas aufzuräumen. Aber es gab nichts. Sogar die Polizei hatte alles ordentlich hinterlassen. Schließlich zog ich die Vorhänge zu, schaltete überall das Licht an und setzte mich in Helens Lieblingssessel. Dauernd sah ich ihr Gesicht vor mir, aber vor allem hörte ich ihre Stimme. Cool und melancholisch wie brasilianischer Jazz. Ich hatte mich in ihre Stimme verliebt, bevor ich sie überhaupt zu Gesicht bekam. Vor zwei Jahren, während eines Griechenlandurlaubs, hatte ich auf dem Balkon meines Apartments mitangehört, wie sie in zwanzig Sekunden den unausstehlichen Verwalter dazu brachte, ihr ein anderes Zimmer zu geben.

Als ich den Rest von ihr sah, war ich rettungslos verloren.

Keine Ahnung, wie lange ich im Sessel verharrte. Irgendwann nahm ich meine Wanderung durch die Wohnung wieder auf. Auch warum ich schließlich den Computer einschaltete, weiß ich nicht mehr. Als mein Blick auf ihn fiel, erinnerte ich mich wohl wieder daran, wie sie gesagt hatte:

»Du kannst ihn mitbenutzen, wenn du hier bist. Das

Passwort ist ›Gambit‹. Ein Schachausdruck. Man opfert die Dame, um das Spiel zu gewinnen. Hat man mit mir auch schon mal gemacht.«

Ich tippte das Passwort ein und starrte ungläubig auf den Bildschirm. Es war nichts da. Keine E-Mails, keine eigenen Dateien, keine Bilder, nichts im »Papierkorb«. Die Festplatte war leer. Ich öffnete die Schreibtischschubladen und durchsuchte das Wandregal nach CDs oder Disketten. Nichts.

Vorsichtig setzte ich mich auf einen Stuhl und versuchte, langsam und kontrolliert ein- und auszuatmen.

Helen war Wirtschaftsredakteurin bei der *Hamburger Allgemeinen Zeitung*. Sie schrieb Artikel, machte Interviews und recherchierte. Vor ein paar Jahren war sie an der Aufdeckung eines Korruptionsskandals im Hamburger Innensenat beteiligt gewesen. »Ich kann dir für jede idiotische Behauptung eine Statistik ausdrucken«, hatte sie einmal lachend gesagt.

Wo war das alles? Warum sollte sie die Festplatte löschen? Eine sehr gute Frage. Und wo wir gerade dabei waren: Warum sollte ein Mensch mit massiver Platzangst sich in einer sieben Quadratmeter großen Saunakabine niederlassen?

Möglicherweise waren ja alle beruflichen Daten auf ihrem Computer in der Redaktion. Vielleicht – aber sie hatte auch sehr viel zu Hause gearbeitet. Da hätte sie die Daten gebraucht. Und warum hätte sie auch die E-Mails löschen sollen?

Was war, wenn die Platzangst nachgelassen hatte? Vielleicht hatte sie eine Therapie gemacht. Nein. Sie hatte viele Therapien gemacht in den letzten Jahren. Und dann beschlossen, die Klaustrophobie zu akzeptieren:

»Es gibt Orte, an die kann ich nicht gehen. Stell dir einfach vor, dass es in einem großen Haus Zimmer gibt, die mich nichts angehen. Was soll's!«

Eben. Und deshalb war sie nicht freiwillig in die Saunakabine gegangen. Ich hatte es gewusst, als ich die Kabine gesehen hatte und war irgendwie unfähig gewesen, den Gedanken festzuhalten und weiterzudenken.

Systematisch begann ich die Wohnung zu durchsuchen, ohne wirklich zu wissen, was ich finden wollte. Es waren drei Zimmer mit Küche und Bad, und es war völlig sinnlos. Irgendwie hoffte ich, einen Hinweis darauf zu finden, woran sie zuletzt gearbeitet hatte, und genau den gab es nicht. Die Wohnung war elegant, aufgeräumt und sauber. Nachdem ich den Schreibtisch durchsucht hatte, stand ich schließlich vor den Bücherregalen, die eine ganze Wand des großen Wohnzimmers bedeckten. Helen war unglaublich belesen gewesen. Mein Blick fiel auf die Buchreihe, die sich genau in Augenhöhe befand. Lauter literarische Bestseller der Neunzigerjahre. Umberto Eco, Lawrence Norfolk, García Márquez und der unvermeidliche Jostein Gaarder. *Sofies Welt* war eines von Helens Lieblingsbüchern gewesen, und alle meine Versuche, ihr Gaarders Schmalspurphilosophie madig zu machen, hatte sie kühl zurückgewiesen. Ich schlug das Buch auf und fing an, darin herumzublättern. Helen hatte Textzeilen unterstrichen und die Seitenränder mit zahlreichen Kommentaren versehen. Als ich das Buch schräg hielt, fiel etwas heraus. Ich bückte mich danach und hob eine Visitenkarte auf, die offenbar als Lesezeichen gedient hatte.

Dr. Volker Meiners
Institut für Meeresbiologie

Warnemünde

Auf der Rückseite der Visitenkarte war eine Notiz in Helens Handschrift: 16.3., 13.30 Uhr. Das war vor knapp drei Wochen gewesen. Wieso hatte Helen einen Termin mit einem Meeresbiologen vereinbart? Als Wirtschaftsjournalistin?

Ich ging zum Telefon und wählte die Nummer, die auf der Visitenkarte angegeben war. Nach zweimaligem Läuten meldete sich eine freundliche Frauenstimme:

»Guten Tag. Sie sind verbunden mit dem Institut für Meeresbiologie in Warnemünde. Sie erreichen uns von Montag bis Freitag, jeweils zwischen acht und sechzehn Uhr. Vielen Dank für Ihren Anruf.«

Okay, also am Montag. Ich hatte genug. Ursprünglich hatte ich vorgehabt, hier zu übernachten. Aber das war unmöglich. Ich konnte Helens endgültige Abwesenheit in der Wohnung nicht einen Augenblick länger aushalten.

Sechs

Als ich aufwachte, hatte ich keine Ahnung, wo ich war. Durch geblümte Vorhänge fiel helles Sonnenlicht auf freundlichsterile Kiefernmöbel. Ich war nass geschwitzt und hatte wirres Zeug geträumt, an das ich mich nicht mehr erinnern konnte. Dafür fiel mir wieder ein, wie ich mich gestern Abend mit meinem Koffer in dieses kleine Hotel geschleppt hatte. Jeder einzelne Muskel tat mir weh, und ich war hungrig. Aber als ich mich aufrichtete, machte mein Magen einen kräftigen Satz, und ich schaffte es knapp, mich vor der Porzellanschüssel in Stellung zu bringen, bevor mein Abendessen mit dem Expresslift wieder nach oben kam.

Später inspizierte ich das Frühstücksbuffet und fand ein paar Sachen, bei deren Anblick mein Magen nicht gleich revoltierte. Außer zu essen, zu schlafen und nüchtern zu bleiben hatte ich nichts vor, und so lief ich einfach los. Ich lief so lange durch die Gegend, bis ich müde wurde, und als ich am späten Nachmittag vor Helens Haus stand, war ich kein bisschen erstaunt. Wohin sonst hätte ich gehen können?

Es war schon leicht dämmerig, und im Erdgeschoss brannte Licht. Ich hatte vorgehabt, mit den anderen Mietern zu sprechen, aber wozu? Was passiert war, hatte mit dem Haus nichts zu tun. Trotzdem wollte ich noch einmal in die Wohnung. Die ganze Zeit, in der ich am Fluss entlanggelaufen war, hatte sich der Gedanke in meinem Gehirn festgefressen. Ich musste etwas übersehen haben.

Das Polizeisiegel an der Wohnungstür war nicht mehr da. Ich drehte den Schlüssel im Schloss herum und registrierte am Rande meines Bewusstseins, dass die Tür nicht abgeschlossen war. Plötzlich wurde sie mit einer schnellen Bewegung aufgerissen, und ein Schmerz fuhr wie ein Bolzen meinen rechten Arm hinauf. Der Arm wurde sofort taub, und irgendwie verstand ich nicht, wie etwas, das gar nicht zu mir gehörte, so irrsinnig wehtun konnte.

Ich taumelte durch die Tür und ging im Flur zu Boden. Auf den Knien betrachtete ich abwechselnd meinen Arm und das Gespenst, das mich angegriffen hatte. Direkt unter der Flurlampe stand eine magere Gestalt, die zumindest auf den zweiten Blick unzweifelhaft menschlich war. Sie trug schwarze Jeans, ein weißes T-Shirt und darüber eine tigerfellartig gemusterte Weste. Der Kopf war bis auf eine schwarz gefärbte Irokesenbürste kahl geschoren, das schmale Gesicht sehr blass geschminkt. Nasenflügel, Ohren, Augenbrauen und die Unterlippe waren gepierct. Augen, die durch ein groteskes Make-up hervorgehoben wurden, starrten mich wütend an. Der Lippenstift hatte in etwa die Farbe eines abheilenden Blutergusses. Mit beiden Händen hielt sie ein dreißig Zentimeter langes Lineal aus massivem Edelstahl, das viele Jahre ungenutzt auf Helens Schreibtisch gelegen hatte, bevor es auf meinen Arm traf.

»Scheiße, Mann, wer bist du?«

Die Stimme kam mir bekannt vor.

»Ich dachte, der Punk wäre tot!«

»Wer bist du?«

»Ich bin ein Freund von Helen«, sagte ich lahm, »sie hat mir einen Schlüssel gegeben.«

Ihr Gesichtsausdruck unter der Kriegsbemalung schien etwas freundlicher zu werden.

»Du bist der Schwede?«

»Ich bin der Bayer«, sagte ich, »und jetzt leg endlich das Ding weg!«

Sie beugte sich herunter, legte das Lineal auf den Boden und kam vorsichtig näher.

»Zeig mal her den Arm!«

Etwa fünfzehn Zentimeter über dem Handgelenk hatte sich eine prächtige Rötung breitgemacht. Der Arm begann anzuschwellen und tat höllisch weh.

»Im Kühlschrank ist Eis. Komm, ich helfe dir hoch.«

Sie ergriff meine linke Hand, und mit ihrer Hilfe kam ich auf die Beine. Dann folgte ich ihr in die Küche.

»Willst du mir nicht endlich sagen, wer du bist?«

»Anna Jonas. Ich bin Helens Schwester.«

»Du hast die gleiche Stimme wie Helen!«

»Mit Sicherheit die einzige Gemeinsamkeit.«

Sie kramte im Kühlschrank herum und kam mit zwei Cool Packs zurück. Ich setzte mich an den Küchentisch und platzierte die Dinger, so gut es ging, auf dem Hämatom.

»Warum hast du auf mich eingeschlagen?«

»Ich hatte Angst. Gestern Nachmittag haben die Bullen mich angerufen und mir gesagt, dass Helen tot ist. Sie wollten, dass ich herkomme. Von wegen einzige lebende Verwandte und so. Na ja, und als ich hergekommen bin, wussten die hier schon bestens Bescheid über mich.«

Sie angelte sich einen Küchenstuhl, setzte sich rittlings drauf und starrte mich über die Rückenlehne an.

»Du bist Nyström, oder?«

»Hat Helen von mir erzählt?«

»Hat sie. Und sogar Gutes. Sie hat dich auch beschrieben. Groß, blond, Sommersprossen. Sportlicher Typ. Ich hab nur nicht gedacht, dass du so mager bist. Helen hat gesagt, du ruderst.«

»Paddeln«, sagte ich automatisch, »es heißt paddeln. Ich bin mal Wildwasserkanu gefahren, aber das ist lange her. Komisch, dass sie von dir nie was gesagt hat.«

Anna lachte leise.

»Ich bin als Schwester nicht gerade vorzeigbar. Jedenfalls nicht in Hanseatenkreisen. Außerdem hat sie sich ständig Sorgen um mich gemacht.«

»Lebst du so gefährlich?«

»Helen fand, ja!«

Sie schluckte, stand auf und fing an, in der Küche hin und her zu laufen, um das Weinen zu unterdrücken.

»Warum hast du versucht, mir den Arm zu brechen!«

»Ich war mir sicher, dass ich die Einzige mit einem Schlüssel zu dieser Wohnung bin. Und als du an der Tür warst, habe ich eine Scheißangst gekriegt. Aber auch, weil die Bullen so komisch drauf waren.«

Ich sah sie fragend an.

»Wenn ich auf ein Polizeirevier komme, weiß ich, was mich erwartet. Aber gestern, das war anders. Die waren höflich, obwohl sie meine Akte hatten. Die haben mich gesiezt, und die haben meine Fragen beantwortet. Haarklein hat mir der Dicke erzählt, was mit Helen passiert ist, und da habe ich gespürt, dass er selbst nicht glaubt, was er da erzählt. Verstehst du, er hat nicht gelogen, er möchte gerne glauben, dass es ein natürlicher Tod war, aber er tut es nicht.«

»Ich glaube es auch nicht«, sagte ich leise.

Und dann erzählte ich ihr alles. Von Helens Klaustrophobie, Mirkos Saunakabinen, der leer geräumten Festplatte und dem Date mit Dr. Meiners.

Annas Augen hatten sich jetzt tatsächlich mit Tränen gefüllt. Sie stand mit hochgezogenen Schultern in der Küche und starrte mich an.

»Bitte, setz dich wieder!«, sagte ich.

Sie ging zum Kühlschrank und kam mit zwei Flaschen Corona zurück.

»Ich weiß nicht, warum Helen diesen Yuppiescheiß kaufen musste. Wenn an Deutschland was gut ist, dann das Bier.«

Sie öffnete die Flaschen mit dem Hausschlüssel, schob mir eine zu und setzte sich wieder an den Tisch.

»Was immer du vorhast«, sagte sie, »ich werde dabei sein.«

»Ich will morgen in die Gerichtsmedizin. Und ich will mit diesem Dr. Meiners sprechen.«

»Okay, ich habe ein Auto.«

Wir tranken schweigend Bier, und Anna hatte wieder zu weinen angefangen. Die Tränen gaben ihrem Make-up den Rest.

»Das mit der Platzangst habe ich irgendwie von früher gewusst, aber wir haben uns so wenig gesehen, dass das nie ein Thema war. Du bist so eine Art Seelenklempner, oder?«

»Nein. Ich beschäftige mich mit Hirnforschung. Mich interessiert zum Beispiel, welcher Teil deiner grauen Zellen kaputtgehen muss, damit du deine Mutter nicht mehr wiedererkennst.«

»Davon kann man leben?«, fragte Anna mit deutlichem Zweifel.

»Ich versuch es. Und wovon lebst du so?«

»Ich brauch nicht viel«, sagte sie und hatte offenbar nicht die Absicht, das Thema weiter zu verfolgen. Stattdessen schien sie ihre Abneigung gegen mexikanisches Bier überwunden zu haben und holte zwei neue Flaschen aus dem Kühlschrank.

»Hast du den Bullen von der gelöschten Festplatte erzählt?«

»Mache ich morgen. Wenn wir aus Warnemünde zurück sind. Willst du auch mit in die Pathologie?«

Anna schüttelte stumm den Kopf.

»Ich werde heute Nacht hier schlafen«, sagte sie nach einer Weile.

»Okay, hol mich morgen um zwölf Uhr hier ab.«

Ich schrieb ihr die Adresse meines Hotels auf einen Zettel und stand auf, um zu gehen.

»Warum willst du schon weg?«

»Ich kann nicht mehr.«

Ich winkte ihr mit meinem schmerzenden Arm zu und ging einfach. Hinter mir hörte ich, wie Anna die Tür schloss und den Schlüssel zweimal herumdrehte. Auf dem Weg ins Hotel dachte ich darüber nach, wie sie wohl ihre so reichhaltigen Erfahrungen mit der Staatsgewalt gesammelt hatte. Wenn sie wusste, was sie auf einem Polizeirevier erwartete, hatte sie mir jedenfalls einiges voraus.

»Die waren höflich zu mir, obwohl sie meine Akte hatten!« Das hatte sie mehr als alles andere misstrauisch gemacht. Was war das für eine Akte? Ich beschloss, Geldorf danach zu fragen. Warum aber hatte Helen ihre Schwester nie erwähnt? Woran hatte sie gearbeitet? Ich wusste überhaupt nichts.

Sieben

Am nächsten Morgen rief ich im Institut in München an und nahm meinen gesamten restlichen Jahresurlaub. Niemand schien ein Problem damit zu haben. In einer Apotheke besorgte ich mir eine Heparin-Salbe für meinen

Arm, telefonierte danach mit der Sekretärin von Dr. Meiners in Warnemünde und vereinbarte einen Termin für den Nachmittag.

Um neun Uhr morgens fuhr ich mit dem Taxi zur Gerichtsmedizin. Seit dem Gespräch mit Born und Geldorf hatte ich mich vor diesem Augenblick gefürchtet.

Sie lag auf einer Bahre in einem kleinen kühlen Raum, in den mich ein junger Pathologe hineingeschoben hatte. Ihr Körper war mit einem dünnen weißen Laken bis zum Hals abgedeckt. Unter dem Tuch war sie nackt. Die kurz geschnittenen blonden Haare waren gekämmt und die Augen geschlossen. Sie sah sehr zart und schön aus, aber als ich ihre Wange berührte, spürte ich die überwältigende Kälte des Todes. Jetzt nahm ich auch den Y-förmigen Schatten unter dem Leinentuch wahr.

Der junge Arzt hinter mir räusperte sich leise und sagte:

»Die Freigabe des Leichnams ist verschoben worden. Die Obduktion ist noch nicht abgeschlossen.«

Ich muss vollkommen verwirrt ausgesehen haben, denn er setzte hinzu:

»Wenn Sie sie bestatten wollen – Sie müssen noch warten damit.«

»Ja, gut. Aber warum überhaupt die Obduktion? Ich dachte, alles sei klar!«

»Jemand von der KTU hat etwas gesehen, was der Unfallarzt nicht bemerkt hatte. Er hat es Geldorf erzählt, und der hat mit dem Staatsanwalt gesprochen. Aber fragen Sie doch Geldorf selbst. Er muss irgendwo auf dem Flur draußen sein.«

Ich traf ihn auf einem der Korridore, die aus dem Reich der Toten hinausführten. Seine massige Gestalt lehnte an der Wand, und er betrachtete unschlüssig einen Zigarillo, den er in seinen dicken Fingern hin und her drehte. Als er mich sah, zwinkerte er mit den Augen und kam mir entgegen.

»Sie sehen nicht gut aus!«, sagte er.

Ich schwieg, und Geldorf fing an, seinen Zigarillo so umständlich wie möglich in der Innentasche seines Sakkos zu verstauen.

»Tut mir leid«, sagte er schließlich, »man weiß nie, was man in einer solchen Situation sagen soll, aber anstatt einfach das Maul zu halten ...«

Er machte eine hilflose Bewegung mit den Achseln.

»Lassen Sie uns hier verschwinden.«

»Gute Idee«, sagte Geldorf erleichtert. »Die haben hier so etwas wie eine Kantine, kommen Sie!«

Ich weiß nicht, wie ich mir eine Kantine für Pathologen vorgestellt hatte, jedenfalls war sie überraschend gemütlich. Angenehmes Licht, viel Plüsch und ein gedämpfter Geräuschpegel. Ich setzte mich in eine Ecke, Geldorf schnappte sich ein Tablett und kam mit Kaffee und Mineralwasser zurück. Er zwängte sich hinter den Tisch und sah mich neugierig an.

Ich erzählte ihm von der gelöschten Festplatte und Helens Platzangst und erklärte ihm rundheraus, dass ich es für ausgeschlossen hielt, dass sie sich freiwillig in der Saunakabine aufgehalten hatte. Geldorf hörte aufmerksam zu, schien aber nicht sonderlich beeindruckt zu sein.

»Also ich weiß nicht, was Sie daraus schließen wollen«, sagte er schließlich. »Es gibt viele Gründe, eine Festplatte zu löschen. Vielleicht hat sie jetzt alles auf ihrem Rechner in der Redaktion. Und kann man so eine Klaustrophobie nicht mit drei, vier Gläschen Alkohol zumindest abmildern?«

»Ach, kommen Sie! Warum haben Sie denn eine Obduktion beantragt, wenn alles völlig normal ist?«

Geldorf nickte bedächtig und fing wieder an, mit dem Zigarillo herumzufummeln.

»Sehen Sie, Frau Jonas war nicht wirklich prominent, aber – wie soll ich sagen, sie hatte einen guten Ruf. Und der Staatsanwalt hatte einen Narren an ihr gefressen, weil sie ihm vor ein paar Jahren zu einem genialen Karrieresprung verholfen hat.«

»Sie meinen die Korruptionsgeschichte?«

»Exakt. Entscheidend war aber etwas anderes. Frau Jonas hat in der rechten Armbeuge ein kleines Muttermal, etwa so groß wie ein halber Eurocent. Man kann es nur sehr schwer erkennen, aber es sieht so aus, als ob dieses Muttermal eine Einstichstelle von einer Injektionsnadel aufweist.«

Ich zuckte zusammen und verteilte einen Teil meines Kaffees auf dem Tischtuch.

»Was soll das?«

Meine Stimme war kaum mehr als ein Krächzen.

»Es war einfach komisch. Ein Arzt würde dort nicht hineinstechen. Die Stelle war außerdem relativ frisch. Wenn sie es selbst getan hat, müsste jemand anderes die Spritze entfernt haben, denn wir haben in der Kabine nichts gefunden. War sie drogenabhängig?«

Ich schüttelte ungläubig den Kopf und schwieg.

»Sehen Sie, und deshalb bin ich damit zum Staatsanwalt. Der hielt zwar nicht viel von meinen Fakten, aber viel von Frau Jonas, und darum hat er zugestimmt. Er war wirklich schockiert von ihrem Tod.«

»Was passiert jetzt?«

»Wir suchen weiter. Wenn in ihrem Körper etwas ist, das dort nicht hingehört, finden wir es.«

Ich schwieg und versuchte vergeblich, meine Gedanken zu sortieren.

»Ich habe übrigens Helens Schwester kennengelernt«, sagte ich schließlich.

Geldorf grinste breit, was ihn um einiges sympathischer machte.

»Oh ja, die Punklady«, sagte er genießerisch, »ein nettes Früchtchen. Ich sollte sie mit meiner Tochter bekannt machen. Die würden sich prächtig verstehen.«

»Was ist mit ihr?«

»Sie ist in der Autonomenszene, hauptsächlich in Göttingen. Sie wissen schon, schwarzer Block und so. Gewalttätige Ausschreitungen bei Demonstrationen, Widerstand gegen die Staatsgewalt, versuchte Körperverletzung und so weiter. Der Staatsschutz hat eine hübsche Akte über sie.«

Ich dachte an den dumpfen Schmerz in meinem Arm und versuchte, objektiv zu bleiben.

»Mir schien sie ganz okay zu sein.«

»Ich bin nicht beim Staatsschutz«, sagte Geldorf, »und wie gesagt, ich kenne die Sorte. Meine wunderbare Tochter hat erst die Nerven meiner Exfrau ruiniert, und jetzt ist sie bei mir. Sie hasst mich, aber sie will auf keinen Fall ausziehen. Jedenfalls nicht, bevor sie meine Wohnung zugrunde gerichtet hat. So was hält einen jung. Haben Sie Kinder?«

Ich schüttelte den Kopf und dachte an etwas völlig anderes. Ich hatte ihm nichts von Meiners erzählt, und ich wusste nicht, warum.

»Ein englischer Zyniker hat mal gesagt, Enkelkinder seien Gottes Belohnung dafür, dass man seine eigenen nicht umgebracht hat. Bisschen drastisch, aber je länger ich darüber nachdenke ...«

Ich wollte es nicht erzählen. Vielleicht weil Geldorf schon bei unserem ersten Gespräch von der möglichen Einstichstelle gewusst und mir nichts davon gesagt hatte.

»Was haben Sie jetzt vor?«, fragte er. »Fahren Sie zurück nach München?«

»Ich will auf jeden Fall bei der Beerdigung dabei sein. Vielleicht muss ich Anna helfen, die Wohnung aufzulösen. Und ich will wissen, was Sie herausfinden.«

»Gut. Ich muss jetzt los. Wir rufen Sie an, wenn es Neuigkeiten gibt.«

Er sprang auf, warf sich seinen Trenchcoat über die Schultern und stapfte ohne ein weiteres Wort hinaus. Als er nicht mehr zu sehen war, ging ich zum Tresen und holte mir einen doppelten Cognac.

Acht

Annas Auto war ein alter VW-Bus. Einer von der Art, mit der es die Hippies der Siebziger bis nach Indien geschafft hatten. Ich war optimistisch, dass er bis Warnemünde durchhalten würde. Bei Anna war ich mir nicht so sicher. Sie schien nicht geschlafen zu haben, und bei der Auffahrt auf die Autobahn Richtung Rostock übersah sie einen schönen, großen Sattelschlepper, der im letzten Augenblick nach links rüberzog.

»Soll ich fahren?«

»Geht schon«, sagte sie, »muss nur erst wach werden!«

»Riecht ein bisschen nach Pot hier, oder?«

»Ja, das ist ein Leihwagen.«

Anna schwieg eine Weile und konzentrierte sich aufs Fahren. Dann drehte sie ihren Kopf zu mir und grinste spöttisch.

»Hast du wirklich mal diesen Wildwasserquatsch gemacht?«

Ich hatte die ganze Zeit darüber nachgedacht, was Geldorf mir in der Pathologie erzählt hatte und wie ich es Anna beibringen sollte. Ihre Frage traf mich völlig unvorbereitet.

»Was meinst du?«

»Na, das mit dem Rudern. Ich kann mir gar nicht vorstellen, dass einem normalen Menschen so was Spaß macht. Wo kann man in Bayern denn fahren?«

»Es gibt eine Menge Flüsse, die infrage kommen. Ich habe hauptsächlich im Augsburger Eiskanal trainiert.«

»Ist das gefährlich?«

»Der Eiskanal nicht, aber ich bin auch im Ötztal gefahren, das war schon gefährlich.«

»Wow«, sagte Anna.

»Ja, wow«, sagte ich böse, »hast du auch mal irgendeinen Sport gemacht? Ich meine, außer Steinewerfen?«

Anna zuckte zusammen und sah mich an, als ob ich sie geschlagen hätte. Danach war Funkstille. Etwa auf halber Strecke hielten wir an einer Raststätte, und ich erzählte ihr von meinem Vormittag in der Gerichtsmedizin und von

Geldorfs Verdacht. Sie hörte reglos zu und starrte mich aus rot verheulten Augen an.

»Er will damit sagen, dass jemand sie vielleicht getötet hat.«

»Ja, Scheiße, ich weiß, was er damit sagen will!«, zischte sie.

Ich schwieg und sah sie abwartend an. Sie hatte das schwarz zerlaufene Augen-Make-up vom Vorabend entfernt und sah sehr blass und zerbrechlich aus. Jedenfalls nicht nach Widerstand gegen die Staatsgewalt.

»Lass uns weiterfahren«, sagte sie nach einer Weile, »schauen wir uns diesen Meeresdoktor an.«

Den Rest der Fahrt über sagte sie kein Wort mehr. Das Institut für Meeresbiologie war ein flacher, lang gestreckter Bau, umgeben von einem kleinen Park, in dem schon einige mutige Krokusse der fahlen Aprilsonne entgegensprossen. Als wir die Eingangshalle betraten, sahen wir an den Wänden riesige Schautafeln, auf denen Fische, Meeresvegetation und Fotoreihen von Küstenlandschaften zu sehen waren. Das Foyer war menschenleer.

»Was zum Teufel wollte sie hier?«, fragte Anna.

Dr. Meiners' Büro lag am Ende eines langen, hell erleuchteten Ganges. An der Zimmertür war ein großes Plakat angebracht, das ein überdimensionales Fischstäbchen zeigte. Darunter stand in großen Lettern:

»Wenn das für Sie Fisch ist, kann Ihnen die Nordsee auch egal sein!«

Ich klopfte und trat ein, als eine heisere Männerstimme »Herein« rief. Anna blieb dicht hinter mir. Dr. Meiners war ein großer, kahlköpfiger Mann mit Seehundschnauzbart und Nickelbrille. Er saß hinter einem chaotisch mit Papier überfüllten Schreibtisch und erhob sich, als wir den Raum betraten. Das Büro war klein und ziemlich muffig. Meiners hatte einen festen Händedruck.

»Hallo, wir waren verabredet, nicht wahr? Meine Sekretärin hat mir einen Zettel hinterlassen, dass Sie kommen wollten. Aber nicht, warum. Nehmen Sie doch Platz.«

Er deutete mit einer vagen Handbewegung auf zwei Stühle, die vor dem Schreibtisch standen. Wir setzten uns, und Meiners betrachtete uns mit leiser Ungeduld.

»Was kann ich für Sie tun?«

»Mein Name ist Nyström, und das ist Anna Jonas. Wir würden Ihnen gerne ein paar Fragen stellen. Sehen Sie, wir haben Ihre Visitenkarte gefunden, und zwar bei dieser Frau.«

Ich griff in meine Jackentasche, holte ein Foto heraus und schob es zu Meiners hinüber. Er nahm es in die Hand, warf einen kurzen Blick darauf und nickte.

»Ich kenne sie. Eine Reporterin. Worum geht es?«

»Ist sie hier gewesen?«

»Ja, vor etwa drei Wochen. Ich weiß nicht, wie sie auf mich gekommen ist, aber sie sagte, sie sei Journalistin, und stellte eine Menge Fragen.«

Ich musste schlucken, und meine Stimme war fast so heiser wie seine.

»Dr. Meiners, würden Sie uns erzählen, was sie wissen wollte?«

Meiners runzelte die Stirn und schien kurz zu überlegen.

»Warum nicht? Sie wollte eine Menge wissen, aber im Wesentlichen ging es um einen Punkt. Sie wollte wissen, was eine Ölpest ist.«

»Eine Ölpest?«

Meiners zuckte mit den Schultern.

»Genau das. Ich meine, jeder kennt die Fernsehbilder. Verdreckte Strände und sterbende Vögel, an denen irgendwelche Greenpeace-Leute herumputzen. Sehr medienwirksam. Aber sie wollte es genauer wissen, wissenschaftlicher.

»Wie weit soll ich denn ausholen?«, habe ich sie gefragt. Und sie sagte:

»Fangen Sie einfach mal an, und ich sage Ihnen, wenn es reicht. Sie hatte so eine lässige Art, wissen Sie.«

»Ja«, sagte ich, »wir kannten sie.«

Mein Hals fühlte sich trocken an, und ich spürte einen leise pochenden Schmerz hinter den Schläfen.

»Könnten Sie uns einfach das erzählen, was Sie ihr erzählt haben?«

»Klar«, sagte Meiners, »dauert zwanzig Minuten.«

»Fangen Sie doch einfach an, und wir sagen Ihnen, wenn es reicht«, sagte Anna, die bisher geschwiegen hatte. Der Satz gefiel ihr.

Dr. Meiners grinste und legte die Fingerspitzen aneinander.

»Sehen Sie, in den Medien ist meistens von einer Ölpest die Rede, wenn wieder mal ein Tanker havariert und irgendeinen Küstenlandstrich versaut. Aber das ist nur die halbe Miete. Es gibt nämlich zunächst mal eine schleichende Ölpest. Das ist die ›normale‹ Einleitung von Öl ins Meer, wie sie ganz legal durch den Schiffsbetrieb, Raffinerien oder Offshore-Bohrinseln stattfindet. Das sind immerhin schon mal rund 100000 Tonnen Öl, die jedes Jahr allein in die Nordsee laufen, ohne dass sich groß jemand dafür interessiert.

Ja, und dann gibt es noch die akute Ölpest. Das ist das, was Sie aus dem Fernsehen kennen. Exxon Valdez, Erika, Prestige, zuletzt die Alhambra. Irgendeiner von den schwimmenden Schrotthaufen säuft ab, und es kommt zu einer akuten, aber regional begrenzten Verseuchung einer ganzen Küste. Das ist die große Zeit der Vogelfreunde.«

»Wieso hacken Sie auf den Tierschützern rum?«, fragte Anna.

Meiners' Zynismus ging ihr offensichtlich auf die Nerven.

»Tu ich nicht. Es sind aufrüttelnde Bilder, die um die halbe Welt gesendet werden. Man kann damit die Öffentlichkeit für den Naturschutz mobilisieren, bloß den Vögeln hilft es nichts. Nach britischen Studien liegt die mittlere Überlebensdauer von gereinigten Vögeln bei sieben Tagen. Ökologisch macht die Rettung einzelner Tiere sowieso nur Sinn, wenn sie sich hinterher wieder der Brutkolonie anschließen und Nachwuchs produzieren. Das passiert ziemlich selten.

Schauen Sie, ölverseuchte Seevögel krepieren gleich mehrfach. Wenn ein Vogel mit Öl in Kontakt kommt, fängt er zwanghaft an, sich zu putzen. Das geschluckte Öl vergiftet ihn, gleichzeitig verhungert er, weil er so lange nichts frisst, bis er sein Gefieder gesäubert hat. Das Öl zerstört schließlich die Strukturen, die ihn vor Wasser schützen, sodass er auch erfriert.«

Meiners kam langsam in Fahrt. Er starrte mich an und schien auf die nächste Frage zu warten.

»Aber es werden ja nicht nur Vögel getötet!«

»Natürlich nicht. Die giftigen Substanzen im Öl töten massenhaft Kleinstlebewesen im Meer, welche die Hauptnahrungsquelle der Fische sind. Die Fische, die nicht schon an Ölverschmierung oder Sauerstoffmangel eingegangen sind, verhungern. Dadurch stehen sie natürlich als Nahrung für die Seevögel nicht mehr zur Verfügung. Aber die hatten wir ja schon.

Am Ende der Kette steht der Mensch, wie man so schön sagt. Fischer und Muschelzüchter sind innerhalb von zwei Tagen ruiniert. Der Tourismus in der Region geht den Bach runter, und schließlich landen die im Öl enthaltenen Giftstoffe über den weltweiten Export von Meeresprodukten auf Ihrem Teller. Denken Sie mal dran, wenn Sie zur nächsten Krebsvorsorge gehen.«

»Ist das Zeug wirklich so giftig?«, fragte Anna.

Ich sah ihr an, dass die Sache mit dem Vögelputzen noch nicht gegessen war.

»Kommt drauf an, welche Art von Öl es ist.«

Meiners warf einen Blick auf seine Armbanduhr.

»Am schlimmsten ist Schweröl. Wird gerne als Schiffsbrennstoff verwendet und zur Befeuerung von Kraftwerken und Industrieanlagen. Hauptbestandteil ist Kohlenstoff. Es enthält außerdem einen vergleichsweise hohen Anteil an polyzyklischen aromatischen Kohlenwasserstoffen. Die sind krebserregend. Ja, und dazu jede Menge Phenole, Schwefelverbindungen, Schwermetalle usw. usw. Tut mir leid, ich muss jetzt weg.«

Dr. Meiners breitete mit einer entschuldigenden Geste die Arme aus.

»Ich vergesse immer die Zeit, wenn ich wütend werde. Aber ich weiß immer noch nicht, warum Sie eigentlich hier sind. Warum wollten Sie wissen, was ich dieser Journalistin erzählt habe?«

»Sie ist tot«, sagte ich.

Meiners starrte mich reglos an. Ich erwiderte den Blick.

»Was ist mit ihr passiert?«, fragte er nach einer Weile. Er war sichtlich schockiert.

»Herzstillstand. Aber die Begleitumstände sind sehr merkwürdig. Nichts passt wirklich zusammen, und dann habe ich Ihre Visitenkarte gefunden und einfach hier angerufen. Ich wollte wissen, woran sie zuletzt gearbeitet hat. Aber was Sie mir jetzt erzählt haben, passt auch nicht ins Bild.«

»Tut mir leid, aber mehr kann ich Ihnen nicht sagen. Sie war ungefähr so lange hier wie Sie jetzt. Und sie sah sehr gesund aus.«

»Ja, ich glaube, das war sie auch. Danke, dass Sie mit uns gesprochen haben. Wir wollen Sie nicht länger aufhalten.«

Meiners stand auf und begleitete uns zur Tür. Er war jetzt sehr freundlich.

»Wenn Sie herausfinden, was nicht stimmt mit ihrem Tod, ich meine ... würden Sie mich anrufen?«

»Ja«, sagte Anna, als ich zögerte. »Wir werden herausfinden, was passiert ist. Und wir rufen Sie an.«

»Hast du das ernst gemeint?«, fragte ich, als wir ins Freie traten.

»Was?«

»Dass wir herausfinden werden, was passiert ist.«

Sie zuckte mit den Schultern.

»Was denkst du, was sie hier gewollt hat?«

»Sie hat recherchiert, oder?«

»Und worum ging es?«

»Um Öl und Geld!«

Ein leichter Nieselregen hatte eingesetzt. Wir gingen

schweigend über die Kieswege zum Auto zurück. Der Wagen war kalt, und der Marihuanageruch schien sich noch intensiviert zu haben.

»Rauchst du das Zeug eigentlich auch?«

»Ich rauche überhaupt nicht«, sagte Anna wütend und rammte den ersten Gang hinein. Das alte Getriebe gab ein hässliches Geräusch von sich, und der VW setzte sich widerwillig in Bewegung.

»Bis Hamburg muss er halten«, sagte ich.

Ich erwartete keine Antwort und bekam auch keine. Anna fuhr jetzt sicherer und konzentrierter und schaute verbissen geradeaus. Die Wut schien ihre Müdigkeit verscheucht zu haben.

»Was hältst du von diesem Dr. Meiners?«

Sie schwieg beharrlich.

»Er erinnert mich irgendwie an diesen Typ im Fernsehen«, sagte ich, »der diese Sendungen für Kinder macht. So ein freundlicher Gutmensch mit Latzhose und John-Lennon-Brille.«

Anna wandte mir ihr Gesicht zu und schien sich langsam runterzukühlen.

»Er war bei Brent Spar dabei«, sagte sie mit unverhohlener Bewunderung.

Es dauerte einen Augenblick, bis mein Gehirn ansprang und mein Gedächtnis die nötigen Bilder lieferte. Männer in winzigen Booten, die in der eisigen Nordsee um einen gigantischen Stahlkoloss herumtrieben. Mitte der Neunzigerjahre hatte eine Handvoll Greenpeace-Aktivisten den Shell-Konzern daran gehindert, die nicht mehr benötigte Öltankplattform Brent Spar einfach im Meer zu entsorgen.

»Er hat einiges mehr riskiert als seinen Institutsposten.

Helen muss davon gewusst haben. So ist sie auf ihn gekommen.«

»Und woher hast du davon gewusst?«

»Natürlich kannte ich den Namen nicht. Und ich war noch sehr jung damals. Aber das Ganze ist durch alle Zeitungen gegangen. Auch Helen hat darüber berichtet. Ich kannte das Gesicht von ihren Fotos.«

Wir schwiegen eine Weile.

»Warum bist du dann so sauer geworden?«, fragte ich schließlich.

»Ich hasse ausgebrannte Zyniker!«

Ich sah sie fragend an, und nach einigen Sekunden fing sie an zu grinsen.

»Ja, okay«, sagte sie. »Ich hab selbst mal eine Woche Vögel geputzt. Es war eine irre Scheiße! Zufrieden?«

Wir mussten beide lachen. Die Heizung des VW-Busses kam langsam auf Touren, und die Anspannung ließ nach.

»Tut mir leid, was ich über deinen Sport gesagt habe«, sagte Anna, »manchmal bin ich wirklich schräg drauf. Ich habe gewusst, dass es ›paddeln‹ heißt, aber ich konnte mich einfach nicht beherrschen.«

Ich nickte schweigend.

»Wie lange hast du das gemacht?«

»Etwa fünfzehn Jahre. Mit dreißig habe ich aufgehört.«

»Warum?«

»Ich konnte die Verletzungen nicht mehr so gut wegstecken!«

»Du hast doch gesagt, dieser Eiskanal ist nicht gefährlich.«

»Nein, der Augsburger Eiskanal ist wahrscheinlich die sicherste Wildwasserbahn der Welt, weil es keine scharfen

Felskanten oder Spalten gibt, aber im natürlichen Wildwasser gibt's die halt. Im Laufe der Jahre kriegt man ganz schön was ab.«

»Warst du gut?«

»Ich war mal Vierter bei den Bayerischen Meisterschaften im Kanuslalom.«

Anna pfiff anerkennend durch die Zähne.

»Das ist gut zu wissen«, sagte sie lächelnd, »und im Übrigen habe ich einen Wahnsinnshunger.«

Als wir nach Hamburg hineinfuhren, hielt sie an der ersten Pizzeria, die wir sahen. Es war ein altmodisches, leicht heruntergekommenes Lokal mit dem Capri-Charme der Sechzigerjahre. Fasziniert bestaunte ich bauchige Chiantiflaschen, das Fischernetz an der Decke und die blaustichigen Fotos von Rimini an den Wänden. Anna bestellte Spaghetti und Bier und sah mich anschließend über den Rand der Speisekarte nachdenklich an.

»Habt ihr euch geliebt?«, fragte sie nach einer Weile.

»Ich habe *sie* geliebt!«

Anna legte die Speisekarte weg und begann, mit dem heißen Wachs der Tischkerze herumzuspielen.

»Weißt du, sie hat für mich gesorgt, als unsere Eltern verunglückt sind, aber wir waren immer verschieden«, sagte sie, »Helen und ich. Sie schaffte es bis auf die Uni, und ich schaffte es, vier Wochen vor dem Abitur von der Schule zu fliegen. Ich hatte jede Menge Jungs, und Helen ließ sie reihenweise abblitzen. Als ich zwölf war, schrieb der Schulpsychologe unseren Eltern, ich wäre ›distanzlos‹. Vielleicht gar nicht so falsch, aber der Witz ist, dass Helen auch in diesem Punkt völlig anders war. Verstehst du, Helen war nicht einfach distanziert. Sie war »nähelos«, wenn es so ein Wort gäbe. Da war ein Raum in ihrem Kopf, den außer ihr niemand betreten durfte. Und an schlechten Tagen wurde dieser Raum aufgeblasen. Dann schien sie ein Schild auf der Stirn zu tragen, auf dem stand: Keep out and fuck off!

Ich glaube, dass sie dich auch geliebt hat. So gut sie es eben konnte.«

»Für einen Punk gibst du eine gute Psychologin ab.«

»Die Psychologie wird allgemein überschätzt.«

Sie strahlte den alten Kellner an, der eine Riesenportion Spaghetti carbonara vor ihr abstellte und nach einem fassungslosen Blick auf ihre Irokesenbürste davonschlurfte.

»Ihm gefiel dein Haarschnitt.«

»War auch teuer«, sagte sie kauend.

Ich sah ihr beim Essen zu und dachte darüber nach, was sie gesagt hatte. Und wie viel davon auch auf mich zutraf.

»Was machen wir jetzt?«, fragte ich schließlich.

Anna schaufelte den Rest der Spaghetti in sich hinein und schien auf diese Frage gewartet zu haben.

»Lass uns noch mal zusammen in die Wohnung gehen.«

»Wir waren bereits zusammen in der Wohnung«, sagte ich und betrachtete meinen Arm.

»Aber nur in der Küche. Lass uns die ganze Wohnung noch einmal zusammen anschauen. Vielleicht gibt es etwas, was wir nur zusammen wahrnehmen können. Bitte!«

Neun

Es gab tatsächlich etwas. Ich konnte es riechen. Es war ein ganz schwacher Geruch in der trockenen Heizungsluft auszumachen, die in der leeren Wohnung förmlich zu stehen schien. Ein wunderbar widerwärtiges Aroma.

Ich hatte einen fürchterlichen Entzug gehabt. Nachdem mein Verstand akzeptiert hatte, dass ich aufhören musste, leistete mein Körper erbitterten Widerstand. Er schwitzte und zitterte, bestreikte die Verdauung und weigerte sich zu schlafen. Und wenn er schlief, träumte er vom Marlboro-Country. Als er endlich aufgab, machte mein Verstand einen Rückzieher. Er führte mir vor Augen, wie viel Schönes in meinem Leben bislang mit dem Rauchen einer Zigarette verbunden war und was für einen blödsinnigen Verlust ich mir aufgehalst hatte. Und vor allem, wie schlecht ich jetzt denken konnte. Hatte nicht das Nikotin meine Synapsen immer zuverlässig auf Touren gebracht? Wie auch immer. Als ich mit allem durch war, war ich ein übellauniger, hypersensibler Exraucher mit einem erstklassigen Geruchssinn.

Es war nicht so, dass in der Wohnung jemand geraucht hatte. Es war jemand da gewesen, der nach Rauch *gerochen* hatte. Nur ein wenig. Ein Hauch von Gauloises. Ich stand still in der Mitte von Helens Arbeitszimmer und beobachtete, wie Anna ziellos durch die Wohnung streifte und hin und wieder Schubladen öffnete oder hinter Bilderrahmen schaute. Trotz der Wärme in den Zimmern war mir kalt und ein bisschen schwindelig. Noch jemand hatte einen Schlüssel zu dieser Wohnung. Jemand, der etwas gesucht hatte. Mein Blick fiel auf Helens Bücherregale. Dekorativ und ordentlich wie immer. Alle Bücher an ihrem Platz. Auch *Sofies Welt*. Ich schloss die Augen und sah mich vor dem Regal stehen. Wie lange war das jetzt her? Ich hatte in dem Buch herumgeblättert, und eine kleine Karte war herausgefallen. Ich hatte sie aufgehoben und war damit zum Telefon gegangen. Und dann? Hatte ich das Buch ins Regal zurückgestellt?

»Machst du noch mit?«

Annas sarkastischer Tonfall klang so sehr nach Helen, dass ich erschrocken die Augen öffnete.

»Wir müssen zur Polizei«, sagte ich.

Zehn

»Wie war es in Warnemünde?«, fragte Geldorf und blickte von seinen Unterlagen auf, in denen er minutenlang herumgekramt hatte.

Anna und ich saßen vor seinem Monsterschreibtisch. Born auf der Schreibtischkante. Alles wie gehabt.

»Ich wusste nicht, dass Sie ...«, begann Anna.

»Schauen Sie«, sagte Geldorf freundlich, »mit dem, was Sie alles nicht wissen, könnte man wahrscheinlich Bücher füllen. Was wollten Sie denn von Dr. Meiners? Und vor allem: Warum haben Sie mir nichts davon erzählt?«

Anna kaute wütend auf ihrer Unterlippe, aber die Frage ging eindeutig an mich. Also erzählte ich ihm von der

Visitenkarte und unserem Besuch im Institut. Und von dem Geruch.

Geldorf hörte reglos zu und war jetzt offensichtlich stinksauer.

»Machen Sie sich keine Notizen?«, fragte Anna. »Die Bullen, die ich kenne, schreiben dauernd irgendwas auf!«

Geldorf knurrte.

»Für die Witze sorge ich schon. Erzählen Sie mal die Geschichte!«

Er starrte mich wütend an.

»Was für ein Doktor sind Sie eigentlich? Meinen Sie wirklich, ein Seelenklempner und eine Punkerin seien so eine Art Dream-Team für polizeiliche Ermittlungen? Okay, Sie waren von Anfang an davon überzeugt, dass mit Frau Jonas' Tod etwas nicht stimmt. Bloß weil sie Ihrer Meinung nach nicht freiwillig in eine kleine Kabine gegangen wäre und weil auf ihrem Computer nichts drauf ist. Sie hat verdächtigerweise noch ein Interview zum Thema Umweltschutz geführt. Und jetzt riecht es in ihrer Wohnung nach jemandem, der vielleicht einen kennt, der geraucht hat. Ich fass es nicht!«

»Und was ist mit der Einstichstelle am Arm?«, fragte Anna.

»Ach ja, die Einstichstelle. Das war das einzige konkrete Verdachtsmoment, und damit ist gar nichts mehr, weil die Pathologen nämlich nichts gefunden haben. Sämtliche Werte im Normbereich und nichts in ihrem Körper, das dort nichts zu suchen hat. Sie werden noch ein paar Untersuchungsergebnisse abwarten, aber der Staatsanwalt will die Sache abschließen.«

»Und was wollen Sie?«, fragte ich.

Geldorf stutzte und schien sich langsam zu beruhigen. Dann fing er an zu grinsen.

»Angeln!«, sagte er. »Am liebsten würde ich den ganzen Tag nur angeln, aber das interessiert kein Schwein. Genauso wenig wie meine Meinung in diesem Fall. Wenn der Staatsanwalt nicht zufällig ein Fan von Frau Jonas wäre, hätte er mich nicht einmal angehört.«

»Ich wein gleich«, sagte Anna, die offenbar zu ihrer alten Form zurückfand. »Sie scheißen uns hier zusammen, wegen ein paar Überlegungen, die eigentlich Ihre Aufgabe gewesen wären. Und weil wir mit einem ausrangierten Ökofreak ein Gespräch hatten. Nur – wenn alles völlig normal und easy ist, was soll dann die Aufregung? Warum gehen Sie dermaßen an die Decke? Wissen Sie, warum? Weil Ihre Bullennase Ihnen nämlich sagt, dass die Sache stinkt. Auch wenn die Hinweise noch so dürftig sind.«

Born, der sich die ganze Zeit nicht gerührt hatte, blickte fasziniert von Anna zu Geldorf und genoss die Show. Aber Geldorf hatte genug. Er gab ein leises Grunzen von sich und schaltete auf seine alte joviale Tour zurück.

»Meine Bullennase sagt mir, dass Sie Ihre Klappe noch mal so weit aufreißen, dass Sie hineinfallen. Dagegen ist der Politquatsch aus Ihrer Akte der reinste Kinderkram. Aber erwarten Sie nicht, dass ich dabei mitmache. Heute ist Montag. Ich denke, ab Mittwoch können Sie die Beisetzung Ihrer Schwester in die Wege leiten.«

»Ich muss vorher nach Göttingen! Was dagegen?«

Geldorf sah kurz zu Born hinüber und schüttelte daraufhin den Kopf.

»Hören Sie, es tut mir leid, dass ich Ihnen nicht helfen kann. Wenn es irgendetwas Konkretes gäbe, einen Anhaltspunkt, ein Motiv. Irgendwas! Sagen Sie mir *einen* Grund, warum jemand Ihre Schwester umbringen sollte.«

»Finden Sie den Mann, der mit ihr an der Bar war. Vielleicht sagt der Ihnen den Grund!«, zischte Anna.

»Wir haben es versucht, aber das ist nicht so einfach. Die Beschreibungen der anderen Barbesucher sind vage und widersprüchlich. Offiziell liegt keine Straftat vor, und für eine Fahndung mit Phantombild und allem Drum und Dran gibt es gar keine Rechtsgrundlage.«

Anna schnaubte verächtlich und zuckte mit ihren gepiercten Nasenflügeln. Für alle deutlich erkennbar schluckte sie eine pampige Antwort hinunter und stand abrupt auf.

»Ich muss hier raus!«, sagte sie, zu mir gewandt, und stürmte durch die Tür nach draußen.

»Passen Sie ein bisschen auf sie auf«, sagte Geldorf.

»Ich hätte auf Helen aufpassen sollen!«

»Hören Sie auf damit«, sagte er leise, »hören Sie auf!«

Er sah mich durchdringend an, und da war etwas in seinem Blick, das ich nicht deuten konnte.

»Sie können jetzt gehen«, sagte er.

Als ich rauskam, war Anna weg und der VW-Bus auch. Ich trollte mich zum Hotel, legte mich angezogen aufs Bett und schaltete den Fernseher an. Der wunderbare Jean Reno brachte in *Leon, der Profi* einer Göre das Töten bei. Vor dem großen Schlussmassaker muss ich eingeschlafen sein. Ich träumte von Schalldämpfern, Mittsommernächten und Helens Stimme.

Elf

Klick, die Maus ist weg. Das sind ihre Worte. Und natürlich hat sie recht. Eigentlich hat sie meistens recht. Nur dass ich nichts verstehe. Wenn sie diese modulationslose Cool-Jazz-Stimme hat, bin ich erledigt. Keine Argumente, kein Widerstand. The real girl from Ipanema. Ich will, dass sie weiterspricht, und gleichzeitig, dass sie endlich ruhig ist. Ich will ihre Stimme hören, ohne die Worte verstehen zu müssen. *Klick, und die Maus ist weg.* Ja, genau. Sie hat eine Art, in ihren Worten die Gewissheiten des Universums mitschwingen zu lassen, die mich rasend macht. *Yo-Yo Ma. Der beste Cellist aller Zeiten. Keinen Streit mehr.* Es reicht, wenn sie spricht. *One-note Samba.* Trotz ihrer Coolness wird sie wütend, weil ich wieder nichts begreife. Obwohl es so einfach ist. Einfach die Netze zusammenschalten. Aber Leon spielt da nicht mit. Jean Reno schüttelt seinen gutmütig-grimmigen Kopf und versteht nicht, dass sein alter Freund ihn beschissen hat. *Er ist so verdammt clever, aber nur beim Töten*, sagt Helen. Und deswegen kann es auch ihm passieren. *Klick, und die Maus ist weg.* Der Schalldämpfer nützt da überhaupt nichts. Der dämpft ja nicht mal das Telefon …

Und das stimmte auch. Es war kein Klingeln, sondern ein synthetisches, nervenzermürbendes Geräusch, das ich mir selbst ausgesucht hatte. Ich fuhr hoch, schnappte mir mein Handy und drückte den Anrufer weg. Klick, und die Maus war weg. Aber natürlich nicht für lange. »Don't mess around with Mickey« stand auf den T-Shirts der Humorterroristen in Disneyland. Ich schaute auf das Display des Telefons und nahm das Gespräch an.

»Wo steckst du?«, fragte sie auf Schwedisch.

Meine Mutter spricht Schwedisch mit einem bayerischen Akzent, der ihre Freunde in Småland zu Freudentränen rührt. Wenn sie mit mir Schwedisch spricht, weiß ich, dass sie sauer ist. Es ist so eine Art Amtssprache für sie.

»Ich bin in Hamburg.«

»Ich dachte, du musst so viel arbeiten!«

»Helen ist tot.«

Ich hatte nicht vorgehabt, es ihr auf diese Weise beizubringen, aber ihr latent vorwurfsvoller Unterton stimuliert regelmäßig die dunkleren Seiten meines Charakters. Sie stieß einen erschrockenen kleinen Schrei aus, weinte eine Weile und schien sich vom Telefon wegzubewegen, dann war die Verbindung wieder da, und ihre munter-resolute Stimme klang beinahe wie immer.

»Wie ist das möglich?«

»Ich weiß es nicht! Die Ärzte sagen, es war das Herz.«

Meine Mutter hatte Helen gemocht, und ich glaube, sie *war* erschüttert, aber da Helen nun einmal tot war, kam sie ohne Umschweife auf ihr ureigenes Thema zurück. Schließlich war ich ihr einziger Sohn.

»Wie geht es dir jetzt?«

»Geht so. Ich will noch ein paar Dinge klären und bis nach der Beerdigung in Hamburg bleiben. Danach komme ich zu euch hoch.«

Sie schwieg.

»Hast du nicht deshalb angerufen?«

»Gunnar ist gestern abgehauen.«

»Was heißt ›abgehauen‹?«

»Abgehauen, weggemacht, ausgerissen, das heißt es. Er hat das Haus verlassen, ist in einen verdammten Überlandbus gestiegen und hundert Kilometer nach Süden gefahren. Irgendwann ist aufgeflogen, dass er kein Ticket hatte, und der Fahrer hat die Polizei gerufen. Gunnar hat ihnen erzählt, dass er zu dir wollte. Nach München.«

Ich konnte hören, wie sie die Fassung verlor und wie im Hintergrund ihrer Seien-wir-doch-mal-vernünftig-Stimme Wut und Verzweiflung pulsierten.

»Wie geht es Gunnar?«

»Blendend. Ich habe ihn zur Rede gestellt, ich konnte einfach nicht anders. Und weißt du, was er gesagt hat? ›Tut mir leid, Liebes. Ich weiß nicht, warum ich das gemacht habe. Vor allem, wo ich in München überhaupt niemanden kenne.‹«

Ich dachte an die MRT-Bilder von Gunnars Gehirn, das mittlerweile einem Schweizer Käse glich, in den eine gierige Maus immer neue schöne Gedächtnislöcher biss. Sozusagen mit einem Mausklick war alles weg. Wieso Klick? Wer hatte das gesagt? Und wann? Egal. So war der Satz richtig. Und dann wusste ich es. Ich starrte auf das Telefon und widerstand dem Impuls, sofort aufzulegen.

»Bist du noch dran?«

»Ich komme, sobald ich kann!«, sagte ich. »Es tut mir leid, aber ich kann hier noch nicht weg.«

»Ja, ich weiß«, sagte meine Mutter. »Ich schaff das schon. Ich bin ja erst siebzig. Soll ich dir was sagen: Alt werden ist nichts für Memmen!«

Plötzlich war die Verbindung unterbrochen, und meine Erinnerungen überschlugen sich.

Stell dir einfach vor, dass es jemandem gelingt, die verschiedenen Datennetze zusammenzuschalten.

Helen saß mit untergeschlagenen Beinen in meinem

Lieblingssessel und balancierte eine Tasse grünen Tee auf den Knien. Sie trug ein altes Hemd von mir und sah absolut hinreißend aus. Zierlich und ungeschminkt, schön und ungeduldig angesichts meiner Begriffsstutzigkeit.

»Überall bist du datenmäßig erfasst. Meldebehörde, Standesamt, Finanzamt, deine Bank, Bundeswehr usw. usw., vielleicht sogar bei den Bullen, wer weiß? In wie vielen Computern in diesem Land bist du drin? Und alle sind auf die eine oder andere Weise miteinander verbunden. Entweder Datenabgleich oder gleich vernetzt. Was meinst du? Was für Hackerqualitäten braucht man, um die Daten eines Normalbürgers aus allen Dateien und Datenbanken dieses Landes zu löschen? Mit einem Mausklick bist du weg.«

»Das gibt's schon als Film. *Das Netz* mit Sandra Bullock.«

»Mag sein, aber überleg doch mal, wie es wäre, wenn man dich eines Tages löschen würde. Thomas Nyström? Who the fuck is Thomas Nyström? Geburtsurkunde? Negativ. Fester Wohnsitz? Nichts bekannt. Konten gelöscht, keine Kreditkarten, kein Doktortitel und kein Job. Du könntest deine Kollegen am Institut anbetteln, dass sie dich wiedererkennen. Wie sagt man so schön: Der Trend geht zum papierlosen Office. Aber nicht mit mir. Solange ich mir Papier leisten kann, werde ich eine hübsche kleine Akte anlegen.«

Und das war exakt der Punkt. Wer immer in Helens Wohnung Material über ihre Arbeit gesucht und gefunden hatte, war davon ausgegangen, dass es elektronisch gespeichert war, aber ich wusste es besser. Ihre Festplatte zu löschen war ein netter Versuch gewesen. Aber nicht ausreichend. *Bei Weitem* nicht ausreichend, wenn man es mit einem *Papier*menschen zu tun hatte.

»Was meinst du, warum ich immer noch bei einer Zeitung arbeite und nicht für N-TV?«

Helen war ständig am Computer gewesen und nervös, wenn sie mehr als einen halben Meter von ihrem Handy entfernt war, und dennoch hatte sie ein tief verwurzeltes Misstrauen gegen die Errungenschaften der Informationstechnologie gehabt. Kinderhandel im Internet und der Überwachungsstaat per Computer waren die Anführer ihrer ganz persönlichen Albtraum-Hitliste gewesen, die sie pflegte und bei Bedarf aktualisierte.

Es gab sie, die hübsche kleine Akte. Ich musste sie nur noch finden. In der Wohnung war sie nicht, aber Helen hatte schließlich einen Arbeitsplatz gehabt. Ein Stuhl, ein Schreibtisch und ein PC in einem Großraumbüro, nicht viel, aber immerhin etliche Möglichkeiten, etwas zu deponieren.

Draußen war es mittlerweile vollständig hell. Meine Mutter hatte mich um sieben Uhr angerufen, und ich wusste, dass sie um diese Zeit schon seit zwei Stunden auf den Beinen war. Wie alle krankhaften Frühaufsteher erwartete sie das auch von anderen, aber diesmal war ich ihr dankbar. Sie hatte mich auf etwas gebracht, was vielleicht nicht schon alle wussten, die mit dieser Geschichte zu tun hatten.

Ich ging duschen und frühstückte anschließend in einem kleinen Café an der Alster. Anschließend fuhr ich mit dem Taxi zum Redaktionsgebäude der *Hamburger Allgemeinen Zeitung*.

Zwölf

Helens Arbeitsbedingungen waren keineswegs so trostlos gewesen, wie ich angenommen hatte. Ihr Schreibtisch stand in einem hellen Büroraum, dessen Größe für ihre Klaustrophobie wohl gerade noch annehmbar gewesen war. Es gab Teppichboden, Klimaanlage und geschmackvolle Kunstdrucke an den Wänden.

»Sie hatte das Büro für sich allein«, sagte der Chef der Wirtschaftsredaktion stolz und schob mich mit seinem Bauch quasi vor sich her in den Raum hinein.

»Frau Jonas war eine außerordentlich geschätzte Mitarbeiterin. Praktisch meine rechte Hand. Politisch eigentlich ein bisschen zu links für unser Blatt, aber klasse. Ökonomischer Sachverstand, detektivische Qualitäten und ein cooler Stil, wenn Sie verstehen, was ich meine.«

Und wie ich das verstand. Dr. rer. pol. Kubens war ein kleiner dicker Mann mit einem roten Churchill-Gesicht und einer erschütternd schlecht gemachten Schwarzhaarperücke. Er wieselte an mir vorbei, hockte sich mit einiger Mühe auf die Kante von Helens Schreibtisch und sah mich erwartungsvoll an.

»Könnten Sie mir sagen, woran sie zuletzt gearbeitet hat?«

»Vielleicht könnte ich das, aber warum sollte ich? Ich kenne Sie gar nicht!«

Das hatte ich befürchtet. Ich hatte mich als enger Freund von Helen vorgestellt und angedeutet, dass wir kurz davor gewesen waren zu heiraten. Mein Wunsch, ihr Büro zu sehen, war sofort auf Verständnis gestoßen, aber das war es auch schon.

»Alles, was Frau Jonas geschrieben, und alle Informationen, die sie gesammelt hat, sind Eigentum der Zeitung, und das Material, das wir gefunden haben, sichten wir gerade. Und hier werden Sie auch nichts finden. Ihren PC haben unsere EDV-Leute gesperrt, den Terminkalender hat die Polizei mitgenommen, und der Schreibtisch ist auch leer. Ach ja, bis auf ein Foto von Ihnen in der Schublade.«

Er ließ mir Zeit, darüber nachzudenken, warum Helen offensichtlich keine Lust gehabt hatte, mein Foto auf ihrem Schreibtisch zu sehen, und schaute dann demonstrativ auf seine Rolex.

»Offen gestanden, weiß ich eigentlich überhaupt nicht ...«

»Kommt Ihnen das nicht ein bisschen komisch vor? Eine gesunde 37-jährige Nichtraucherin, die dreimal die Woche um die Alster joggt, aber niemals in die Sauna geht, stirbt an Herzversagen in einer Saunakabine, in die man sie wegen ihrer Platzangst hätte hineinprügeln müssen. Eines weiß ich: Helen hätte diese Geschichte nicht gekauft.«

Jetzt hatte ich seine Aufmerksamkeit. Kubens glitt von der Schreibtischkante und starrte mich mit einer Mischung aus Misstrauen und Neugier an. Sein leutseliger Whiskybariton gewann deutlich an Schärfe.

»Wollen Sie damit andeuten, dass Sie beim Tod von Frau Jonas an eine Fremdeinwirkung glauben? Wegen etwas, das mit ihrer Arbeit zu tun hatte? Die Polizei hat doch schließlich ...«

»Ich bin schwer glaubensgeschädigt, wissen Sie, und speziell bei dieser Saunageschichte. Und ich finde nichts heraus, weil niemand mit mir sprechen will.«

Kubens schien intensiv darüber nachzudenken und zuckte mit den Schultern.

»Es war nichts Besonderes. Ich meine, woran sie gearbeitet hat«, sagte er schließlich und zwinkerte nervös mit seinen rot geäderten Augen. »Sie hat eine Artikelreihe vorbereitet über die Osterweiterung der EU. Und sie ging einem Gerücht nach, dass jemand von der Börsenaufsicht mit einigen Analysten zusammen illegale Insidergeschäfte betrieben haben soll. In Frankfurt allerdings, das ...«

In diesem Augenblick ertönte ein durchdringendes elektronisches Piepen. Kubens zuckte zusammen und fischte umständlich sein Handy aus der Jackentasche. Er hörte einen Augenblick zu und antwortete dann in perfektem, rasend schnellem Spanisch. Dabei drehte er mir den Rücken zu und ging, immer weiterredend, langsam aus dem Zimmer. Ich hörte ihn auf dem Flur vom Spanischen ins Englische wechseln und starrte dabei auf Helens Schreibtisch. Was wollte ich hier noch? Ich widerstand der Versuchung, die Schreibtischschubladen aufzuziehen. Warum hätte Kubens lügen sollen? Wenn er sagte, der Schreibtisch sei leer, war er leer. Er hätte mich sonst auch gar nicht allein in dem Zimmer gelassen. Was die Polizei nicht hatte, war jetzt in den Händen der Redaktion. Aber irgendwie hatte ich nicht das Gefühl, dass sie das hatten, was ich finden wollte. Und was derjenige finden wollte, der mindestens zweimal in Helens Wohnung gewesen war. Kubens war einfach zu eitel, um einen Triumph zu verbergen.

Die Büroausstattung war Standard. Telefon, PC, schicke, schwarze Schreibtischlampe, dazu passend eine schwarze Schale für Schreibutensilien, ein Tacker, ein voluminöser Locher von Leitz und die kleine Nachbildung eines Computers aus weichem Kunststoff, auf der »Comparex« stand. Ein Scherzartikel für frustrierte PC-Benutzer. Ich schlug mit der flachen Hand kräftig drauf und hörte ein schepperndes Geräusch, gefolgt von einem höhnischen Lachen. Als Nächstes nahm ich den großen Leitz-Locher in die Hand, fasste ihn an dem massiven Hebel, der zum Lochen hinuntergedrückt wird, und schwang ihn durch die Luft. Eine handliche Waffe, wenn das Mobbing im Büro mal überhandnahm. Auf der Unterseite des Lochers sah man durch den Plastikdeckel hindurch Unmengen der kleinen, konfettiähnlichen Schnipsel, die beim Lochen von Papier anfallen. Und ein kleines bräunliches Rechteck. Das dort definitiv nicht hingehörte. Kubens' Stimme kam wieder näher. Er sprach jetzt Deutsch und war offenbar stinksauer. Ich hielt den Locher über den Papierkorb, öffnete die Plastikverschalung und ließ das Konfetti hineinrieseln.

»… lass mich doch nicht verarschen, sehen Sie zu, dass Sie damit fertig werden, und kommen Sie mir nicht mit …«

Das hellbraune Rechteck war ein Stück Heftpflaster. Ich versuchte, es mit meinen kurz geschnittenen Fingernägeln abzulösen, bekam es aber nicht richtig zu fassen.

»… irgendwelchen bescheuerten Ausreden. Wenn Sie den Druck nicht aushalten …«

Mit dem Heftpflaster war etwas an die Unterseite des Lochers geklebt. Ich riss es mit dem Pflaster heraus, ließ beides in meine Hosentasche gleiten und brachte die Plastikverkleidung wieder an.

»… dann suchen Sie sich einen Job beim MDR«, sagte Kubens und steckte das Handy mit einer demonstrativ genervten Geste in seine Jackentasche. Er stand mitten in der Tür und sah mich erstaunt an. Ich hielt den Locher noch in der Hand.

»Den müssen Sie aber hierlassen!«

»Nun ja, einen Versuch war es wert«, sagte ich und brachte ein bemühtes Grinsen zustande, »und danke, dass ich das Zimmer sehen konnte!«

Das Ding mit dem Pflaster darum brannte ein Loch in meine Hosentasche.

»Schon gut. War's das?«

Kubens hatte seinen öligen Genießercharme abgeschaltet und mich offenbar in die Reihe der debilen Unterlinge aufgenommen, die man am Telefon oder sonstwo zügig abbügeln kann.

Ich schob mich wortlos an seinem Bauch vorbei aus der Tür und ging über den Flur zum Fahrstuhl.

»Der Tod von Frau Jonas war ein Unglücksfall. Alle wissen das. Bloß Sie nicht!«

Seine laute, sonore Stimme in meinem Rücken hatte nichts von ihrer Selbstsicherheit verloren. Oder war da ein winziger Hauch von Beunruhigung? Ich wusste es nicht.

Ohne mich umzudrehen, hob ich die rechte Hand zu einem wortlosen Columbo-Gruß und stieg in den Fahrstuhl. *Starker Abgang*, sagte Helens Stimme in meinem Kopf. *Du hättest deinen alten Trenchcoat mitnehmen ...*

»Jetzt halt mal einen Augenblick die Luft an«, sagte ich leise, und sie war tatsächlich still. Zum Glück waren wir zwei allein im Fahrstuhl. Ich fingerte nach dem Pflasterding in meiner Hosentasche. Es hatte einen harten Kern, und ich hatte sofort gesehen, was es war. Der Fahrstuhl landete mit einem sanften Schnurren im Erdgeschoss, und ich beeilte mich, aus dem Gebäude hinauszukommen. Draußen umfing mich eine feuchtwarme, frühlingshafte Helligkeit, die mich blendete und sich auf eine intensive Weise mit meinem Triumphgefühl verband. Ich hatte eine Spur.

Ich lief eine Weile durch die Einkaufsstraße, bis ich das Gefühl hatte, vom Verlagsgebäude weit genug entfernt zu sein, und setzte mich in das erstbeste Straßencafé. Die Vormittagssonne wärmte meinen Nacken, und auf dem Straßenpflaster verdunsteten die Reste des letzten Regenschauers. Ein paar Meter weiter spielte die obligatorische peruanische Folkloregruppe. Ein Feinkosthändler verscheuchte zwei Penner, die sich vor seinem Schaufenster gerade ihre erste Flasche Lambrusco genehmigten, und alle hatten es eilig. Sozusagen das Klischee einer deutschen Fußgängerzone. Ich fühlte mich fabelhaft. Das erste Mal, seit ich in Hamburg war, hatte ich das Gefühl, etwas richtig gemacht zu haben. Ich bestellte Kaffee und Cognac, drehte mein Gesicht in die Sonne und wählte anschließend Annas Nummer auf dem Handy.

Sie war sofort dran, und wieder war ich fasziniert davon, wie sehr ihre Stimme der ihrer Schwester glich.

»Wo steckst du?«

»Autobahn«, sagte sie undeutlich, »kurz vor Hamburg!«

»Ich habe was gefunden.« Ich holte den kleinen Schlüssel aus meiner Hosentasche und begann, das Pflaster abzufummeln.

»Jetzt mach es nicht so …« Die Verbindung wurde schlechter. »Scheißhandy … Ich will wissen …«

»Wir treffen uns heute Nachmittag in Helens Wohnung. Ich hör dich kaum noch. Weißt du, ob Helen ein Bankschließfach hatte?«

»Keine Ahnung. Wieso?«

Und dann war die Verbindung wirklich weg. Ich sah mir den Schlüssel genauer an. Er war relativ klein, flach und billig. Auf der einen Seite war die Nummer 208 eingestanzt.

Ich war ziemlich sicher, dass Helen ein Bankschließfach hatte, aber ebenso sicher war ich mir, dass ein Schlüssel nicht ausreichen würde, um da heranzukommen. Die Nummer deutete auf einen Schließfachschlüssel hin, aber es konnte auch ein Zimmerschlüssel sein, vielleicht für ein billiges Hotel. Ich sah auf die Uhr. Es war kurz vor zwölf. Ich beschloss, es auf gut Glück bei den Bahnhofsschließfächern zu versuchen und anschließend irgendwo etwas zu essen. Der Bahnhof Dammtor lag etwa zwanzig U-Bahn-Minuten entfernt, und ich hatte jede Menge Zeit.

Großstadtbahnhöfe gleichen sich auf merkwürdige Weise. Hamburg, Mailand, Barcelona, die Architektur mag verschieden sein, aber die unglaubliche Lärmkulisse, der Gestank nach Schweiß, Dieselöl und Hamburgern, die afrikanischen Dealer und die alles beherrschende Hektik, all das ist erstaunlich ähnlich.

Ich schlängelte mich an einer Horde grölender Skinheads vorbei, schaffte es aber nicht, zwei alten Tanten auszuweichen, die mir ihren Kofferkuli in die Hacken rammten. Ein paar türkische Jugendliche versuchten, mit ihren Ghettoblastern die Heilsarmee aus dem Takt zu bringen, und der private Sicherheitsdienst war wie immer damit beschäftigt, die Junkies herumzuscheuchen. Ein schmutziger, stickiger, wunderbar anonymer Ort, den ich vor drei Tagen aus entgegengesetzter Richtung durchquert hatte, um jemanden zu besuchen, der bereits tot war.

Ich folgte den Hinweisschildern und stand nach wenigen Minuten vor einer Wand mit Schließfächern. Mit schmalen Augen verfolgte ich die Zahlenreihe, und dann sah ich es. Es gab tatsächlich ein Fach mit der Nr. 208. Die Tür war verschlossen. Und ich hatte einen Schlüssel. Ich widerstand der Versuchung, mich erst nach allen Seiten umzusehen, schlenderte lässig und wie selbstverständlich auf die Schließfächer zu, schloss die 208 auf und holte heraus, was drin war.

Es war eine gewöhnliche Reisetasche, blau-schwarz, gutes Fabrikat. Ob sie Helen gehörte, konnte ich nicht sagen. Wenn wir zusammen weggefahren waren, hatte sie immer einen ramponierten Samsonite-Koffer bei sich gehabt. Die Tasche hatte ich noch nie gesehen. Ich trug sie zu einem Stehcafé, bestellte Cappuccino und Croissants und bereitete mich auf den großen Augenblick vor. Dann öffnete ich den Reißverschluss und machte ihn sofort wieder zu. Die Tasche gehörte Helen, da war ich jetzt ziemlich sicher. Sie war mit Kleidung gefüllt, und in der Sekunde, als der Reißverschluss geöffnet war, hatte ich einen von Helens Kaschmirpullovern obenauf liegen sehen, den ich unter Hunderten wiedererkannt hätte. Es war nur so, dass der teure, schöne Pullover eine irgendwie unschöne Gesellschaft bekommen hatte. Auf der seidigen Wolle lag eine kleine, silbrig glänzende Pistole.

Ich hielt mich mit beiden Händen an der Platte des Stehtisches fest, und unter meinen Achseln bildeten sich kleine Schweißbäche, die sich kühl an den Rippenbögen vorbei nach unten arbeiteten. Was hatte ich zu finden erwartet? Alles Mögliche, nur keine Waffe, und wo zum Teufel hatte sie die her? Egal. Entscheidend war eine andere Frage. Was hatte ihr derartig Angst gemacht, dass sie auf die Idee mit der Pistole gekommen war? Eine Waffe passte nicht zu ihr. Genauso wenig wie die Angst. Helen hatte für körperliche Gewalt nichts als kalte Verachtung übriggehabt, und abgesehen von ihrer Klaustrophobie war sie eine zähe und mutige Frau gewesen. Mutiger jedenfalls als ich.

Schatz, dazu gehört nicht viel.

Deutlich und melodisch, mit einem Hauch von Kälte jetzt, hörte ich ihre Stimme in meinem Kopf, und die gallebittere Schlussfolgerung traf mich wie ein Schlag in den Magen.

Sie hatte mich nicht um Hilfe gebeten. Sie hatte Angst gehabt, so viel Angst, dass sie sich eine Waffe besorgt hatte, und mir nicht ein Sterbenswort davon gesagt.

Sie hatte mir nicht vertraut, mir nicht *zu*getraut, ihr helfen zu können, darauf lief es hinaus. Und? Hätte ich ihr helfen können? Bei Schwierigkeiten, für deren Lösung man sich eine Waffe besorgt, statt zur Polizei zu gehen? Aber vielleicht war sie ja zur Polizei gegangen, und Geldorf hatte es nur nicht für nötig befunden, mir davon zu erzählen. Vielleicht war es ja so, dass überhaupt niemand einen Sinn darin sah, mir irgendwas zu erzählen.

Ein junges Pärchen am Nachbartisch hatte mit dem Dauerknutschen aufgehört und starrte mich leicht beunruhigt an.

Aber ja, meine Lieben, glotzen Sie nur ein bisschen, aber Abstand halten! Was Sie auch quält, was immer Sie bedrückt, fragen Sie auf keinen Fall Dr. Nyström! Er wird es vermasseln, obwohl er jetzt eine Kanone hat.

Einen winzigen Augenblick lang verspürte ich den irrsinnigen Impuls, die Pistole herauszuholen und damit herumzufuchteln. Wie einer dieser arabischen Flugzeugentführer in amerikanischen Filmen.

Zahlen Sie eine Fantastillion, oder alle in diesem Flugzeug werden sich zum Kondensstreifen gesellen.

Helen hatte leise angefangen zu lachen, eigentlich war es mehr ein Kichern. Nicht hämisch, sondern eher fröhlich.

Jetzt komm mal wieder runter. Cool down, wie meine kleine Schwester sagen würde.
Seit wann hast du denn eine Schwester?
Schau in die verdammte Tasche!

Genau das hatte ich vor. Ich bückte mich, hob die Tasche an, drehte mich rasch um, und dann rammte ich den Eismann. Er war klein, dick, südländisch, und natürlich war er kein richtiger Eismann. Er war nur ein italienischer Papa, der für seine Brut vier Portionen Softeis geholt hatte. Die vier großen Waffeln hielt er noch in den Händen, nur dass das Softeis sich jetzt größtenteils auf meiner Jacke befand. Ich spielte kurz mit dem Gedanken, es dort abzukratzen und auf seiner abschüssigen Glatze zu verteilen, aber seine Fassungslosigkeit und sein unglücklicher Gesichtsausdruck nahmen mir den Wind aus den Segeln. Er stammelte ununterbrochen Entschuldigungen, die ich nicht verstand, und förderte schließlich ein Taschentuch zutage, mit dem er an meiner Jacke herumputzen wollte. Das war eine Winzigkeit mehr, als meine blank liegenden Nerven vertragen konnten. Ich stieß ihn grob beiseite, starrte ein paar Schaulustige giftig an, die in der Hoffnung auf eine nette kleine Schlägerei stehen geblieben waren, und machte mich auf den Weg zu den Toiletten.

Es mag Orte geben, die noch trostloser sind als ein Bahnhofsklo, aber so viele können es nicht sein. Ich stieß die Schwingtüren auf und befand mich mittendrin in 130 Quadratmeter neonerleuchtetem, eingekacheltem, nach Pisse stinkendem Elend.

Ich suchte mir ein Waschbecken in der Ecke, stellte die Tasche neben mich auf den Boden und sah in den Spiegel. Mein mit Sommersprossen übersätes Gesicht war von einem

Zweitagebart bedeckt, der im Neonlicht des Bahnhofsklos schmutzig grau schimmerte. Müdigkeit und die Anspannung der letzten Tage hatten ein paar Falten nachgefurcht, die vorher kaum zu sehen gewesen waren, und ich fühlte mich elend. Aber immerhin hatte ich die Tasche. Was auch immer drin war, es würde mir helfen herauszufinden, warum Helen gestorben war. Ich brauchte nur einen ruhigen Platz, um nachzuschauen.

Die Tür zum Toilettenraum öffnete sich, und ich konnte spüren, wie die nach Urin und Desinfektionsmitteln stinkende Luft verwirbelt wurde. Aus den Augenwinkeln nahm ich wahr, dass ein großer Mann mit einer schwarzen Jacke hereinkam, sich vor der Pissrille postierte und mit behaglichen Grunzlauten zu pinkeln anfing.

Ich machte die Jacke sauber, wusch mir dann ausgiebig die Hände und stellte mir Geldorfs Gesicht vor, wenn ich ihm die Tasche zeigte. *Wenn* ich sie ihm zeigte. Nun mal langsam. Ich hatte nicht die geringste Ahnung, was in der Tasche war, und überlegte bereits, was ich der Polizei verheimlichen wollte. Warum eigentlich? Die Handwaschlotion stank nach Flieder und ließ sich mit dem kalten Wasser aus dem Hahn nicht richtig abspülen. Pisse, Flieder und Reinigungsmittel bildeten eine erlesene Duftkombination, und es kam noch ein weiterer Geruch dazu, den ich nicht sofort einordnen konnte.

Der Typ zwei Meter rechts von mir vollführte zwei langsame Beckenstöße und hatte offenbar Schwierigkeiten mit dem Reißverschluss seiner Hose. Ich griff mir meine Tasche, wandte mich an ihm vorbei nach rechts dem Ausgang zu und registrierte noch, wie er mit zufriedenem Schnauben seinen Hosenbund hochschob und sich umdrehte.

Dann ging alles extrem schnell. Mit einer fließenden Bewegung und enormer Beschleunigung kam er auf mich zu, rammte mich mit der Schulter wie ein American-Football-Spieler und stieß mich in die offene Tür einer Toilettenkabine. Mein Kopf schlug mit einem hässlichen Geräusch gegen die Toilettenwand, und sekundenlang spürte ich gar nichts. Dann kam der Schmerz. Die Wände der engen Kabine rasten auf mich zu und lösten sich in rot-schwarze Lichtblitze hinter meinen Augenlidern auf. Zum zweiten Mal innerhalb von drei Tagen ging ich auf die Knie, diesmal vor einer Kloschüssel, den Griff der Tasche immer noch fest in der Hand.

Der Mann hinter mir hatte alle Zeit der Welt. Meine Sitzposition schien ihm offenbar zu gefallen, denn er stieß ein leises, amüsiertes Lachen aus, und durch dichte Schleier von Schmerz und Übelkeit hörte ich ihn die Tür von innen verriegeln. Ich zog die Tasche näher zu mir heran und schaffte es irgendwie, sie zwischen meine Knie und den Toilettensitz zu bekommen. Das schien ihn zu verärgern. Mit einem wütenden Zischen schnappte er nach meinem rechten Arm, drehte ihn mir auf den Rücken und riss ihn dann mit aller Gewalt nach oben. Es war der Arm, den Anna vorbehandelt hatte, aber das spielte keine Rolle mehr. Nichts von alledem, was ich je empfunden habe, war mit dem rasenden Schmerz vergleichbar, der jetzt meinen Arm hinaufschoss und in meiner Schulter explodierte. Ich bildete mir ein, das Gelenk knirschen zu hören. Meine linke, nutzlos herunterbaumelnde Hand tastete nach der Tasche und versuchte verzweifelt, den Reißverschluss zu öffnen. Mit irrsinniger Kraft wurde ich an den Haaren hochgerissen und mit dem Kopf in die Kloschüssel gedrückt. Mein

Gesicht schlug auf kaltes Porzellan. Ich wollte schreien, bekam aber nur ein gurgelndes Geräusch heraus, und mein Mund füllte sich mit nach Pisse schmeckendem Wasser. In diesem Moment öffnete sich der Reißverschluss der Tasche ein Stück weit. Meine Hand glitt hinein, bekam einen Wollstoff zu fassen. Links, weiter links, verdammt. Ich ertrank. Bekam keine Luft mehr. Irgendetwas in meinem Kopf gab einfach nach. Warum auch nicht? Ein Tod in der Kloschüssel ist so gut wie jeder andere.

Und dann hatte ich sie. Meine linke Hand umklammerte den Griff, der sich kühl und hart anfühlte, und ich schaffte es tatsächlich, die Waffe aus der Tasche herauszufummeln. Er muss es irgendwie mitbekommen haben, denn ich hörte einen überraschten Fluch in einer kehligen Sprache, und der Druck auf meinen nach oben verdrehten Arm lockerte sich ein wenig. Ich schob die Hand mit der Pistole durch meine gespreizten Oberschenkel nach hinten, zielte blind nach oben und drückte ab. Einen irrsinnigen Augenblick hatte ich Angst, mir selbst in den Unterleib zu schießen, und danach hörte ich irgendwie zeitverzögert den Schuss. Er war laut, sehr laut in der kleinen Toilette, aber nicht so laut, wie ich befürchtet hatte. Der Mann hinter mir ließ meinen Arm los und schien mit einem schabenden Geräusch zusammenzusacken. Ohne mich umzudrehen, begriff ich, dass er mit dem Rücken an der Toilettentür langsam zu Boden ging und mit einem dumpfen Geräusch unten ankam.

Ich konnte mich nicht bewegen. Vorsichtig versuchte ich, meinen rechten Arm wieder in eine normale Position zu bringen, was beinahe genauso wehtat wie das Verdrehen. Dann, nach endlosen Minuten, streckte ich die Beine aus und kam, mit dem Rücken ans Klo gelehnt, zum Sitzen.

Mein Kopf schien zu platzen, und in meiner Schulter pulsierte ein stechender Schmerz. Mein rechtes Auge war bereits zugeschwollen, aber das linke reichte völlig aus, um zu sehen, was ich angerichtet hatte.

Wir saßen uns praktisch gegenüber. Er hatte kurzes, schwarzgraues Haar, ein kantiges, gut aussehendes Gesicht und dunkle Augen, aus denen er mich ungläubig anstarrte. Er stand unter Schock. Irgendwie hatte ich das Gefühl, dass ich bei dieser Nummer nicht sein erster Kandidat war. Offenbar war er sicher gewesen, ein langes und glückliches Leben zu führen, während er hier und da Leute ins Klo steckte. Dass jemand dabei nicht mitmachen könnte, war nicht eingeplant, und schon gar nicht war vorgesehen, dass *er* dabei etwas abbekam.

Der Gestank nach Kordit und eine Überdosis Adrenalin verstärkten meine Übelkeit, aber am schlimmsten war das Blut. Mein Gegenüber trug eine dunkle Lederjacke über einem blassblauen Jeanshemd und eine ehemals helle Leinenhose, die innerhalb weniger Minuten von einer unvorstellbaren Menge Blut geflutet worden war. Mein Schuss hatte ihn in den rechten Oberschenkel getroffen und offenbar die Arteria femoralis zerfetzt. Unterhalb der Leiste war ein dunkles Pulsieren zu sehen, das bereits schwächer zu werden schien. Noch immer starrte er mich ungläubig an, und ich sah, dass der Schock und der Blutverlust ihn bereits erheblich geschwächt hatten. Ich stemmte mich hoch, setzte mich auf den Toilettenrand, und dann begann ich zu schreien. Ich weiß nicht mehr was, vermutlich um Hilfe.

Der Mann vor mir auf dem Boden schüttelte langsam den Kopf, als wollte er mir mitteilen, dass er das nicht für eine gute Idee hielt. Ich verstummte, holte mein Handy heraus und bekam kein Netz. Ich starrte auf das nutzlose Telefon und versuchte, langsam und gleichmäßig zu atmen.

Und dann, nach einer endlosen Minute, setzte mein Verstand wieder ein, die Panik ließ nach, und ich tat das, was ich gleich hätte tun müssen. Ich zog meinen Gürtel aus dem Hosenbund und brach bei der Klobürste den Stiel ab. Aus Helens Reisetasche holte ich ein dunkles T-Shirt, das ich zu einer dicken Kompresse zusammenfaltete. Ich deponierte den kleinen Revolver in Reichweite auf dem Toilettendeckel und kniete mich neben den Verletzten auf den Fußboden. Ich legte den Gürtel unterhalb der Leiste um den Oberschenkel, presste das T-Shirt auf die blutende Wunde und band dann das Bein ab, indem ich den Bürstenstiel unter den Gürtel schob und zweimal kräftig herumdrehte. Zum Schluss legte ich die Finger seiner Hände in Bethaltung um den Stiel. Er verstand, was ich von ihm wollte, griff zu und hielt den Stiel in Position.

Ich musste raus aus der verdammten Toilette, und zwar schleunigst. Ich hatte einen Menschen lebensgefährlich verletzt, und selbstverständlich musste ich Hilfe holen.

Vor allem aber hatte ich überhaupt keine Lust, vollständig übergeschnappt neben einem blutüberströmten Unbekannten auf dem Bahnhofsklo angetroffen zu werden. Von wem eigentlich? Seit dem Schuss mochten vielleicht knapp zehn Minuten vergangen sein, und jemand hätte ihn hören müssen. Jemand hätte mit der Bahnpolizei oder dem Sicherheitsdienst hier hereinstürmen müssen. Zumindest hätte irgendjemand hereinkommen müssen, um zu pinkeln, Kondome zu kaufen, Graffiti zu sprühen oder sich einen Schuss zu setzen. Tatsache war, dass ich mit dem blutenden Mann mir gegenüber allein war.

Und das bedeutete, dass ich in noch größeren Schwierigkeiten war, als ich gedacht hatte. Nachdem der Mann in der schwarzen Jacke die Herrentoilette betreten hatte, musste jemand die Öffentlichkeit irgendwie ausgesperrt haben. Kein großes Problem. Ein glaubwürdiges Schild an der Tür und ein oder zwei Typen in Handwerkerklamotten hatten wahrscheinlich ausgereicht, die Leute kurzzeitig fernzuhalten. Und mit Sicherheit hatten sie damit gerechnet, dass es keinesfalls länger als fünf Minuten dauern dürfte, mir die Tasche wegzunehmen und mich … ja was? Ich hatte keine Ahnung. Nur eines wusste ich: Er hätte mir die Tasche einfach wegnehmen sollen, als die Gelegenheit dazu da war. Wenn er nicht so verdammt scharf darauf gewesen wäre, meinen Kopf in der Kloschüssel zu sehen, hätte er jetzt ein paar Liter Blut mehr.

Aber wenn er draußen noch Leute hatte, mussten die den Schuss auf jeden Fall gehört haben. Warum waren sie nicht hereingekommen? Weil sie nicht wissen konnten, dass in Helens Tasche eine Pistole war. Weil sie selbstverständlich davon ausgegangen waren, dass *er* geschossen hatte, und das bedeutete, dass … Ich hatte ihn nicht wirklich aus den Augen gelassen, aber die Angst und das fieberhafte Nachdenken hatten einen Teil meiner Wahrnehmung offenbar blockiert. Seine rechte Hand hatte den Klobürstenknebel losgelassen, war in der Jacke verschwunden und tauchte jetzt mit einer stupsnasigen, dunkel glänzenden Pistole wieder auf. Er versuchte sie auf meinen Bauch zu richten, hatte aber einfach nicht mehr die Kraft dazu und ließ die Hand resigniert in den Schoß sinken. Ich nahm ihm die Waffe weg und schubste sie unter der Trennwand durch in die Nachbartoilette. »Be aware of limbo dancers«, hatte jemand in Sitzaugenhöhe an die Wand geschrieben.

Ich wollte nur noch raus, aber das war gar nicht so einfach, denn mein Gegenüber blockierte die nach innen aufgehende Tür. Ich hätte ihn nicht bewegen können, ohne jede Menge Blut abzubekommen, und ich wollte ihn auch nicht anfassen. Also steckte ich Helens Pistole ein, knautschte die Reisetasche zusammen, drückte sie unter der Wand durch in die Nachbarkabine und schob mich dann selbst, auf dem Rücken liegend, hinterher. »Hab nicht erwartet, dass du so mager bist«, hatte Anna gesagt. »Be aware of limbo dancers«, dachte ich. Da war was dran. Das Letzte, was ich von ihm sah, war, dass auch seine linke Hand den Abbindknebel losgelassen hatte.

Ich packte seine merkwürdige Pistole in Helens Tasche und war mit wenigen Schritten bei der Ausgangstür, aber ich hatte keine Ahnung, wie es weitergehen sollte. Wer wartete da draußen auf mich? Was würden sie tun, wenn ich einfach ganz normal zur Tür herausspazierte? Ich glaubte nicht, dass sie mich in der Bahnhofshalle vor Dutzenden von Zeugen angreifen würden, aber mit Sicherheit würden sie hinter mir her sein. Und in meinem Zustand würde ich keinen guten Dr. Kimble abgeben. Mein rechter Arm war so gut wie gebrauchsunfähig, mir war speiübel, und ich hatte eine Heidenangst.

Dann senkte sich die Türklinke, und die Entscheidung wurde mir abgenommen.

Ich trat einen Schritt zurück hinter die Tür und ließ ihn hereinkommen. Er war sehr groß, aber er war allein.

»Hallo! Valbon? Ku je ti? A eshte cdo gje ne regull?« rief er halblaut in Richtung Toiletten. Ich verstand kein Wort, aber es klang nach Balkan, Albanisch oder Serbokroatisch. Er drinnen statt ich draußen, das sah schon sehr viel besser aus. Ich ließ ihn ganz durch die Tür treten und räusperte mich leise. Er fuhr herum und erstarrte, als er Helens Pistole sah, die ich in der Linken hielt. Trotz seiner Größe sah er aus wie ein Mann, der sich schnell bewegen kann, und ich hatte nicht die Absicht, ihn näher an mich heranzulassen. Er trug eine Art blauen Handwerkeroverall mit einem Firmenlogo auf der Brust.

»Du solltest dich um deinen Partner kümmern«, sagte ich und deutete mit der Pistole auf die Toilettenräume. »Er hat nicht mehr viel Blut.«

Einen Augenblick lang hatte ich das Gefühl, dass er mich nicht verstand.

Dann schüttelte er ausdruckslos den Kopf und setzte sich in Bewegung. Ich sah, wie sich die Tür zum Toilettenbereich hinter ihm schloss, hörte das Zersplittern der Klotür und einen ächzenden, fassungslosen Laut.

Dann machte ich, dass ich rauskam. Bevor ich im chaotischen Gewusel der Bahnhofshalle untertauchte, warf ich einen Blick zurück auf die Tür und das handgeschriebene Schild, das da hing.

»Wegen Rohrbruch vorübergehend geschlossen!«

Ein paar Leute starrten mich neugierig an, aber niemand beachtete mich wirklich. Ein weiterer Mann in einem blauen Overall war nicht zu sehen. Ich ging in eine Telefonzelle und wählte die Nummer der Notrufzentrale, die dort aushing.

»Im Bahnhofsklo ist jemand schwer verletzt«, sagte ich und legte sofort auf.

Ich ging raus auf den Bahnhofsvorplatz und fuhr mit

dem Taxi zu Helens Wohnung. Der Taxifahrer betrachtete misstrauisch mein zerschlagenes Gesicht, während er mir das Wechselgeld herausgab. Ich war mir sicher, dass er sich diese Fahrt merken würde, aber das konnte ich jetzt nicht mehr ändern. Helens Wohnung war alles andere als ein sicherer Ort, aber einen anderen hatte ich nicht. So wie ich aussah, konnte ich auf keinen Fall ins Hotel zurück. Ich musste mit Anna sprechen, und ich wollte ungestört die Tasche durchsuchen. Ich brauchte ein Bad und ein Klo, in das mich niemand hineinstieß. Und mehr als jemals zuvor brauchte ich Helen.

Dreizehn

Als ich aufwachte, war sie da. Der brüllende Schmerz in meinem Kopf übertönte ihre Stimme, aber sie war da. Leise, verhaucht, intensiv und ungeduldig.

Du musst aufwachen! Bitte! Ich muss wissen, was passiert ist.

Ja, was war bloß passiert? Man hatte mich mit Eis beschmiert, mir den Arm ausgerenkt und anschließend versucht, mich im Klo zu ersäufen. Und dann hatte ich geschossen. Wenn sie nicht verblutet sind, dann leben sie noch heute. Hätte nicht passieren müssen, aber du weißt ja, wie es läuft.

»Verdammt, nun wach endlich auf!«, sagte Anna jetzt mit ihrer richtigen Stimme und rüttelte an meiner Schulter herum.

Vor Schmerz riss ich die Augen auf und erkannte ihr Gesicht direkt vor mir. Es sah sehr verändert aus. Die Piercings an den Nasenflügeln, den Augenbrauen und der Unterlippe waren verschwunden. Die Haut wies an den Stellen, wo das Metall gesessen hatte, eine deutliche Rötung auf, hatte sich aber bereits zusammengezogen. Kein Make-up mehr. Die Irokesenbürste war auch verschwunden. Sie hatte sich den Kopf ganz kahl scheren lassen und sah aus wie eine jüngere Version von Sigourney Weaver in *Alien 3*. Die Punkklamotten hatte sie gegen einen dicken blauen Wollpullover, Jeans und Turnschuhe ausgetauscht.

»Du zitterst«, sagte Anna sachlich.

Ich sah mich im Zimmer um. Es war dämmerig, und sie hatte die kleine Lampe auf Helens Schreibtisch eingeschaltet. Ein warmes, vertrautes Licht. Ich lag auf der Ledercouch in Helens Wohnzimmer und fror. Die Reisetasche stand ungeöffnet neben der Couch. Anna hatte sich einen Stuhl herangezogen, auf dem sie rittlings hockte, und starrte mit einer Mischung aus Ärger und Besorgnis auf mich herab.

»Wenn du das nächste Mal kotzt, ziehst du hinterher anständig ab. Das ganze Klo stinkt«, sagte sie.

Ja, richtig. Das mit dem Kotzen wurde langsam zur Gewohnheit. Irgendwann musste ich mal wieder was drinbehalten. Ich nickte, einfach damit sie weitermachte.

»Vierzig Kilometer vor Hamburg war ein Stau. Eine ganze verdammte Stunde habe ich da herumgehangen. Die Heizung von dem VW ist jetzt komplett im Eimer. Weißt du was – du siehst echt beschissen aus. Als wenn du fünf Schwarzenegger-Filme am Stück gesehen hättest. Was ist mit deinem Auge passiert? Ich mach dir einen Tee, und wenn du dann vielleicht so freundlich wärst, mir zu …«

»Ich glaube, ich habe heute Mittag jemanden umgebracht.«

Anna erstarrte in der Bewegung, ihre Augen wurden schmal und wachsam. Vorsichtig, als wäre der Stuhl aus Glas, setzte sie sich wieder hin. Sie sah mich an und sagte nichts.

»Mach mal die Tasche auf!«

Sie schob mit dem Fuß die Reisetasche näher heran und öffnete den Reißverschluss. Ihr Gesicht bekam einen überraschten und irgendwie faszinierten Ausdruck, der mir nicht gefiel.

»Woher hast du die?«

»Sie gehörte Helen, und ich weiß nicht, woher sie sie hatte. Aber um das Glück vollkommen zu machen, in der Seitentasche ist noch eine.«

Anna schüttelte ungläubig den Kopf, beugte sich hinunter und befühlte die wuchtige Ausbeulung der Tasche, ohne die Tasche zu öffnen. Dann kam sie wieder hoch und lächelte. Es war die Art von Lächeln, das Leute aufsetzen, wenn sie Mühe haben, nicht zu schreien.

»Wie wäre es jetzt mit ein paar Erklärungen?«, sagte sie leise.

Und die gab ich ihr. Ich erzählte ihr von Kubens und dem Schlüssel im Locher, dem Schließfach, dem Eismann und wie das Ganze mit meinem Kopf im Klo endete. Aber das war nicht ganz korrekt. Geendet hatte es damit, dass ein Mann, den ich nicht kannte, auf den Kacheln der Bahnhofstoilette verblutete.

»Große Scheiße, große Scheiße«, flüsterte Anna. Sie war jetzt sehr blass, und ihr Gesicht wirkte ohne Haare nackt und verletzlich. »Warum um Himmels willen hast du nicht die Bullen gerufen? Das war doch eindeutig Notwehr!«

»Das hätte ich, wenn dieser zweite Typ nicht aufgetaucht wäre. Ich habe Angst gehabt, dass da noch mehr sind, und wollte einfach nur weg. Verstehst du, ich konnte dort nirgendwo auf die Polizei warten, und ich war völlig durchgedreht.«

»Glaubst du, dass der Mann mit dem Eis da mit drinsteckt?«

Die Frage hatte ich mir auch schon gestellt. Ich hatte mich halb aufgerichtet und war benommen von dem Schmerz, der in meinem Schultergelenk wütete. Anna fasste meinen unverletzten linken Arm und zog mich vorsichtig hoch. Als sie sich zurück auf den Stuhl setzte, schien ihr Gesicht etwas zu verschwimmen. Ich schloss das zugeschwollene Auge und starrte sie mit dem gesunden unfreundlich an.

»Ist das wichtig?«

»Ja, das ist wichtig«, sagte Anna. »Weil es nämlich ein Hinweis darauf ist, wozu die fähig sind. Nehmen wir einmal an, dass sie dir zur Redaktion gefolgt sind und von dort zum Bahnhof, selbstverständlich ohne dass du was gemerkt hast. Im Bahnhof haben sie gesehen, dass du etwas aus dem Schließfach genommen hast, und sie haben beschlossen, es dir wegzunehmen. Und alles, was jetzt kommt, ist eine absolut geniale Improvisation. Sie könnten dich noch in der Bahnhofshalle angreifen, aber das ist ihnen doch ein bisschen zu gefährlich. Dir den Koffer nach Verlassen des Bahnhofs abzunehmen, birgt das Risiko, dich im Verkehrsgewühl zu verlieren. Du könntest einfach ins erstbeste Taxi springen und dir dort die Tasche in aller Seelenruhe anschauen. Und das wollen sie auf keinen Fall. Also beschließen sie, zu improvisieren und dich in eine Falle zu locken.

Der Plan ist aus dem Augenblick geboren und hat so viele Löcher wie meine alten Reeboks. Was ist, wenn du mit dem Eismann eine Schlägerei anfängst, statt brav aufs Klo zu laufen? Was ist, wenn sich noch mehr Leute in der Toilette aufgehalten hätten? Egal! Auf jeden Fall weniger Zeugen als in der Bahnhofshalle. Ich glaube, dass er dir in dem Fall die Tasche einfach abgenommen und sich die Nummer mit dem Klo geschenkt hätte. Sie riskieren es, weil es trotz der vielen Wenn und Aber immer noch das Einfachste ist. Das sind Profis.«

»Profis wofür?«

»Diebstahl, Raub, Einschüchterung, weiß der Himmel. Jetzt stell dich nicht blöd!«

»Sich von mir anschießen zu lassen war nicht sehr professionell. Und die kleine sadistische Einlage auch nicht.«

»Stimmt«, sagte Anna nachdenklich, »dass in der Tasche eine Pistole war, konnte er nicht wissen. Aber warum hat er dir die Tasche nicht einfach weggerissen und sich davongemacht?«

Ich schwieg und versuchte, den Schmerz in meiner Schulter zu ignorieren.

»Heilige Scheiße, was läuft hier?« Annas Stimme hatte jetzt einen Unterton von aufkommender Panik. »Helen wird getötet. Jemand bricht in ihre Wohnung ein und räumt den Computer aus. Du wirst beobachtet und zwei Tage später von bewaffneten Schlägern überfallen. Und jetzt ...?«

»Okay«, sagte ich, »schauen wir uns endlich die verdammte Tasche an!«

Anna hob die Tasche hoch und stellte sie auf die Glasplatte des kleinen Couchtisches. Dann nahm sie mit spitzen

Fingern die Pistole heraus und legte sie vorsichtig und in gebührendem Abstand auf den Fußboden.

»Hast du sie abgewischt?«, fragte sie.

Ich schüttelte stumm den Kopf. Nach und nach räumte sie alle Kleidungsstücke aus und stapelte sie auf dem Teppich. Jeans, T-Shirts, Pullover, Wäsche, eine warme Jacke. Unauffällige, aber teure Freizeitkleidung, wie Helen sie liebte, für eine kurze Reise von vielleicht einer Woche. Zuletzt förderte Anna einen dünnen roten Plastikordner zutage und legte ihn vor mich auf den Tisch. Da war sie, die hübsche kleine Akte.

Nichts Spektakuläres. Obendrauf der Ausdruck einer E-Mail.

Von: Jaeggi.U@hotmail.com
An: Jonas.H@foxnet.de
Can you check this?

Keine Unterschrift. An die Mail war eine Datei angehängt. Ein A4-Blatt mit eng gedruckten Kolonnen voll Zahlen und Daten. Und es gab drei Namen, die mit einer krakeligen, linkslastigen Handschrift oben rechts auf dem Blatt notiert waren: Krisjanis Udris, Carlo Tozzi, Fabian Mercier. Hinter jedem Namen stand eine achtstellige Zahlenreihe. Ich dachte an Kontonummern, aber die Zahlen konnten alles Mögliche bedeuten. Ich schob Anna das Blatt über den Tisch. Sie starrte eine Weile darauf und blickte mich dann finster an. So, als ob ich ihr ein besonders idiotisches Rätsel aufgegeben hätte, um ihre Zeit zu stehlen.

»Was soll das?«

Bei dem Versuch, ratlos mit den Schultern zu zucken, schoss ein elektrisierender Schmerz durch meinen verletzten Arm. Ich hatte angefangen, stark zu schwitzen.

»Du musst zu einem Arzt damit«, sagte Anna.

»Was soll ich dem erzählen, wie das passiert ist? Sportverletzung?«

Anna kicherte leise.

»Sag ihm, die Bullen hätten dich in der Mangel gehabt. Auf einer Demo. Da gibt's immer jede Menge verdrehter Arme. Meist kombiniert mit heftigen Kopfschmerzen. Morbus Brokdorf.« Ich schloss die Augen und dachte an Helen. Zumindest in Sachen Humor waren die Jonas-Schwestern nicht so übermäßig verschieden.

»Tut mir leid«, sagte Anna nach einer Weile, »ich weiß auch nicht … Glaubst du, dass Helen wegen diesem Wisch getötet worden ist?«

»Ich weiß es nicht. Aber hinter was hätten die Typen vom Bahnhof sonst her sein sollen? Sie wollten um jeden Preis die Tasche haben – und das bestimmt nicht wegen der Klamotten. Vielleicht haben sie nicht genau gewusst, was in dem Ordner ist. Aber als sie mir von der Redaktion zum Bahnhof gefolgt sind und mich an den Schließfächern gesehen haben, haben sie die Tasche mit Helen in Verbindung gebracht.

Mal der Reihe nach: Helen bekommt eines Tages eine Mail von einem gewissen Jaeggi. Könnte auch eine Frau sein, egal. Sie wird gebeten, etwas zu überprüfen. Drei Namen und einen Haufen Zahlen. Die beiden müssen sich bereits gekannt haben, denn Helen hätte nicht angefangen zu recherchieren, wenn sie Jaeggi für einen x-beliebigen Spinner aus dem Internet gehalten hätte. Und vor allem, sie konnte offenbar mit der Nachricht etwas anfangen. Jaeggi wiederum hat sich gezielt und bewusst an sie gewandt.

Also, Helen bekommt die Mail und fängt an, ein paar Nachforschungen anzustellen. Sie ruft Leute an, stellt Fragen und macht ein Interview im Institut für Meeresbiologie. Und sie erregt die Aufmerksamkeit von Leuten, denen das irgendwie nicht passt.«

»Also, ich weiß nicht«, sagte Anna. »Wieso sollten die so auf sie gekommen sein? Nachforschungen und Interviews waren für Helen Alltagsroutine. Das war, was sie immer gemacht hat. Ist es nicht viel wahrscheinlicher, dass jemand herausgefunden hat, dass Jaeggi sich an sie wandte? Nur, was ich überhaupt nicht verstehe, ist, was die angehängte Datei mit dem Institut für Meeresbiologie zu tun hat.«

»Helen hat jedenfalls einen Zusammenhang hergestellt. Vielleicht hat wirklich jemand die Spur von Jaeggi zu ihr verfolgt. Und hat die Beobachtung in Hamburg fortgesetzt, ist ihr vielleicht sogar nach Warnemünde nachgefahren. Wie auch immer, Helen muss sie bemerkt haben. Sie haben ihr eine Scheißangst gemacht, aber sie hatte nicht die Absicht, die Finger von der Sache zu lassen.«

»Wie kommst du darauf?«

»Die Pistole. Die hat sie sich besorgt, weil sie sich bedroht fühlte und nicht zur Polizei gehen wollte oder konnte.«

»Und weil sie nicht klein beigeben konnte«, fügte Anna bitter hinzu, »das konnte sie nie!«

»Ja, du bist da ganz anders. Wenn dir einer sagt: Schätzchen, lass das, dann lässt du es!«

»Aber klar!« Sie grinste breit und hatte einen Gesichtsausdruck aufgesetzt, den sie offenbar für sanftmütig hielt.

»War das jetzt alles?«, fragte ich und deutete auf die Tasche. Anna beugte sich hinunter und nahm sich die Tasche noch einmal vor. Aus einem diskreten, flachen Futteral an der Innenseite holte sie schließlich Helens Pass und, darin eingelegt, einen länglichen Umschlag hervor. Sie öffnete ihn und pfiff leise vor sich hin.

»Ein Stadtplan von, Moment ... Ventspils«, sagte sie, »und ein Flugticket. Und jetzt rat mal, wohin!«

Ich grunzte ungeduldig, und sie schob das Ticket über den Tisch zu mir rüber. Es war ein Hin- und Rückflug von Hamburg nach Riga.

»Ist das in Litauen?«, fragte Anna

»Lettland. Was weißt du über Lettland?«

»So viel wie über Litauen und Estland. Gar nichts!«

»Der eine Name auf der Liste, Krisjanis Udris, könnte ein lettischer Name sein.«

»Okay, du meinst, Helen wollte nach Lettland fliegen, um mit diesem Udris zu sprechen?«

»Oder um etwas über ihn herauszufinden.«

Anna schwieg eine Weile und massierte mit den Fingerspitzen ihre Schläfen. Sie sah blass und mutlos aus.

»Was ist mit deinem teuren Haarschnitt und den Piercings passiert?«, fragte ich.

»Ich wollte ein bisschen unauffälliger aussehen bei dem, was wir vorhaben.«

»Was genau haben wir denn vor?«

»Ich will wissen, was mit Helen passiert ist. Ich werde sie nicht einfach begraben und nach Hause fahren.«

»Ich muss mit den Bullen sprechen wegen der Sache im Bahnhof, und ich habe keine Ahnung, was die mit mir anstellen. Gefährliche Körperverletzung ist keine Kleinigkeit. Und die Notwehr muss ich erst noch beweisen.«

»Keine Vorstrafen, fester Wohnsitz und keine Verdunklungsgefahr. Gibt keine U-Haft!«, sagte Anna fachmännisch.

Aber es war nicht notwendig, zur Polizei zu gehen. Zehn Minuten später stand Geldorf vor der Tür.

Vierzehn

Als wir Helens melodischen Türsummer hörten, brauchten wir keine zehn Sekunden, um die Sachen wieder in der Reisetasche zu verstauen. Anna brachte sie ins Schlafzimmer, hievte sie auf einen von Helens Kleiderschränken und schlenderte ohne Eile zur Haustür. Als sie mit Geldorf zurückkam, war ich nicht wirklich überrascht. Angesichts dessen, was ich angestellt hatte, war er spät dran.

Geldorf schob seinen massigen Körper ins Wohnzimmer, blickte sich um und stieß ein anerkennendes Brummen aus.

»Schön hier«, sagte er, »wirklich schön!«

Dann zog er seinen Mantel aus, warf ihn achtlos auf den Esstisch und ließ sich schwerfällig in einen von Helens Designersesseln fallen.

»Setzen Sie sich doch ruhig einen Augenblick!«, sagte Anna, aber Geldorf war nicht in Stimmung für einen kleinen Zank. Er starrte sie wortlos an und deutete dann mit ausgestrecktem Zeigefinger auf das Sofa. Anna setzte sich neben mich und starrte zurück.

»Ich war jetzt eine Stunde im Schlachthaus«, sagte Geldorf nach einer Weile, »in einem nach Pisse und Blut stinkenden Schlachthaus, also kommen Sie mir bloß nicht blöd. Haben Sie eine Vorstellung, wie das aussieht, wenn man jemandem in einer Klozelle den Kopf wegschießt?«

Ich sagte nichts, rührte mich nicht und verstand überhaupt nichts mehr.

»Eine Leiche auf dem Bahnhofsklo. Erschossen mit einer großkalibrigen Waffe mit Schalldämpfer«, sagte Geldorf, »die Schädeldecke praktisch weg und das Gehirn auf die Klowände verteilt. Kein Gesicht mehr.«

Anna stand auf, ging in die Küche und kam mit einem Wasserglas und einer Flasche Aquavit zurück. Sie stellte beides vor Geldorf auf den Tisch und setzte sich leise wieder aufs Sofa. Geldorf gab ein genießerisches Schmatzen von sich, schüttete das Glas halb voll und kippte es mit einem Schluck hinunter. Dann machte er weiter.

»Es sah aus wie eine Hinrichtung mit vorhergehender Folterung. Der Mörder hat dem armen Schwein erst noch ins Bein geschossen, bevor er ihn schließlich erledigt hat. So was hab ich selbst auf dem Kiez noch nicht gesehen. Ausgerechnet einer von der Heilsarmee hat ihn gefunden. Auch Gottes Soldaten müssen mal pinkeln.«

»Weiß man schon, wer er ist?«, fragte Anna. Ihre Stimme klang fast normal, während ich das Gefühl hatte, auf Tafelkreide herumzulutschen. Sehnsüchtig schielte ich nach der Flasche. Geldorf registrierte meinen Blick und schob sie zu mir herüber.

»Nehmen Sie ruhig einen Schluck«, sagte er mit einem Anflug seiner alten Jovialität. »Sie werden ihn brauchen!« Er wandte sich Anna zu.

»Mit dem Gesicht konnte der Erkennungsdienst nicht mehr viel anfangen, aber die Fingerabdrücke sind in unserer Kartei. Er heißt Valbon Selimi. Mit internationalem Haftbefehl gesucht in der gesamten EU. Nach dem Bosnienkrieg zunächst wegen Kriegsverbrechen: Vergewaltigung, Mord und Massenvertreibungen, die ganze Palette. Er ist Kosovo-Albaner, hat aber offenbar mit den Serben kollaboriert. Zuletzt wurde er gesucht wegen Drogenhandel, Zwangsprostitution und Auftragsmord. Kurz und gut: ein absolut lebensgefährlicher Schweinehund. Wir gehen davon aus, dass ihn einer von seinen Berufskollegen getötet hat.«

Ich hatte mich zurückgehalten, so gut es ging, aber jetzt war ich reif für den Aquavit. Ich nahm einen großen Schluck direkt aus der Flasche und sah aus den Augenwinkeln, wie Anna den Kopf schüttelte. Der Schnaps tobte durch meine Speiseröhre und landete mit einem schönen warmen Plumps im Magen.

»Tja«, sagte Geldorf bedächtig, »und wie ich nun nach der ganzen Sauerei wieder auf unserer Dienststelle auftauche, höre ich doch ganz nebenbei, dass sich eine Taxizentrale bei uns gemeldet hat. Da hat einer ihrer Fahrer einen ziemlich ramponierten Typen vom Bahnhof in die Abteistraße gefahren. Und da hab ich gedacht, ich schau mal nach Ihnen.«

»Jugendliche«, sagte Anna mit einem wunderbaren Hauch Verachtung in der Stimme. »Er konnte das Maul nicht halten, als ein paar bierverblödete Halbstarke ihn angerempelt haben. Nur ein bisschen rumgeschubst. Wenn er es weggesteckt hätte ... aber so ... Sie sehen ja: das volle Programm.«

»Mit wegstecken sieht es im Moment nicht mehr so gut aus«, sagte ich laut und deutlich. Entgegen der landläufigen Meinung hatte der Aquavit meinen Stimmbändern offenbar gutgetan.

»Schön, dass Sie auch mal was sagen«, sagte Geldorf. »Ich hab schon befürchtet, Ihnen wären die Verschwörungstheorien ausgegangen. Was wollten Sie denn eigentlich am Bahnhof?«

»Ich bin bei der telefonischen Zugauskunft nicht durchgekommen. Eine Warteschleife nach der anderen. Na ja, dann bin ich halt mit der S-Bahn hingefahren, um ein paar Zugverbindungen abzuklären.«

»Der ICE nach München fährt im Stundentakt.«

»Wenn das hier vorbei ist, will ich meine Eltern in Schweden besuchen.«

»Das ist schön von Ihnen«, sagte Geldorf, »Familie ist wichtig. Wissen Sie, es gibt da eine Kleinigkeit bei der ganzen Geschichte, die ich nicht begreife. Etwa zu der Zeit, als unserem Freund Selimi der Kopf weggeschossen wurde, hat jemand bei der Notrufzentrale angerufen. Eine Männerstimme sagte: ›Im Bahnhofsklo ist jemand schwer verletzt.‹ Verstehen Sie, das war nicht der Mann von der Heilsarmee. Der hat nicht telefoniert, der ist einfach schreiend rausgelaufen. Denkbar wäre, dass vor ihm jemand auf dem Klo war, Selimi gesehen und ganz cool per Handy den Notarzt gerufen hat. Und dann verduftet ist. Aber er sagte ›schwer verletzt‹, wissen Sie, nicht ›tot‹. Wenn er Selimi gesehen hat, hätte ihm doch klar sein müssen, dass ein Mann praktisch ohne Kopf nicht einfach nur schwer verletzt ist.«

»*Wenn* er ihn gesehen hat«, sagte Anna. »Vielleicht hat er nur das Blut gesehen. Wäre doch möglich. Er kommt rein, will einfach nur pinkeln und sieht, wie unter einer Klotür eine schöne große Blutlache auf ihn zukommt. Er kriegt Panik, macht den Anruf und einen schnellen Abflug.«

»Ja, vielleicht«, sagte Geldorf, »so ungefähr stellen sich meine Kollegen das auch vor. Aber wir stehen ja noch ganz am Anfang der Ermittlungen. Die Notrufzentrale hat den Anruf natürlich aufgezeichnet, aber ohne Vergleichsstimme ...«

Er sah mich direkt an und schien irgendwie auf eine Reaktion von mir zu warten, aber ich tat ihm den Gefallen nicht. Ich saß einfach da und rührte mich nicht. Schließlich gab er es auf, angelte sich seinen Mantel und schlurfte zur Tür.

»Danke für den Schnaps, und vielleicht fällt Ihnen ja noch was ein zu unserem geheimnisvollen Anrufer. Ach ja, und wir haben ja auch immer noch unsere Ballistiker. Das Bein sah ja schlimm aus, aber lange nicht so schlimm wie der Kopf. Komisch eigentlich, wenn es das gleiche Kaliber war ...«

Er ließ den Satz so stehen, war schon halb aus der Tür und kam dann in bester Columbo-Manier noch mal zurück.

»Sie können Ihre Schwester beerdigen«, sagte er, zu Anna gewandt. »Hab ich in der Aufregung vergessen. Die Gerichtsmedizin hat den Leichnam freigegeben. Keine neuen Erkenntnisse, aber der leitende Pathologe will noch mal mit Ihnen sprechen, wenn Sie es einrichten können. Bleiben Sie sauber!«

Und damit war er weg.

Anna stand auf und räumte mit demonstrativer Missbilligung den Aquavit beiseite. Ich saß auf dem Sofa und beobachtete meine rechte Hand, die flach auf meinem Knie lag. Sie hatte angefangen, unkontrolliert zu zittern. Ich steckte sie in die Hosentasche.

»Immerhin ein Aufschub«, sagte Anna, als sie aus der Küche zurückkam. »Denk bloß nicht, dass du aus dem Schneider bist. Geldorf hat einen guten Riecher. Er weiß nur nicht, wie er eine Verbindung zwischen dir, einem Schwerkriminellen und einer Riesenknarre herstellen soll. Und er ist sich nicht sicher, ob er es wirklich wissen will.«

»Du kannst fantastisch lügen«, sagte ich.

»Ja!«

»Ich war drauf und dran, ihm einfach alles zu erzählen.«

»War nicht nötig. Bist du nicht froh, dass du ihn nicht getötet hast?«

»Hab ich nicht? Immerhin habe ich ihn so zugerichtet, dass jemand anderes es für notwendig hielt, ihm das Gehirn rauszuschießen!«

»Oh, Scheiße, Mann, jetzt fang bloß nicht damit an. Du hast einem gesuchten Mörder und Frauenschänder aus Notwehr ins Bein geschossen. Okay? Und einer von seinen Dreckskumpanen hat nach kurzer Bedenkzeit beschlossen, dass es besser ist, ihn zu beseitigen. Also jetzt nerv mich nicht mehr als unbedingt nötig!«

Ich schwieg und versuchte, mich auf Geldorf zu konzentrieren. Spätestens wenn sie die Projektile untersuchten, würden sie wissen, dass zwei unterschiedliche Waffen im Spiel waren. Aber würden sie zwangsläufig auf zwei Täter schließen? Nicht unbedingt. Die kleinkalibrige Pistole hätte Selimi gehören können. Der Mörder nimmt sie ihm weg, schießt ihm, vielleicht im Handgemenge, ins Bein und erledigt ihn anschließend mit seiner Riesenkanone, um möglichst viele Spuren zu verwischen und weil er für die einen Schalldämpfer hat. Dann hatte er beide Waffen mitgenommen. Aber was war mit der Arterienpresse. Wer hatte die angelegt? Egal. So oder so, Anna hatte recht. Wir hatten einen Aufschub.

»Wir müssen die beiden Pistolen loswerden«, sagte sie.

»Wenn wir wirklich versuchen wollen, ohne Polizei etwas herauszufinden, sollten wir sie vielleicht behalten. Ich hab eine Heidenangst.«

»Das solltest du auch. Aber ich kann nicht schießen. Und vor allem, ich will nicht! Und du? Denkst du, weil du es zufällig geschafft hast, den Typ ins Bein zu treffen, könntest du dich auf irgendwelche Schießereien mit Exsöldnern einlassen? Aber was noch wichtiger ist: Über Helens Waffe wissen wir nichts, aber möglicherweise ist sie irgendwo registriert. Die von dem Albaner ist mit Sicherheit in irgendeiner Interpol-Kartei, wer weiß, was er damit angestellt hat. Ich lasse die beiden Schätzchen im Hafen verschwinden. Wenn wir damit erwischt werden, sind wir im Eimer.«

Sie hatte recht. Heute war eindeutig ihr Tag, während mein Gehirn gerade noch mit Notstromaggregat vor sich hin dümpelte. Tilt! Game over! Ich legte mich wieder aufs Sofa und versuchte, den Schmerz in meiner Schulter zu ignorieren. Anna hockte mit untergeschlagenen Beinen auf einem der Sessel und sah zu, wie ich einschlief. Als ich aufwachte, saß sie noch genauso da. Es war schon dunkel.

»Ich hol uns was zu essen«, sagte sie, »vom Chinesen. Ist nicht weit die Straße runter. Ich wollte nur warten, bis du aufwachst.«

Ich nickte.

»Hast du überlegt, was wir jetzt machen?«

»Ja«, sagte sie, »wir werden Helen beerdigen. Und dann finden wir raus, was sie in Lettland wollte.«

Fünfzehn

Meine Erinnerungen an die Beerdigung sind verschwommen. Außer Anna und mir waren zahlreiche Arbeitskollegen und Freunde von Helen erschienen, die wir allesamt nicht kannten. Ich hatte nicht die geringste Vorstellung gehabt, wie bekannt Helen gewesen war. Geldorf war auch da.

Es regnete unaufhörlich, und Anna weinte die ganze Zeit. Helen hatte keiner Kirche angehört, und so war auch kein Pfarrer erschienen. Stattdessen hatte Dr. rer. pol. Kubens um die Ehre gebeten, im Namen der Zeitung eine Rede halten zu dürfen. Anna hatte nicht recht gewusst, wie sie es ihm abschlagen sollte, und letztendlich entledigte er sich seiner Aufgabe weit weniger schleimig, als wir befürchtet hatten. Er würdigte ihre Arbeit für die Zeitung, sprach von ihrem Mut und Engagement und ihren journalistischen Qualitäten und nannte sie einen warmherzigen, offenen und wunderbaren Menschen.

Ich stand wie versteinert am Grab, versuchte mir vorzustellen, dass Helen in dieser geschmackvollen Kiste lag, und konnte es einfach nicht. Die Tränen liefen mir in den Hemdkragen, und das leise Prasseln der Erde auf dem Sargdeckel schien in meinen Ohren zu dröhnen. Anna umklammerte meinen Arm, und gemeinsam ließen wir die Beileidsbekundungen über uns ergehen.

Nach der Beisetzung winkte uns Geldorf heran, verfrachtete uns ohne große Umstände in seinen alten Daimler und fuhr mit uns zu einem kleinen Café in der Innenstadt. Ich war ihm dankbar, vor allem, weil er einfach die Klappe hielt. Während er Kaffee und Cognac bestellte und mit seinen Zigarillos herumkasperte, starrte ich hinaus in den Regen und auf einen großen Bauzaun auf der anderen Straßenseite.

Und dort hing jemand, den ich kannte. Nicht dass ich ihn gleich erkannt hätte, achtundzwanzig Jahre sind eine lange Zeit. Aber er war es. Er hatte kurz geschnittenes, dunkelgraues Haar, das früher einmal lang und schwarz gewesen war, ein immer noch schmales, gut geschnittenes Gesicht und einen gepflegten Dreitagebart. Vielleicht hatten seine Imageberater viel Zeit damit verbracht, ihm das süffisant-überhebliche Lächeln abzutrainieren, das für eine Politikerkarriere nur bedingt tauglich ist – aber der Erfolg war bescheiden. Im Grunde war es dieses Lächeln, das ich wiedererkannte. Neben ihm auf dem Plakat war eine rundgesichtige Frau mit einer hässlichen Ponyfrisur und einem politisch korrekten Gesichtsausdruck abgebildet.

Geldorf, der sich entschlossen hatte, endlich einen von seinen Zigarillos anzuzünden, folgte meinem Blick und sah mich dann aufmerksam an.

»Wer ist das?«, fragte ich, obwohl ich es genau wusste

»Mischka Leonard«, sagte Geldorf, »mit Carola Dreyer. Von der Öko-Partei. Möchte gerne neuer Innensenator werden. Könnte sogar klappen.«

Sechzehn

Ich sehe durch das offene Fenster auf den Schulhof. Ein paar jüngere Schüler haben eine Freistunde und versuchen mit wenig Glück, einen Basketball in den Korb zu werfen, der an der Außenwand der Turnhalle angebracht ist. Es ist die letzte Stunde. Latein, aber es könnte auch Klingonisch sein. Ich habe nichts mitbekommen. Den ganzen Tag nicht. Wie alle Schüler beherrsche ich die Kunst, ein konzentriertes Schafsgesicht zu machen und dabei mit den Gedanken völlig woanders zu sein.

Ich denke an das Gesicht meines Vaters, daran, wie er den Telefonhörer sinken lässt und sich seine Augen mit Tränen füllen, als er mir sagt, dass Benja ertrunken ist. Er nimmt mich in den Arm, um mich zu trösten. Aber ich verstehe nicht, was er sagt. Natürlich weiß ich, was »tot« bedeutet. Ich werde bald dreizehn. Ich gehe ins Kino und sehe die Nachrichten im Fernsehen. Ich weiß, dass jeden Tag Menschen sterben. Aber ich habe nicht damit gerechnet, dass das auch für Menschen gilt, die ich kenne.

Und ich habe nicht damit gerechnet, dass Mischka nicht da sein könnte. Die halbe Nacht habe ich geheult, und meine Mutter hätte mich zu Hause behalten, aber ich wollte in die Schule. Ich musste einfach mit ihm darüber sprechen, aber der Platz neben mir ist leer. Mischka fehlt unentschuldigt, zum wiederholten Mal in diesem Halbjahr, wie der Klassenlehrer heute Morgen säuerlich angemerkt hat. Auch ich kann sein Fehlen nicht entschuldigen. Wie kann er ausgerechnet jetzt nicht da sein? Als ich später den Grund erfahre, schäme ich mich für diesen Gedanken.

Mischka Leonard ist mein Freund. Er ist älter als ich, spät eingeschult und einmal sitzen geblieben. Er ist alles, was ich nicht bin. Stark, selbstständig und beliebt. Er raucht und fährt schwarz mit der S-Bahn. Und ist nicht da, wenn man ihn braucht.

Der Frühsommer flutet das Klassenzimmer mit warmem Licht, und zwei Mädchen in der Reihe vor mir räkeln sich wie Katzen in der Sonne. Sie haben sich fest vorgenommen, den Lateinlehrer noch vor Ferienbeginn verrückt zu machen. Die großen Ferien sind in greifbarer Nähe, und ich weiß, dass ich nie wieder nach Schweden fahren kann. Jetzt wo Benja tot ist, habe ich dort nichts mehr verloren.

Als es endlich klingelt, packe ich meinen Kram zusammen und mache mich auf den Weg zur Isar. Es gibt da eine Uferstelle, wo wir vor einigen Wochen ein paar angeblich mit Haschisch versetzte Kekse probiert haben. Sie haben einfach nur beschissen geschmeckt. Ich finde Mischka auf einem Baumstumpf. Er ist blass und sieht so elend aus, dass ich erschrecke. Und er weint. Das habe ich nicht für möglich gehalten. Mischka hat am Abend vorher seinen Vater tot aufgefunden. Professor Ralph Leonard, Kunsthistoriker und stadtbekannter Partylöwe hat sich mit einem Strick um den Hals umgebracht und nicht eine einzige Zeile als Begründung hinterlassen. Wie soll man damit fertig werden? Ich lege meinen Arm um Mischkas Schulter, ohne dass er mich abwehrt.

Später erzähle ich ihm von Benja.

Nach der Scheidung seiner Eltern hat Mischka bei seinem Vater gelebt, während seine Mutter nach England gegangen ist. Wir wissen beide, was das bedeutet. Über kurz oder lang wird auch Mischka weggehen. Aber zunächst nehme ich ihn mit zu uns. Wir gehen vorher noch bei der Wohnung seines Vaters vorbei, um ein paar Sachen zu holen, aber die Wohnung ist versiegelt. Niemand hat einen Gedanken daran verschwendet, wo Mischka wohnen soll.

Drei Tage später holt seine Mutter ihn ab. Sie ist groß, schön und reserviert, und nach der Beerdigung fahren sie zurück nach Yorkshire. In den Herbstferien besuche ich ihn ...

Siebzehn

Wir haben uns nie geschrieben. Nach meinem Besuch in England riss der Kontakt einfach ab, und ich glaube, keiner von uns beiden verstand, wie das passieren konnte. Wir hatten uns beide verändert, oder vielleicht sollte ich sagen, der Tod hatte uns verändert.

Ich hatte wochenlang versucht zu begreifen, dass es zu dem lebendigen, schmerzhaft schönen Bild von Benja in meinem Kopf keine reale Entsprechung mehr gab, dass sie tatsächlich nur noch in meiner Erinnerung existierte. Wie konnte jemand tot sein, den ich so überwältigend deutlich sehen, riechen und schmecken konnte, sobald ich die Augen schloss. Je intensiver ich darüber nachdachte, desto weniger verstand ich es, und so wurde ich drei Wochen nach Benjas Tod krank. Eine harmlose Sommergrippe entwickelte sich innerhalb von drei Tagen zu einer Lungenentzündung mit allen nur denkbaren Komplikationen und beförderte mich per Express auf die Intensivstation der Uniklinik, wo ich in einem Zustand, den die Ärzte als ernst, aber stabil bezeichneten, eine Woche vor mich hin dämmerte.

Als ich an einem verregneten Augusttag das Krankenhaus verließ, war meine Kindheit vorbei.

Natürlich ging ich weiter zur Schule, spielte Fußball und trieb meine Umgebung in den Wahnsinn wie jeder andere Zwölfjährige auch, aber ich hatte mit dem Happy End abgeschlossen. Der die kindliche Psyche behütende Glaube, dass am Ende alles gut wird, war abgelöst worden von der Gewissheit, dass die meisten Geschichten denkbar schlecht ausgehen. Besonders die, an denen man beteiligt ist.

Mischka muss es ähnlich ergangen sein. Nur mit dem Unterschied, dass er sich schuldig fühlte. Sein Vater hatte ihn ohne jede Vorwarnung, ohne Erklärung und ohne Abschied verlassen, und er fühlte sich schuldig.

Als ich in jenem Herbst vor dem Landhaus seiner Mutter abgesetzt wurde und mit meinem alten Koffer die Kieseinfahrt hochtrottete, sah ich ihn schon von Weitem. Er hockte wie ein Jockey auf einem Sitzrasenmäher und rasierte die weitläufigen Rasenflächen um das Haupthaus verbissen auf halbe Streichholzlänge herunter. Seinen Haaren war es nicht besser ergangen. Statt der schulterlangen schwarzen Mähne trug er jetzt einen kurzen Internatshaarschnitt. Sein Gesicht leuchtete auf, als er mich erkannte, und verschloss sich, als seine Mutter herauskam, um mich zu begrüßen.

Wir hatten eine schöne Woche. Gemeinsam streiften wir durch die Countryside von Yorkshire, angelten, lagen faul in der Sonne und redeten. Über uns, über München, über Gott und die Welt. Und über seinen Vater. Mischka war ernst geworden. An die Stelle seiner früheren rotzfrechen Fröhlichkeit war ein ruhiger, distanzierter Zynismus getreten, der ihm half, den Verlust und das Leben mit seiner Mutter zu ertragen. Aber nichts war mehr wie früher, und wir spürten es beide.

Der Kiesweg, den ich jetzt hinaufging, hatte eine gewisse Ähnlichkeit mit dem in Yorkshire. Er war lang und führte sachte ansteigend zu einem großen, rietgedeckten Haus am äußersten Stadtrand von Hamburg. Es war nicht leicht gewesen, einen Termin mit Mischka Leonard zu vereinbaren. Ein paar Stunden nach der Beerdigung hatte ich mich ans Telefon gehängt und versucht, ihn an den Apparat zu bekommen, was sich als erstaunlich schwierig herausstellte. Ein arroganter Sekretär mit einer seidigen Tuntenstimme hatte mich eine Viertelstunde in der Warteschleife hängen lassen, um mir dann mitzuteilen, er könne sich nicht vorstellen, dass Herr Leonard heute überhaupt noch mal ins Büro komme. Als ich anfing, ihn auf Schwedisch zu beschimpfen, gab er mir die Nummer eines Handys, bei dem nur die Mailbox antwortete.

Ich rief noch einmal im Rathaus an, wurde endlos weitergereicht, bis auf einmal jemand völlig überraschend sagte:

»Herr Leonard? Moment, bitte. Ich stelle Sie durch.«
»Hallo?«
Eine fremde Stimme.

Bis auf den winzigen Hauch von süffisanter Belustigung und Arroganz, dem der Stimmbruch nichts hatte anhaben können.

»Hier ist Thomas«, sagte ich. »Thomas Nyström.« Und dann setzte ich widerwillig hinzu: »Der alte Schwede.«

»Große Güte«, sagte er leise glucksend, »das geht dir immer noch gegen den Strich!«

Ich hatte fast vergessen, wie sehr ich diesen Spitznamen hasste und wie vergeblich meine Anstrengungen waren, ihn zu loszuwerden.

»Hey, Tommy, alter Schwede. Komm, stell dich nicht so an ...« Und dann war garantiert etwas gekommen, was ich auf gar keinen Fall tun wollte.

»Wo steckst du?«, fragte Mischka jetzt.

»Hier in Hamburg. Ich würde dich gerne sprechen.«

»Auf jeden Fall! Kannst du privat bei mir vorbeikommen? Heute Abend? Am besten nimmst du dir ein Taxi, das Haus ist schwer zu finden!«

Er gab mir seine Adresse, und während ich sie mit dem Handy am Ohr notierte, sagte er:

»Das ist die beste Überraschung seit zwanzig Jahren!«

Dann legte er auf.

Als ich am Ende des Kieswegs ankam, öffnete sich die Haustür, und Mischka kam heraus. Er freute sich wirklich, mich zu sehen. Es war ihm anzusehen, und ich spürte es. Er kam auf mich zu, streckte die Hand aus, zögerte und umarmte mich dann kurzerhand. Danach hielt er mich an den Schultern auf Armeslänge von sich weg und sagte:

»Mann, bist du groß geworden!«

Mit Erstaunen registrierte ich, dass ich mit meinen Einmeterneunzig tatsächlich fast einen Kopf größer war als Mischka. Das hätte mir als Kind mal jemand sagen sollen.

Als wir später auf seiner Büffelledergarnitur saßen und unsere Cognacschwenker in den Händen drehten, hatte ich Zeit, ihn genauer anzusehen. Er sah im Grunde noch besser aus als auf dem Wahlplakat. Kurze, dunkle Haare und genau die richtige Anzahl von grauen Stoppeln im Dreitagebart, um das Image jugendlichen Tatendrangs mit reichlich Lebenserfahrung zu garnieren. Er trug einen dunkelgrauen Leinenanzug von Hugo Boss mit einem T-Shirt darunter, Mokassins von Gucci ohne Socken und nicht ein Pfund zu viel mit sich herum. Und dieses Lächeln.

Alles anders und alles beim Alten.

Wir prosteten uns zu, grinsten verlegen, und schließlich fing er an zu erzählen, wie es nach jenem denkwürdigen Herbst vor achtundzwanzig Jahren weitergegangen war. Es war unfassbar. Er setzte einfach da an, wo wir damals aufgehört hatten, und es funktionierte.

»Ich war die ganze Schulzeit im Internat«, sagte er, »aber das war okay. Ich hätte sonst meine Mutter nicht ausgehalten. Das englische Schulsystem für die gebildeten Stände hat auch seine Vorteile.«

»Wie geht es deiner Mutter?«

»Tot«, sagte er ohne Bedauern.

Ich zuckte etwas zusammen.

»Ich habe in Cambridge studiert«, sagte er, »und später dann in Stanford. So weit wie möglich weg von Queen Mom.«

»Hast du sie wirklich so gehasst?«

»Sie hat mich gehasst! Dafür, dass ich nach der Scheidung bei Ralph geblieben bin, und dafür, dass ich sie jeden Tag an ihn erinnerte.«

»Was hat dich in die Politik getrieben?«

»Zufall und Heimweh. Ich kam aus den USA zurück, weil ich Sehnsucht nach Deutschland hatte, und nach einigem Hin und Her bekam ich hier eine Stelle als Referent für Umweltfragen beim Senat. Nichts Besonderes, aber

Hamburg gefiel mir. Na ja, nach ein paar Jahren hat mir die Öko-Partei dann eine Kandidatur angeboten.«

»Bist du verheiratet?«

Mischka schüttelte den Kopf. »Keine Heirat, keine Kinder, keine Schrankwand«, grinste er, »und du?«

»Negativ. Ich hab eine befristete Stelle als Neuropsychologe am Max-Planck-Institut in München. Hauptsächlich Forschung über Gedächtnisstörungen. Keine Kinder. Aber ich hatte eine Freundin.«

Er hob fragend die Augenbrauen.

»Sie ist tot«, sagte ich.

Mischkas Lächeln erstarb.

»Scheiße, Mann, das hatten wir schon mal«, sagte er leise.

Ich nickte. Ich hatte ihm das nicht erzählen wollen. Nicht bei unserem ersten Treffen nach achtundzwanzig Jahren. Aber ich wusste auch, dass ich Hilfe brauchte, jede Hilfe, die ich bekommen konnte. Mischka goss noch mal Cognac ein, lehnte sich zurück und hörte ohne ein Wort zu, bis ich fertig war. Als ich damit endete, wie ich ihn nach der Beerdigung am Bauzaun entdeckt hatte, weiteten sich seine Augen ungläubig.

»Große Güte«, sagte er, »was für eine Kette von aberwitzigen Zufällen. Wo ist diese Anna jetzt?«

»In Helens Wohnung. Sie war ziemlich angesäuert darüber, dass ich ausgerechnet jetzt, wie sie sagte, eine Sandkastenfreundschaft reaktivieren wolle, aber ich brauche deine Hilfe. Hast du irgendeine Erklärung, was hier eigentlich passiert?«

Mischka zuckte die Achseln.

»Deine Freundin hat etwas herausgefunden oder war zumindest kurz davor, und dieser Jaeggi hat sie drauf gebracht.

Es muss irgendwas mit Umweltzerstörung und Ölverseuchung zu tun haben. Überleg doch mal: Wozu hätte sie sonst diesen Dr. Meiners besucht? Den kenne ich übrigens auch. Der ist Spezialist für so was. Hervorragender Ozeanograf und Biologe. War früher bei Greenpeace aktiv und hat da ein paar echt riskante Sachen gemacht.«

»Ja, ich weiß. Anna war schwer beeindruckt.«

Mischka hatte die Augen geschlossen und schien angestrengt nachzudenken.

»Ich kenne noch einen beeindruckenden Spezialisten, der dir vielleicht weiterhelfen kann«, sagte er schließlich. »Ich verschaff dir einen Termin mit Ole Petersen vom Bundesverband der See- und Hafenlotsen. Der hat jeden gottverdammten Kahn im Kopf, der in den letzten vierzig Jahren irgendwo abgesoffen ist. Und er schuldet mir einen Gefallen.«

Ich nickte zustimmend.

»Wie gut sind denn deine Beziehungen zur Staatsgewalt?«, fragte ich dann.

»Ich bin gerade dabei, ein Teil der Staatsgewalt zu werden. Warum fragst du?«

»Reichen deine Beziehungen aus, um anhand der E-Mail-Adresse herauszufinden, wer dieser Ulf Jaeggi ist und wo er steckt?«

»Möglicherweise. Jemand muss den Provider zwingen, die Identität des Kunden preiszugeben. Das geht nur mit Polizei und Staatsanwaltschaft. Aber es gibt bei der Hamburger Polizei eine Sonderkommission, die sich mit Kinderpornografie im Internet befasst und sehr weitgehende Befugnisse hat. Und da kenn ich zufällig jemanden …«

»Der dir einen Gefallen schuldet …?«

»Nein, mit dem ich mal geschlafen habe«, grinste Mischka.

»Okay. Wann kann ich mit diesem Ole Petersen sprechen?«

»Ich lade ihn für morgen Abend ein. Komm einfach um sieben Uhr vorbei, und bring das Mädchen mit.«

»Die wird dir gefallen. Hübsch und sanftmütig.«

»Ich bin schwul«, sagte Mischka. »Wusstest du das nicht?«

Den Rest der Zeit verbrachten wir mit unseren Erinnerungen. Obwohl wir nur drei Jahre unserer Kindheit wirklich zusammen gewesen waren, gab es mehr als genug davon. Als ich um Mitternacht aufstand, um zu gehen, waren wir beide betrunken. Mischka rief mir ein Taxi und brachte mich zur Tür.

»Ich hatte sie alle vergessen«, sagte er leise. »Lehrer, Schüler, Hausmeister, die ganzen Pappnasen. Abgehakt. So schnell vergessen wie sieben Jahre Latein. Nur dich nicht – und Benja. Du musst vorsichtig sein. Ich glaube, dass das sehr gefährlich ist, was du da vorhast.«

Er hatte recht, so wie er früher auch meistens recht gehabt hatte. Und auch am Ende recht behalten sollte. Aber mir war zu dem Zeitpunkt schon nicht mehr zu helfen. Zielstrebig und unbeirrbar kroch ich weiter zum Tunnel am Ende des Lichts.

Als der Taxifahrer mich wenig später vor Helens Haus absetzte, löste sich ein schwarzer Audi langsam aus den Häuserschatten der gegenüberliegenden Straßenseite und fuhr mit abgeblendeten Scheinwerfern davon. Ich war so betrunken und beschwingt, dass ich mir nicht das Geringste dabei dachte.

Achtzehn

»Und«, fragte Anna kauend, »wie hat er sich so gemacht, dein Freund, seit der letzten Klassenarbeit?«

Ich saß am Frühstückstisch, sah Anna beim Essen zu und rührte in einem großen Glas Alka-Seltzer herum. Ich hatte fürchterliche Kopfschmerzen. Die Art von Kopfschmerzen, die einen über Migräne lachen lässt, aber das erste Mal seit Helens Tod fühlte ich mich einigermaßen im Gleichgewicht.

»Er wird uns helfen.«

»Wann fahren wir nach Lettland?«

»In ein paar Tagen. Du kannst schon mal zwei Flüge nach Riga buchen.«

»Ich fliege nicht«, sagte Anna.

»Was soll das jetzt?«

»Wenn Gott gewollt hätte, dass der Mensch fliegt, hätte er ihm ... okay, ich trau den Dingern nicht, ich hab Schiss. Jetzt weißt du's. So sind sie, die Jonas-Schwestern: eine hat Platzangst und die andere Flugangst.«

»Und wie sollen wir nach Lettland kommen? Mit deinem maroden Bus?«

»Mit dem Schiff«, sagte Anna triumphierend. »Hab ich gestern Abend schon gecheckt. Übers Internet. Wir fahren mit dem fabelhaften Bus nach Rostock und von da mit der Fähre nach Ventspils. Dann ist es nicht mehr weit nach Riga.«

»Okay, aber wenn du mir auf die Schuhe kotzt, schmeiß ich dich über Bord.«

»Abgemacht«, sagte Anna.

Sie schwieg eine Weile und beschäftigte sich mit ihrem vierten Brötchen, aber schließlich siegte die Neugier.

»Was ist er denn jetzt für ein Typ, dein Freund?«

»Du wirst ihn heute Abend kennenlernen. Wir sind eingeladen, und er hat für uns ein Treffen mit einem Lotsen arrangiert.«

»Warum sollen wir mit einem Lotsen sprechen?«

»Lass dich überraschen. Mischka sagt, der Mann ist ein Phänomen.«

»Ist dein Freund tatsächlich ein großes Tier in der Politik?«

»Bis jetzt noch nicht, aber er arbeitet dran. Ist das für dich ein Problem?«

»Na ja«, sagte Anna, »ich hab nichts anzuziehen.«

Neunzehn

Ole Petersen war tatsächlich ein Phänomen. Er mochte vielleicht sechzig Jahre alt sein, hatte volles, weißes Haar und ein schmales, faltiges, vom Wetter gegerbtes Gesicht. Trotz seines offensichtlichen Alters machte er einen jungen und enorm lebendigen Eindruck, für den hauptsächlich seine Augen sorgten. Klare, wasserblaue, weitsichtige Kanoniersaugen. Er hätte in jedem Hollywoodfilm einen erstklassigen U-Boot-Kommandanten abgegeben. Das wirklich Phänomenale an ihm war jedoch sein Gedächtnis für Katastrophen auf See. Für Ole Petersen waren Schiffe interessant, wenn sie untergegangen waren.

Er war zunächst etwas reserviert gewesen, weil er offenbar keine Ahnung hatte, warum er eingeladen worden war, aber Mischkas grandioses Essen hatte uns alle in eine gehobene Stimmung versetzt. Bretonische Fischsuppe, Steinpilzgratin, Lammfilets mit grünen Bohnen und ofenwarmen Apfelkuchen zum Nachtisch hatte ich ihm tatsächlich nicht zugetraut. Wahrscheinlich war er mal mit einem Drei-Sterne-Koch ins Bett gegangen.

Petersen hatte offensichtlich auf Anhieb Gefallen an Anna gefunden und einen beträchtlichen großväterlichen Charme entfaltet, der gut angekommen war.

»Heilige Scheiße, sieht der gut aus«, hatte sie mir zugeflüstert, als wir uns beim Tischabräumen im Flur trafen. »Nicht dein schwuler Freund. Der Alte!«

Aber auch Anna sah gut aus an diesem Abend. Sie hatte in Helens Kleiderschrank dann doch noch was zum Anziehen gefunden und ähnelte in weißen Jeans und einem von Helens Lacoste-Pullovern nicht im Entferntesten mehr dem Gespenst, das mir vor Kurzem mit dem Lineal eins übergezogen hatte. Der vormals gleichmäßig kahl geschorene Schädel war jetzt von einem kurzen, dunklen Haarflaum bedeckt, der sie wie höchstens achtzehn aussehen ließ.

Nach dem Essen hatten wir es uns auf Mischkas Couch bequem gemacht, und während ich noch darüber nachdachte, wie viel von der Geschichte ich Petersen erzählen sollte, ergriff er die Initiative.

»Also, was kann ich für euch tun?«, fragte er und sah Anna und mich direkt an. »Es muss was Wichtiges sein, sonst hätte der da«, er deutete mit dem Zeigefinger auf Mischka und grinste, »sich nicht so ins Zeug gelegt. Er hat meiner Tochter ein Auslandsstipendium verschafft, aber er hat noch nie für mich gekocht!«

»Mischka sagt, Sie sind so eine Art Spezialist für untergegangene Schiffe.«

Anna strahlte Petersen über den Tisch hinweg an und raspelte Süßholz.

»Na ja, eigentlich bin ich von Berufs wegen damit beschäftigt, dass Schiffe nicht untergehen, aber er hat recht: Mit denen, die untergegangen sind, kenne ich mich auch ganz gut aus. Antike und mittelalterliche Seefahrt sind nicht so mein Gebiet, aber ab dem 15. Jahrhundert, also etwa ab Kolumbus und Konsorten, bin ich ziemlich sattelfest. Ihr seht aber nicht aus wie Schatztaucher.«

Anna lachte herzlich.

»Nein«, sagte sie, »und wir können es auch zeitlich eingrenzen, sagen wir: auf die letzten dreißig Jahre. Wieso gehen Schiffe überhaupt unter?«

Petersen runzelte erstaunt die Stirn.

»Also erst mal würde ich sagen, aus dem gleichen Grund, warum Flugzeuge abstürzen oder Autos verunglücken. Immer wenn Menschen etwas tun, gibt's eine bestimmte Fehlerquote. Das Untergehen gehört zur Seefahrt wie das Stolpern zum Laufen. Dann gibt's natürlich historisch unterschiedliche Gründe. Die Schiffe früherer Jahrhunderte hatten ja zum Beispiel keinen Funk, kein Radar oder GPS, fuhren nach mangelhaften Seekarten und waren nicht so stabil wie die heutigen. Insofern sind sie natürlich häufiger einfach Opfer von Stürmen und widrigen Wetterbedingungen geworden.«

»Bleiben wir ruhig mal bei heute und, sagen wir mal, bei Öltankschiffen.«

Petersen zögerte etwas, sah uns fragend an und pfiff leise durch die Zähne.

»Das ist eine sehr spezielle Baustelle.«

»Wieso?«

»Weil eine Tankerhavarie sehr oft zu einer ökologischen Katastrophe führt und die schadens- und zivilrechtlichen Konsequenzen enorm sind.«

»Was sind denn heutzutage die Ursachen, warum ein Schiff untergeht?«

»Nun ja, allgemein gesprochen entstehen Schiffsunfälle meistens durch Aufgrundlaufen, Kollisionen, Feuer oder Maschinenschaden. Normalerweise unterscheidet man allgemeine und direkte Ursachen. Bei den allgemeinen Ursachen spielt vor allem die rapide Steigerung des Verkehrsaufkommens eine Rolle. Gehen Sie mal davon aus, dass mittlerweile circa vierzig Prozent des weltweiten Rohöls auf dem Seewege transportiert werden. In den letzten 35 Jahren hat sich die Öl-Lademenge um mehr als fünfzig Prozent erhöht. Tendenz steigend. Auf der Ostsee sind zum Beispiel ständig ungefähr 2000 Schiffe unterwegs, davon sind etwa 30 Öltanker. Es gibt 130 Schifffahrtsrouten für gefährliche Transporte, und es werden etwa 150000 Tonnen gefährliche Materialien pro Monat transportiert. Die hypothetische Unfallwahrscheinlichkeit liegt bei einem Schiff pro Jahr.«

»Gut«, sagte Anna, »das verstehe ich. Es ist wie beim Straßenverkehr. Das zunehmende Verkehrsaufkommen erhöht das Unfallrisiko. Aber die Schiffe sind doch mit modernster Navigationstechnologie ausgerüstet, und die Kapitäne sind ausgebildete Spezialisten. Es muss doch möglich sein, dass die heil aneinander vorbeikommen.«

»Theoretisch ja, in der Praxis häufig nicht. Der Vergleich mit dem Straßenverkehr ist auch nur bedingt zutreffend, weil die Ozeane nun mal erheblich unberechenbarer sind als asphaltierte Straßen, und dann gibt es auch noch so etwas wie den menschlichen Faktor.«

Anna hob erstaunt die Augenbrauen.

»Na ja«, sagte Petersen geduldig, »es kommt zum Beispiel immer wieder mal vor, dass Kapitäne einfach betrunken sind oder sich aus weiß der Teufel welchen Gründen nicht an die in den Seekarten ausgewiesenen Tiefwasserrinnen halten. Nehmen Sie zum Beispiel die Kadetrinne hier in der Ostsee, circa zwanzig Seemeilen lang und drei Seemeilen breit, Wassertiefe elf bis dreißig Meter, an einigen Stellen auch etwas weniger. Etwa 50000 Schiffe fahren da jährlich durch auf dem Weg in die östliche Ostsee und umgekehrt, und immer wieder kommt es zu Grundberührungen auch von Tankschiffen und Massengutfrachtern einfach nur, weil beschissen navigiert wird.«

»Also Unfähigkeit und Suff?«, fragte Anna ungläubig.

Petersen blinzelte irritiert und fing anschließend an zu grinsen.

»Ja«, sagte er, »wie so oft im Leben, aber interessanter sind eigentlich die sogenannten direkten Ursachen. Nummer eins ist der Zustand der Tankerflotte. Mehr als die Hälfte der Öltanker sind älter als fünfzehn Jahre, und die meisten von ihnen sind in einem erbärmlichen Zustand, sehr viele von ihnen noch Einhüllentanker …«

Petersen machte eine Pause, um seine Pfeife zu stopfen, und sah wohl das Unverständnis in unseren Gesichtern.

»Einfache Bordwand«, sagte er. »Wenn das Schiff leckschlägt, tritt das ganze Öl sofort ungehindert aus. Neu gebaute Tanker müssen eine doppelte Außenhülle haben. Seit der Havarie der Exxon Valdez in Alaska lassen die Amerikaner gar keine Einhüllentanker mehr in ihre Hoheitsgewässer. Die Dicke der Stahlhaut beträgt aber oft auch nur zwei bis drei Zentimeter, was keinen sehr großen Schutz bietet.«

»Soll das heißen, dass die Doppelhülle überhaupt nichts bringt?«, fragte Mischka.

Petersen zuckte mit den Schultern.

»Ein entscheidender Faktor ist die Wartung. Doppelhüllen sind hilfreich bei Kollisionen, aber weder die Erika noch die Prestige sind kollidiert, sondern untergegangen wegen mangelhafter Wartung und Ermüdung der Außenhaut beziehungsweise Rissen. Doppelhüllen sind auch durch Korrosion besonders gefährdet, weil die aggressive Seeluft in den Leerräumen ideale Angriffsbedingungen findet. Ich würde sogar behaupten, ein schlecht gewarteter Doppelhüllentanker ist besonders gefährlich, weil zum Beispiel Ladung aus den Tanks in die Doppelhülle tropfen, dort verdampfen und sich durch statische Entladungen entzünden kann. Eine solche Verpuffung hat katastrophale Folgen, das Schiff sinkt wie ein Stein. Na ja, und dann gibt es Risiken, die einfach durch die enorme Größe der Schiffe entstehen. Bei diesigem Wetter kann der Kapitän den Bug des Schiffes gar nicht mehr sehen, und ein Tanker, der mit einer Geschwindigkeit von fünfzehn Knoten fährt, hat einen Bremsweg von acht Kilometern.«

Petersen hatte seine Pfeife fertig gestopft und setzte sie nun mit dem ganzen umständlichen Brimborium des passionierten Pfeiferauchers in Brand. Gelassen ignorierte er Mischkas bedenkliches Gesicht und Annas demonstratives Hüsteln. Ich freute mich auf ein bisschen Passivrauchen.

»Wisst ihr, was Billigflaggen sind?«, fragte er.

»Klar«, sagte Mischka. »Kaum ein Schiffseigner lässt sein Schiff noch in Europa oder Nordamerika registrieren. Ist viel zu teuer, weil er dann den strengen amerikanischen oder europäischen Vorschriften, Sozialgesetzen und Steuern unterliegt. Wenn die Flagge von Panama am Heck weht, gelten an Bord die Gesetze von Panama. Niedrige Löhne, lässige Kontrollen und lächerliche Steuern. Äußerst beliebt sind auch Liberia, Tonga und die Bahamas.«

Petersen nickte bedächtig. Er war jetzt in eine dichte Wolke von nach Vanille und Pflaumen duftendem Tabakrauch eingehüllt, der bei mir ein leichtes, angenehmes Schwindelgefühl hervorrief. Anna und Mischka waren deutlich abgerückt.

»Das System der Billigflaggen hat zahlreiche Konsequenzen. So sind zum Beispiel die Schiffsbesatzungen aus aller Herren Ländern zusammengewürfelt und schlecht ausgebildet. An Bord herrscht ein babylonisches Sprachengemisch, und im Ernstfall weiß oft keiner, was er tun muss oder was die Kommandos bedeuten. Dieses Sprachengewirr wird nur noch übertroffen von den chaotischen Haftungsbestimmungen, wenn wirklich eine größere Katastrophe passiert.«

»Eigentlich müsste es doch auch für Schiffe so eine Art TÜV geben«, sagte Anna nachdenklich.

»Gibt es auch. Zunächst mal ist da die International Maritime Organization, kurz IMO genannt. Das ist eine UNO-Organisation, die für internationale Richtlinien zur Sicherheit und Reinhaltung der Meere verantwortlich ist. Die sitzen in London. Dann gibt es eine große Menge privater internationaler Klassifizierungsgesellschaften, die für

Geld Schiffe begutachten und entsprechende Zertifikate zum Beispiel für Hochseetüchtigkeit erstellen: in den USA das American Bureau of Shipping, in Japan den Nippon Kaiji Kiokai, in China die China Classification Society, in Deutschland den Germanischen Lloyd und in Italien das Registro Italiano Navale, um nur einige zu nennen. Insgesamt gibt es zehn große, international renommierte Gesellschaften und etwa dreißig kleinere. Die Italiener sind in letzter Zeit ziemlich ins Gerede gekommen.«

Petersens Pfeife war ausgegangen und wurde jetzt mit entsprechendem Besteck kräftig vertikutiert und wieder angezündet. Das Vanilla-Plumcake-Aroma war verschwunden und hatte einem beißenden Gestank Platz gemacht. Auf Annas und Mischkas Gesichtern spiegelte sich eine Mischung aus Faszination und Abscheu, aber niemand hielt es für eine gute Idee, Ole Petersen zu unterbrechen.

»Sowohl der Erika als auch dem Chemietanker Ievoli Sun, der im Oktober 2000 im Ärmelkanal unterging, hatte die italienische Gesellschaft trotz offensichtlicher technischer Mängel Seetüchtigkeit bescheinigt. Die Umweltschützer fordern deshalb eine sogenannte Flaggenhaftung, das heißt, dasjenige Land, das ein Schiff registriert und dafür auch Steuern kassiert, müsste bei Schadensfällen in eine Vorleistung treten. Dann hätten die zulassenden Länder ein starkes Interesse daran, die Schiffe in gutem Zustand fahren zu lassen. Aber das ist reine Zukunftsmusik. Tatsache ist, dass sich die Kontrollgesellschaften und die Flaggenstaaten aus der Verantwortung ziehen und die von der IMO formulierten Sicherheitsnormen viel zu milde sind.«

Petersen schien fürs Erste fertig zu sein. Er lehnte sich

zurück, schlug die Beine übereinander und sah uns nachdenklich an.

»Es ist nett, mit euch zu plaudern«, sagte er schließlich. »Aber vielleicht könnte mir jetzt mal jemand verraten, worum es hier eigentlich geht?«

Mischka und Anna sahen mich an.

»Wir stellen ein paar Nachforschungen an über den Tod einer Journalistin, mit der ich befreundet war. Es deutet alles darauf hin, dass sie zuletzt an einer Story über Tankerhavarien und Umweltkatastrophen gearbeitet hat, und wir glauben, dass mit ihrem Tod etwas nicht stimmt.«

Petersen nickte abwartend und schwieg.

»Wir brauchen einfach Informationen zu dem Thema, weil wir selber keine Ahnung haben«, sagte Anna, »und ich habe auch gleich noch eine Frage: Wenn Sie Tankerunglücke, Umweltzerstörung und Lettland zusammendenken, was fällt Ihnen da spontan ein?«

»Ventspils«, sagte Petersen.

»Der Hafen?«

»Der größte Hafen in der Ostseeregion und unter den europäischen Häfen der mit dem größten Cargoumschlag. Unter russischer Herrschaft wurde Ventspils zum größten Ölhafen der UdSSR ausgebaut und zu einem bedeutenden Umschlagplatz für Kalisalze und Chemieprodukte. Ohne entsprechende Sicherheits- und Schutzvorkehrungen, versteht sich. Eine ökologische Zeitbombe. Es kam regelmäßig zu Umweltgefährdungen. Ausgelaufene Lagertanks, umgestürzte Chemiewaggons, irre Schadstoffkonzentrationen in der Luft und so weiter. Seit Lettland unabhängig geworden ist, hat sich einiges verbessert, aber nach wie vor verdienen die Letten kräftig an der Ausfuhr russischen Erdöls über

Ventspils. Die sind hier in heftiger Konkurrenz zu den neu gebauten Ölverladehäfen in der Nähe von St. Petersburg, und weil die Russen sich einen Dreck um irgendwelche EU-Richtlinien scheren, drücken die Letten gezwungenermaßen auch jede Menge Augen zu.«

Petersen blickte uns der Reihe nach an und schien auf eine Reaktion von uns zu warten. Als niemand etwas sagte, fragte er:

»Was habt ihr denn jetzt eigentlich vor?«

»In den Unterlagen meiner Schwester haben wir einen Hinweis gefunden, dass ihre Nachforschungen mit etwas zu tun hatten, das in Lettland passiert ist«, sagte Anna. »Wir wollten dort hinfahren.«

Petersen grunzte unbehaglich.

Im Nebenzimmer klingelte ein Telefon. Sehr laut. Einer von diesen modernen, zwitschernden Klingeltönen. Mischka stand auf und ging ran. Wir hörten ihn nebenan leise sprechen und warteten schweigend. Als er zurückkam, brachte er vier Cognacgläser und eine Flasche Rémy Martin mit. Er goss die Gläser halb voll, schob jedem eins zu und genehmigte sich dann einen großen Schluck.

»Das war mein Bekannter von der Internet-Soko. Er hat die Identität von Ulf Jaeggi klären können. Ein kleiner Bankangestellter in Zürich. Mein Bekannter hat seine Beziehungen zur Schweizer Polizei spielen lassen.«

»Und?«, fragte Anna ungeduldig. »Was ist jetzt ...«

»Er ist tot«, sagte Mischka. »Ulf Jaeggi wurde vor drei Wochen von einem Landrover überfahren. Fahrerflucht.«

Anna setzte ihr Glas mit einer heftigen Bewegung auf dem Tisch ab. Sie war sehr blass.

»Wer zum Teufel ist Ulf Jaeggi?«, fragte Petersen.

»Jemand, mit dem wir sehr gerne gesprochen hätten«, sagte Anna leise.

»Die Schweizer Polizei hat keine Spur von dem flüchtigen Fahrer. Zwei Zeugen wollen einen alten Geländewagen mit verschmutzten Kennzeichen gesehen haben. Keine näheren Angaben zum Fabrikat. Vielleicht ein Mitsubishi. Das war's«, sagte Mischka.

Ole Petersen räusperte sich. Er drehte seine Pfeife zwischen den Fingern und sah uns dann der Reihe nach an.

»Also, wenn ich das bisschen, was ihr mir erzählt habt, mal zusammenfasse, sieht die Sache so aus: Irgendwo ist eine Sauerei passiert, die was mit Öl und Umweltzerstörung zu tun hat. Und mit ganz großem Geschäft. Innerhalb kürzester Zeit sind zwei Leute, die sich damit beschäftigt haben, tot. Und ihr drei wollt da jetzt auf eigene Faust Nachforschungen anstellen. In Lettland! Ihr seid nicht ganz dicht.«

»Er hat recht«, sagte Mischka nach einer Weile, »es ist zu gefährlich. Wir müssen versuchen, die Polizei oder irgendeine Behörde einzuschalten.«

Ich dachte an Geldorf und den Toten auf dem Bahnhofsklo. Das war ein Fall, an dem Geldorf interessiert war und den er liebend gerne mit mir in Verbindung gebracht hätte, aber die beiden Pistolen waren heute am frühen Nachmittag blank gewienert und gut verschnürt im Hafenbecken gelandet, und für meinen Teil war es das. Die Frau mit Herzstillstand in der Sauna war ein abgeschlossener Fall, und für Geldorf gab es keinen erkennbaren Zusammenhang zwischen Helen und dem Tod von Ulf Jaeggi. Ich hätte ihm den Zusammenhang liefern können, aber dann hätte ich ihm alles erzählen müssen. Von der Reisetasche, der E-Mail aus der Schweiz und meinem fatalen Schuss in der Klozelle. Und er hätte wissen wollen, warum ich das alles verschwiegen hatte, und das hätte ich selbst gern gewusst. Geldorf konnte mich mal.

Petersen nippte an seinem Cognac und leckte sich genießerisch über die Lippen.

»Okay, okay«, sagte er dann, »ich sehe schon, dass ich hier niemanden von irgendetwas abhalten kann.«

Er kramte in seiner Jackentasche, holte einen Zettel heraus, schrieb mit einem Bleistiftstummel etwas darauf und reichte ihn mir.

»Wenn ihr tatsächlich nach Ventspils fahrt, sprecht mit diesem Mann. Vielleicht kann er euch helfen. Könnt ihr Russisch?«

Zwanzig

Am nächsten Tag traf ich Professor Bärwald. »Der leitende Pathologe möchte Sie gerne sprechen«, hatte Geldorf gesagt, als er sich in Helens Wohnung noch einmal umgedreht hatte. Alles in mir sträubte sich dagegen, noch einmal ins gerichtsmedizinische Institut zu fahren, aber die Vorstellung, einfach zu akzeptieren, dass Helen eines natürlichen Todes gestorben sein sollte, war bei Weitem schlimmer.

Ich saß in Bärwalds Arbeitszimmer und betrachtete die medizinhistorischen Darstellungen von Leichenöffnungen, mit denen sämtliche Wände gepflastert waren. Sozusagen ein Streifzug durch die Obduktion im Wandel der Zeiten. Prunkstück der Sammlung war das große Farbfoto eines Präparats aus der berüchtigten *Körperwelten*-Ausstellung: Gunther von Hagens' *Der Schachspieler*. Dieses schöne Beispiel dafür, wie man mit anderer Leute Leichen reich und berühmt werden konnte, hatte es dem Professor offenbar angetan.

Mit der typischen Mischung aus Widerwillen und Faszination, die einen dazu bringt, bei einem grauenhaften Verkehrsunfall unbedingt *hin*gucken zu wollen, starrte ich auf das Foto, als Bärwald zur Tür hereinrauschte. Sein Blick huschte von dem Bild zu meinem Gesicht, er grinste.

»Was halten Sie davon? Geschmacklos? Ekelhaft und unwürdig? Ach was! Alles moralischer Quark, der nur davon ablenkt, wie wir alle mal enden. Also: Genießen Sie Ihr Leben, solange Ihre Haut noch an Ihnen dran ist. *Das* ist die Quintessenz der *Körperwelten*!«

Professor Bärwald war ein großer, magerer Mann Anfang fünfzig, der sein schulterlanges, graues Haar zu einem Pferdeschwanz zusammengebunden hatte. Er hatte ein schmales, asketisches Gesicht und sehr blasse Haut. Hinter funkelnden Brillengläsern schauten mich dunkle Augen aufmerksam an. Dann zog er seinen weißen Kittel aus, warf ihn achtlos auf den Tisch, schubste einen Stapel Bücher von einem der Stühle und setzte sich mir gegenüber.

»Dr. Nyström, nehme ich an?«

Ich nickte.

»Ich wollte mit Ihnen über Frau Jonas sprechen!«

Ich nickte wieder nur.

»Ist was mit Ihrer Stimme?«, fragte Bärwald.

»Ich dachte, Sie haben nichts gefunden!«, sagte ich.

»Nichts, was den Staatsanwalt interessiert. Aber vielleicht etwas, das Sie interessiert.«

»Schießen Sie los!« Ich versuchte, ruhig zu wirken.

Bärwald lehnte sich zurück, machte eine schöne, kleine, theatralische Pause und ließ mich zappeln.

»Wissen Sie«, sagte er schließlich, »ich bin mit Quincy groß geworden. Kennen Sie den noch? Den Großvater aller TV-Gerichtsmediziner. Quincy kriegte sie alle. Kein Gift zu selten, keine Todesursache zu abwegig. Er hatte den ultimativen Riecher für unnatürlichen Tod. Hat mir schon als Schüler sehr imponiert. In den Neunzigern kamen dann aus Amerika die »Crime Scene Investigation«-Filme. *CSI – Las Vegas* und die Ableger. Smarte Hightech-Bubis, die einem weismachen wollten, dass in den USA noch der Tod jedes Crackdealers mit einem Fünftausend-Dollar-Budget untersucht wird. Aber immerhin, die technischen Finessen, die da gezeigt wurden, gibt es tatsächlich. Sogar bei uns. Nur dass kein politisches Interesse besteht, dafür Geld auszugeben.«

»Worauf wollen Sie hinaus? Dass kein Geld da war, um Frau Jonas anständig zu untersuchen?«

Bärwald schüttelte den Kopf.

»Das haben wir gemacht. Der Staatsanwalt wollte es, und ich wollte es ganz besonders. Aber ansonsten ist die Zahl der Obduktionen, die in Deutschland bei unklaren Todesfällen durchgeführt werden, verschwindend gering. Überall werden gerichtsmedizinische Institute aus Kostengründen geschlossen. Die knapp 500 Gerichtsmediziner hierzulande haben in der deutschen Ärzteschaft keine Lobby, und die Toten können gegen Sparmaßnahmen nicht mehr demonstrieren gehen.«

»Warum erzählen Sie mir das?«

»Um Ihnen klarzumachen, dass der Tod von Frau Jonas normalerweise als völlig unauffälliger Herzstillstand durchgegangen wäre. Nur auf persönliche Intervention des Staatsanwalts hat überhaupt eine Obduktion stattgefunden.«

»Frau Jonas ist beerdigt, und Sie haben den Fall abgeschlossen. Geldorf sagt, Sie haben in ihrem Körper nichts gefunden, was da nicht hingehört. Was wollen Sie jetzt noch von mir?«

Ich war mit meiner Geduld am Ende.

»Kaliumchlorid«, sagte Bärwald fröhlich. »Ich kann es nicht beweisen, und ich erzähle es auch nur Ihnen. Aber ich glaube, dass Frau Jonas mit Kaliumchlorid getötet wurde!«

Er lehnte sich erneut zurück und schien offensichtliches Vergnügen an meiner Verständnislosigkeit zu haben. Mit seinem grauen Pferdeschwanz sah er aus wie ein gut gelaunter Schamane, der gerade den ganzen Stamm aufs Kreuz gelegt hat, und ich konnte beinahe seine Gedanken lesen: Yeah, baby, ich habe ihn auch, den Quincy-Riecher!

»Kaliumchlorid in bestimmter Dosis bewirkt einen Herzstillstand.« Bärwald hatte seinen kleinen Höhenflug gehabt und sprach jetzt mit nüchtern dozierender Stimme weiter. »Es wird in den USA bei Hinrichtungen benutzt und hierzulande zum Beispiel bei Schwangerschaftsabbrüchen. Es wird intravenös verabreicht, daher die winzige Einstichstelle in Frau Jonas' Armbeuge. Unser Problem mit dem Zeug besteht darin, dass auch in einem gesunden Körper Kaliumchlorid vorhanden ist und dass die Muskulatur es zum Zeitpunkt des Todes noch einmal verstärkt freisetzt. Der Nachweis von Kaliumchlorid bei einer Autopsie beweist also noch gar nichts. Es kommt auf die Menge an, und auch da streiten sich die Gelehrten, weil es sich nach dem Tod relativ zügig wieder abbaut. Also um es kurz zu machen: Für meinen Geschmack war zu viel davon da, und der Rest ist Intuition.«

»Aber wieso gibt es dann mit dem Befund kein Ermittlungsverfahren? Hat der Staatsanwalt kein Vertrauen in Ihre Untersuchungen?«

»Es ist eine Ermessensfrage. Was ist ein hinreichender Verdacht auf Fremdeinwirkung? Vom Zeitpunkt des Todes bis zur Obduktion sind bei Frau Jonas mehr als achtundvierzig Stunden vergangen. Für diesen relativ langen Zeitraum war für mein Gefühl etwas zu viel Kaliumchlorid nachweisbar. Aber ich habe Ihnen gleich gesagt, ich kann es nicht beweisen. Wahrscheinlich können Sie lässig drei Kollegen von mir aufmarschieren lassen, die Ihnen versichern, dass der Befund in Ordnung geht.«

Aber die haben nicht den Quincy-Riecher, dachte ich. Das offizielle Verfahren war abgeschlossen, und er hätte einfach zur Tagesordnung übergehen können, aber sein Ego und sein Gerechtigkeitssinn ließen das nicht zu. Trotz seiner skurrilen Eitelkeit wurde Bärwald mir zunehmend sympathischer.

»Ist Ihnen klar, was das bedeutet, wenn ich recht habe?«

Ich schüttelte den Kopf.

»Sie suchen einen äußerst kaltblütigen Mörder mit medizinischen Kenntnissen! Kaliumchlorid ist kein Gift, sondern ein Salz, das zum Beispiel auch in Krankenhäusern Infusionen beigegeben wird. Wie gesagt, erst in einer bestimmten Dosis hat es verheerende Auswirkungen auf die Herztätigkeit. So was muss man wissen. Er muss kein Arzt sein. Vielleicht ein abgebrochener Medizinstudent oder Krankenpfleger. Jemand, der mal in einem Krankenhaus oder Pflegeheim gearbeitet hat. Dort ist es auch am leichtesten zu beschaffen.«

Ich dachte an den Mann im Bahnhofsklo und versuchte mir vorzustellen, wie er vor seinem schwer verletzten Kumpan hockte und überlegte, was zu tun war. Und dann in aller Ruhe den Schalldämpfer aufschraubte und ihm den Kopf wegschoss. Er war Kosovo-Albaner, ebenso wie der Tote. Hatte er auch mit den Serben kollaboriert? Vielleicht war er mal in einem Lazarett eingesetzt gewesen? Möglicherweise in einem der UN-Flüchtlingslager. Aber es mussten noch mehr Leute beteiligt sein. Der Mann vom Bahnhof war nicht der Typ, mit dem Helen an der Bar eines Fitnessclubs etwas getrunken hätte. Es musste noch jemanden geben, der irgendwie kultivierter oder ungefährlicher gewirkt hatte. Oder vertrauter? Schließlich hatte sie sich eine Waffe besorgt, weil sie Angst hatte.

»Haben Sie irgendwelche Spuren von K.o.-Tropfen gefunden?«, fragte ich. Bärwald schüttelte den Kopf und sah mich fragend an.

»Mir geht die Frage nicht aus dem Kopf, wieso sie aufgestanden und mit ihm mitgegangen ist. Und das, obwohl sie ängstlich und misstrauisch war.«

»Dass wir nichts gefunden haben, heißt, dass nichts da war«, sagte Bärwald. »Schauen Sie, der Teufel steckt wie immer im Detail. Wollen Sie es genau wissen?«

Ich nickte. Bärwald warf einen Blick auf seine Armbanduhr, legte die Fingerspitzen aneinander und machte dann – wieder ganz Professor – weiter.

»Als K.o.-Tropfen bezeichnet man Wirkstoffe, die vor

allem in Kombination mit Alkohol zu einer rasch eintretenden Bewusstlosigkeit führen können. Sehr oft werden sie in Zusammenhang mit Raub- oder Sexualdelikten verabreicht. Früher wurden gern Chloralhydrat und Barbiturate benutzt, heute stehen Benzodiazepine hoch im Kurs, insbesondere Flunitrazepam. Kennen Sie das? Das ist der Wirkstoff in Rohypnol – das Zeug, das als Vergewaltigungsdroge bekannt geworden ist. Rohypnolpillen lösen sich in Flüssigkeit in Sekundenschnelle auf, sind geschmack- und geruchlos, wirken angstlindernd und innerhalb von Minuten. Die Opfer agieren, als seien sie nur ein wenig angetrunken. Tatsächlich ist ihr Bewusstsein aber quasi ausgeschaltet, während ihr Körper mehr oder weniger willenlos funktioniert.«

»Und man kann das Zeug nicht nachweisen?«

Bärwald grunzte resigniert.

»Doch. Die Biotransformation von Benzodiazepinen erfolgt in der Leber. Die Metabolisierung ist besonders vielfältig: Desaminierung, Acetylierung, N-Oxidation und Hydrolyse, um nur einige zu nennen, führen zu zahlreichen Abbauprodukten. Die Nachweisdauer im Urin beträgt bei therapeutischer Dosierung ungefähr drei Tage, im Blut einige Stunden bis Tage. Das macht den Nachweis bei lebenden Opfern manchmal sehr problematisch, aber – es tut mir leid, Frau Jonas war tot. Ihre Leber konnte die Droge nicht mehr abbauen. Und das heißt, wir hätten sie finden müssen.«

Ich versuchte, meine Enttäuschung zu verbergen. Was hatte ich erwartet? Eine naturwissenschaftliche Erklärung dafür, warum Helen lauter Dinge getan hatte, die ich nicht verstand? In meinem Hals saß ein trockener Pfropfen, den ich nicht hinunterbekam. Bärwald, der offenbar auch ein

Herz für lebendige Patienten hatte, stand auf und angelte aus seiner Schreibtischschublade eine Flasche undefinierbarer Herkunft, die es irgendwie geschafft hatte, *in* der Schublade einzustauben. Ich nahm einen kräftigen Schluck, aber es half nicht viel. Der Schnaps war grauenvoll. Was hatte Geldorf gesagt, als ich vor einer kleinen Ewigkeit auf dem Polizeirevier gewesen war? Nein, Born hatte etwas gesagt. »Sie hat zwischen sieben und acht an der Bar gesessen und etwas getrunken. Einige der Gäste, die sie überhaupt gesehen haben, sagen aus, dass sie sich mit einem Mann unterhalten hat, der neben ihr saß. Gegen acht ist sie aufgestanden und war etwas unsicher auf den Beinen. Gegen halb zwölf Uhr kommt ein Reinigungsdienst. Der hat sie gefunden.«

»Hören Sie«, sagte ich, »wenn er niedrig dosiert hat, mit einem guten Auge für ihr Körpergewicht, und ihr das Zeug, sagen wir mal, um 19.30 Uhr ins Glas gekippt und sie um 23 Uhr getötet hat, wäre es denkbar, dass sich die Droge in der Zeit zumindest so weit abgebaut hatte, dass Sie sie nicht mehr feststellen konnten?«

»Dreieinhalb Stunden?« Bärwald wiegte seinen Kopf hin und her. »Vielleicht. Ganz unmöglich ist es nicht. Aber wissen Sie auch, was das hieße? Er hätte sie irgendwann gegen acht Uhr in die Saunakabine verfrachtet und bei ihr drei Stunden *gewartet*, bevor er sie tötete?«

Ich nahm noch einen Schluck von Bärwalds Fusel und starrte ihn wütend an.

»Haben Sie nicht selbst gesagt, wir suchen einen äußerst kaltblütigen Mörder mit medizinischen Kenntnissen?«

»Ja«, sagte Bärwald schleppend, »vor allem, wenn man bedenkt, dass das Dreckschwein dabei auch noch die Sauna in Gang gesetzt hat.«

Einundzwanzig

Zwei Tage später fuhren wir nach Lettland. Anna hatte sich um die Tickets für die Fähre und die Hotelbuchung gekümmert und mir großzügig das Steuer ihres VW-Busses überlassen, sodass die Fahrt nach Rostock, zumindest für mich, deutlich entspannter verlief als beim ersten Mal.

»Das Schiff geht um 18 Uhr«, sagte Anna fröhlich, »und wir müssen zwei Stunden vorher da sein. Also drück auf den Hebel!«

Ich musste daran denken, dass auch Helen sich über meinen beschaulichen Fahrstil permanent mokiert hatte, aber 100 km/h waren für den alten Bus definitiv schnell genug.

»Wenn du keine Flugangst hättest, säßen wir jetzt gar nicht in diesem Auto und brauchten auch nicht 24 Stunden auf einer bescheuerten Fähre herumzuhängen.«

»Es sind fast 27 Stunden, aber es wird dir gefallen. Scandlines ist eine hervorragende Linie, skandinavische Fähren sind sowieso Spitze, unser Schiff auch. Heißt URD, frag mich nicht, warum. 186 Passagiere, 172 Meter lang und macht satte 17,5 Knoten …«

»Ist ja Wahnsinn. Soll ich dir mal erzählen, wie lange der Flug mit Air Baltic von Hamburg nach Riga dauert?«

Anna schniefte beleidigt und schwieg dann eisern, bis wir Rostock erreichten. Wir stellten den Bus in einem Parkhaus in Hafennähe ab und machten uns auf den Weg, um die Formalitäten zu erledigen. Als Anna das Schiff sah, kehrte ihre gute Laune zurück.

»Das ist doch mal was anderes als so ein blöder Flieger«, sagte sie glücklich.

Wir hatten eine Außenkabine gebucht, die ein Etagenbett, einen Tisch und zwei Stühle sowie einen an der Decke montierten Fernseher enthielt. Anna war entschlossen, es gut zu finden.

»Na, was sagst du? Beinfreiheit ohne Ende, Farbfernseher – und wir werden garantiert nicht abstürzen. Jetzt mach verdammt noch mal ein anderes Gesicht!«

Es war bereits dunkel geworden. Wir verstauten unser Gepäck und zogen dann los, um das Schiff zu besichtigen. Es gab einen Laden mit dem üblichen Duty-free-Angebot, einen Salon mit Spielautomaten und ein Selbstbedienungsrestaurant, in dem sich nach dem Ablegen der Fähre sofort scheinbar alle Fahrgäste eingefunden hatten. Während die URD hell erleuchtet wie ein Christbaum in die unruhige Ostsee hinausstampfte, bildeten sich lange Schlangen von deutschen, russischen und skandinavischen Touristen, die es gar nicht abwarten konnten, ihrem Magen vor der zu erwartenden Seekrankheit noch etwas anzubieten.

»Lass uns später noch mal wiederkommen«, sagte Anna leise, »das ist mir jetzt zu blöd hier.«

»Später ist alles leer gefressen.«

»Dann isst du eben allein etwas. Ich würde mich gerne ein paar Stunden hinlegen.«

Anna sah plötzlich müde und deprimiert aus. Ihre gute Laune hatte offenbar nur so lange angehalten, bis sie absolut sicher war, kein Flugzeug besteigen zu müssen. Unter ihren Augen hatten sich dunkle Schatten gebildet, und sie war in den letzten Tagen noch dünner geworden. Vor unserer Abreise hatte ich ihr von meinem Gespräch mit Professor Bärwald erzählt, und sie hatte sehr gefasst reagiert, aber die Anspannung und Trauer der letzen Woche hatten deutliche

Spuren hinterlassen. Jetzt sah sie so aus, als ob einem psychischen Kollaps nicht mehr allzu viel im Wege stand.

»Ich nehme die untere Koje«, sagte sie, »und mach keinen Krach, wenn du die Leiter hochsteigst.«

Sie drehte sich einfach um und ließ mich stehen. Ich sah sie in einem Pulk von angetrunkenen Schweden verschwinden und überlegte, wie lange *ich* wohl noch durchhalten würde. Die Schlange vor den Buffetvitrinen war immer noch beträchtlich. Also kämpfte ich mich zur Bar durch und ließ mich dann mit einem Becher Kaffee und einem ansehnlichen Cognac auf einem der Pullmansitze im Zwischendeck nieder.

Das gedämpfte Dröhnen der Schiffsmotoren, das Stimmengewirr um mich herum und die sich ausbreitende Partylaune der Passagiere – all das versetzte mich in einen angenehm schläfrigen Zustand. Überraschenderweise ging mir diese Schiffsreise nicht so auf die Nerven, wie ich angenommen hatte. Und für das, was wir vorhatten, kam es auf einen Tag mehr oder weniger nicht an. *Was genau habt ihr denn vor?*, fragte Helens Stimme in meinem Kopf. Sie hatte lange nichts von sich hören lassen. Sofort sah ich ihr Gesicht vor mir. Blonde, kurz geschnittene Haare, die wunderbar mit ihren braunen Augen kontrastierten. Die zarte Linie ihres Halses. Ebenmäßige Gesichtszüge, die nichts von der coolen Distanz und der Unbeugsamkeit verrieten, zu der sie fähig war. Was hatte Anna gesagt? »Helen war nicht einfach distanziert, sie war ›nähelos‹, wenn es so ein Wort gäbe.« Wie nah war ich ihr gewesen? *Nahe genug, um zu verbrennen.* Ja, dachte ich, und nicht nahe genug, um dich zu verstehen.

Irgendwie war mir dieser Gedanke schon beim letzten

Mal nicht bekommen, und auch dieses Mal setzte die Wirkung sehr prompt ein. Ich fühlte eine aufsteigende Übelkeit und Pulsbeschleunigung wie bei einer Achterbahnfahrt, Schweißperlen machten sich auf den Weg in meinen Hemdkragen, und zugleich begann ich zu frieren. Aus der zurzeit geschlossenen Fachabteilung meines Gehirns meldete sich eine hämische Stimme: Dies ist eine Panikattacke. Nicht weiter schlimm. Entspann dich! Oder reiß dich zusammen! Was denn nun? Die Stimme hatte recht. Es hatte mit Panik zu tun. Mit der Angst davor, ohne Helen weiterzuleben, und vor der Endgültigkeit des Verlustes. Ich hatte Helen in der Pathologie gesehen und war an ihrem Grab gewesen, und ich hatte mir eingebildet zu wissen, dass sie tot war. *Jetzt* wusste ich es wirklich.

In der letzten Woche hatte sich die Trauer auf eine merkwürdige Weise zurückgezogen, so wie das Meer in den Stunden unmittelbar vor einem Tsunami, und jetzt rollte sie mit der unfassbaren Intensität einer Impulswelle auf mich zu. Ich hielt die Kaffeetasse umklammert und sah, dass meine Hände zitterten. Neben mich hatte sich ein dicker alter Mann in einem bunten Norwegerpullover gesetzt, der mich sorgenvoll betrachtete. Schließlich sagte er:

»Diese Schiffe sind sehr sicher, aber wenn Sie wollen, können Sie eine von meinen Pillen haben.«

Ich begriff nicht, was er meinte, aber ich fand es trotzdem irre komisch. Ein sardonisches, schmerzerfülltes Kichern drängte an die Oberfläche, und ich wusste, wenn ich jetzt anfinge zu lachen, würde ich vielleicht tagelang nicht mehr aufhören. Die Bilder von Helen in meinem Kopf wechselten in rascher Überblendung. Helen wütend und sarkastisch, wenn ich nicht begriff, was sie von mir wollte.

Helen atemlos und überirdisch schön, wenn wir miteinander geschlafen hatten. Helen kalt und unwiederbringlich tot auf einer Metallbahre. Ich wollte aufstehen, aber ich war mir nicht sicher, ob meine Beine mich tragen würden. Der Cognac, dachte ich, wozu gibt es Cognac? Ich griff nach dem Plastikbecher und schüttete den Rest von dem überteuerten Rémy Martin hinunter, was keine gute Idee war. Mein leerer Magen revoltierte augenblicklich. Die Übelkeit trieb mir die Tränen in die Augen, und mein Gesicht musste eine sehr charakteristische Färbung angenommen haben, denn die anderen Fahrgäste, die sich zwischenzeitlich auf den Sitzen um mich herum niedergelassen hatten, rückten erschrocken zur Seite. Dann kam ich auf die Beine. Ich stand einen Augenblick kerzengerade und ging dann langsam, sorgfältig einen Fuß vor den anderen setzend, zum Gang, der nach draußen führte.

Es war sehr laut. Um mich herum waren Dutzende von angetrunkenen Touristen, schreienden Kindern und Stewards, die bereits angefangen hatten, die eine oder andere Kotzlache mit Sand zu bedecken. Mühsam kämpfte ich mich eine Metalltreppe hinauf zum Oberdeck, das nur wenig bevölkert zu sein schien, und trat schließlich nach wenigen Metern auf die Gangway ins Freie.

Die Temperatur war gefallen, und es hatte angefangen zu regnen. Die Luft triefte vor eisiger Nässe, und die auf dem Rest des Schiffes vorherrschende Festbeleuchtung war hier oben schon deutlich zurückgefahren worden. In großen Abständen angebrachte bunte Scheinwerfer tauchten das Oberdeck in ein fahles Kirmeslicht.

Langsam und gleichmäßig atmete ich durch und konzentrierte mich auf meinen Bauch. Die Übelkeit flaute etwas ab, aber mein Adrenalinpegel war unverändert hoch. Ich hielt mein Gesicht in den Regen und wartete, dass das Zittern aufhörte. Als ich mich nach einer Weile wieder kontrolliert bewegen konnte, begann ich, auf dem Oberdeck auf und ab zu gehen. Außer mir war jetzt nur noch eine Gruppe Jugendlicher an Deck, die – soweit dies möglich war – auf die Bugaufbauten geklettert waren und eine Flasche kreisen ließen. Einige standen freihändig in der berühmten Pose aus dem Film *Titanic* am äußersten noch zugänglichen Punkt des Bugs und schrien in den Wind, aber nur einzelne Wortfetzen drangen bis zu mir durch. Die Musik und das Lachen der Touristen aus den unteren Decks waren hier oben nur gedämpft zu hören, aber das Stampfen und Dröhnen der Schiffsmotoren und der Fahrtwind verursachten einen unglaublichen Lärm.

Dann, wie aus dem Nichts, war hinter mir eine Stimme, direkt an meinem Ohr. Akzentfrei deutsch, kultiviert und nicht unfreundlich.

»Bleiben Sie jetzt einfach ganz ruhig stehen, und drehen Sie sich nicht um!«

Ich hatte nicht die Absicht zu gehorchen, aber als ich mich umdrehen wollte, spürte ich einen kalten, metallischen Druck am Hinterkopf.

»Seien Sie vernünftig, Doktor! Sie kennen sich doch aus in der Anatomie. Die Kugel geht durchs Hinterhauptsloch, durchschlägt Rückenmark und Zungengrund und kommt bei den oberen Schneidezähnen wieder raus, ohne dass hier irgendjemand etwas mitkriegt.«

Offensichtlich wollte er mir Angst machen, und er war sehr erfolgreich damit. Seitlich hinter meinem Rücken wurde eine quietschende Metalltür geöffnet, und dann rissen mich zwei kräftige Arme nach hinten in einen muffigen Raum. Vor mir tauchte etwas auf, das sich wie ein Vorhang anfühlte. Ich wollte danach schlagen, aber jemand hielt meine Handgelenke eisern umklammert, und dann wurde dicker Stoff um meinen Kopf gewickelt.

»Seien Sie ruhig, und setzen Sie sich hin«, sagte die jetzt gedämpft klingende kultivierte Stimme mit einer deutlichen Spur von Ungeduld. Die Person hinter mir riss mich zu Boden, und erneut spürte ich den metallischen Druck im Genick. Um mich herum war es vollständig dunkel, und ich konnte durch den dicken staubigen Stoff kaum atmen. Sie waren zu zweit, die Stimme vor mir, der Revolver hinter mir.

Vor mir hörte ich das Klicken eines Feuerzeugs, aber der Stoff vor meinem Gesicht war so dicht, dass ich von der Zigarette weder etwas sehen noch riechen konnte. Ich würde ersticken, innerhalb der nächsten drei Minuten, und bei diesem Gedanken wusste ich plötzlich, was das Zeug vor meinem Gesicht war. Sie hatten meinen Kopf in eine Branddecke gewickelt.

»Wir wollen Ihre Mitarbeit, Dr. Nyström«, sagte die Stimme, jetzt über mir. »Werden Sie kooperieren?«

»Ich kriege keine Luft!«, krächzte ich, und im nächsten Augenblick explodierte in meinem Unterleib ein Schmerz, der mit meinem Schrei tatsächlich das letzte Quäntchen Residualluft aus meinen Lungen hinaustrieb. Der vor mir stehende Mann hatte mir einen eher beiläufigen Fußtritt versetzt, der mich jetzt nach vorne wegsacken ließ. Ich verlor kurz das Bewusstsein. Die Decke um meinen Kopf wurde etwas gelockert. Dann war die Stimme wieder da.

»Falsche Antwort«, sagte sie.

Der Mann hinter mir zerrte mich wieder hoch, und ich begann heftig zu nicken. So wie man mit dem Kopf in einer Branddecke eben nicken kann.

»Was wir wollen, ist sehr einfach, Dr. Nyström. Halten Sie sich raus! Fahren Sie nach Hause, und vergessen Sie einfach alles. Vor allem Frau Jonas. Ich weiß nicht, was Sie herausgefunden haben und was Sie in Lettland wollen, und es kümmert mich einen Dreck! Nehmen Sie die anorektische Schlampe, und fahren Sie nach München zurück. Halten Sie weiter Ihre Vorlesungen und ansonsten das Maul. Wir geben Ihnen die einmalige Chance, normal weiterzuleben. Normalität ist etwas Wunderbares, Dr. Nyström.«

Ich nickte wieder energisch.

»Wir haben kein Interesse daran, Sie zu töten – aber auch kein Problem damit. Und mein stummer Freund hier weiß, wie man es anstellt, dass sich jemand den Tod herbeisehnt. Schauen Sie, er kann Ihr Schienbein mit einem Taschenmesser abschaben oder Ihre Knie mit einem Vorschlaghammer zertrümmern. Und was er mit Ihren Augäpfeln und einem Eierlöffel anstellen kann, möchten Sie gar nicht wissen.«

Mein Kopf begann praktisch von selbst zu nicken und schien gar nicht mehr aufhören zu wollen.

»Wir verlassen Sie jetzt, Doktor. Bleiben Sie ein Weilchen hier, es wird Sie schon jemand herausholen. Ich will Sie nicht mehr wiedersehen! Und *Sie* sollten sich überlegen, ob Sie *mich* noch einmal treffen möchten.«

Ich wollte wieder nicken, riss mich im letzten Augenblick zusammen und schüttelte so heftig, wie ich konnte, meinen umwickelten Kopf. Der Mann hinter mir ließ meine Schultern los, und ich kippte zur Seite weg. Leise

Schritte, das Öffnen und Schließen der quietschenden Tür und dann ein schabendes Klicken, als eine Art Riegel heruntergedrückt wurde. Ich riss mir die Branddecke herunter und blieb einfach auf der Seite liegen. Es war wunderbar zu atmen. Die verbrauchte Luft in dem muffigen kleinen Raum kam mir unvergleichlich sauber und belebend vor. Der Zigarettengeruch störte mich nicht im Geringsten, aber er löste eine blitzartige Erinnerung aus. Genauso hatte es in Helens Wohnung gerochen, als ich mit Anna zum zweiten Mal dort gewesen war. Der Mann vor mir hatte Gauloises geraucht.

Es dauerte endlose Minuten, bis der Schmerz in meinen Genitalien so weit nachließ, dass ich mich hinknien konnte. Mit zittrigen Fingern durchsuchte ich meine Taschen nach meinem Feuerzeug, ließ es aufschnappen und sah mich um. Ich befand mich in einem kaum fünf Quadratmeter großen Verschlag, an dessen Wänden Schwimmwesten, Rettungsringe, diverse Äxte und Branddecken in speziellen, schnell lösbaren Haltevorrichtungen angebracht waren. Die Tür machte einen beunruhigend soliden Eindruck. Ich ließ das Feuerzeug verlöschen und gab meinen Augen Zeit, sich auf die Dunkelheit einzustellen. Dann kroch ich auf die Tür zu. Sie war tatsächlich aus massivem Metall, aber ich konnte erkennen, dass sie mit dem Rahmen nicht vollständig abschloss. Gegen das hellere Licht vom Oberdeck war zwischen Tür und Rahmen deutlich ein schmaler, schimmernder Spalt zu sehen, der auf mittlerer Höhe unterbrochen schien. Der Riegel. Ich versuchte, mich an das Geräusch zu erinnern, als die Tür verschlossen wurde, und war mir auf einmal ziemlich sicher, dass der Riegel nicht vorgeschoben, sondern heruntergedrückt worden war. Also kroch ich zu einer Wand, zog mich an den Schwimmwesten hoch und ließ das Feuerzeug noch einmal aufflammen. Wieder stehen zu können war ein fabelhaftes Gefühl, auch wenn zwischen meinem Kopf und der Decke so gut wie kein Platz mehr war. Direkt vor mir befand sich eine stattliche Sammlung von scharfen, kurzstieligen Äxten zum Kappen von Tauen und Trossen. Ich suchte mir zwei aus und hangelte mich zurück zur Tür. Dann schob ich eine Axt mit der Schneide unterhalb des Riegels in den schmalen Spalt zwischen Tür und Rahmen und trieb sie durch einen wuchtigen Schlag mit der zweiten Axt so weit wie möglich in den Spalt hinein. Durch wechselnde Schläge an die Seiten der Axt gelang es mir nach etwa zehn Minuten, den Spalt immerhin so stark zu erweitern, dass die Schneide in ihm frei hoch- und runtergleiten konnte. Dann kam der schöne Teil. Ich setzte die Schneide direkt unter den Riegel, schlug mit d er anderen Axt von unten gegen den Stiel, und der Riegel klappte mit einem ächzenden Geräusch nach oben weg. Ganz einfach. Kein Tusch, kein Feuerwerk.

Eine Windböe riss die Tür auf, und ich schwankte hinaus in den eisigen Regen. Etwa zehn Meter weiter links stand ein wetterfestes älteres Ehepaar an der Reling. Als der Wind die Tür mit Wucht wieder zuschlug, fuhren sie herum und starrten entsetzt zu mir herüber. Ich wollte gerade zu irgendeiner Art von Erklärung ansetzen, als ich merkte, dass ich die Axt noch mit beiden Händen umklammert hielt. Ich ließ sie einfach fallen und ging. Die Treppe runter zum Zwischendeck war das schlimmste Stück des Weges. Die Schmerzen im Unterleib hatten wieder zugenommen, aber mein unsicheres Gangbild fiel bei der fortgeschrittenen Alkoholisierung der anderen Fahrgäste nicht weiter auf. In den letzten fünfzehn Minuten hatte ich mehr Angst gehabt als in den gesamten vierzig Jahren meines bisherigen Lebens. Mein Puls raste, und das Adrenalin zirkulierte mit unverminderter Rasanz durch meinen Kreislauf, aber ich konnte an nichts anderes denken als daran, wie ich um Gottes willen die kurze Leiter in die obere Koje schaffen sollte. Ich konnte nicht mehr stehen, nicht mehr gehen und nicht mehr klar denken, aber immerhin hatte ich noch genug Verstand, die Tür zu unserer Kabine leise und behutsam zu öffnen.

Das wiederum wäre nicht nötig gewesen. Die Kabine war hell erleuchtet. Überall auf dem Boden lagen Teile unseres Gepäcks verstreut. Anna saß auf dem Rand des unteren Bettes. Ihr Gesicht war tränenüberströmt.

»Wo zum Teufel warst du?«, sagte sie tonlos.

Ich gab keine Antwort, sondern wankte auf Anna zu und ließ mich neben ihr auf der Bettkante nieder.

»Als ich vor einer Stunde kam, sah es hier so aus«, sagte sie, »das Licht war an, alle Sachen auf dem Boden verstreut. Jemand hat das Zimmer durchsucht und wollte, dass wir es wissen.«

»Sie wollen uns Angst machen. Viel Angst. Während du auf mich gewartet hast, haben mir zwei Männer eine Pistole an den Hinterkopf gehalten und mir gesagt, ich soll nach Hause fahren.«

Anna starrte mich fassungslos an.

»Hier auf dem Schiff? Vor allen Leuten?«

»Sie haben mich auf dem Oberdeck in einen Verschlag gezerrt und dann getreten und bedroht.«

»Was genau haben Sie gesagt?«

»Nehmen Sie die anorektische Schlampe, und fahren Sie nach München zurück!«

»Verdammte Schweine«, sagte Anna und funkelte mich aus tränennassen Augen an, »ich bin nicht anorektisch!«

»Es hat überhaupt nur einer gesprochen. Er hatte medizinische Kenntnisse und hat sich irgendwie darin gefallen, mich das wissen zu lassen. Ausdrücke wie Zungengrund, Hinterhauptsloch, anorektisch. Was soll das? Der mit der Pistole hinter mir hat gar nichts gesagt.«

»Hast du sie gesehen?«

Ich schüttelte den Kopf. »Sie haben mir eine Branddecke über den Kopf gezogen. Davon gab es Dutzende in dem Verschlag. Das Zeug ist so dicht, dass mir sofort die Luft ausging. Kein Wunder, dass man damit Feuer ersticken kann.«

»Offenbar nicht nur Feuer«, sagte Anna düster.

Ich zuckte mit den Achseln. In meinem Unterleib wütete noch immer ein dumpfer Schmerz, der jedes Mal aufloderte, wenn ich mich bewegte. Mein rechtes Augenlid hatte angefangen, unkontrollierbar zu flattern.

»Ich muss mich hinlegen.«

Anna machte Platz und hockte sich im Schneidersitz vor das Bett, während ich meine Beine hochwuchtete und die Matratze der Koje über mir anstarrte. Nach einer Weile hielt sie das Schweigen nicht mehr aus.

»Und jetzt?«

»Wir geben auf. Er hat damit geprahlt, was sie mit uns anstellen können. Viehisches Zeug, ich will das nicht wiederholen. Aber es war ernst gemeint. Sie haben klargemacht, dass sie uns jederzeit und an jedem Ort erwischen können. Egal, ob auf dem Bahnhofsklo oder auf einer skandinavischen Fähre. Wir haben keine Chance. Wenn wir in Ventspils ankommen, fahren wir mit dem Bus nach Riga und nehmen das nächste Flugzeug zurück nach Hamburg.«

Anna schwieg. Sie saß einfach da, den Kopf in den Händen und die Augen geschlossen.

»Nein!«, sagte sie schließlich. »Ich steige in kein Flugzeug, und ich werde nicht aufhören. Helen war der einzige Mensch, der mir etwas bedeutet hat, und wenn ich ihren Tod einfach abhake, kann ich mich auch gleich in die Geschlossene einweisen lassen. Ich war mal in einem besetzten Haus, das die Bullen geräumt haben. Als die Hundertschaft anrückte, hatten wir jede Menge Zeit, uns zu verdrücken, aber keiner ist gegangen. Sie haben mit den Stöcken rhythmisch auf ihre Schilde geschlagen, und ich hätte mir um ein Haar in die Hosen gepisst, aber ich bin nicht abgehauen. Wir hatten uns Motorradhelme aufgesetzt, als sie das Haus schließlich stürmten, und das hat sie erst richtig wütend gemacht. Auf der Fahrt ins Revier haben sie uns in den Mannschaftswagen die Helme runtergerissen, uns auf die Köpfe gehauen und dann die Helme wieder draufgesetzt. Wir durften sie auch in der Arrestzelle nicht absetzen, bis wir nach Stunden einzeln verhört wurden. Kannst du dir vorstellen, wie sich ein aus fünf Platzwunden blutender Kopf in einem Integralhelm anfühlt?«

»Warum erzählst du mir das?«

»Weil es mir nicht leid tut. Vielleicht war es dumm, nicht abzuhauen, aber es war richtig!«

Anna wartete auf eine Antwort, aber ich hatte genug. Ich drehte mein Gesicht zur Wand und sagte kein Wort mehr. In meinem Kopf war die Stimme des Mannes vom Oberdeck, die Aura von Arroganz und absoluter Macht, die Stimme eines Mannes, der sicher ist, dass er alles tun kann, was er will. Nach einer Weile hörte ich, wie unsere Kabinentür leise aufgeschlossen wurde. Anna beugte sich über mich, und ich spürte ihren warmen Atem an meinem Ohr.

»Ich hab uns noch was organisiert«, sagte sie. »Der Duty-free-Shop war noch auf!«

Ich hatte nicht mal realisiert, dass sie weg gewesen war, aber ich war tatsächlich hungrig. Anna hatte zwei Flaschen passablen Rioja bekommen und die Reste der Sandwichtheke aufgekauft.

Wir tranken den Wein aus der Flasche und schlangen die angematschten Baguettebrötchen hinunter wie zwei Bulimiekranke bei der nächtlichen Kühlschrankvisite. Anna muss irgendwie die gleiche Assoziation gehabt haben wie ich, denn sie schnaubte verächtlich: »Von wegen anorektisch«, und leckte sich genüsslich die Camembertreste von den Fingern.

Das Essen hatte mir gutgetan, und als wir mit Annas Taschenmesser die zweite Flasche Wein aufhebelten, lief mein Verstand schon wieder einigermaßen rund.

»Warum hat er so geredet?«, fragte Anna. »So hochgestochen medizinisch, ich meine, er muss doch wissen, dass er damit etwas über sich verrät!«

Ich musste an das Gespräch mit Professor Bärwald denken. »Sie suchen einen äußerst kaltblütigen Mörder mit medizinischen Kenntnissen. Er muss kein Arzt sein. Vielleicht ein abgebrochener Medizinstudent oder ein Krankenpfleger.« Bärwald hatte recht. Vielleicht war er kein Arzt und nur versessen auf das Renommee und die Arroganz des Berufsstandes. Aber da war noch mehr. Es war seine Stimme, die Selbstsicherheit und Machtfülle eines Menschen, der nichts und niemanden zu fürchten hat. Das hatte mir mehr Angst gemacht als alle Drohungen zusammen.

»Er ist nicht einfach nur arrogant«, sagte ich, »sondern vollkommen überzeugt davon, dass er mit allem durchkommt. Ein Soziopath, der sein ganzes bisheriges Leben als einen Beweis dafür ansieht, dass er tun und lassen kann, was er will. Er hat keine Angst. Warum auch? Es hat immer funktioniert. Ihm fehlt dieser Draht zur Wirklichkeit, der normale Menschen Furcht empfinden lässt.«

»Und er ist hier an Bord«, sagte Anna. »Er kennt uns. Er kann jeden unserer Schritte überwachen. Wir haben nur seine Stimme.«

»Jetzt weißt du, warum ich aufgeben will!«

»Nein. Lass uns morgen noch mal darüber reden. Ich will jetzt keine Entscheidungen treffen. Du kannst hier unten liegen bleiben.«

Ich war dankbar, dass ich nicht die verdammte Leiter hochklettern musste, und nachdem ich eine Weile Annas Bemühungen zugehört hatte, sich auf der muffigen Matratze über mir in eine bequeme Position zu bringen, beförderte mich der Rioja in einen dumpfen, von wirren Träumen durchzogenen Halbschlaf. Gegen drei Uhr morgens wachte ich auf, als ein paar betrunkene Fahrgäste vor unserer Kabinentür herumalberten. Ich lauschte den sich entfernenden Stimmen und dem sanften Dröhnen der Maschinen. Die Fähre hatte angefangen, leicht zu schlingern, und der Gang meiner Gedanken schien sich dieser Bewegung anzupassen. Hatte ich nicht irgendwo gelesen, dass es Öltanker von so enormer Länge gibt, dass sie sich bei heftigem Seegang in der Mitte bis zu einem halben Meter aufwölben? Was musste das für ein Gefühl sein, wenn ein Schiff in der Mitte buckelte wie ein Rodeopferd? Was waren das für Leute, die auf solchen Schiffen arbeiteten? Irgendwelche armen

Schweine, die keine Wahl hatten? Oder hochbezahlte Fachleute, wie sie auf den Ölplattformen arbeiteten. Leute, denen man ein Angebot gemacht hatte? Ein Angebot, das sie nicht ablehnen konnten? Wie alle hatte ich in den Siebzigern den *Paten* gelesen, aber mehr noch als dieses zum Sprichwort avancierte Zitat war mir eine andere Lebensweisheit von Don Corleone im Gedächtnis geblieben:

»Es gibt Menschen auf dieser Welt, die herumlaufen und verlangen, dass man sie tötet … und immer ist jemand zur Hand, der ihnen diesen Gefallen erweist.«

Gehörten auch wir zu dieser Sorte? Was hätte Don Corleone von uns gehalten? Das Bild Marlon Brandos trieb durch meine Gedanken, die für die Kamera ausgepolsterten Wangen, die Mischung aus Traurigkeit, Zynismus und väterlicher Sorge. Dann drehte auch er das Gesicht zur Wand und schwieg.

Zweiundzwanzig

Der nächste Tag verlief grau und ereignislos. Die Ostsee hatte sich beruhigt, aber das Wetter war kalt, und es regnete ununterbrochen. Die fröhliche Partylaune der Passagiere hatte einer allgemeinen Katerstimmung Platz gemacht, und die Stewards wieselten mit übellauniger Geschäftigkeit um die Sandhäufchen herum.

Anna und ich hatten spät gefrühstückt und dabei das Thema vom Vorabend stillschweigend vermieden, aber es war uns beiden klar, dass wir an einem toten Punkt angelangt waren. Ich hatte so viel Angst, dass ich pausenlos die Gesichter der übrigen Fahrgäste musterte, und Anna ging es nicht viel anders. Es gab an Bord jede Menge Familien mit Kindern und Jugendlichen, die von vornherein ausschieden, aber es blieben noch genug kleinere Gruppen von Männern übrig, die zu dritt oder zu viert herumhingen, Karten spielten oder sich betranken. Nach meinem Erlebnis mit den Albanern auf dem Bahnhofsklo war ich einfach davon ausgegangen, es mit Tätern aus dem südosteuropäischen Raum zu tun zu haben, aber vielleicht war das völlig falsch. Der Mann von letzter Nacht hatte sich kein bisschen nach Balkan angehört. Andererseits kannte ich viele Serben und Kroaten, die in zweiter oder dritter Generation in Deutschland lebten und auf die das ebenso zutraf.

Es konnte einfach jeder sein.

Das Gefühl einer permanenten Bedrohung und die Unmöglichkeit, das Schiff einfach zu verlassen, ließen uns die Fahrzeit endlos lang vorkommen. Anna las eine Weile lustlos in einem Reiseführer über das Baltikum, dann schlenderten wir stundenlang auf dem Schiff herum, beobachteten die Fahrgäste und stritten uns. Schließlich lieh Anna sich völlig entnervt fünfzig Euro von mir und verschwand in dem Saal mit den Spielautomaten. Am späten Nachmittag trafen wir uns im Bordrestaurant.

»Ich bin sicher, dass sie uns beobachten«, sagte Anna, »ich spür es auf der Haut!«

»Ja, und wir müssen zu einer Entscheidung kommen. Wir sind diesen Leuten nicht gewachsen. Ich will, dass wir nach Deutschland zurückfahren. Schluss, aus, Ende!«

Anna schüttelte wütend den Kopf. Sie war blass, übernächtigt und stur. Ich war mit ihr auf dem Oberdeck gewesen und hatte ihr die Tür gezeigt, hinter der ich am Vorabend verschwunden war. Es war überraschend schwierig gewesen, sie überhaupt wiederzufinden. Jetzt war sie verschlossen und sah völlig unscheinbar aus. Obwohl es ursprünglich nicht meine Absicht gewesen war, hatte ich Anna dann doch detailliert von den Drohungen erzählt. Sie hatte geweint und auf ihren Nägeln herumgebissen und ihre Wut und Angst schließlich gegen mich gerichtet.

»Weißt du, was ich glaube? Dass der Mann, der dich gestern angegriffen hat, Helens Mörder ist. Arrogant, kaltblütig und mit medizinischen Kenntnissen. Und das weißt du auch! Und jetzt willst du einfach den Schwanz einziehen, nur weil man dich getreten hat? Zurück nach München in dein dämliches Institut und einmal die Woche Helens Bild auf deinem Schreibtisch abstauben! Ist es das, was du willst?«

Sie hatte mich einfach stehen lassen und mir Zeit gegeben, den Volltreffer zu verdauen. Bis zum Nachmittag hatten wir kein Wort mehr miteinander gewechselt. Jetzt war sie ruhiger, aber nicht weniger wütend und hatte offenbar für sich einen Entschluss gefasst.

»Ich mache allein weiter. Besorg dir in Riga einen Flug nach München, dann bist du in fünf Stunden zu Hause und kannst die Sache abhaken!«

Ich schwieg.

Anna starrte mich an, zuckte hilflos mit den Achseln und fing wieder an zu weinen.

»Scheiße, es tut mir leid. Ich wollte das nicht sagen. Aber ich *kann* nicht nach Hause fahren!«

Ich sah durch die Panoramascheiben des Bordrestaurants auf die bleigraue Ostsee hinaus und lauschte auf Helens Stimme in meinem Kopf, aber da war nichts. Absolute Funkstille. Sie wollte es mir also nicht selbst sagen. Und ich hatte mich doch tatsächlich gefragt, warum Helen mich nicht um Hilfe gebeten hatte. Offenbar hatte sie mich richtig eingeschätzt.

Vielleicht auch nicht.

»Gut«, sagte ich, »folgender Vorschlag: Wir gehen noch in Ventspils zu der Adresse, die uns Petersen gegeben hat, und versuchen, jemanden zu finden, der Krisjanis Udris heißt. Was immer wir herausfinden, werden wir der Polizei oder den zuständigen Behörden übergeben. Das heißt, ab da ist Schluss. Wir werden den Kopf einziehen und die Sache der Polizei überlassen!«

»Die Polizei hat ›die Sache‹ abgehakt. Schon vergessen?«

»Ja, aber auch deshalb, weil wir Geldorf ein paar Dinge verschwiegen haben. Wir müssen alle Karten auf den Tisch legen.«

»Traust du ihm?«

Ich nickte ohne Überzeugung.

»Okay! Wir machen es so, wie du gesagt hast.«

Anna seufzte. Dann fing sie unvermittelt an zu grinsen.

»Ich muss dir noch was erzählen. Ich habe nur *eine* Pistole ins Hafenbecken geworfen. Die dickere. Die kleine habe ich noch.«

Ich musste an Annas faszinierten Gesichtsausdruck denken, als sie an jenem Abend in Helens Wohnung die kleine Pistole aus der Reisetasche gezogen hatte.

»Du bist völlig übergeschnappt! Hast du nicht selbst gesagt, du kannst und willst nicht schießen?«

»Ja«, sagte Anna und klopfte leicht mit der Hand auf die Außentasche ihrer Regenjacke, »ich habe meine Meinung geändert. Fällt doch kaum auf das Ding.«

Den Rest der Fahrt saßen wir herum und schwiegen uns an. Pünktlich gegen halb zehn Uhr legte die URD im Hafen von Ventspils an. Das Auschecken verlief zügig, und die Einreiseformalitäten waren mehr als lässig. In strömendem Regen stiegen wir in eines der in langer Reihe wartenden Taxis.

»Hotel Vilnis, Talsu iela Nr. 5«, sagte Anna, als der Fahrer den alten Benz in den noch immer dicht fließenden Verkehr einfädelte. Der grinste und gab ein anerkennendes Schnalzen von sich.

»Gutes Hotel«, sagte er mit einem schweren russischen Akzent.

Von der Stadt selbst war bei Dunkelheit und Regen nicht viel zu sehen, aber das Hotel war wirklich gut. Nicht zu groß, absolut westlicher Standard und dementsprechend teuer. Leider war das Restaurant schon geschlossen. Anna hatte zwei nebeneinanderliegende Einzelzimmer gebucht, und wir waren beide so müde, dass wir beschlossen, sofort schlafen zu gehen. Die letzte Nacht in der Koje hatte meinem Rücken übel mitgespielt, aber das komfortable Hotelbett, in dem ich mich nach einer heißen Dusche verkroch, wirkte wahre Wunder.

Als ich mich am nächsten Morgen mit Anna zum Frühstück traf, hatte ich acht Stunden traumlosen Tiefschlaf und eine ausgiebige Rasur hinter mir und fühlte mich, von dem ziehenden Schmerz in meinen Hoden einmal abgesehen, ausgezeichnet. Eine hell strahlende Frühlingssonne tauchte den Frühstücksraum des Hotels in ein warmes Licht, und auch Anna sah deutlich besser aus als am Vortag. Die dunklen Schatten um die Augen waren verschwunden, und die extreme Blässe war von einer nahezu gesunden Gesichtsfarbe abgelöst worden. Beim Packen für die Reise hatte sie sich ohne große Umstände aus Helens Kleiderschrank bedient und ihr gesamtes Punker-Outfit in die Mülltonne gestopft. Helens Nobelklamotten waren ihr geringfügig zu groß, was aber für einen gewissen lässigen Chic sorgte, und als sie mager und kurz geschoren hereinrauschte, sah sie aus wie ein extravagantes englisches Model. Lächelnd registrierte sie das Drehen der Köpfe und die bewundernden bis neidischen Blicke und setzte sich schwungvoll zu mir an den Tisch.

»Schön hier«, sagte sie.

Dreiundzwanzig

Nach dem Frühstück sahen wir uns die Stadt an, und die war eine Überraschung. Ein Taxi brachte uns über den Hafenkanal und setzte uns in der Innenstadt ab. Nach den Schilderungen Ole Petersens hatte ich so eine Art lettisches Duisburg-Ruhrort erwartet. Stattdessen präsentierte sich die ehemalige ökologische Zeitbombe des Baltikums als ein aufgeräumtes, durchaus angenehmes Städtchen mit nordisch-osteuropäischem Charme. Wir schlenderten wie Touristen über die Promenade der Ostas iela in Richtung Burg des Livländischen Ordens, beobachteten die in den

Hafen einlaufenden Schiffe und bestaunten Jurakmens, den riesigen Gedenkstein, der anlässlich der Meereskanalvertiefung des Freihafens von Ventspils aufgestellt worden war. Auf einer Parkbank saß lässig die lebensgroße Bronzeskulptur von Krisjanis Valdemars, dem Begründer der lettischen Seefahrt, und schaute sich an, was seine Nachfahren aus dem Hafen gemacht hatten. Anna setzte sich neben ihn, legte einen Arm um seine Schulter und kreischte in einem überkandidelten amerikanischen Tonfall:

»Thoooomas, take a picture, pleeease!«

Aber ich hatte keine Kamera, und wir waren keine Touristen, und mit dieser Erkenntnis ging dem übermütigen Höhenflug die Luft aus. Anna quittierte meinen abgenervten Gesichtsausdruck mit einer Grimasse, war aber offenbar entschlossen, sich die Laune nicht verderben zu lassen. Sie hakte sich bei mir ein und zog mich einfach weiter.

»Komm, lass uns wenigstens die Burg ansehen«, sagte sie. »Nur diesen Vormittag ... weißt du was? Seit dem Frühstück habe ich mich nicht ein einziges Mal umgeschaut!«

Ich schon, aber das sagte ich ihr nicht, und ich hatte auch niemanden gesehen, den ich mit den Leuten auf dem Schiff in Verbindung bringen konnte. Weil es auf dem Weg lag, bewunderten wir die fantastisch restaurierte Jugendstilfassade des ehemaligen Hotels Royal, in dem jetzt die Freihafenverwaltung von Ventspils untergebracht war, und dann lag die Burg vor uns.

Es handelte sich um eine kompakte Anlage, die mit einem nicht sehr hohen, quadratischen Turm eher einem Kloster als einer Burg glich. Als wir mit einer Gruppe von Touristen durch den Torbogen hineingingen, lief Anna zur Hochform auf.

»Hier also haben wir die Burg des Livländischen Ordens, die älteste bis heute erhaltene mittelalterliche Festung in Lettland. Sie wurde erstmalig im Jahre 1290 urkundlich erwähnt, dieses Jahr gilt auch als Gründungsjahr der Stadt Ventspils. Im Jahre 1995 wurde mit der Restaurierung der Burg begonnen. Von außen wurde sie im Stil des 19. Jahrhunderts rekonstruiert und ist jetzt das Stadtmuseum Ventspils. Dank der Ausstattung mit modernster, multimedialer Technik zählt es zu den fortschrittlichsten Museen im ...«

»Danke«, sagte ich, »das reicht. Mir ist nicht nach Fremdenführung. Wo hast du denn das alles her?«

»Wenn ich irgendwo hinfahre, informiere ich mich vorher«, sagte Anna schnippisch und streckte mir ihren Reiseführer entgegen.

»Tut mir leid, aber deswegen sind wir nicht hier.«

»Ich weiß, aber vielleicht kannst du deine Paranoia mal für eine halbe Stunde beiseitelassen!«

»Nein!«

Anna sah mich resigniert an und ließ einen langen Seufzer hören.

»Okay, also keine Führung. Hast du Hunger?«
Ich nickte.

»Na, prima«, sagte sie und verfiel demonstrativ wieder in ihren Touristenführer-Tonfall, »linker Hand sehen Sie eine Treppe, die zur neu eröffneten Burgschenke im Mittelalterstil führt. Sie nennt sich ›Melnais sivens‹, was auf Deutsch ›Schwarzes Ferkel‹ heißt, und hält deftige Spezialitäten für Sie bereit.«

Die Burgschenke war eine Art lang gestreckter »Rittersaal«, wo an langen Holztischen um diese Zeit nur wenige Gäste saßen. Die Kellnerin sprach ein passables Englisch, und so bestellten wir problemlos Gemüsesuppe mit dunklem Brot, eine Platte mit Sauerkraut, Würsten und verschiedenen Koteletts sowie zwei Krüge »Kimmel«, das von Annas Reiseführer als bestes Bier Lettlands gerühmt wurde. Während die Suppe geradezu sensationell fade schmeckte, war das Sauerkraut sehr pikant gewürzt und das Bier ausgezeichnet. Anna schaufelte mit dem üblichen Appetit Sauerkraut und Würstchen in sich hinein, nagte die Koteletts sauber ab und leerte mit zufriedenem Grinsen ihren zweiten Bierkrug. Dann rülpste sie dezent und sagte:

»Also gut, wo ist der Zettel?«

Ich suchte aus meiner Brieftasche das Stück Papier heraus, auf dem Ole Petersen den Namen des Mannes notiert hatte, mit dem wir in Ventspils sprechen sollten, und reichte ihn Anna hinüber.

»Sergej Bakarov, Kapteinu iela Nr. 7«, sagte sie und holte ihren Stadtplan heraus. »Das ist in Ostgals.«

»Was heißt das?«

»Na ja, ich habe mich ein bisschen schlaugemacht vorher. Ostgals ist ein Hafenviertel der besonderen Art. So eine Art Fischerdorf *in* der Stadt. Niedrige Holzhäuser, Kopfsteinpflaster, einfache Leute. Es entstand in der Mitte des 19. Jahrhunderts. Die russische Regierung wollte damals die Sandverschüttung der Stadt verhindern und forderte die Bauern der Region auf, sich im Dünengebiet niederzulassen. Denen blieb nichts anderes übrig. Heute steht das ganze Viertel unter Denkmalschutz.«

»Kommen wir da zu Fuß hin?«

»Klar. Ich würde sagen: eine gute halbe Stunde, vielleicht ein bisschen mehr!«

Also wanderten wir wie Bilderbuchtouristen die Hafenpromenade entlang, passierten einen monumentalen, mit einem riesigen Anker drapierten Felsblock, den Anna mir als Seefahrer- und Fischerdenkmal vorstellte (und zu dem sie gerne noch etwas mehr gesagt hätte), und landeten nach kaum vierzig Minuten unversehens im 19. Jahrhundert.

Ostgals hatte in der Tat nichts zu tun mit dem herausgeputzten Charme und der baltischen Aufbruchsstimmung, die einen im Rest von Ventspils förmlich ansprangen. Das Viertel war ein einziges Gewirr von schmalen, kopfsteingepflasterten Straßen und Gassen, die an vielen Stellen kaum zwei Autos nebeneinander Platz boten. Niedrige, braune, oft von kleinen Gärten umrahmte Holzhäuser säumten die Straßen, und wie um das Klischee perfekt zu machen, kam uns ein Pferdefuhrwerk entgegen. Aus den Fenstern blickten uns dicke alte Frauen mit wollenen Kopftüchern nach, und das ganze Viertel atmete eine sehr osteuropäische Atmosphäre von Romantik, Verfall und Armut. Es war sehr ruhig. Kein Verkehrslärm, keine lauten Radios, kaum spielende Kinder.

»Ob die hier Fernsehen haben?«, fragte Anna, als wir in die Kapteinu iela einbogen.

Ich zuckte die Achseln. Das Haus Nr. 7 sah aus wie alle anderen Häuser in der Straße, aber zumindest gab es an dem morschen Gartenzaun ein Schild, das darauf hinwies, dass hier Sergej Bakarov wohnte. Anna suchte vergebens nach einer Klingel und klopfte einfach an die Tür.

Es dauerte einen Augenblick, dann wurde die Tür geöffnet, und wir traten unwillkürlich einen Schritt zurück. Die Frau im Türrahmen wirkte in dem anachronistischen Ambiente so vollständig deplatziert wie Bill Gates in einem Tante-Emma-Laden.

Sie war groß, schlank und sehr schön. Schulterlange dunkle Haare, schwarz glänzend wie Rabenfedern, umrahmten ein schmales Gesicht mit grünen Augen hinter einer randlosen Designerbrille. Sie mochte vielleicht fünfunddreißig Jahre alt sein und war gekleidet wie die Chefsekretärin einer Vorstandsetage. Teures Nadelstreifensakko, dunkler, nicht zu kurzer Rock, akkurat gebügelte weiße Bluse. Sie trug wenig Schmuck, hatte ein dezentes Makeup aufgelegt und lächelte uns freundlich an.

»Ja, bitte?«, sagte sie auf Russisch.

»Tut mir leid«, sagte Anna, »wir können weder Lettisch noch Russisch. Sprechen Sie Englisch oder Deutsch? Oder vielleicht Schwedisch?«

»Wir können Deutsch sprechen«, sagte die Frau mit einem leichten osteuropäischen Akzent, »ich hatte eine deutsche Großmutter.«

Anna war sichtlich erleichtert.

»Wir hätten gerne mit Sergej Bakarov gesprochen, wenn das möglich ist.«

Die Frau runzelte die Stirn, schien offenbar über eine Antwort auf Deutsch nachzudenken und sagte dann einfach:

»Warum?«

»Wir wollen ihn grüßen von einem alten Freund aus Hamburg und würden ihm gerne ein paar Fragen stellen.«

»Sie können ihn besuchen«, sagte die Frau, »aber keine Fragen stellen!«

Sie winkte uns herein, und wir folgten ihr durch einen kurzen muffigen Flur in eine Art große Wohnstube, von der lediglich noch eine Tür in einen winzigen Schlafraum abging. Links neben der Tür gab es eine Kochnische mit Spüle und einem elektrischen Zweiplattenkocher. Der Raum war sehr sauber und mit alten Bauernmöbeln durchaus behaglich eingerichtet, aber in der Luft hing ein merkwürdiger Krankenhausgeruch, der sich mit dem Aroma eines sonntäglichen Schweinebratens verband. Dicht am Fenster, im Licht der durch die Spitzengardinen fallenden Mittagssonne, saß ein alter Mann in einem vorsintflutlichen Lehnstuhl. Seine spärlichen, dünnen Haare standen ihm wirr vom Kopf ab, aber er war sorgfältig rasiert und offenbar gut gepflegt. Hinter einer Brille, die kaum jünger war als der Ohrensessel, blinzelten lebhafte graue Augen, aber sein Mund war schief, und ich sah auf einen Blick, warum wir ihm keine Fragen stellen konnten. Nun ja, fragen vielleicht, aber er konnte nicht mehr antworten. Sein rechter Arm war steif und angewinkelt, die Hand auf eine typische Weise nach innen gedreht, die Finger weiß und ineinander verkrampft. Der rechte Fuß steckte in einem riesigen orthopädischen Schuh.

»Stroke«, sagte die junge Frau hinter uns, der wohl das schöne deutsche Wort »Schlaganfall« nicht einfiel, »he suffered a stroke.«

Anna ging auf den Sessel zu, ergriff wie selbstverständlich die linke Hand des Alten und sagte:

»Ich bin Anna, und das ist Thomas. Wie geht es Ihnen? Wir sollen Sie grüßen von Ole Petersen aus Hamburg!«

Keine Ahnung, was der alte Mann wirklich verstand, aber bei den Worten »Petersen« und »Hamburg« ging eine merkwürdige Veränderung mit ihm vor. Seine Gestalt im Lehnstuhl schien sich zu straffen, seine Augen begannen tatsächlich zu funkeln, und sein schiefer Mund brachte mit nur einem Mundwinkel ein fröhliches Grinsen zustande, was auch der Frau hinter uns zu gefallen schien.

»Ich bin Elena Bakarova. Das da ist mein Schwiegervater. Willkommen in seinem Haus«, sagte sie, führte ihn an den Esstisch und winkte uns, Platz zu nehmen. Dann brachte sie schwarzen Tee mit Zucker und Sahne, eine Schale mit Gebäck und einen großen unlinierten Schreibblock mit einem Kugelschreiber, den sie vor dem Alten auf den Tisch legte.

»Versteht er, was wir sagen?«, fragte Anna.

»Ich spreche mit ihm Russisch. Da versteht er das meiste. Von seinem Englisch ist nicht mehr viel übrig, und Lettisch hat er nie richtig gelernt«, sagte Elena. »Ich sorge für ihn, so gut ich kann. Mein Mann war als Ingenieur bei der Pipeline, er ist vor fünf Jahren gestorben.«

»Was hat Ihr Schwiegervater früher gemacht?«

»Er war ein leitender Angestellter bei der Freihafenverwaltung bis 1991. Hauptsächlich zuständig für die Hafenstaatkontrollen von großen Schiffen. Dann hat man ihn unter einem Vorwand entlassen. Nach der Unabhängigkeit waren wir Russen nur noch Bürger zweiter Klasse. Russisch war verpönt, und für jeden besseren Job musste man fließend Lettisch sprechen. Mein Schwiegervater hat das nie verwinden können. Vor einem Jahr ist er krank geworden.«

»Hat er nach seiner Entlassung noch Kontakte zur Hafenverwaltung oder alten Kollegen gehabt?«, fragte ich.

Elena nickte.

»Jeden Tag ist er am Hafen gewesen. Seine Kollegen haben ihn sehr geschätzt, auch die lettischen. Noch nach Jahren sind sie vorbeigekommen und haben ihn um Rat gefragt, wenn sie mal wieder an einer Katastrophe vorbeigeschrammt sind.«

»Wie meinen Sie das?«

»Wissen Sie nicht, was hier früher los war? Die Moskauer Zentralregierung hatte Ventspils zur Jauchegrube des Baltikums gemacht. Und die russischen Bürger hier waren denen genauso egal wie die lettischen. In den Sechzigerjahren wurde die Pipeline Druschba gebaut, um von Ventspils aus das sibirische Erdöl an den Westen zu verkaufen. Zum Schluss waren es fast 38 Millionen Tonnen. Dazu kam noch die Ausfuhr von, wie sagt man ... Düngemitteln? Hauptsächlich Kaliumsalz. Dauernd ging etwas schief. Fabriken ganz ohne Abwasserreinigung, Schlote ohne Filter, wilde Chemiekippen in den Wäldern und den Rest einfach ins Meer geschüttet. Alle im Freihafen waren mehr oder weniger korrupt, und die Letten haben da auch mitgemacht.«

»Er auch?«, fragte Anna und deutete mit der Hand auf Bakarov.

Der alte Mann hatte das Gespräch die ganze Zeit aufmerksam verfolgt, von einem zum anderen geblickt, und obwohl er nichts verstand, an den passenden Stellen genickt. Jetzt schien er langsam ungeduldig zu werden.

Elena schüttelte energisch den Kopf.

»Das war ja das Verrückte. Ausgerechnet er, als Russe, hat dauernd gegen den ganzen Irrsinn gepredigt und dann Schwierigkeiten bekommen. 1988 hat er sogar bei den Aktionen der lettischen Umweltschutzbewegung mitgemacht. Die russischen Militärs hatten in der Nähe von Liepaja, unmittelbar am Strand, mit weißem Phosphor gefüllte Rauchbomben gesprengt. Die übliche Schlamperei. Die ins Meer geschleuderten Rückstände sahen haargenau so aus wie der Bernstein, der in dieser Gegend am Strand gefunden wird. Nur dass bereits Körperwärme ausreiche, um sie zu entzünden. Noch Jahre später kam es bei Strandgängern zu Verbrennungen durch das Zeug.«

»Da! Da!«, sagte Bakarov, was auf Russisch ein durchaus zutreffender Kommentar war. Offenbar war er es leid, dass das Gespräch an ihm vorbeilief.

»Können Sie ihn fragen, wie er Ole Petersen kennengelernt hat?«, fragte Anna. Elena schrieb den Namen in großen Buchstaben auf den Block und stellte dann in langsamem Russisch die Frage.

»Da, da! Pätterrrsson! Drug!«, sagte Bakarov lebhaft.

Er nahm den Stift in die linke Hand, zeichnete umständlich eine Reihe von kyrillischen Buchstaben auf das Blatt und schaute uns erwartungsvoll an.

»Tut mir leid«, sagte Elena, »es sind vier Wörter, alle unvollständig. Dies soll wahrscheinlich ›alter Freund‹ bedeuten und dies vielleicht ›T-a-l-i-n‹. Meinst du Tallinn in Estland?«

Bakarov nickte energisch. Elena wiederholte beide Wörter auf Russisch, und der Alte bestätigte sie noch einmal.

»Mit dem letzten Wort kann ich gar nichts anfangen. Auf Deutsch würde es etwa ›Jas‹ heißen«, sagte Elena.

Bakarov nickte wieder, hob seine linke Hand an und bewegte den Daumen und die Finger einzeln nacheinander nach unten.

Elena zuckte ratlos mit den Achseln.

»Sieht aus wie Klavierspielen«, sagte Anna.

Elena übersetzte, und diesmal strahlte der alte Mann über das ganze Gesicht.

»Da!«, sagte er, »da, da, da!«

Elena lehnte sich zurück und lächelte ebenfalls.

»Ich weiß, was er meint. Das letzte Wort heißt ›Jazz‹. Er hat Petersen auf dem ›Tallinn Jazz Festival‹ kennengelernt. Viele Jahre lang ist er dort hingefahren. Tausende von Jazzfans aus der ganzen Sowjetunion haben sich jedes Jahr dort getroffen. Mein Schwiegervater hat uns oft erzählt, wie er schon 1967 dort den jungen Keith Jarrett gehört hat, zusammen mit Charles Lloyd. Und jetzt weiß ich wieder, wer Ole Petersen ist. Er ist zweimal hier in Ostgals gewesen. Nach der Unabhängigkeit. Sieht er immer noch aus wie James Coburn?«

Anna lachte schallend.

»Verdammt, ja! Die ganze Zeit habe ich überlegt, wem der alte Graukopf ähnlich sieht!«

»Und er ist auch sehr nett«, sagte Elena, »aber deshalb sind Sie nicht gekommen, nicht wahr? Nicht mal mein Schwiegervater glaubt das. Ich meine, dass Sie einfach aus Hamburg hierherkommen, nur um ihn von einem alten Freund zu grüßen!«

»Stimmt«, sagte Anna ohne Umschweife. »Petersen hat uns zu Ihnen geschickt, und er lässt Sie grüßen, aber vor allem hat er gesagt, Ihr Schwiegervater könnte uns vielleicht Informationen geben. Aber ich fürchte …«

Sie machte eine hilflose Geste in Richtung Bakarov, der ratlos von einem zum anderen blickte.

Elenas Gesicht hatte jetzt einen misstrauischen Ausdruck angenommen.

»Was wollten Sie denn wissen?«

Anna warf mir einen fragenden Blick zu, und ich machte mit dem Zeigefinger eine kreisende Bewegung, um sie zum Weitersprechen aufzufordern.

»Es geht um Vorkommnisse im Hafen von Ventspils. Wir

haben von Ole Petersen eine Menge Informationen bekommen. Deshalb weiß ich auch, dass hier keine der großen Zertifizierungsgesellschaften ansässig ist. Aber wie Sie ja schon sagten, gibt es Hafenstaatkontrollen, also Inspektoren wie Ihren Schwiegervater, die die großen Handelsschiffe auf Hochseetauglichkeit und technische Mängel prüfen. Wir wollten Ihren Schwiegervater fragen, ob es hier Fälle von Korruption gegeben hat. Also mal salopp gesagt: ob von hier aus irgendwelche Schrottkähne auf die Weltmeere losgelassen werden?«

»Ja«, sagte Elena, »das halte ich für absolut denkbar. Ich sagte Ihnen ja, dass Korruption schon zu Zeiten der Sowjetunion ein großes Problem war, und seitdem sich alles nur noch um Profit dreht, ist es sicher schlimmer geworden.«

Bakarov gab ein ungehaltenes Krächzen von sich, und Elena begann, unser Gespräch in langsamen russischen Sätzen zusammenzufassen. Dann drehte sie sich zu uns um und sagte:

»Nun gut, und jetzt sagen Sie mir bitte, warum Sie das wissen wollen!«

Anna zögerte und überlegte offenbar, ob sie den Bakarovs überhaupt eine Erklärung geben sollte, angesichts der Tatsache, dass sie uns sowieso nicht weiterhelfen konnten. Ich nickte ihr zu.

»Vor etwa zwei Wochen«, sagte Anna, »ist meine Schwester gestorben. Sie lag tot in einer Hamburger Saunakabine. Die Polizei glaubt an eine natürliche Todesursache, aber wir denken, dass sie ermordet wurde. Sie war Journalistin und hat über etwas recherchiert, das mit Öl, Schiffszertifizierungen, Umweltkatastrophen und sehr viel Geld zu tun hat. Meine Schwester hatte eine Information bekommen, dass es eine Verbindung zwischen Schweizer Bankkonten, Ölkatastrophen und Ventspils gibt. Es sollen Schmiergelder geflossen sein, um für schrottreife Schiffe Hochseezertifikate zu erhalten. Eine Spur führt nach Ventspils, es wird ein Mann namens Krisjanis Udris erwähnt.«

Bei der Erwähnung des Namens zuckten Bakarov und seine Schwiegertochter wie elektrisiert zusammen und starrten uns ungläubig an.

»Kennen Sie jemanden, der so heißt?«, fragte ich.

Elena nickte.

»Der Name ist in Lettland nicht ungewöhnlich, aber ich kenne einen Krisjanis Udris, der seit Tagen in den Schlagzeilen der lettischen Zeitungen ist.«

Sie stand auf, ging zur Garderobe und kam mit einem Notebook zurück, das sie auf dem Tisch platzierte.

»Ich habe die Onlineversion der wichtigsten Tageszeitung von Ventspils hier drauf. Schauen Sie, hier ...«

Ein paar Mausklicks später konnten wir Udris ins Gesicht sehen. Es war auf einem Schwarz-Weiß-Foto auf der Titelseite einer Zeitung abgebildet. Ein Mann etwa Anfang fünfzig mit einem unauffälligen, rundlichen Gesicht und schütteren Haaren, darunter eine fette Schlagzeile, die wir natürlich nicht verstanden.

»Er ist spurlos verschwunden«, sagte Elena, »möglicherweise entführt worden.«

Anna und ich saßen einfach nur da, sahen uns an und konnten es nicht glauben. Wir waren wieder zu spät gekommen. Angst, Enttäuschung und Wut verdichteten sich zu einem Kloß in meinem Hals.

»Können Sie übersetzen, was da steht?«, fragte Anna.

Elena drehte das Notebook wieder in ihre Blickrichtung.

»Die Schlagzeile heißt: Noch keine Spur von Hafeninspektor.«

Dann ging sie den Artikel kurz durch und gab uns eine Zusammenfassung.

»Krisjanis Udris ist vor drei Tagen nicht zur Arbeit erschienen. Er hat ein Büro im Gebäude der Freihafenverwaltung. Seine Mitarbeiter haben ein paar Stunden auf seine Krankmeldung gewartet, und weil er telefonisch nicht zu erreichen war, ist schließlich jemand zu ihm nach Hause gefahren. Es gab Probleme im Hafen, und sie brauchten ihn. Augenscheinlich war in sein Haus eingebrochen worden. Die Verandatür war von außen eingeschlagen, das Arbeitszimmer völlig verwüstet. Von Udris selbst fehlte jede Spur. Er lebte allein, seine geschiedene Frau wurde von der Polizei vernommen, konnte aber nichts Erhellendes beitragen, außer dass er mit den Unterhaltszahlungen im Rückstand war. Eine Lösegeldforderung oder einen Kontakt zu den Entführern gab es bisher nicht. Die Polizei äußerte sich besorgt.«

»Weißt du, was das bedeutet?«, fragte ich Anna.

Sie nickte.

»Wenn Udris vor drei Tagen entführt worden ist, können die Leute vom Schiff nichts damit zu tun haben.«

»Na ja, rein theoretisch könnten sie hier in Ventspils zugeschlagen haben, dann mit dem Flugzeug nach Hamburg und von da wieder mit der Fähre hierher zurückgekommen sein. Zeitlich wäre es machbar, aber ich glaube es nicht.«

»Nein«, sagte Anna düster, »sie haben hier auch Leute, die sich um die Drecksarbeit kümmern. Die sind überall. Jaeggi in der Schweiz, Helen in Hamburg und dieser Udris hier in Lettland. Du hast recht gehabt, wir hauen ab.«

»Aber vorher erzählen Sie mir freundlicherweise noch, was eigentlich los ist«, sagte Elena. »Habe ich das richtig verstanden, dass Sie von Kriminellen verfolgt werden und dann zu uns gekommen sind?«

Von dieser Seite hatte ich die Angelegenheit noch gar nicht betrachtet, aber sie hatte recht. Wir hatten einen unverzeihlichen Fehler begangen. Anna war rot geworden und rutschte unbehaglich auf ihrem Stuhl herum.

»Ja«, sagte sie schließlich, »es tut uns leid, dass wir Sie möglicherweise da mit hineingezogen haben. Wir sind auf der Fähre bedroht worden. Die Männer wollten, dass wir unsere Nachforschungen einstellen und nach Hamburg zurückkehren. Das werden wir tun. Ich glaube nicht, dass Sie in Gefahr sind. Es geht um uns.«

Elena wirkte nicht beruhigt und hatte offenbar auch nicht die Absicht, das Gespräch fortzusetzen.

»Ich muss jetzt weg«, sagte sie nach einem Blick auf ihre Armbanduhr, »ich habe einen Job im Tourismusbüro in der Innenstadt, das hat auch Sonntagnachmittag geöffnet. Soll ich Sie mitnehmen?«

Anna nickte.

»Das ist sehr freundlich. Könnten Sie uns zum Buchungsbüro der Fährlinie fahren? Was ist mit Ihrem Schwiegervater? Kann er allein hierbleiben?«

»Ich hole ihn in zwei Stunden ab, zusammen mit meinem Schwager. Allein bekomme ich ihn nicht ins Auto.«

Elena hatte es jetzt offensichtlich eilig, uns loszuwerden, und ich konnte es ihr nicht verdenken. Sergej Bakarov verabschiedete uns mit seinem herzlichen schiefen Lächeln, und Anna sagte:

»Wir erzählen Petersen von Ihnen, er wird Sie bestimmt

besuchen. Und ich schicke Ihnen Musik von Keith Jarrett. Das Köln-Konzert, okay?«

Elena übersetzte, und Bakarov machte mit tränennassen Augen noch einmal seine Geste des Klavierspielens.

Wir traten auf die kleine Gasse hinaus, und während Elena den Wagen holte, der hinter dem Haus geparkt war, stieß Anna einen tiefen frustrierten Seufzer aus und kickte wütend einen großen Kiesel vom Gehsteig auf die Straße. Dann unversehens krallte sie ihre linke Hand in meinen Unterarm, riss mich nach rechts herum und deutete die Straße hinunter.

»Oh, verdammt!«, sagte sie.

Ungefähr dreißig Meter weiter rechts, in dieser Umgebung etwa so unauffällig wie ein Hering am Weihnachtsbaum, parkte ein schwarzer Audi A8 mit getönten Scheiben. Das Nummernschild war verschmutzt und nicht zu erkennen, aber auf der Heckscheibe klebte ein großes B. Als Anna, ohne meinen Arm loszulassen, einen Schritt in Richtung des Wagens machte, löste er sich vom Straßenrand und glitt lautlos davon.

Sekunden später stoppte Elenas Toyota vor uns. Anna hielt noch meinen Arm umklammert, und offenbar sahen wir beide aus wie Leute, die gerade King Kong auf dem Opernball getroffen haben. Elena war sofort alarmiert.

»Was ist mit Ihnen? Ist irgendetwas passiert?«

Anna schaute mich an, und wir schüttelten gleichzeitig den Kopf. So langsam wuchsen wir als Team zusammen, zumindest was das Lügen betraf.

»Nein«, sagte Anna, »wir sind nur so enttäuscht. Irgendwie habe ich fest daran geglaubt, diesen Udris zu finden und mit ihm sprechen zu können.«

Elena knurrte etwas Russisches, und auf der weiteren Fahrt in die Innenstadt sprach niemand mehr ein Wort. Ich saß auf der Rücksitzbank und war immer noch so erschrocken und gleichzeitig wütend, dass ich kaum klar denken konnte. Es war verrückt. Die ganze Zeit hatte ich einerseits gewusst, dass sie uns beobachten würden, und andererseits einen Funken Hoffnung gehabt, nach dem Angriff auf dem Schiff in Ruhe gelassen zu werden. Und mir war klar geworden, dass ich den schwarzen Wagen schon einmal gesehen hatte. Auf der Straße vor Helens Haus, nach dem Wiedersehensbesäufnis mit Mischka, hatte ein schwarzer Audi geparkt, den ich Idiot zwar wahrgenommen, aber nicht weiter beachtet hatte. *Na ja,* sagte Helen in meinem Kopf, *da war die Paranoia auch noch im Primärstadium.*

Wo hatte sie bloß diese Wörter her?

Das Nummernschild war nicht zu erkennen gewesen, dafür aber sehr deutlich das belgische Nationalitätenzeichen. Aber wieso Belgien? Albanische Gangster in belgischen Autos? Unterwegs in Lettland?

Globalisierung, sagte Helens Stimme.

»Scheiß drauf«, sagte ich mit meiner eigenen.

Anna drehte sich zu mir um und sah mich fragend an. Ich schüttelte den Kopf, aber ich spürte, wie meine Angst und Nervosität sich nach und nach in kalte Wut verwandelten. Auf dem Schiff, das war ein heimlicher und hinterhältiger Angriff gewesen. Bei Dunkelheit und sozusagen unter Ausschluss der Öffentlichkeit. Uns am helllichten Tag mit dem Auto nach Ostgals zu folgen, praktisch vor dem Haus zu parken und auf uns zu warten war eine ganz andere Sache. Warum uns nicht gleich auf offener Straße in die Beine schießen? *Ja,* sagte Helen mit einem Anflug von Traurigkeit, *das ist das, was sie dir mitteilen wollten.*

Elena ließ uns vor dem Agenturbüro der Fährlinie in der Plostu iela aussteigen.

»Tut mir leid, dass ich etwas unfreundlich war«, sagte sie, »aber Sergej und ich haben so viele Probleme – es *darf* einfach nichts mehr dazukommen. Außer mir ist niemand da, der sich um ihn kümmert. Sie wollen ihm seine Rente nicht in voller Höhe auszahlen, nur weil er Russe ist, und mein Job reicht gerade für mich.«

Sie zuckte hilflos mit den Achseln. Dann nahm sie Anna spontan in den Arm und schüttelte mir zum Abschied die Hand.

»Ich hoffe, dass Sie herausfinden, was Sie wissen wollen«, sagte sie, »und passen Sie auf sich auf.«

»Machen wir«, sagte Anna, »und … was ich noch sagen wollte: Sie sprechen wirklich fantastisch Deutsch!«

»Danke«, sagte Elena, »Sie aber auch!«

Sie wartete, bis die Ironie bei Anna angekommen war, lächelte und schenkte mir einen intensiven Blick aus meergrünen Augen. Dann war sie weg.

Anna grinste vielsagend und gab ein ordinäres Schnalzen von sich.

»Schöne Frau«, sagte sie, »und wie geht's jetzt weiter?«

»Wir fahren nicht nach Hamburg zurück!«

»Sondern?«

»Nach Schweden, genauer gesagt: zunächst mit der Fähre nach Nynäshamn.«

»Willst du deine Eltern besuchen?«

»Ja, das auch. Aber vielleicht haben wir dort eine Chance, sie abzuschütteln. Schließlich rechnen sie ja nicht damit. In

Schweden kenne ich mich aus, und ich spreche fließend Schwedisch. Die vielleicht nicht. Vielleicht haben wir so einmal einen Vorteil auf unserer Seite.«

»Okay«, sagte Anna, »werden wir Elche sehen?«

»Nicht, wenn ich es vermeiden kann!«

Wir betraten die Agentur und hatten Glück. Es dauerte zwar fast zehn Minuten, bis eine magere, übellaunige Aushilfskraft ihrem Computer die nötigen Informationen entlockt hatte, aber dann sagte sie in einem kehligen Englisch:

»Wenn Sie kein Auto dabeihaben, können Sie heute Abend die Nachtfähre nehmen. Abfahrt von Ventspils um 22 Uhr, Ankunft Nynäshamn ungefähr 9 Uhr morgens. Zwei Tickets, eine Kabine?«

»Nehmen wir«, sagte Anna und zu mir gewandt auf Deutsch: »Vielleicht müssen unsere Freunde ihr Auto jetzt hierlassen, wenn sie uns folgen wollen.«

Ich nickte. Ein schöner Gedanke, der auch mir gerade durch den Kopf geschossen war. Andererseits war der schwarze Audi unser einziger Anhaltspunkt, denn die Insassen hatten wir ja noch nie zu Gesicht bekommen. Als wir auf die Straße traten, sahen wir uns vorsichtig nach allen Seiten um, aber es gab absolut nichts Verdächtiges zu sehen. Überall nur gut gelaunte Touristen, die an einem schönen Sonntagnachmittag durch eine nette kleine Stadt schlenderten. Wir hielten ein Taxi an und ließen uns zum Hotel Vilnis zurückfahren. Dort baten wir den Fahrer zu warten, packten unsere Sachen zusammen und waren in fünfzehn Minuten ausgecheckt.

Weil noch jede Menge Zeit bis zum Ablegen der Fähre war, machten wir auf Annas Wunsch mit dem Taxi eine kleine Stadtrundfahrt. Da wir schon mal auf der Talsu iela waren, fuhren wir zunächst an dem riesigen Areal der Ventspils nafta AG vorbei, deren runde Container wie gigantische metallene Keksdosen in der Sonne schimmerten, und waren gebührend beeindruckt.

»Der größte Erdöl- und Erdölprodukte-Terminal an der Ostsee! Gesamtspeicherkapazität eine Million Kubikmeter«, sagte Anna. »Mit denen haben sich die lettischen Umweltschützer *auch* angelegt!«

Sie konnte ihren Reiseführer einfach nicht in der Tasche lassen. Dann wendete der Fahrer, und über den Hafenkanal fuhren wir zurück in die Innenstadt. Von der Ostas iela aus hatte man einen guten Blick über den Kanal auf das Gelände der Kalija parks AG, des weltweit größten Umschlagunternehmens von Kaliumsalz. Die Anlage machte selbst im milden Licht der Nachmittagssonne einen monströs futuristischen Eindruck.

»Das Ganze wird bei Dunkelheit auf spezielle Weise angestrahlt«, las Anna aus ihrem Touristenführer vor. »Illuminiert, wie es hier so schön heißt.«

Den wunderbaren Anblick konnte ich mir lebhaft vorstellen.

Gegen 20 Uhr waren wir pünktlich am Hafen, um die Formalitäten zu erledigen. Anna musterte die Leute in der Schlange hinter uns so penetrant, dass zwei betrunkene Schweden auf sie aufmerksam wurden und ihr ein Angebot für die Nacht unterbreiteten, das sie gottlob nicht verstand. Demonstrativ hochnäsig hakte sie sich bei mir ein, und gemeinsam gingen wir auf das Schiff. Wir verstauten unser Gepäck in der Kabine und bekamen, nachdem die Fähre abgelegt hatte, noch einen guten Tisch im Bordrestaurant. Mir lag die Sauerkrautplatte von der Ordensburg noch im

Magen, aber Anna bestellte Räucherlachs auf Toast mit Meerrettichsahne, gebackene Schollenfilets mit Bratkartoffeln und zwei Flaschen Tuborg und verzehrte alles mit der üblichen zielstrebigen Geschwindigkeit.

»Ich begreife nicht, wie du derartig viel essen kannst«, sagte ich.

»Na ja, nach Helen bist du der einzige Mensch aus meinem Bekanntenkreis, der eine Kreditkarte hat. So was muss man auskosten. Wenn sich unsere Wege trennen, lande ich wieder bei Ravioli.«

Sie wartete ab, wie ich diese Eröffnung aufnehmen würde, und zwinkerte mir dann fröhlich zu. Ich war froh, dass sich ihre Stimmung gebessert hatte, obwohl wir auf dieser Reise kein Stück weitergekommen waren.

»Wo genau leben deine Eltern?«

»In Växjö. Eine kleine Universitätsstadt in Småland. Knapp achtzigtausend Einwohner, auch bei Touristen sehr beliebt.«

»Wie lange müssen wir fahren?«

»Von Nynäshamn kommt man nicht gut weiter. Wir fahren zunächst von da nach Stockholm, das sind etwa sechzig Kilometer. Von Stockholm auf die Autobahn Richtung Süden über Norrköping, Jönköping und irgendwann scharf links nach Växjö. Also etwa fünf bis sechs Stunden, je nachdem, was für ein Auto wir bekommen.«

Anna nickte.

»Haben deine Eltern Helen gemocht?«

»Ja«, sagte ich, »vor allem mein Vater.«

Vierundzwanzig

Die Überfahrt nach Schweden verlief ohne Zwischenfälle. Wir verbrachten eine ungestörte Nacht in einer ruhigen Kabine und fanden in Nynäshamn problemlos ein Taxi nach Stockholm. Dort mieteten wir einen netten kleinen Golf und waren am späten Vormittag auf der Autobahn Richtung Süden.

Anna schwieg die meiste Zeit, starrte aus dem Fenster in den Regen und knabberte an ihren Fingernägeln. Ich widerstand der Versuchung, den Golf auszufahren, und hielt mich eisern an das schwedische Tempolimit. Mein Vater hatte es geliebt, in Deutschland Auto zu fahren, und wenn er seinen behäbigen Volvo nach einer geschlagenen Minute endlich auf 170 Stundenkilometer hatte, kam er sich vor wie Mika Häkkinen.

Hin und wieder hielt ich Ausschau nach schwarzen Audis mit getönten Scheiben, aber die Autobahn war leer, und ich war sicher, dass uns niemand folgte.

Es war bereits dämmerig, als wir in die kleine Straße am Ortsausgang von Växjö einbogen, an der das Haus meiner Eltern lag. Ich parkte den Mietwagen etwa hundert Meter entfernt vom Haus und weckte Anna. Sie hatte ab Jönköping fast während der gesamten Fahrt auf dem Rücksitz geschlafen und war benommen und schlecht gelaunt.

»Scheißkalt hier«, sagte sie.

Damit hatte sie recht. Ich hatte fast vergessen, wie kalt selbst Südschweden im April sein kann. Wortlos gingen wir auf das Haus zu. Es war ein gemütliches, typisch skandinavisches Holzhaus, das mein Vater eigenhändig in den schwedischen Nationalfarben gestrichen hat, als sein Verstand noch klar war. Meine Mutter bezweifelte dies energisch, als sie den Anstrich sah, aber er bestand darauf. Dreißig Jahre bayerisches Exil hatten seinen Patriotismus auf Touren gebracht.

In allen Fenstern brannte bereits Licht und verbreitete eine Aura von Wärme und Sicherheit wie in einem gut gemachten Werbefilm für Bausparverträge.

Als wir näher kamen, hörten wir Musik. Joe Cocker sang: »You are so beautiful …«, und ich wusste, dass mein Vater zu Hause war. Ich drückte auf die Klingel, die Musik wurde leiser gestellt, und dann öffnete er die Tür. Er sah absolut wunderbar aus.

Sein volles, schneeweißes Haar war frisch gewaschen und sorgfältig gescheitelt. Er trug braune Kordhosen, ein kariertes Flanellhemd und eine Strickjacke mit Hirschhornknöpfen, und auf seiner Nase saß die alte Goldrandbrille, die er seit meiner frühen Kindheit besaß. Seine hagere Gestalt wirkte gebeugt, aber seine Augen hinter den dicken Brillengläsern zwinkerten fröhlich.

»Tut mir leid«, sagte er auf Schwedisch, »ich darf niemanden reinlassen, wenn meine Frau nicht da ist!«

»Hallo, Gunnar«, sagte ich, »mach bei uns eine Ausnahme!«

Ich trat einen Schritt näher heran ins Licht, aber es war keine Frage der Sichtverhältnisse.

»Warum? Ich kenne Sie ja gar nicht«, sagte er.

»Doch!«, sagte ich jetzt auf Deutsch. »Du kennst mich seit etwa vierzig Jahren. Und soweit ich weiß, bin ich dein einziger Sohn!«

Der Wechsel ins Deutsche schien eine Art Erinnerungsfunken in seinem Gehirn zu zünden. Sein Gesicht nahm einen verwirrten und ungläubigen Ausdruck an.

»Thomas?«

Jetzt erst schien er auch Anna wahrzunehmen. Sein Blick wanderte von ihr zu mir zurück.

»Wo ist die andere Frau geblieben?«

»Sie kommt nicht mehr«, sagte Anna und schob sich etwas nach vorne, »aber ich bin jetzt da. Würden Sie uns reinlassen? Es ist sehr kalt hier.«

»Ich weiß nicht«, sagte Gunnar, »wenn ich Sie reinlasse und er ist *nicht* Thomas, wird Ruth sehr wütend sein.«

»Ich schwöre, dass er es ist«, sagte Anna feierlich.

Gunnars Miene schien sich aufzuhellen. Er hatte mich nicht erkannt, aber aus irgendeinem verrückten Grund war er bereit, Anna zu glauben, dass ich sein Sohn war.

»Gut!«, sagte er und trat zur Seite. »Aber ihr sprecht mit Ruth.«

»Los, rein«, sagte Anna leise, »bevor er es sich anders überlegt.«

Aber das tat er nicht. Er ging voran ins Wohnzimmer, stellte die Musik wieder lauter und setzte sich in einen abgewetzten Ohrensessel. Dann schloss er die Augen und vergaß uns.

Ein halbe Stunde später kam meine Mutter nach Hause. Sie weinte, als sie uns sah, umarmte Anna und mich und war nur schwer zu beruhigen.

»Großer Gott, warum habt ihr nicht angerufen. Wenn ich gewusst hätte, dass ihr kommt ... Ich hab überhaupt nichts im Haus, und Gunnar ... verdammt, wie kann er schlafen, wenn sein Sohn nach Hause kommt!«

Gunnar war tatsächlich eingenickt. Ruth stand wütend

hinter seinem Sessel und hatte wieder Tränen in den Augen. Anna ging rasch zu ihr und legte einen Arm um ihre Schulter.

»Lassen Sie ihn«, sagte sie sanft, »er hat Thomas nicht erkannt. Wir müssen einiges besprechen und haben nicht viel Zeit. Vielleicht ist es ganz gut, dass er schläft.«

Ruth schluchzte und sah immer noch so aus, als hätte sie am liebsten gegen Gunnars Sessel getreten, aber dann siegte – wie immer – ihr praktischer Verstand.

»Kommen Sie mit in die Küche, und helfen Sie mir«, sagte sie zu Anna, »und anschließend will ich wissen, was los ist!«

Ich setzte mich Gunnar gegenüber in einen Sessel, lehnte mich erschöpft zurück und schloss die Augen. Ruth und Anna sprachen in der Küche miteinander, aber ich verstand nicht, was sie sagten. Anna lachte laut und herzlich auf, und meine Mutter stimmte in das Lachen ein. Ich öffnete die Augen und sah, dass Gunnar mich anstarrte. Sein Gesicht hatte einen merkwürdig verschwörerischen Ausdruck angenommen, so als hätte er mich bei einer netten kleinen Gaunerei ertappt. Er grinste spitzbübisch.

»Wo ist die andere Frau geblieben?«

»Sie ist tot.«

»Und jetzt hast du die da?«, er deutete mit dem Kopf in Richtung Küche.

»Wir sind nur Freunde.«

»Ich habe deine Mutter nie betrogen!«

»Ich betrüge Helen nicht. Sie ist tot.«

»Deine Mutter hätte mir die Hölle heißgemacht, wenn ich sie betrogen hätte!«

Ich zuckte mit den Achseln. Bevor ich am Max-Planck-

Institut anfing, hatte ich als Therapeut Hunderte von Gesprächen mit hirnorganisch veränderten Patienten geführt, ohne jemals die Geduld zu verlieren. Nach sieben Sätzen mit meinem Vater hatte ich im Kopf das Geräusch einer Kreissäge, die mein Gehirn in feine Streifen zerlegte. Ich stand auf und stellte die Musik ab. Es war das Joe-Cocker-Album, das ich ihm zu Weihnachten geschickt hatte. Gunnar hatte es zu Ruths Verzweiflung seitdem jeden Tag gespielt. In meinem Rücken hörte ich seine Stimme.

»Willst du mir nicht sagen, wer Helen ist?«

Ruth und Anna kamen mit dem Essen herein, und ich atmete langsam tief durch.

Dafür, dass meine Mutter gar nichts im Haus hatte, gab es eine Menge leckerer Sachen. Aromatisch nach Kümmel duftendes Brot, gesalzene Butter, frisch geräucherte Forellen, Rentierschinken, jede Menge Käse und dazu dänischen Aquavit und Paulaner Weizenbier, das sie weiß der Teufel woher hatte.

Als der Tisch gedeckt war, stand Gunnar aus seinem Sessel auf.

»Ich gehe schlafen«, sagte er.

Anna legte beschwichtigend ihre Hand auf Ruths Arm und sagte, bevor meine Mutter explodieren konnte:

»Gute Nacht, Gunnar, es war schön, Sie kennenzulernen!«

Gunnars Gesicht hatte einen Ausdruck von freundlicher Leere angenommen. Er lächelte unsicher und verschwand.

Meine Mutter fluchte leise auf Bayerisch vor sich hin, während sie begann, die Forellen zu filetieren. Wir aßen eine Weile schweigend, bis Ruth schließlich ihren Teller zurückschob und Anna und mich durchdringend ansah.

»Wer von euch beiden möchte anfangen, mir zu erzählen, was passiert ist?«

Ich fühlte mich wieder wie zehn. Als kleiner Junge hatte ich meine Mutter mit ödipaler Inbrunst geliebt, aber ich hatte ihr nie gerne etwas *erzählt*. Ihr freundliches, aber einfach zu intensives Interesse an allem, was ich tat – »Komm, Tommy, setz dich, und erzähl von diesem Mädchen« –, war mir immer wie das bohrende Nachhaken einer gewieften Verhörspezialistin erschienen. Und dann der Blick dazu. Sie hatte nicht viel verlernt.

Anna räusperte sich aufmunternd. Also genehmigte ich mir eine homöopathische Dosis von dem Aquavit und gab meiner Mutter einen leicht zensierten Bericht der Vorkommnisse seit Helens Tod. Ich spielte die Ereignisse auf dem Bahnhofsklo und der Fähre so weit wie möglich herunter, aber es war immer noch erheblich mehr, als Ruth verkraften konnte. Sie war verängstigt und wütend zugleich, die Tränen liefen ihr über das Gesicht, und ich wusste exakt, was sie sagen würde:

»Wie konntest du dich auf so etwas einlassen?«

Ja, warum? Mehr als einmal hatte ich mir diese Frage in den vergangenen Tagen gestellt.

Weil ein Mensch, den ich geliebt hatte, auf hinterhältige Weise getötet worden war? Ebenso wie Ulf Jaeggi und wahrscheinlich Krisjanis Udris? Weil man mich zusammengeschlagen und eingeschüchtert hatte und auch die Schwester meiner Freundin bedrohte? Weil ich meine Augen nicht verschließen wollte vor der gigantischen Schweinerei, die da passiert war? Oder weil Anna mir so zugesetzt hatte?

Gute Gründe.

Ich hatte sie mir vorgebetet in den letzten Nächten, wenn ich mich von einer Seite auf die andere wälzte und mich fragte, was ich hier eigentlich tat. Und warum.

In der Nacht auf der Fähre von Ventspils nach Nynäshamn war ich der Sache näher gekommen. Oder vielleicht sollte ich sagen: Ich hatte mir etwas eingestanden, was ich schon die ganze Zeit wusste.

Ich war krank vor Hass.

Nach meinem Gespräch mit Professor Bärwald hatte sich eine Folge von Bildern in mein Gehirn eingegraben, die wie der schnell geschnittene Trailer eines Hollywoodfilms abliefen.

Helen liegt auf der polierten Holzbank der Saunakabine und kann weder schreien noch sich bewegen. Undeutlich und wie in Zeitlupe sieht sie den Mann über sich. Er hat sie entkleidet. Vorsichtig, beinahe behutsam. Nicht aus Rücksichtnahme, sondern um keine Spuren zu hinterlassen, und die Latexhandschuhe haben die Berührung durch seine Hände beinahe noch ekelhafter gemacht. Aus den Augenwinkeln sieht sie, wie er anfängt sich selbst auszuziehen, und ihr Herz beginnt zu rasen. Aber dann breitet er ein Badehandtuch über ihr aus, fühlt ihren Puls und setzt die Sauna in Gang. Im Wegdämmern begreift ihr Verstand, was er da tut. Ihre letzte Hoffnung schwindet. Falls jemand versehentlich die Tür öffnen sollte, wird er das sehen, was zu erwarten ist: ein nacktes Pärchen in der Sauna. Der Mörder hat alle Zeit der Welt. Nach etwa drei Stunden zieht er eine Kanüle mit einer klaren Flüssigkeit auf und kleidet sich wieder an. Und dann, mit ruhiger, professioneller Präzision, sucht er die richtige Stelle in ihrer Armbeuge ...

Irgendwie folgerichtig, so kam es mir vor, war mein

Kopf wenig später in der Kloschüssel einer Bahnhofstoilette gelandet, und alles zusammengenommen war einfach mehr, als ich ertragen konnte. Das leise, zufriedene Lachen des Mannes hinter mir, als er die Toilettentür schloss, klang in meinem Kopf. Ich spürte den Geschmack von Pisse in meinem Mund, die hemmungslose Gewalt, mit der mein Kopf nach unten gedrückt wurde, und den furchtbaren Schmerz in meiner Schulter.

Maximale Demütigung als kalkulierte Maßnahme. Die Erfahrung vollkommener Hilflosigkeit. Das war der Zweck der Aktion gewesen, und es hatte funktioniert. Maximale Demütigung erzeugte maximalen Hass.

Ich hatte mich an das fassungslose Gesicht des Albaners erinnert, als er sah, wie das Leben aus ihm herauslief. Es war eine fabelhafte Erinnerung.

Gleichzeitig hatte ich darüber nachgegrübelt, wie weit ich entfernt war von dem, was er war, und was uns noch unterschied. Ein Unterschied im Wesen oder nur im Stadium?

Egal.

Anna hatte recht gehabt. Wir würden sie nicht davonkommen lassen.

»Warum antwortest du nicht?«, fragte meine Mutter.

»Er hat sich auf gar nichts eingelassen«, sagte Anna jetzt an meiner Stelle. Ihre Stimme war deutlich abgekühlt. »Meine Schwester ist ermordet worden, und danach haben wir immer nur reagiert und versucht, am Leben zu bleiben. Die haben uns von Anfang an im Visier gehabt!«

»Mein Gott«, sagte Ruth, »entschuldigen Sie. Ich habe Ihre Schwester sehr gemocht, aber ich habe nur diesen einen Sohn. Was passiert jetzt?«

»Keine Ahnung«, sagte Anna, »letztendlich war die Fahrt nach Ventspils ein Schuss in den Ofen! Udris ist wahrscheinlich tot, und der alte Russe, an den Petersen uns verwiesen hat, konnte nicht mehr sprechen. In Ventspils waren ein paar Typen hinter uns her, die wir, glaube ich, abgehängt haben. Es wäre aber trotzdem gut, wenn wir den Wagen wechseln könnten.«

»Gunnars Volvo steht hinter dem Haus«, sagte Ruth mit leiser Verbitterung, »er braucht ihn nicht mehr.«

Sie stand auf und räumte den Tisch ab. Dann setzten wir uns an den Kaminofen und sahen den Buchenscheiten beim Verbrennen zu.

»Euren Mietwagen fahre ich zurück nach Stockholm«, sagte Ruth nach einer Weile. Ich nickte ihr schweigend zu. Wir alle waren müde und bedrückt, und die Stille lastete auf uns.

»Ich glaube, wir sind am Ende angelangt«, sagte Anna schließlich. Ihr Blick wanderte von Ruth zu mir. Hatte sie recht damit? Schließlich war sie es gewesen, die mir auf der Fahrt nach Lettland wegen meiner Angst derartig zugesetzt hatte. Doch es war tatsächlich niemand mehr da, der uns hätte erzählen können, was eigentlich passiert war. Wir hatten es vermasselt, aber vielleicht war es auch von Anfang an eine völlig wahnwitzige Idee gewesen.

Zeit für die Kavallerie.

BKA, Bundespolizei, Interpol, das ganze Programm. Nur gab es da einen kleinen Haken. Vier Menschen waren tot, und bei einem von ihnen hatte ich meinen Anteil dazu beigetragen. Das hätten wir den Ermittlungsbehörden wohl kaum verschweigen können. Ich dachte an schwere Körperverletzung, Behinderung der Polizeiarbeit, uneidliche

Falschaussagen und meinen gut dotierten Job in München. Und an einen Mörder, der frei herumlief. Ein kultivierter Mann mit guten Manieren und medizinischen Kenntnissen, den ich unbedingt persönlich kennenlernen wollte. Was mich betraf, hatte ich den Punkt, an dem ich noch hätte umkehren können, hinter mir gelassen.

Ich schaute zu Anna hinüber, um ihr zu antworten, und sah, wie sich ihre Augen vor Überraschung weiteten, drehte mich in ihre Blickrichtung um, und dann hatte Gunnar seinen großen Auftritt.

In einem nachtblauen Seidenpyjama, dicken Wollsocken an den Füßen und auf dem Kopf eine Baseballkappe mit dem Emblem des 1. FC Bayern München stand er in der Wohnzimmertür und grinste verlegen. In der Hand hielt er einen A5-großen, braunen Briefumschlag, den er mir entgegenstreckte.

»Ich hab die Post vergessen«, sagte er.

Es war wichtig, ich wusste es und konnte mich trotzdem nicht rühren. Wir saßen alle völlig konsterniert da, aus Ruths Ecke kam ein leises, nervöses Kichern. Schließlich stand Anna auf, ging zu Gunnar hinüber und nahm ihm den Brief aus der Hand. Sie küsste ihn auf die Wange und sagte:

»Danke, Gunnar. Wir haben schon darauf gewartet.«

»Verdammt, du sollst keine Post annehmen, wenn ich nicht da bin!«, sagte Ruth mit nur mühsam unterdrückter Wut in der Stimme.

Gunnar zuckte zusammen. Dann sagte er würdevoll: »Der Brief ist ja nicht für dich« und ging hinaus.

Er hatte recht. Schon als Anna ihn mir herüberreichte, erkannte ich die Handschrift. Kleine, akkurate, etwas steile

Buchstaben. Die Schrift eines Menschen, der sich beherrschen kann und die Dinge genau nimmt. Helens Schrift.

Thomas Nyström
co. Gunnar and Ruth Nyström
Ibsengatan 14
S – 35241 Växjö

Ich hielt den Brief in der Hand und spürte, wie mein Puls sich beschleunigte und in meinen Ohren zu dröhnen schien. Es gab eine Nachricht von Helen für mich. Sie hatte mich nicht einfach aus ihrem Leben radiert und sich davongemacht. Ich warf einen Blick auf den Poststempel. Der Brief war knapp vier Wochen alt.

»Ich habe so aufgepasst, wenn der Briefträger kam«, sagte Ruth bitter, »und dem Idioten eingeschärft, Gunnar keine Post auszuhändigen! Jetzt darf ich das ganze Haus nach Briefen absuchen, die er vielleicht irgendwo zwischengelagert hat.«

»Soll ich ihn aufmachen, oder schaffst du das selbst?«, fragte Anna.

Der Brief war relativ dick und schien nicht nur Papier zu enthalten. Ich öffnete den Umschlag und holte den Inhalt heraus. Er bestand aus einem Schreiben an mich und einer CD.

> Lieber Tom!
> Ich habe versucht, dich aus der ganzen Geschichte herauszuhalten, und wenn du diese Zeilen liest, ist das hoffentlich gelungen.
> Seit etwa einem Jahr bin ich jetzt an dieser Sache dran, und schon nach vier Wochen habe ich gewusst, dass ich dich nicht dabeihaben will. Ich

weiß, dass du deswegen wütend bist, aber ich habe es getan, weil ich dich liebe. Neben meiner kleinen Schwester, die du nicht kennst, bist du der einzige Mensch, der mir etwas bedeutet, und ich will, dass du lebst..

Von Anfang an habe ich gewusst, dass ich mich auf dünnem Eis befinde, aber ich hatte keinen Begriff von der unvorstellbaren Macht dieser Leute. Zweimal bin ich gewarnt worden, und die letzte Warnung war mehr als eindeutig. Sie haben mir eine Heidenangst gemacht, und die lächerliche Pistole, die ich mir im Hafen besorgt habe, hat nicht das Geringste daran geändert. Heute Morgen habe ich erfahren, dass einer meiner Informanten in der Schweiz getötet worden ist, und das hat den Ausschlag gegeben. Eigentlich wollte ich seinen Hinweisen folgen und nach Lettland fliegen, aber es ist zu gefährlich. Ich werde verschwinden. Ich habe das ganze Material auf CD gespeichert und an deine Eltern geschickt, weil du wissen sollst, dass ich dich nicht ausschließen wollte. Sie werden dir den Brief geben, wenn du sie im Sommer besuchst und ich sehr weit weg sein werde. Es schien mir ein sicherer Weg, dich einzuweihen, ohne die Aufmerksamkeit dieser Leute auf dich zu lenken. Bitte bewahre den Brief für mich auf. Noch habe ich nicht ganz aufgegeben. Heute Abend treffe ich zum letzten Mal einen Informanten, und morgen früh bin ich weg.

Meine Festplatte ist gelöscht, ich habe jede

Menge Bargeld dabei, und in meiner Manteltasche ist ein Flugticket nach Johannesburg. Von da aus geht es weiter. Bitte versuche nicht, mich zu finden, sondern warte auf mich.
In Liebe,
Helen

»Oh, mein Gott«, sagte Anna mit leiser, tränenerstickter Stimme. Ich hatte den Brief so gehalten, dass sie mitlesen konnte. Mir war schwindelig. Ich hielt die CD in der Hand und schaute zu Ruth hinüber. Sie deutete stumm mit dem Daumen in eine Ecke des großen Wohnzimmers, wo der PC stand, den ich ihr zu ihrem letzten Geburtstag geschenkt hatte.

Helen hatte ihre Vorliebe für Akten in Papierform also letztendlich doch aufgegeben und war wegen einer CD umgebracht worden. Eine ordinäre CD-ROM, die für jemanden so wichtig war, dass ein paar Tote mehr oder weniger dabei keine Rolle spielten. Ich schob sie mit zitternden Fingern in den PC.

Es begann mit einem Text, der offenbar als Artikel konzipiert war. Aber nicht als normaler, sachlicher Zeitungsartikel, sondern eher als eine Art Anklageschrift, die sich in direkter Anrede an eine imaginäre Leserschaft richtete. Vielleicht das Vorwort zu einem Buch. Der Ton war bissig und traurig zugleich. Unverkennbar Helen. Nach der Einleitung waren mehr als hundert weitere Dateien gespeichert. Ich setzte mich in den Sessel vor dem Schreibtisch, spürte, wie ich schwitzte, und überlegte, ob dies ein guter Augenblick war, mit dem Rauchen wieder anzufangen. Dann begann ich zu lesen.

International Maritime Solid Solutions Limited

Noch nie davon gehört? Das wundert mich nicht. Ein wirklich unheimlicher Laden. Völlig öffentlich und gleichzeitig absolut geheim. Sie meinen, das geht nicht? Warten Sie es ab!

Der Hauptsitz der Firma ist in Brüssel, aber sie haben Büros und Niederlassungen auf der ganzen Welt. IMSS ist ein echter Global Player. Schauen Sie sich den Betonklotz in der Avenue des Nerviens ruhig einmal an. Acht Stockwerke verspiegelte Glasfassaden, mehr als zweihundert Angestellte, diskret bewaffnete Security an allen Eingängen. Sie wollen wissen, wer hier arbeitet und woran? Wenn man hineingeht und einen der vorbeihuschenden Mitarbeiter darauf anspricht, reagieren sie wie Autisten. Schauen Sie im Handelsregister nach oder im Internet. Fragen Sie bei der Anwaltskammer. Bei IMSS arbeiten Rechtsanwälte, Steuerberater, Versicherungsfachleute, Journalisten, Wissenschaftler, vor allem jede Menge PR-Profis und ein paar sehr unkonventionelle »Problemlöser«.

Letztere natürlich ohne Sozialversicherungsnummer.

Sie alle arbeiten wunderbar zusammen, und ihre finanziellen Mittel sind praktisch unbegrenzt. Ihre Auftraggeber sind die Ölkonzerne und die großen Reedereien dieser Welt. Die Firma kümmert sich nicht um kleinliche Konkurrenz oder unterschiedliche Interessenlagen. Sie vertritt die gesamte Branche. Auf dem Papier ist IMSS eine Anwaltsfirma, die sich auf internationales Seerecht spezialisiert hat – genauer auf Schadensrecht. Wenn wieder mal ein untergehender Öltanker einen Küstenabschnitt versaut, muss schließlich jemand da sein, der den Schaden für die Umwelt herunterrechnet und außergerichtliche Vergleiche anbietet.

Aber das ist nur ein kleiner Teil der Aktivitäten. Der Schwerpunkt liegt auf PR-Arbeit und Lobbyismus. Oder sollte ich besser sagen: auf Desinformation der Öffentlichkeit, Bestechung und politischer Einflussnahme?

Ist Ihnen schon mal aufgefallen, welche Art von Narrenfreiheit auf den Weltmeeren herrscht? Was außerhalb der jeweiligen Hoheitsgewässer alles erlaubt ist? Und wie wenig davon in der Öffentlichkeit wirklich zur Kenntnis genommen wird, obwohl alle Fakten frei zugänglich sind?

Gigantische Öleinleitungen in die Meere, schrottreife Tankerflotten, jämmerliche Sicherheitsbestimmungen, Billigflaggen und die Aushebelung aller Sozialgesetze der westlichen Welt – so etwas gibt's weder in der Luft noch an Land, sondern nur auf hoher See. Und außer Greenpeace und ein paar anderen Umweltschützern regt sich niemand groß darüber auf.

IMSS sorgt dafür, dass das so bleibt.

Die Firma war auch hilfreich, als nach dem Untergang der Exxon Valdez die Amerikaner für die Ölverseuchung von halb Alaska eine riesige Schadenssumme forderten. Zwar konnten sie nicht verhindern, dass die USA nach der Havarie ihre Hoheitsgebiete für Einhüllentanker dichtmachten, aber immerhin gelang es ihren Lobbyisten in der International Maritime Organization, die gesetzliche Einführung von Doppelhüllentankern in der EU bis zum Jahr 2015 hinauszuschieben.

IMSS bezahlt auf zahlreichen Umwegen ein Heer von Journalisten und Medienvertretern auf der ganzen Welt für positive Berichterstattung zu den Themen Ölindustrie, Tankerflotten und Umweltzerstörung und versucht, negative Publicity gezielt zu unterdrücken.

Ähnlich wie die Tabakindustrie, die nachweislich jahrzehntelang wissenschaftliche Untersuchungen förderte, die die Gefahren des Rauchens relativierten, sponsert IMSS im globalen Maßstab wissenschaftliche Studien, die ihren Zwecken dienen. Da gibt es dann Untersuchungen zu den Selbstheilungskräften der Ozeane, die belegen sollen, dass die Weltmeere noch jede Menge mehr Öl vertragen. Oder Studien, die angeblich beweisen, dass die sorgfältige Demontage der Öltankplattform Brent Spar ökologisch mehr Schaden angerichtet hat, als wenn man sie im Meer versenkt hätte, wie es der Shell-Konzern eigentlich vorhatte.

Ich habe eine Liste von mehr als zweihundert renommierten Wissenschaftlern, deren Forschungsprojekte in den Bereichen Ozeanografie, Meeresbiologie und Schiffstechnologie von der internationalen Ölindustrie direkt finanziert wurden.

Und ich kann beweisen, dass zumindest in zwei Fällen an korrupte Mitarbeiter von Klassifizierungsfirmen große Geldsummen gezahlt wurden, um Hochsee-Zertifikate zu erlangen, die nie hätten ausgestellt werden dürfen.

In einem dieser Fälle ist mein Informant, ein Schweizer Bankangestellter, getötet worden, und auch ich fühle mich nicht mehr sicher.

Hier brach der Text ab.

Wir saßen reglos da und starrten auf den Bildschirm. Anna weinte, und das Gesicht meiner Mutter hatte einen stur-verbissenen Ausdruck angenommen, den ich nur zu gut kannte.

»Lass uns den Rest anschauen«, sagte sie.

»Es dauert Tage, das ganze Material zu sichten. Wir haben keine Zeit dafür.«

Ich nahm die CD heraus und schaltete den Computer aus.

»Glaubt ihr, dass das stimmt?«, fragte Anna. »Ich meine, dass es wirklich eine Firma gibt, die Leute töten lässt, nur damit andere in der Öffentlichkeit gut dastehen? Die ganzen Schweinereien stehen doch tagtäglich in der Zeitung, und das schadet dem Profit auch nicht.«

»Ja«, sagte Ruth nachdenklich, »aber was auf dieser CD drauf ist, sollte offensichtlich nicht in der Zeitung stehen.«

Ich saß einfach nur da und glotzte auf den Computer. Vor einer Stunde hatten wir aufgeben wollen. Und jetzt? Mit wem hatten wir es hier zu tun? Was hatte Helen geschrieben? »Ich hatte keinen Begriff von der unvorstellbaren Macht dieser Leute.« Mein rechtes Augenlid hatte angefangen nervös zu zucken.

»Hat jemand von euch eine Zigarette?«

Statt eines bissigen Kommentars schüttelten beide nur den Kopf. Anna hatte wieder begonnen, an ihren Fingernägeln zu kauen. Besser als rauchen.

»Wie spät ist es?«, fragte ich schließlich.

»5.30 Uhr«, sagte Anna, »was spielt das für eine Rolle?«

»Eine gute Zeit für ein Expertengespräch.«

Ich rief die Telefonauskunft in Deutschland an und ließ mich verbinden. Nach dem fünfzehnten Klingeln ging er ran.

»Kubens!«

Ich erkannte die Stimme sofort wieder. Whisky, Zigarren und die Sorte leutseliger Arroganz, die einen in zwei Sekunden von null auf hundert bringt. Ich drückte auf den

Lautsprecherknopf, sodass Anna und Ruth mithören konnten.

»Nyström hier. Ich brauche Ihre Hilfe, und *ja, ich weiß, wie spät es ist.*«

»Warum rufen Sie dann um diese Zeit an? Ich hätte noch mindestens zwei Stunden ...«

»Es geht um Helen Jonas.«

Kubens schwieg. Ich hörte ihn leise fluchend im Zimmer herumkramen. Vielleicht konnte er sein Toupet nicht finden. Daraufhin das schmatzende Zischen einer Espressomaschine.

»Okay«, sagte er nach einer Weile, »was wollen Sie?«

Seine Stimme klang nicht gerade freundlicher, aber er war wach und interessiert.

»Ich brauche Informationen über weltweit agierende PR-Firmen, und ich denke, da bin ich bei Ihnen richtig.«

»Kommen Sie heute Vormittag in mein Büro, und wir sprechen darüber.«

»Ich bin in Schweden.«

Kubens seufzte resigniert.

»Natürlich kenne ich mich da aus. Die versuchen ja dauernd, Leute wie mich vor ihren Karren zu spannen. Bleiben Sie mal dran, ich brauche erst einen Kaffee.«

Einen Augenblick später war er wieder da und schlürfte genüsslich in den Hörer.

»Als Zeitungsmann sind Sie ununterbrochen den Manipulationen von PR-Firmen ausgesetzt. Es wird behauptet, dass heutzutage mindestens vierzig Prozent der Informationen einer Tageszeitung aus PR-Agenturen oder den Marketingabteilungen von Unternehmen, Behörden und Verbänden stammen. Sehr oft kommen die angeblichen

›Nachrichten‹ als wissenschaftliche Studien daher und werden gar nicht mehr als PR wahrgenommen. Aber was hat das alles mit Frau Jonas zu tun?«

»Warten Sie es ab. Wird in der Branche viel Geld verdient?«

»Machen Sie Witze? Das ist eine zügig wachsende Milliardenindustrie. Gehen Sie mal davon aus, dass in Deutschland circa 30 000 Politik- und Wirtschaftsjournalisten etwa 18 000 PR-Leute gegenüberstehen, Tendenz steigend.«

»Was wissen Sie über die Großen der Branche?«

»Na ja, man muss die selbstständigen privaten Firmen von denen unterscheiden, die im Auftrag von Regierungen aktiv werden. Da ist zum Beispiel die Rendon Group in Washington. Spezialgebiet: Mobilmachung der Öffentlichkeit. Die gehören praktisch zum Kriegsinventar der USA. Wo immer die Amis in den letzten fünfzehn Jahren in den Krieg zogen, war Rendon dabei. Panama, Afghanistan, Kuwait, manchmal sind die Jungs schon vor den Soldaten da. Erinnern Sie sich noch an die schönen Bilder vom Ersten Golfkrieg, als die Amerikaner 1991 auf Kuwait City zurollten? Hunderte von Kuwaitern standen am Straßenrand und schwenkten amerikanische und britische Fähnchen. Die hatten ihnen die Leute von Rendon vor den Filmaufnahmen in die Hand gedrückt. John Rendon hat später in einer Rede vor dem Nationalen Sicherheitsrat höchstpersönlich damit angegeben.

Oder nehmen Sie Hill & Knowlton. Die hatten 1990 von der US-Regierung den Auftrag bekommen, die Öffentlichkeit auf den Golfkrieg einzustimmen. Die Firma ließ vor Kongressabgeordneten eine junge kuwaitische Krankenschwester auftreten, die unter Tränen erzählte, wie irakische Soldaten in kuwaitischen Krankenhäusern Babys aus Brutkästen gerissen und zu Boden geworfen hätten. Die Horrorstory ging medienwirksam um die ganze Welt. Im Januar 1992 kam heraus, dass die »Krankenschwester« die Tochter des kuwaitischen Botschafters in den USA war. Eine Managerin von Hill & Knowlton hatte die Geschichte mit ihr einstudiert. Und so weiter und so weiter!«

Kubens schnaubte angeekelt und zündete sich offenbar eine Zigarre an. Fast konnte ich die Havanna durch den Hörer riechen.

»Was ist im ökonomischen Bereich?«

»Die sind genauso dreist. Positive Berichterstattung erzeugen und wissenschaftliche Studien frisieren – das ist das Geschäft. Immer mehr große Konzerne kommen zum Beispiel auf die Idee, sich als umweltfreundliche Saubermänner zu präsentieren. Da lassen sich dann die Bananenproduzenten für ihr Engagement in der ›Rainforest Alliance‹ feiern, und vergessen sind fünfzig Jahre Pestizide und Kinderarbeit. ›Greenwashing‹ nennt sich das in der Branche. Erinnern Sie sich noch an Bhopal? Der Giftgasunfall in Indien? Mehr als 10 000 Tote. Als daraufhin der Chemiemulti Union Carbide weltweit am Pranger stand, waren die Jungs der Firma Burson-Marsteller vor Ort, um das Image wieder aufzupolieren. Die haben, neben anderen Firmen, auch dem Exxon-Konzern beigestanden, als bei der Havarie der Exxon Valdez halb Alaska versaut wurde.«

Da war sie, die Verbindung. Anna hatte es auch registriert. Sie hatte aufgehört, an den Fingernägeln zu kauen, und starrte mich ungläubig an.

»Haben Sie schon mal von einer Firma mit dem Namen IMSS gehört?«, fragte ich.

»Ja, ich glaube schon. Die arbeiten für die Ölindustrie. Ein unbeschriebenes Blatt.«

»Eine letzte Frage. Was denken Sie: Wie weit würde so ein Unternehmen gehen, um einen Kunden zu schützen?«

»Sie wollten mir sagen, was das Ganze mit dem Tod von Frau Jonas zu tun hat!«

»Tu ich ja gerade. Also: Wie weit würden die gehen?«

Kubens schwieg. Wir hörten ihn schwer atmen. Dann kam ein Hustenanfall.

»Hören Sie, Jungchen«, sagte er nach einer Weile. Seine Stimme klang jetzt sehr vorsichtig und bedächtig. »Ich weiß nicht, was Sie sich da zusammenreimen, aber das sind ganz normale Firmen, die im Rahmen der Gesetze agieren.«

»Okay, okay. Schon klar. Aber meinen Sie, die Sache mit der kuwaitischen Krankenschwester war legal?«

»Nun ja«, sagte Kubens, »soweit ich weiß, gibt es gegen öffentliches Lügen kein Gesetz.«

Er legte auf.

»Wer war das?«, fragte Ruth.

»Helens ehemaliger Chef«, sagte Anna, »ein arroganter Arsch!«

Ich schwieg. Kubens mochte ein arroganter Arsch sein, aber dumm war er nicht. Nachdenklich betrachtete ich das Telefon in meiner Hand und wählte erneut die Nummer der Auskunft.

»Ich brauche die Anschrift und Nummer einer Firma in Brüssel: International Maritime Solid Solutions Limited, Abkürzung IMSS.«

»Moment bitte!«

Nach drei Sekunden war die gut aufgelegte Stimme des Operators wieder da. »Hören Sie: Die Anschrift lautet Avenue des Nerviens 114, die Nummer lasse ich Ihnen ansagen. Ich wünsche Ihnen noch einen schönen …«

Ich unterbrach die Verbindung.

»Bingo! Was machen wir jetzt?«, fragte Anna.

»Schlafen«, sagte Ruth, »ich kann nicht mehr!«

Sie hatte recht. Ich verstaute die CD in meiner Reisetasche und verzog mich auf das Sofa im Wohnzimmer. Ruth verschwand mit Anna im Gästezimmer, und ich hörte sie leise reden, bevor ich in einen tiefen, bleiernen Schlaf abtauchte.

Irgendwann im Laufe des Vormittags wurde ich mit Joe Cocker geweckt. Gunnar stand vor der Stereoanlage und strahlte mich an.

»Wann bist du angekommen?«, fragte er. »Du hättest ruhig vorher anrufen können!«

»Kein Telefon zur Hand«, sagte ich und brachte mich mühsam in eine aufrechte Position. Ich war definitiv zu alt für eine Nacht auf der Couch. Aus der Küche roch es nach Kaffee, und nach dem Frühstück hatte ich einen Entschluss gefasst.

»Können wir die CD kopieren?«, fragte ich Ruth.

»Nicht mit dem PC hier.«

»Gibt es hier irgendwo ein Internetcafé?«

»Ich glaube, in der Innenstadt. Aber ich weiß nicht genau, wo.«

»Gut. Ich werde es schon finden. Wir brauchen auf jeden Fall eine Kopie.«

Anna schüttelte den Kopf. Sie streifte Ruth und Gunnar mit einem vielsagenden Blick und sagte leise, aber nachdrücklich:

»Ich will jetzt aufbrechen!«

»Nicht ohne eine Kopie!«

Anna sah mich an, und ihre Lippen formten ein stummes »Bitte«. Ich zögerte noch einen Augenblick, bis ich mich geschlagen gab.

»Auch gut, dann brauche ich einen kräftigen Briefumschlag und ausreichend Porto für Deutschland.«

Ich steckte die CD mit ein paar erklärenden Zeilen in den Umschlag, klebte ihn sorgfältig zu und schrieb gut leserlich die Adresse darauf. Ruth sah mir dabei über die Schulter, und ich sah, wie sich ihre Augen vor Überraschung weiteten, aber sie sagte nichts.

»Warum tust du das?«, fragte Anna.

»Ganz einfach. Wir können sie nicht hier lassen, und wir können sie nicht mitnehmen. Ich will meine Eltern nicht gefährden, und wenn wir damit erwischt werden, war alles umsonst. Lass die gute alte Post den Job machen. Dass sie den Briefverkehr von Skandinavien nach Deutschland kontrollieren können, halte ich für sehr unwahrscheinlich.«

»Ich bringe ihn zum Briefkasten«, sagte Ruth, »ich will das Ding aus dem Haus haben.«

Als die Haustür hinter ihr ins Schloss fiel, schreckte Gunnar aus seinem Sessel hoch. Er war traurig und verwirrt.

»Dauernd hat sie was vor«, sagte er.

Anna ging zu ihm und streichelte seinen Kopf.

»Frauen sind so«, sagte sie und dann, zu mir gewandt, »wir müssen hier weg.«

Ich nickte. »Nur noch ein Anruf.«

Ich wählte eine Nummer im Max-Planck-Institut in München. Max Althaus war der einzige Mensch im Institut, den ich um einen Gefallen bitten konnte, und ich war sicher, dass er schon dort war. Er war sofort am Apparat.

Seine fröhlich dröhnende Bajuwarenstimme hätte den Weg nach Schweden vielleicht auch ohne Telefon geschafft, aber als er hörte, was ich von ihm wollte, wurde er sehr leise.

»Das kann ich nicht machen«, sagte er, »und das weißt du auch!«

»Doch, doch, Herr Professor, das kannst du schon. Du hast einen Schlüssel, und du weißt, wo es steht. Und du schickst die Sachen per Eilpost an folgende Adresse.«

Ich gab ihm Helens Anschrift in Hamburg und hörte ihn obszön fluchen, während er offenbar mitschrieb. Er wusste, dass er keine Wahl hatte, als ich seinen akademischen Titel ins Spiel brachte. Ich hatte seine Habilitationsschrift verfasst.

»Sind wir dann quitt?«

»Ja! Und ich spendiere dir noch ein Weißbier, wenn ich wieder in München bin.«

»Wo verdammt steckst du?«

»Spielt keine Rolle. Mach's gut und danke!«

»Wozu hat man Freunde?«, sagte er böse und legte auf.

Anna hatte mitgehört und warf mir einen fragenden Blick zu.

»Was war das jetzt?«

»Kleiner Freundschaftsdienst.«

»Klang eher wie Erpressung.«

»Der kriegt sich schon wieder ein.«

Anna zuckte mit den Achseln und stellte keine weiteren Fragen.

Als Ruth zurückkam, ging alles sehr schnell. Trotz unserer Proteste packte sie uns eine Tasche mit Proviant. Dann suchte sie die Papiere von Gunnars Volvo heraus und reichte mir schließlich einen flachen, nicht sehr großen, aber schweren Koffer.

»Kommt gar nicht in Frage«, sagte ich.

»Warum nicht? Du willst dich doch wehren.«

»Aber nicht damit!«

»Was ist da drin?«, fragte Anna.

Ruth öffnete den Koffer, und Anna stieß einen anerkennenden Pfiff aus. Es war Gunnars altes Jagdgewehr. Eine doppelläufige Schrotflinte samt einer Schachtel Patronen. Österreichisches Fabrikat, akkurat in drei Teile zerlegt und sorgfältig gepflegt. All die Jahre, während er in München gearbeitet hatte, war mein Vater im Herbst mit Freunden in Nordschweden auf die Jagd gegangen, bis er es eines Tages einfach vergaß.

»Ich habe nicht vor, auf jemanden zu schießen«, sagte ich, »und wenn ich mit dem Gewehr erwischt werde, bin ich geliefert.«

»Ach was«, sagte Ruth, »du bist ganz legal mit dem Auto deines Vaters unterwegs, und in diesem Auto befindet sich sein Gewehr, für das er immer noch einen gültigen deutschen Waffenschein hat. Die Wahrscheinlichkeit, bei der Einreise nach Deutschland überhaupt kontrolliert zu werden, ist gering, und zur Not kannst du immer noch sagen, du hättest dir auf die Schnelle Gunnars Wagen geliehen und von dem Gewehr darin gar nichts gemerkt. Ist höchstens eine Ordnungswidrigkeit.«

Anna warf meiner Mutter einen respektvollen Blick zu und grinste.

»Wir nehmen das Ding mit«, sagte sie dann, schnappte sich den Waffenkoffer und verstaute ihn unter unseren Sachen im Kofferraum des Volvo. Ruth hatte angefangen zu weinen.

»Wenn du das nächste Mal kommst«, sagte Gunnar beim

Abschied zu mir, »bring doch die andere Frau wieder mit. Die fand ich noch besser.«

»Wir werden daran denken«, sagte Anna und küsste ihn herzhaft auf die Stirn. Daraufhin brachen wir auf.

Fünfundzwanzig

Der Himmel war aufgeklart, und das Einheitsgrau der letzten Tage hatte einer brillant hellen skandinavischen Frühlingssonne Platz gemacht. Wir fuhren zunächst Richtung Ljungby und danach auf die Autobahn nach Süden. Es machte mir Spaß, Gunnars Volvo zu fahren. Es war die Automarke, mit der ich aufgewachsen war und der Gunnar auch in Bayern unverbrüchlich die Treue gehalten hatte. Nichts gegen BMW, aber das satte Panzerschrankgeräusch einer zuschlagenden Volvotür gehörte zum Soundtrack meiner Kindheit.

»Du hättest mich die Kopie machen lassen sollen«, sagte ich nach einer Weile, »das war ein Fehler. Warum hattest du es so verdammt eilig?«

»Ich musste auf einmal daran denken, was Elena Bakarova in Ventspils zu uns gesagt hat.«

»Was meinst du?«

»Sie sagte: ›Habe ich das richtig verstanden, dass Sie von Kriminellen verfolgt werden und dann zu uns gekommen sind?‹«

Ich schwieg betroffen, und Anna ließ mich in Ruhe.

»Deine Eltern sind sehr nett«, sagte sie schließlich, »besonders dein Vater. Als er reinkam mit dem Brief ... Der Pyjama und das FC-Bayern-Cap, einfach genial.«

»Für Ruth ist es fürchterlich!«

»Es wäre einfacher für sie, wenn sie ihn nicht mehr dauernd vergleichen würde mit dem Menschen, der er einmal war. Der Vergleich kann nur traurig machen!«

»Na ja, der Mann, der er war, ist der, den sie geliebt hat. Und den gibt es nicht mehr.«

»Trotzdem«, sagte Anna nach einer Weile, »es muss schön sein, seine Eltern als Erwachsener besuchen zu können. Ich habe meine ja nur als Kind gekannt. Ich wäre ihnen gerne mal auf Augenhöhe begegnet.«

Ich warf einen Blick in den Rückspiegel und sah ein großes dunkles Auto, das sich mit hoher Geschwindigkeit näherte. Es war ein schwarzer Audi.

»Schau mal hinter uns, der Wagen«, sagte ich gepresst.

Anna sah in ihren Außenspiegel und gab ein kurzes Japsen von sich, das von einem erleichterten Stöhnen abgelöst wurde, als der Audi mit hundertachzig Stundenkilometer an uns vorbeischoss. Er hatte ein Berliner Nummernschild und war mit vier jungen Frauen besetzt, die uns fröhlich zuwinkten.

»Meinst du, wir haben die Typen in Lettland abgehängt?«, fragte Anna.

»Ich fürchte, die haben in jedem Land ihre Leute. Wenn wir die einen abhängen, finden uns eben andere.«

»Jaaa! Ist ja gut«, sagte Anna böse, »schon mal was von positivem Denken gehört?«

»Positives Denken mit blank liegenden Nerven? Wäre vielleicht ein Thema für meine Habilitation!«

Anna lachte schallend, und ich war froh darüber. Unser Streit auf der Fahrt nach Lettland hatte mich so viel Kraft gekostet, dass ich keinen neuen gebrauchen konnte.

»Meinst du, das Material von Helen ist in Sicherheit?«, fragte Anna nach einer Weile.

»Ich weiß es nicht!«

»Wie gehen wir vor, wenn wir wieder in Deutschland sind?«

»Wir müssen das ganze Zeug durchsehen und uns einen sicheren Weg ausdenken, es an die Öffentlichkeit zu bringen. Vielleicht sollten wir uns an Dr. Meiners in Warnemünde wenden. Schwieriger wird es sein, einen Zusammenhang zwischen der CD und Helens Tod herzustellen!«

»Wieso? Wir haben doch Helens Begleitbrief!«

»Ja, aber eben nur den. Okay, sie war einer großen Story auf der Spur. Man hat sie gewarnt, und sie hat Angst gehabt, aber ein Beweis, dass sie ermordet wurde, ist das für die Behörden möglicherweise nicht. Wir müssen aber jetzt erst eine naheliegendere Entscheidung treffen. Wie möchtest du nach Dänemark einreisen? Noch einmal Bötchen fahren oder mal was richtig Cooles sehen?«

Anna schaute misstrauisch.

»Du meinst die Brücke, oder?«

»Ich meine die Mutter aller Brücken, die Brücke, auf die selbst bayerische Halbschweden stolz sind!«

Anna sah mich belustigt an und nickte dann kurz. Also bog ich in Richtung Malmö ab, und nach einer guten halben Stunde reihten wir uns in die nicht allzu lange Autoschlange an den Mauthäuschen ein. Anna war schon beim Anblick der Öresundbrücke blass geworden, war aber gebührend beeindruckt.

»Eine Milliarde Euro«, sagte ich lässig, »mit fast acht Kilometern die weltweit längste Schrägseilbrücke für kombinierten Straßen- und Eisenbahnverkehr. Die Züge fahren unter der Autostraße.«

»Klasse«, sagte Anna tonlos, »und wenn wir vielleicht doch die Fähre in Helsingborg nehmen?«

Ich schüttelte den Kopf und spürte, wie die Pferde mit mir durchgingen.

»Mach dir keine Sorgen. Vor einiger Zeit wurden zwar bei einer Überprüfung etliche Schäden festgestellt, aber die sind behoben. Die feuchte Seeluft und die Erschütterungen durch die Züge machen der Brücke zu schaffen, weißt du. Probleme mit den Trägerkabeln, Korrosionen an den Oberbauten, Risse im Stahlbeton ...«

»Noch ein Wort«, giftete Anna, »noch ein *einziges* verdammtes Wort, und ich lasse dich hier sitzen!«

»Du könntest von Malmö aus einen Flug nach Hamburg bekommen. Sturup Airport ist nicht weit.«

Anna schwieg und starrte mich nur an.

»Gut«, sagte sie schließlich, »ich nehme das als Quittung für das, was ich auf dem Schiff zu dir gesagt habe, aber jetzt reicht's!«

Ich nickte. Der Wagen vor uns in der Schlange setzte sich in Bewegung, und ich folgte ihm. Als wir auf die mehr als drei Kilometer lange Rampenbrücke auffuhren, krallte Anna ihre Finger in die Kanten des Beifahrersitzes, aber schaute wenigstens noch nach links und rechts. Auf der Hochbrücke, also der eigentlichen Öresundbrücke, kniff sie dann die Augen fest zusammen und ließ sich ein grandioses Panorama entgehen: Ich hatte im Handschuhfach eine Kassette mit einer Aufnahme von Gunnars Joe-Cocker-Album entdeckt, die ich jetzt einlegte, und »With a little help from my friends« fuhren wir unter strahlend blauem Himmel über die fantastisch glitzernde See.

»Macht noch mehr Spaß mit Pink Floyd«, sagte ich.

»Ist schon recht so«, murmelte Anna. Sie hielt die Augen geschlossen und atmete gleichmäßig und tief durch, und zehn Minuten später waren wir in Dänemark.

Als wir auf die Autobahn Richtung Odense fuhren, meldete sich Anna zurück.

»Weißt du, ich habe mir was überlegt: Wenn ich die Möglichkeit hätte, die Augen die ganze Zeit geschlossen zu halten, könnte ich es vielleicht doch mal mit dem Fliegen probieren.«

»Na klar. Besorg dir einen Blindenhund, und ab in die Lüfte!«

Wir mussten beide losprusten und steigerten uns in eine hysterische Heiterkeit hinein, die bis zur nächsten großen Brücke anhielt.

Die Storebeltbrücke meisterte Anna bereits mit leicht geschlitzten Augen, und wir kamen zügig voran. Über Odense und Kolding fuhren wir in Richtung Flensburg und waren am frühen Abend an der deutsch-dänischen Grenze.

»Lass uns erst nach Hamburg fahren«, sagte ich, »und den Bus morgen holen.«

Anna nickte. Sie war in den letzten Stunden überaus kompromissbereit und friedfertig gewesen. Aber das spielte keine Rolle mehr, denn zu unserer Überraschung waren die Zollhäuschen am deutschen Grenzübergang besetzt, und die Beamten winkten nur Familien mit Kindern einfach durch. Der Zollbeamte gab meinen Pass, den ich durchs Fenster gereicht hatte, nicht zurück, sondern studierte aufmerksam eine Liste auf einem Klemmbrett und lotste uns mit einer unmissverständlichen Geste aus der Schlange heraus. Wir hielten hinter einem grünen VW-Bus, an dessen offener Tür zwei Beamte in Zivil standen. Einer von ihnen verglich noch einmal mein Gesicht mit dem Passfoto und kam dann auf mich zu.

»Dr. Nyström? Schön, dass Sie wieder da sind. Die deutsche Polizei sucht Sie. Besonders Kommissar Geldorf in Hamburg hat große Sehnsucht nach Ihnen. Wir bringen Sie zu ihm.«

»Wir wollten sowieso nach Hamburg!«

Der Beamte schüttelte den Kopf.

»Sie fahren mit uns. Die junge Dame kann ja Ihr Auto nach Hamburg fahren.«

Anna holte tief Luft und schluckte ihren Wutanfall hinunter, als ich energisch den Kopf schüttelte. Ich warf ihr den Schlüssel für den Volvo zu.

»Wir treffen uns bei Helen!«

Aber daraus wurde nichts. Es dauerte ein paar Tage, bis ich Anna tatsächlich wiedersah, und als es so weit war, war das Sterben in vollem Gange.

Sechsundzwanzig

»Wie wäre es, wenn Sie mit dem Lügen einfach mal aufhören würden?«, fragte Geldorf.

Ich zuckte mit den Achseln und achtete darauf, nichts anzufassen.

»Wie wäre es, wenn *Sie* mir erklären, was der ganze Zirkus hier soll?«, sagte ich. »Und dann will ich mit einem Anwalt sprechen! Den haben Sie vergessen zu erwähnen.«

»Sie sehen zu viele Amifilme. Ich muss Ihnen Ihre Rechte nicht vorlesen. Kein ›Miranda-Akt‹ in Deutschland!«

»Aber es gibt noch Rechte, oder?«

»Es gibt jedenfalls nicht das Recht, mich anzulügen.«

»Oh doch«, sagte ich, »die Polizei hinsichtlich meiner eigenen Angelegenheiten zu belügen ist nicht verboten. Wir sind nicht bei Gericht. Aber natürlich habe ich nicht gelogen.«

So ging das eine ganze Weile. Wir saßen in Geldorfs Büro, Born war nicht da. Immerhin entging mir dadurch eine Aufführung der guten alten »bad cop/good cop«-Nummer. Als Geldorf einen halbherzigen Versuch unternahm, seine Schreibtischlampe auf mein Gesicht zu richten, drückte ich sie einfach zur Wand, und das ging auch in Ordnung. Jetzt saß er da, befummelte seine Zigarillos, ohne sie anzustecken, und kaute auf seiner Wut herum.

Ich hatte ihn nach einem Haftbefehl gefragt, und er hatte keinen. Also hatte ich gehen wollen, aber das war angeblich nicht möglich. Die Frage, mit welchem Recht er mich festhalten wollte, hatte er mit vagem Schulterzucken beantwortet.

»Sagen wir einfach mal: nicht verhaftet, aber vorläufig festgenommen.«

»Wegen was?«

»Ach, Scheiße«, sagte Geldorf, »die ganze Sache hängt mir zum Hals raus. Ich wollte einfach mit Ihnen reden, und Sie waren verschwunden!«

Er stand auf, holte aus einem kleinen Kühlschrank an der Wand eine Flasche Mineralwasser, goss zwei Gläser voll und schob mir eins rüber. Ich nickte ihm dankend zu, hatte aber nicht die geringste Absicht, das Glas anzufassen.

»Was werfen Sie mir vor?«, fragte ich.

»Wir hatten einen anonymen Anruf, und zwar an dem Tag, als wir merkten, dass Sie aus Hamburg verschwunden sind. Sie sind nicht observiert worden, aber wir haben ein bisschen nach Ihnen geschaut. Nur für den Fall, dass Sie wieder irgendwelchen Halbstarken begegnen.«

»Und?«

»Es war eine Männerstimme. Sie sagte, wenn wir Näheres über den Toten auf dem Bahnhofsklo wissen wollten, sollten wir uns an Sie wenden. Falls wir es schaffen würden, Sie überhaupt zu finden. Dann legte er auf. Na gut, dachte ich, warum nicht noch mal mit dem netten Doktor reden? Aber da muss ich von unseren Jungs doch tatsächlich hören, dass Sie einfach unauffindbar sind. Was sagen Sie dazu?«

»Wozu?«

Geldorfs Gesicht hatte im Laufe des Gesprächs eine magentarote Färbung angenommen, und ich beschloss, ihn nicht weiter zu reizen.

»Sie sind mit einem in Schweden zugelassenen Volvo

nach Deutschland eingereist. Der Wagen gehört Ihrem Vater!«, sagte er.

»Also wissen Sie doch, wo ich war.«

»Sie hatten erwähnt, das Sie Ihre Eltern in Schweden besuchen wollten.«

»Ja, eben! Weit und breit keine Geheimnisse.«

»Schön, aber wie sind Sie nach Schweden gekommen? Der VW-Bus steht noch in Rostock. Geflogen sind Sie nicht, das haben wir überprüft.«

»Mit dem Schiff. Frau Jonas fliegt nicht gerne.«

Das war nun wirklich mal die Wahrheit. Vielleicht schluckte er es. Bevor ich ihm von unserem Ausflug nach Lettland erzählte, wollte ich wissen, was er gegen mich in der Hand hatte.

Geldorf schüttelte nachdenklich den Kopf.

»Mal was anderes«, sagte er nach einer Weile, »an dem Tag, an dem der anonyme Anruf reinkam, kriegten wir auch die Ergebnisse der ballistischen Untersuchung in der Bahnhofsklogeschichte. Also: Unsere Leute haben zwei Projektile gefunden, eins aus einer 32er und das andere Kaliber 45. Keine Patronenhülsen. Es waren also definitiv zwei Waffen im Spiel. An dem großen Projektil konnten wir nachweisen, dass es aus einer Waffe mit Schalldämpfer abgefeuert wurde. Haben Sie übrigens was dagegen, wenn ich das Band mitlaufen lasse?«

Geldorf schob das Mikrofon auf seinem Tisch in meine Richtung und wollte gerade auf die Aufnahmetaste drücken, als ich energisch den Kopf schüttelte. »Zum jetzigen Zeitpunkt gibt es keinen Grund für eine Bandaufnahme. Ich bin freiwillig hier und kooperativ. Kein Anlass für irgendwelche Mätzchen.«

Ohne erkennbare Regung zog Geldorf das Mikro wieder zurück und sprach weiter:

»Man braucht kein Kriminaltechniker zu sein, um zu erkennen, dass dem Opfer mit der kleineren Waffe in den Oberschenkel und mit der großen in den Kopf geschossen wurde.

Wegen der großen Blutmenge aus der Beinwunde wissen wir auch, dass dem Opfer zuerst diese Verletzung zugefügt wurde. Wenn es umgekehrt gewesen wäre, hätte das Herz kein Blut mehr aus der zerfetzten Beinarterie pumpen können. Hätte auch so rum gar keinen Sinn ergeben.

Aber wie soll man sich das Ganze überhaupt vorstellen? Also, ein Mann bugsiert einen anderen in eine Bahnhofstoilette und schießt ihm mit einer kleinkalibrigen Waffe in den Oberschenkel. Das Opfer geht an der Tür zu Boden. Der Täter macht seinen eigenen Hosengürtel ab, zerbricht den Stiel der Klobürste und bastelt zusammen mit einem dunklen T-Shirt eine Arterienpresse. Nett von ihm, nicht wahr? Aber woher kommt jetzt bloß das T-Shirt? Dem Opfer gehörte es offensichtlich nicht. Und wenn es dem Täter gehört hätte, müsste der sehr schmal und etwa einen Meter fünfundsechzig groß gewesen sein. Die KTU meint, es sei ein Damen-T-Shirt.

Es wird also immer komischer. Sollen wir uns jetzt einen männlichen Täter vorstellen, der mit zwei Pistolen anrückt und für den Fall, dass er mal eine Arterienpresse braucht, ein Damen-T-Shirt dabeihat?

Oder eine Frau, die auf dem Männerklo einem Riesenkerl ins Bein schießt, für ihn das T-Shirt auszieht, ihn verarztet und ihm *dann* den Kopf wegschießt?«

»Nun mal langsam«, sagte ich, »erst mal zu den Pistolen.

Wie gefällt Ihnen das: Ein Mann wird auf dem Bahnhofsklo von einem anderen angegriffen und in eine Kabine geschubst. *Er* hat die kleine Pistole dabei und will sich damit verteidigen. Im Handgemenge löst sich ein Schuss und trifft ihn ins Bein. Oder der Angreifer ist physisch so überlegen, dass er ihm die Waffe entreißt und ihm damit ins Bein schießt. Vielleicht aus Versehen, vielleicht um ihn zu foltern. Egal. Das Opfer blutet stark und geht zu Boden.

Aber der Angreifer ist ganz und gar nicht zufrieden mit der Situation. Das hat er so nicht vorgehabt. Er wollte etwas von dem Opfer. Ihm etwas wegnehmen, von ihm etwas erfahren oder etwas aus ihm herausprügeln, was weiß ich. Er muss Zeit gewinnen und legt ihm deshalb die provisorische Arterienpresse an. Verstehen Sie, er macht das nicht aus Mitleid, sondern weil das Opfer ihm nichts mehr erzählen kann, wenn es vor seinen Augen verblutet. So ist nämlich die Arterienpresse überhaupt kein logischer Widerspruch mehr zum späteren finalen Kopfschuss.

Aber es funktioniert nicht. Der Blutverlust hat das Gehirn des Mannes an der Wand schon ziemlich ausgebremst. Er kann oder will nichts mehr sagen, und unserem Täter läuft die Zeit davon. Also holt er seine große Knarre raus, schraubt den Schalldämpfer auf und schießt dem Opfer in den Kopf.«

»Warum hat er nicht die kleinere genommen?«

»Weil er für die große einen Schalldämpfer hat. Und weil er sich einen Vorteil davon verspricht, wenn man das Opfer am Gesicht nicht mehr identifizieren kann. Es gibt sicherlich einen Zusammenhang zwischen Täter und Opfer.«

»Und das T-Shirt? Woher kam das?«

»Keine Ahnung, aber ist das wirklich so wichtig? Vielleicht hat das Opfer es vorher für seine Freundin gekauft.«

Geldorf schüttelte den Kopf.

»Das Hemd war nicht neu, sondern eindeutig schon mal gewaschen, sagt die Kriminaltechnik.«

»Na ja, wenn es alt war, könnte es ja auch einfach jemand weggeworfen haben.«

Geldorf grunzte ungeduldig.

»Ich habe nicht gesagt, dass es alt war, sondern schon einmal gewaschen, und es war ein sehr teures T-Shirt. Wer sollte so ein edles Teil wohl ausgerechnet auf dem Männerklo entsorgen?«

Ich zuckte resigniert mit den Schultern.

»Alles sehr interessante Fragen, aber was habe ich damit zu tun? Warum haben Sie meinetwegen die Grenzübergänge von Skandinavien nach Deutschland überwachen lassen? Wie haben Sie es ohne einen Haftbefehl überhaupt hingekriegt, einen derartigen Apparat in Bewegung zu setzen, wenn Sie nur mit mir reden wollten?«

»Das *Warum* lassen Sie mal meine Sorge sein«, sagte Geldorf kalt, »aber das *Wie* erzähle ich Ihnen gerne. Ich habe dem Staatsanwalt gegenüber angedeutet, dass ich Sie nicht nur wegen des Toten auf dem Bahnhofsklo sprechen muss, sondern dass Sie möglicherweise auch Informationen bezüglich des Todes von Frau Jonas zurückhalten. Das hat ihn mächtig interessiert. Egal, ob der Fall offiziell abgeschlossen ist oder nicht. Sie glauben ja nicht, was der Mann für Verbindungen hat. Wie ich Ihnen früher schon sagte: Frau Jonas hatte was gut beim Staatsanwalt.«

»Und wegen dieser lächerlichen Lüge werde ich wie ein

Krimineller an der Grenze rausgewunken und muss mir Ihre Probleme anhören?«

Geldorf streckte die Beine aus, lehnte sich zurück und betrachtete mich versonnen.

»Bleiben wir mal beim Bahnhofsklo«, sagte er. »Ich glaube, dass Sie da mit drinhängen, und das nicht nur wegen des anonymen Anrufs. In der Toilettenkabine selbst haben wir gar nicht erst versucht, Fingerabdrücke zu nehmen. Zu viele Leute, die da jeden Tag herumgrabschen. Auch der Stiel von der Toilettenbürste war nicht so ergiebig. Aber auf dem Gürtel waren ein paar sehr schöne Abdrücke und auch gar nicht so viele. Wie wäre es, wenn wir die mal mit Ihren vergleichen würden und, sagen wir mal, Ihre Stimme mit derjenigen des Anrufers in der Notrufzentrale?«

»Auf welcher Rechtsgrundlage wollen Sie das tun? Um mich erkennungsdienstlich zu behandeln, brauchen Sie doch wohl einen dringenden Tatverdacht. Wenn Sie den begründen könnten, hätten Sie auch einen Haftbefehl. Den haben Sie aber nicht. Also lassen Sie es gut sein!«

Ich stand auf und wandte mich zur Tür, dann drehte ich mich noch einmal um.

»Ich hätte da auch noch eine Frage: Warum haben Sie eigentlich die Wohnung von Frau Jonas versiegeln lassen? Normalerweise wird der Tatort polizeilich versiegelt. Die Wohnung war aber nicht der Tatort. Die Saunakabine haben Sie gar nicht als Tatort eingestuft, weil Sie ja von einer natürlichen Todesursache ausgegangen sind. Bei unserem ersten Gespräch haben Sie sinngemäß gesagt, Sie hätten die Wohnung vorsichtshalber versiegelt, weil Frau Jonas eine bekannte Journalistin gewesen sei. Aber das ist nur eine allgemeine Floskel und keine Erklärung für irgendwas!«

Eigentlich hatte ich vorgehabt, Geldorf die ganze Geschichte zu erzählen und alle Karten auf den Tisch zu legen. Schließlich war das der Kompromiss gewesen, den Anna und ich auf der Fahrt nach Lettland ausgehandelt hatten. Dass er mich an der Grenze hatte abfangen lassen und sein inniger Wunsch, mich mit dem Toten auf dem Bahnhofsklo in Zusammenhang zu bringen, das hatte meinen Entschluss ins Wanken gebracht. Die Art, wie er jetzt auf meine Frage reagierte, trug nicht im Geringsten zur Vertrauensbildung bei. Es war eine merkwürdige Mischung aus Ärger und Verblüffung.

»Was soll das denn jetzt? Meinen Sie etwa, wir wären Ihnen Rechenschaft schuldig hinsichtlich einer ermittlungstechnischen Maßnahme? Kommissar Born hat seine Gründe gehabt, und damit basta!«

Er war stinksauer und klang trotzdem so, als hätte er die Gründe von Born auch gerne gewusst.

»Sie dürfen jetzt gehen«, sagte er.

Also ging ich. Er hatte mir nicht angeboten, mich nach Hause fahren zu lassen, und ich war auch nicht scharf darauf. Auf dem Weg nach draußen dachte ich darüber nach, wie lange ich ihn noch hinhalten konnte und was *er* eigentlich wollte. Die demonstrative Weigerung, ihm meine Tonbandstimme und die Fingerabdrücke auf dem Wasserglas zu überlassen, war so gut wie ein Schuldeingeständnis. Er wusste es, und ich wusste es. Aber aus irgendeinem Grund wollte er es nicht durchziehen. Mir war klar, dass es keine formalrechtlichen Bedenken waren, die ihn davon abhielten. Über diese Art von juristischem Filigranquatsch setzt sich die Polizei andauernd hinweg, und er hätte jederzeit irgendeine »Gefahr im Verzug« erfinden und dann machen können, was er wollte. Ohne solche Tricks allerdings konnte er nicht beweisen, dass ich auf dem Bahnhofsklo dabei gewesen war, und vielleicht lag ihm noch nicht einmal viel daran. Aber es ärgerte ihn, dass ich es ihm nicht erzählte. Also spielte er mit mir. Er ließ mich beobachten, ließ mich antraben, wenn ihm danach war, und durchblicken, dass er die lange Leine jederzeit einholen konnte. Viel Zeit blieb mir nicht mehr.

Auf der Fahrt nach Hamburg hatte ich beschlossen, noch einmal in das kleine Hotel zu gehen, in dem ich bereits ein paar Nächte zugebracht hatte, aber als das Taxi endlich kam, nannte ich dem Fahrer Helens Adresse. Helens Couch kam mir auf einmal entschieden einladender vor als ein Hotelbett, und ich wollte noch mit Anna sprechen.

Die Wohnung im oberen Stockwerk war dunkel, der Volvo stand vor der Tür. Vielleicht schlief Anna schon. Ich schloss die Haustür auf und schaute in Helens Briefkasten. Das Päckchen aus München war noch nicht darin, dafür jede Menge Werbeprospekte – und der Volvoschlüssel. Eine jähe Angst überfiel mich. Anna war weg. Zumindest war sie nicht in der Wohnung, sonst hätte sie den Schlüssel nicht in den Briefkasten geworfen. Ich hastete die Treppe hinauf und überzeugte mich davon, dass Helens Wohnung wirklich leer war. Dann stand ich fassungslos im Flur und dachte an ein mageres Gespenst mit Irokesenbürste und Tigerfellweste, das mir hier gegenübergestanden hatte und jetzt einfach verschwunden war.

Aber ich tat ihr unrecht. Als ich mich in Helens Sessel fallen ließ, holte ich mein Handy heraus, das ich während des Gesprächs mit Geldorf abgeschaltet hatte, und sah sofort die Nachricht. Anna hatte mir eine SMS geschickt:

»Schlüssel im Briefkasten. Bin mit DB nach Rostock. Fahr mit VW zum Meeres-Dok und bringe ihn mit. Don't worry, be happy!«

Trotz meines Ärgers musste ich laut lachen. Als Bobby McFerrin diesen nervigen Song in den Charts hatte, konnte Anna kaum fünf gewesen sein.

Es war meine Idee gewesen, Dr. Meiners mit einzubeziehen, und einer von uns musste sich schließlich mit ihm in Verbindung setzen. Aber ich war sauer über ihren Alleingang und musste mir letztendlich eingestehen, dass ich es einfach schön gefunden hätte, wenn sie da gewesen wäre, als ich in die Wohnung kam. Aber das alles führte zu nichts. Wenn Anna es schaffte, Dr. Meiners mit nach Hamburg zu bringen, konnten wir, sobald die CD angekommen war, gemeinsam Helens Material durchgehen und darüber beraten, wie wir es gezielt und effektiv an die Öffentlichkeit bringen konnten. Dr. Meiners hatte sicherlich noch Kontakte zu Greenpeace oder anderen Umweltschutzorganisationen, und vielleicht konnten wir deren Kanäle und Verbindungen nutzen.

Ich inspizierte Helens Kühlschrank, trank die letzten zwei Flaschen Corona und machte es mir auf der Couch gemütlich. Noch während der Fernseher lief, schlief ich ein, und als ich gegen drei von einem Schusswechsel im Film wach wurde, stellte ich mit Erstaunen fest, dass es sich offenbar um die gleiche Stelle handelte, bei der ich vor drei Stunden eingeschlafen war. Der Sender wiederholte den Krimi einfach während der ganzen Nacht, und mit dem schönen Gefühl, garantiert nichts zu verpassen, schlief ich wieder ein.

Siebenundzwanzig

Am nächsten Morgen stand ich früh auf und gönnte mir in einem kleinen Café in der Nähe von Helens Wohnung ein opulentes Frühstück, an dem auch Anna ihre helle Freude gehabt hätte. Beim Verlassen der Wohnung hatte ich mich ausgiebig nach schwarzen Audis und Geldorfs unauffälligen Kollegen umgeschaut, aber nichts Verdächtiges entdeckt. Ich las alle überregionalen Tageszeitungen, die in dem Café auslagen, sehnte mich nach einer Zigarette und bestellte stattdessen eine Portion frischer Erdbeeren mit Vanilleeis, um das Ganze abzurunden. Dann versuchte ich, Anna auf ihrem Handy zu erreichen. Sie ging nicht ran.

Ich fing an zu rechnen. Etwa gegen halb neun konnte sie mit dem Volvo in Hamburg gewesen sein. Die Zugfahrt nach Rostock dauerte mindestens zwei Stunden, wobei es fraglich war, ob sie gleich eine Verbindung bekommen hatte. Ihre SMS an mich war kurz vor Mitternacht abgeschickt worden. Zu diesem Zeitpunkt war sie wahrscheinlich in Rostock angekommen und vielleicht auf dem Weg zum Parkhaus gewesen, um den VW-Bus abzuholen. Von Rostock nach Warnemünde war es nur ein Katzensprung, aber sie hatte natürlich gewusst, dass sie Dr. Meiners nicht um diese Zeit im Institut für Meeresbiologie antreffen würde. Wahrscheinlich hatte sie sich einfach im Bus zum Schlafen hingelegt, um die Zeit bis zum Morgen zu überbrücken und möglichst früh mit Meiners sprechen zu können. Es war neun Uhr. Vielleicht war sie jetzt gerade bei ihm und hatte ihr Handy abgestellt.

Ich rief die Auskunft an und ließ mich mit dem Institut

für Meeresbiologie verbinden. Meiners' Sekretärin stellte mich sofort durch.

»Hier ist Nyström«, sagte ich, »Sie wollten angerufen werden, wenn wir etwas herausfinden.«

Meiners schwieg einen Augenblick und sagte dann:

»Sind Sie sicher, dass Sie das am Telefon besprechen wollen?«

»Nein, das will ich nicht. Deshalb ist Anna Jonas ja zu Ihnen rausgefahren. Ist sie da?«

»Nein«, sagte Meiners, »tut mir leid. Ich bin seit halb acht hier. Allein wie eine Mutterseele.«

Ich hielt das Handy umklammert und spürte, wie mir kalt wurde.

»Hören Sie«, sagte ich, »würden Sie mir eine Stunde Ihrer Zeit opfern, wenn ich Ihnen schwöre, dass es wichtig ist!«

»Ja.«

»Fahren Sie nach Rostock in das große Parkhaus am Hafen. Auf dem ersten Parkdeck, links wenn Sie reinkommen, muss ein uralter VW-Bus mit Göttinger Kennzeichen stehen. Mit Graffitis und Parolen in Rot und Schwarz besprüht. Ich muss wissen, ob er noch da ist.«

»Kein Problem«, sagte Meiners.

Er notierte meine Handynummer und legte auf.

Ich starrte auf das Telefon in meiner Hand und versuchte fieberhaft, irgendeine Form von Ordnung in meine rotierenden Gedanken zu bringen. Anna war nicht einfach aufgehalten worden, sondern steckte in Schwierigkeiten, daran gab es keinen Zweifel. Dass ihr auf der Zugfahrt etwas zugestoßen war, schien mir eher unwahrscheinlich. Die SMS war kurz vor Mitternacht abgeschickt worden, vielleicht als sie in Rostock den Zug verließ. Don't worry, be happy! Da war also noch alles in Ordnung gewesen. Einen kurzen Augenblick überlegte ich, ob jemand anderes die SMS geschickt haben könnte, aber der Tonfall der Nachricht war trotz der Kürzel typisch Anna. Wenn ihr etwas passiert war, dann auf dem Weg vom Bahnhof zum Parkhaus oder im Parkhaus selbst. Das wiederum hieß, dass ihr wahrscheinlich jemand von Hamburg aus gefolgt war.

Zwanzig Minuten später rief Meiners an.

»Ich bin jetzt hier im Parkhaus«, sagte er, »der Bus ist noch da. Alles ganz unauffällig. Aber eine Sache ist nicht in Ordnung.«

Ich hielt die Luft an und hörte ein Geräusch, das ich nicht einordnen konnte.

»Der Wagen ist offen«, sagte Meiners dann, »also nicht aufgebrochen, sondern die Türen sind nicht abgeschlossen.«

Er hatte recht, das war ganz und gar nicht in Ordnung. Meine Gedanken überschlugen sich. Niemand außer Anna hatte einen Schlüssel für den Bus, und ich war absolut sicher, dass wir ihn abgeschlossen hatten, bevor wir auf die Fähre gingen. Wenn er jetzt unverschlossen war, musste Anna die Türen geöffnet haben. Sie hätte den Wagen aber nicht einfach offen stehen lassen. Warum auch? Schließlich war sie gekommen, um den Bus abzuholen. Also war sie angegriffen worden, unmittelbar nachdem sie den VW erreicht und die Türen aufgeschlossen hatte.

»Sie war hier«, sagte Meiners, »und wenn sie jetzt weg ist, ist das nicht freiwillig geschehen. Ich schlage vor, dass wir die Polizei einschalten.«

»Ja, aber die Polizei in Hamburg. Lassen Sie mich das machen. Ich kenne hier einen Kommissar, mit dem ich sowieso reden muss. Kann ich Sie noch einmal um Hilfe bitten, wenn es eng wird?«

»Klar, wenn Sie mir dann erzählen, worum es eigentlich geht.«

»Es geht um Öl, viel Geld und Katastrophen«, sagte ich, »genau Ihr Fach. Sie werden der Erste sein, der es erfährt.«

Ich legte auf.

Das Handy war glitschig. Ich warf es auf den Tisch und wischte meine Hand an der Hose ab. Als ich wieder aufsah, stand die Kellnerin vor mir.

»Darf ich Ihnen noch etwas bringen?«

»Ich hätte gerne eine Schachtel Marlboro.«

Ihr freundliches Lächeln machte einem gekonnt angewiderten Gesichtsausdruck Platz.

»Wir verkaufen keine Zigaretten, und rauchen dürfen Sie hier sowieso nicht! Vielleicht noch ein paar Erdbeeren?«

Plötzlich klingelte das Handy erneut. Ich starrte es an und traute mich nicht, es zu berühren. Der Klingelton fraß sich durch mein Gehirn und hinterließ kleine Schauer auf der Wirbelsäule.

»Ihr Telefon«, sagte die Kellnerin im Weggehen, »Sie können ja Bescheid sagen wegen der Erdbeeren.«

Verdammt, reiß dich zusammen, sagte Helens Stimme. Mit ihr hatte ich jetzt am allerwenigsten gerechnet. Ich schüttelte benommen den Kopf wie ein Boxer, der etwas einsteckt, was er nicht mal ansatzweise hat kommen sehen, und nahm den Anruf entgegen. Es war eine MMS. Genauer gesagt, war es ein Foto von Anna. Sie saß auf einem Stuhl, die Hände auf dem Rücken gefesselt. An ihrer linken

Schläfe war eine blutige Schramme. Der Mund war zu einem stummen Schrei aufgerissen.

Es sah aus wie das Bild von Edvard Munch.

Achtundzwanzig

Der zweite Anruf kam zehn Minuten später. Ich hatte das Café verlassen, weil die anderen Gäste angefangen hatten mich unverhohlen anzustarren, was nicht unbedingt hanseatischer Mentalität entsprach. Aber es war offenbar unmöglich gewesen, meine Panik und Verzweiflung vornehm zu ignorieren.

Schräg gegenüber von dem Café gab es eine Parkbank, auf der ich jetzt herumvibrierte. Für die geübten Augen eines Zivilfahnders hätte ich in diesem Augenblick wahrscheinlich wie ein Süchtiger auf Entzug gewirkt. Schwitzen, jucken, zappeln und das Handy kneten, der gute alte Junkie-Shuffle.

Als das Telefon endlich klingelte, ließen die Symptome nach. Es war eine freundliche Männerstimme mit einem leichten flämischen Akzent.

»Hallo? Dr. Nyström? Haben Sie unsere Nachricht erhalten?«

»Ich will mit ihr sprechen!«

»Später. Aber machen Sie sich keine Sorgen. Es ist ein sehr unvorteilhaftes Foto vom Beginn ihres Gastaufenthaltes bei uns, das die Situation nicht richtig widerspiegelt.

Ihre Freundin hat ein großes theatralisches Temperament, aber es geht ihr gut.«

»Was wollen Sie?«

»Nun, wir gehen davon aus, dass die verstorbene Madame Jonas eine große Menge Datenmaterial gesammelt hat, das sich in Ihrem Besitz befindet. Wir bieten Ihnen die unversehrte kleine Schwester und einen hübschen Koffer voller Geld im Austausch gegen das Material.«

»Ich tue alles, was Sie verlangen, aber ich will mit ihr sprechen!«

»Das geht jetzt nicht, aber Sie können sie hören.«

Ich hörte ein leises Klicken und dann ihre Stimme, tonlos und verzweifelt.

»Thomas! Bitte! Gib ihnen die Scheiß-CD. Ich kann ... oh, mein Gott ...« Erneut das Klicken des Bandgerätes, ein Augenblick Stille und ein leises Räuspern.

»Sie hatte da eine kleine Krise, ihre Einsichtsfähigkeit ist nicht übermäßig entwickelt, na ja, Sie kennen sie ja.«

Ich stellte mir vor, wie ich den Kopf dieses kultivierten Arschloches mit Gunnars Schrotflinte gleich von zwei Seiten einsichtig machte. *Später,* sagte Helen, *das machen wir später. Erst Anna.* Mit äußerster Anstrengung schaffte ich es, meiner Stimme einen gleichmütigen Klang zu geben.

»Wie haben Sie sich den Austausch vorgestellt?«

»Sie müssten sich zu uns bemühen. Seien Sie morgen Nachmittag in Antwerpen, etwa gegen 15 Uhr. Von dort fahren Sie nach Mechelen. Mitten in der Stadt, am Grote Markt, finden Sie das Stadhuis, Sie würden wohl Rathaus sagen. Schräg gegenüber vom Stadhuis gibt es ein Antiquariatsgeschäft für alte Bilder und Bücher. Fragen Sie nach Monsieur Etienne, er wird Ihnen sagen, wie Sie zum Treffpunkt kommen. Ich gehe davon aus, dass Sie das Material dabeihaben.«

»Wird Anna Jonas dort sein? Kann ich sie mitnehmen?«

»Nein. Wir schicken Ihnen einen Boten, der Ihnen die Details mitteilt. Er wird sich als Maître Villani vorstellen. Das Geld bekommen Sie gleich, das Mädchen, wenn wir das Material gesichtet haben. Seien Sie unbesorgt, es handelt sich um ein ganz normales Geschäft. Falls Sie allerdings die Polizei einschalten oder auf andere dumme Ideen kommen, werden wir mit der Kleinen einen Film drehen. Und zwar ein Snuff Video, das Sie sich im Internet anschauen können.«

Dann war die Verbindung unterbrochen.

Ich saß auf der Bank und konnte mich nicht rühren. Die Hektik und motorische Unruhe der letzten Minuten waren einer Art ganzkörperlicher Paralyse gewichen. Meine Gedanken rasten, und gleichzeitig hatte ich das Gefühl eines totalen geistigen Blackouts. Wut und Angst verwandelten meinen Magen in einen hart pulsierenden Klumpen, und ich war sicher, nicht einmal meine Hand bewegen zu können.

»Es waren einmal zwei Schwestern, ich weiß es noch wie gestern, die eine ...«

Die eine hatte mir nicht vertraut und war jetzt tot, die andere hatte mir durchaus vertraut und war jetzt auf dem besten Weg, ihrer Schwester Gesellschaft zu leisten.

Jetzt fang nicht wieder damit an, sagte Helen. Sie klang müde und traurig. *Ich habe es dir erklärt, warum ich nichts gesagt habe. Es hat mit Liebe zu tun, nicht mit Misstrauen. Und an Annas Alleingang trifft dich überhaupt keine Schuld. Sie hat immer gemacht, was ihr gerade in den Kopf kam.*

»Passen Sie ein bisschen auf sie auf«, hatte Geldorf gesagt, als Anna stinkwütend aus seinem Büro gerauscht war.

»Ich hätte auf Helen aufpassen sollen.«

Gute Antwort!

Und was hatte ich getan?

Es waren einmal zwei Schwestern, ich weiß es noch wie gestern, die eine starb im Dampf allein, die andre wird ein Filmstar sein.

Ich glaube, es war Helen, die mich davor bewahrte, auf dieser Parkbank im Frühling den Verstand zu verlieren. Mit der einzigen Drohung, die zu mir durchdrang, und einer Eiseskälte in der Stimme, die ich niemals zuvor bei ihr gehört hatte.

Du nimmst dich jetzt zusammen, oder ich werde nicht mehr wiederkommen. Es geht hier ausnahmsweise mal nicht um dich. Tu etwas, oder sieh zu, wie du allein klarkommst.

Ich hob den Kopf und lauschte dem Nachklang ihrer Stimme. Es war, als ob ein Tontechniker etwas Hall hineingemischt hätte. Stimmen zu hören gilt üblicherweise nicht als Ausweis geistiger Gesundheit, aber ich schwöre, dass an diesem Tag Helens Stimme und die Angst, sie zu verlieren, meinen Verstand wieder auf Kurs brachten.

Das und der Anblick des Polizeiautos, das auf der Straße vor mir von links herangliti. Es war ein ganz gewöhnlicher Streifenwagen mit Hamburger Kennzeichen, aber als er ungefähr auf meiner Höhe war, senkte sich das Seitenfenster auf der Beifahrerseite und Kommissar Born grüßte lässig zu mir herüber. Sekunden später war der Wagen verschwunden.

Wie hatte Geldorf so schön gesagt: Wir schauen ein bisschen nach Ihnen, nur für den Fall, dass Sie wieder Halbstarken begegnen. Wenn ich Anna helfen wollte, musste ich ihn loswerden.

Dazu brauchte ich ein anderes Auto. Ich stutzte einen Augenblick, weil mir auffiel, dass ich keine Sekunde daran gedacht hatte, nach Antwerpen zu *fliegen*, bis mir klar wurde, dass der Grund Gunnars Schrotflinte war. Ich wollte sie mitnehmen, und es war unmöglich, sie an Bord eines Flugzeugs zu bringen. Und was wollte ich damit? Darauf hatte ich keine Antwort. Oder vielleicht doch.

Die CD war an einem sicheren Ort. Was würde passieren, wenn ich sie holte und ihnen übergab? Würden sie sie erst einmal mitnehmen oder gleich an Ort und Stelle in ein Notebook schieben und überprüfen? Und warum sollten sie Anna freilassen, wenn sie das Material hatten? Ich an ihrer Stelle hätte es nicht getan. Es würde keinen Austausch geben, weil es eine Falle war. Ein perfekter Versuch, mich zu zwingen, einen Ort aufzusuchen, an dem die Karten so verteilt waren, dass ich keine Chance hatte. Gunnars Gewehr war der einzige Trumpf, den ich hatte und von dem sie nichts wussten. Erstaunt wurde mir bewusst, dass mir das alles bereits klar gewesen war, als ich mich für das Auto entschied. Sie wollten mich *und* Helens Material. Der Geldkoffer inszenierte die Illusion eines Tauschgeschäfts. Wenn sie nach Erhalt der CD Anna und mich einfach umbrachten, spielte er keine Rolle mehr.

Ich hatte keine Wahl. Nicht nach Belgien zu fahren bedeutete mit großer Wahrscheinlichkeit Annas Tod. Ihnen die CD und mich auszuliefern verbesserte unsere Chancen kein bisschen. Ich musste etwas tun, womit sie keinesfalls rechnen konnten.

Ja, sagte Helen, *aber eins nach dem anderen. Erst musst du unauffällig aus Hamburg raus!* Die Kälte war aus ihrer Stimme verschwunden, aber ich kannte sie gut genug, um zu wissen, dass sie immer noch wütend war. Aus dem Café schräg gegenüber kam die Rentnercrew, die mich vor einer halben Stunde so unhanseatisch durchgemustert hatte, und ging Arm in Arm die Straße hinunter. In meinem Kopf tauchte ein Bild vom Inneren des Cafés auf, verschwamm wieder und stabilisierte sich dann. Ich sah die Theke mit den Tortenvitrinen und die hübsche Kellnerin dahinter, links von ihr war eine Durchreiche zu einem dahinterliegenden Küchenraum. Und daneben gab es eine Tür, eine schwere, offenbar schallisolierte Tür. Die Kellnerin hatte diese Tür geöffnet und in den Küchenraum hineingerufen, weil es irgendeinen Streit wegen einer Bestellung gegeben hatte. Und dabei hatte ich die Geräusche gehört. Ein paar lachende Frauenstimmen, das Klappern von Tellern und Besteck, das laute Zischen und Ächzen großer Espressomaschinen – und im Hintergrund den Straßenlärm. Vorbeifahrende Autos, Hupen und das Dröhnen eines Presslufthammers.

Ich zwang mich aufzustehen und spürte, wie mein Blut verstärkt zu zirkulieren begann. Auch mein Gehirn bekam seinen Teil davon ab. Ich setzte vorsichtig einen Fuß vor den anderen und stellte fest, dass ich normal gehen konnte. Also ging ich über die Straße in das Café zurück und sprach mit der Kellnerin. Ihre schönen blauen Augen wurden groß, als sie hörte, was ich von ihr wollte, und bekamen einen gierigen Glanz, als ich ihr 150 Euro anbot. Sie wollte zweihundert, und ich gab sie ihr.

»Wir öffnen um halb neun Uhr«, sagte sie und strich die Scheine glatt, »seien Sie pünktlich, sonst geht es nicht.«

Neunundzwanzig

Als ich das Café verließ, manövrierte auf der gegenüberliegenden Straßenseite der Streifenwagen aus einer Parklücke und fuhr davon. Diesmal blieben die Seitenfenster oben, und ich konnte noch nicht einmal erkennen, wie viele Personen im Wagen saßen.

Ich ging zu Fuß in die Innenstadt, widerstand dem Drang, mich dauernd nach Geldorfs Leuten umzusehen, und suchte mir das größte Kaufhaus aus, das ich finden konnte. Dort fuhr ich ein Weilchen die Rolltreppen rauf und runter, streifte ziellos herum, und als ich mich einigermaßen sicher fühlte, betrat ich die Abteilung für Hi-Fi/Foto und Computerbedarf. Ich kaufte ein Paket mit CD-Rohlingen und einen länglichen Aluminiumkoffer mit einem auffallend leuchtenden Schriftzug von Panasonic. Ein Stockwerk tiefer besorgte ich mir eine große Sonnenbrille, eine Rolle Klebeband, eine hässliche Baseballkappe und eine Haarschneidemaschine. An der Kasse ließ ich mir die größte Plastiktragetasche geben, die sie hatten. Dann fuhr ich mit dem Taxi zu Helens Wohnung.

Im Hausflur öffnete ich Helens Briefkasten und entnahm ihm ein flaches Päckchen. Es stand kein Absender darauf, aber ich erkannte die Handschrift. Es war von Max Althaus aus München. In der Wohnung riss ich es auf und überzeugte mich, dass alles vorhanden war.

Danach beschäftigte ich mich mit Gunnars Gewehr. Die Aufschrift auf dem geschmackvoll gearbeiteten Lederkoffer teilte mir mit, dass sie von einem Büchsenmachermeister im österreichischen Mistelbach hergestellt worden war.

Vielleicht hatte er Lust, mir eine kleine Einführung zu geben. Ich schaltete Helens PC an, gab Namen und Anschrift des Büchsenmachers in die Suchmaschine ein und war drei Mausklicks später auf seiner Website. Gunnars Gewehr war tatsächlich noch in seinem Katalog, und zwar mit einer präzisen Produktbeschreibung und Anleitung zum Zerlegen und Reinigen der Waffe. Danke nach Österreich. Die Flinte hatte zwei nebeneinanderliegende Läufe, die man abkippen konnte, und war ohne Werkzeug bequem in drei Teile zerlegbar. Ich erfuhr, dass sie einen Greener-Verschluss hatte, der beide Laufhaken verriegelte, und einen geteilten Auszieher für Kugel- und Schrotpatronen, sah mir die Umschaltschieber und Abzüge an und untersuchte die Signalstifte, die anzeigen, ob das Schloss gespannt ist. Außerdem gab es eine Unmenge von Detailinformationen, mit denen ich nicht das Geringste anfangen konnte. Die nächsten zwei Stunden verbrachte ich damit, das Gewehr zusammenzusetzen und wieder auseinanderzunehmen. Ich klappte es auf und wieder zu, lud beide Läufe durch, schaute mir die Patronen genau an und machte mich mit dem beträchtlichen Gewicht vertraut. Für einen Menschen, der zeit seines Lebens nicht das geringste Interesse an Waffen gehabt hatte, stellte ich mich gar nicht mal so dumm an. Schließlich entlud ich das Gewehr, zerlegte es wieder und packte es zurück in den Waffenkoffer. Den wiederum verstaute ich in dem länglichen Alukoffer mit dem großen Panasonic-Schriftzug. Das Päckchen aus München steckte ich zusammen mit dem Klebeband in die Innentasche meiner Lederjacke, und dann war ich reisefertig.

Anschließend schob ich eine von meinen neu gekauften CDs ein und ging noch einmal ins Internet. Von den Websites von Greenpeace und anderer Umweltschutzorganisationen lud ich innerhalb einer Stunde wahllos alles herunter, was ich über Tankerhavarien und Verschmutzung der Meere bekommen konnte. Nun hatte ich eine CD, die ich zumindest vorzeigen konnte. Wahrscheinlich brauchte einer ihrer Spezialisten keine Minute, um festzustellen, dass es sich nicht um das Material handelte, was sie haben wollten, aber vielleicht war das genau die Minute, die ich brauchen würde.

Als Nächstes rief ich aus einer Telefonzelle die Auskunft an, ließ mich mit Hertz verbinden und fragte für den nächsten Morgen um neun Uhr nach einem unauffälligen Mittelklassewagen. Nach einigem Hin und Her bekam ich den Zuschlag für einen Opel Astra. Ich rechnete nicht wirklich damit, dass Geldorf Helens Festnetzanschluss oder mein Handy abhören lassen konnte, aber ich musste um jeden Preis vermeiden, dass er mir in die Quere kam. Wenn er mich aufhielt, war Anna tot.

Zum Schluss bestellte ich telefonisch für 8.50 Uhr am nächsten Morgen ein Taxi in die hinter dem kleinen Café gelegene Straße, und dann blieb mir nur noch eins zu tun, aber das musste warten bis nach dem Essen. Es war kurz vor halb sechs, und ich hatte das Gefühl, noch niemals so hungrig gewesen zu sein. Ich entschied mich für das chinesische Restaurant, aus dem Anna schon einmal etwas zu essen geholt hatte, trottete im Regen die Straße hinunter und bestellte das »Great Eastern Menu«: Wan-Tan-Suppe, Frühlingsrolle, Salat, gegrillte Garnelen mit Reis und in Honig gebackene Bananen zum Abschluss. Das Ganze spülte ich mit reichlich grünem Tee und Reisschnaps hinunter, und als ich um acht Uhr wieder in Helens Wohnung war, war ich bereit für den letzten Akt.

Ich holte die Haarschneidemaschine heraus und rasierte mir vor Helens Badezimmerspiegel die Haare auf einen Millimeter herunter. Anschließend setzte ich die Sonnenbrille auf und betrachtete mein Spiegelbild. *Großer Gott,* sagte Helens Stimme leise, *war das nötig?* Ich grinste. Jung sah ich aus. Jung, hässlich und sehr verändert. Zumindest auf den ersten Blick. Der musste genügen.

Danach legte ich mich auf Helens Couch und wartete, dass die Nacht vorbeiging.

Dreißig

Pünktlich um Viertel nach acht am nächsten Morgen verließ ich die Wohnung. Ich hatte kaum geschlafen, aber ich war seltsam ruhig und gefasst. Wenn man keine Wahl hat, gibt es kaum einen Grund für irgendwelche Zweifel. Ich trug die Baseballkappe und hatte über meine Lederjacke einen hellen Regenmantel gezogen. Die große Plastiktragetasche und die Sonnenbrille steckten in den Innentaschen meiner Jacke ebenso wie die CD, das Klebeband und das Päckchen aus München. Der Alukoffer, der eigentlich für den Transport einer professionellen Kameraausrüstung gedacht war und auch nach nichts anderem aussah, lag angenehm schwer in der Hand. Etwa zwanzig Meter vom Eingang des Cafés entfernt parkte ein blauer Skoda Octavia, in dem zwei junge Männer auffällig unauffällig Zeitung lasen.

Kurz nach halb neun betrat ich das Café. Außer mir war bereits ein junges Pärchen da, das aber intensiv mit sich selbst beschäftigt war. Ich suchte mir einen Platz in der Nähe der Theke, ließ den Regenmantel an und bestellte mir das große Frühstück von gestern. Die Kellnerin brachte Kaffee, Brötchen, Eier und Orangensaft und zwinkerte mir nervös zu.

»Gleich geht meine Kollegin zur Bank und holt Wechselgeld für die Tageskasse«, sagte sie, »dann gebe ich Ihnen Bescheid.«

Ich fing an zu frühstücken, und als mir die Kellnerin nach ein paar Minuten zunickte, huschte ich hinter die Theke und war mit drei Schritten im Küchenraum. Er war sehr hell und geräumig und duftete fantastisch nach Kaffee und Backwaren. Die Kellnerin schloss die Tür hinter uns und sah mich erwartungsvoll an. Ich holte den Gewehrkoffer aus dem auffälligen Panasonic-Koffer und packte ihn in die Plastiktragetasche. Anschließend zog ich den hellen Mantel aus, setzte die Brille auf und die Baseballkappe ab und registrierte erfreut den verblüfften Blick der Kellnerin auf meinen kahlen Schädel.

»Sie können den Koffer, die Mütze und den Mantel behalten«, sagte ich, »aber was immer Sie damit machen, warten Sie zwei Stunden damit!«

Sie nickte.

Danach stand ich auf der Straße. Lässig und ohne Eile ging ich zum Taxi, das auf der gegenüberliegenden Straßenseite parkte, begrüßte den Fahrer, öffnete den Kofferraum und legte meine schwere Plastiktasche hinein. Zwanzig Minuten später nahm ich bei Hertz die Schlüssel eines vollgetankten Opel Astra in Empfang, der in dem hässlichsten Braunton gespritzt war, den ich jemals gesehen hatte. Gut so.

Mein kleines Täuschungsmanöver hätte niemals funktioniert, wenn Geldorf mich ernsthaft hätte observieren lassen, aber schließlich hatte er nur mal nach mir schauen wollen. Wegen der Halbstarken. Wenn ich ihn das nächste Mal traf, würde er mir den Kopf abreißen. Trotzdem hoffte ich inständig, ihn noch einmal wiederzusehen.

Ich fuhr auf die Autobahn Richtung Ruhrgebiet, hielt mich peinlich genau an alle Verkehrsregeln, verlor eine halbe Stunde in einem Stau hinter Dortmund und kaufte mir an einer Raststätte Mineralwasser und eine Flasche Glenfiddich. Pünktlich gegen fünfzehn Uhr war ich in Antwerpen. Vierzig Minuten später parkte ich den Astra auf dem Grote Markt von Mechelen. Man konnte von hier aus die Sint-Rombouts-Kathedrale, das eigentliche Wahrzeichen der Stadt, bewundern, für die ich allerdings ebenso wenig Interesse aufbrachte wie für den Grote Markt selbst mit seinen gediegenen Renaissance- und Barockfassaden. Mein Blick fiel auf das Stadhuis. Es ist in der ehemaligen Tuchhalle und dem früheren Palast des Großen Rates untergebracht, einer baugeschichtlichen Kuriosität, an der die Flamen knapp vierhundert Jahre herumgebaut haben, bis sie 1910 fertiggestellt wurde. Schräg gegenüber vom Stadhuis war tatsächlich ein Antiquariatsgeschäft.

Steifbeinig überquerte ich den Markt, warf einen Blick in das mit alten Büchern und Kunstdrucken hoffnungslos zugestellte Schaufenster und öffnete dann die Ladentür, womit ich ein vielstimmiges melodisches Läuten auslöste. Richtig, schließlich ist Mechelen auch die Stadt der Glockenspiele. Hervorgelockt von dem Gebimmel schlurfte ein alter Mann heran, der sein Leben offenbar der Farbe Grau gewidmet hatte. Sein dünnes Haar war von einem helleren Grau als sein Schnurrbart und die buschigen Augenbrauen, aber etwas dunkelgrauer als seine Gesichtshaut. Er trug einen aschgrauen uralten Baumwollanzug mit Weste über einem dunkelgrauen Hemd, und als er jetzt den Mund öffnete, sah ich, dass auch sein Zahnbelag grau war. Vielleicht steingrau.

»Goedemiddag«, sagte er und zwinkerte misstrauisch.

»Sind Sie Monsieur Etienne?«

Er nickte.

»Mein Name ist Nyström. Mir wurde gesagt, Sie könnten mir weiterhelfen.«

Er nickte wieder nur, langte unter den Tresen und reichte mir eine Plastiktüte. Sie enthielt einen Gegenstand, der nicht ganz die Länge und Breite einer Postkarte hatte, ungefähr zwei Zentimeter dick war und einen Haltefuß mit Saugnapf besaß. Es war ein Navigationsgerät.

»Nehmen Sie es mit ins Auto«, sagte er, »und folgen Sie den Anweisungen! Es bringt Sie zu einem Haus.«

Trotz seines wallonisch klingenden Namens war sein flämischer Akzent so schwer, dass ich ihn kaum verstand.

»Dank u wel!«, sagte ich, was so ziemlich mein einziger holländischer Satz ist.

Er grinste. Seine dünnen Lippen verbreiterten sich dabei zu einem bananenförmigen, aber scharfkantigen Schlitz und entblößten seine Zähne, die jetzt einen merkwürdigen Geruch zu verströmen schienen. Die knochigen Wangen hoben sich und traten wie bei den Kasperlefiguren meiner Kindheit auf groteske Weise hervor. Schmale Augen funkelten vor Schadenfreude und Gehässigkeit. Es war das unheimlichste Grinsen, das ich jemals gesehen habe, und einen Herzschlag lang bedauerte ich, dass ich Gunnars Gewehr im Kofferraum gelassen hatte. Dann drehte ich mich einfach um und verließ unter erneutem Glockenspiel den Laden. Jetzt erkannte ich auch die Musik. Es war die Titelmelodie aus dem Film *Der dritte Mann*. Die Absolventen der weltweit bekannten Glockenspielerschule von Mechelen schreckten offenbar vor nichts zurück.

Ich ging zum Auto und befestigte das Gerät mit dem Saugnapf innen an der Windschutzscheibe des Opels. Es war ein TomTom One, das wahrscheinlich am einfachsten zu bedienende Navigationsgerät, das für Geld zu haben ist. Ich schaltete es ein, wartete, bis die Satellitenverbindung stand, und öffnete durch Antippen des Displays das Hauptmenü. Im folgenden Fenster erschienen die Icons »Heimatort«, »Favoriten«, »Adresse«, »Letzte Ziele« und »Ort von Interesse«. Ich tippte auf »Heimatort« und fand meine Position auf dem Grote Markt. Alle anderen Icons reagierten nicht. Offenbar war nicht vorgesehen, dass ich etwas eingab. In das Navigationsgerät war eine am PC ausgearbeitete Route eingelesen worden. Als der Blinkimpuls kam und die freundliche Frauenstimme ertönte, fuhr ich los.

Das Gerät führte mich nach Westen aus Mechelen hinaus, zunächst Richtung Willebroek, dann weiter auf die Autobahn. Nach etwa zehn Kilometern fuhr ich bei Bornem von der Autobahn ab und fand mich etwa zwei Kilometer später auf einer schmalen Landstraße in einer flandrischen Bilderbuchlandschaft wieder. Die immer schmaler werdende Straße führte durch Senken voll Wasser, Weiden und kräuterreichen Wiesen, und ich wusste jetzt, wo ich war. Es war die Auenlandschaft der »Alten Schelde«. Bevor die vom

Fuß der Ardennen durch Belgien strömende Schelde den Hafen Antwerpens erreicht, gelangt sie nach Weert. Zwischen diesem Dorf und dem abseits liegenden Bornem liegt ein toter Arm ihres Wasserlaufs: die »Oude Schelde«. Schnurgerade Kanäle, gesäumt von riesigen Pappeln, durchzogen Wiesen, auf denen Schafe und Rinder grasten. Die Banndeiche waren mit kniehohen Kräutern bewachsen, und im Ried war hier und da ein Kranich zu sehen. Die nahe liegende Großstadt Antwerpen schien Lichtjahre entfernt zu sein, und die ganze Landschaft verbreitete eine Aura von zeitloser Friedfertigkeit und Stille.

Vor einem größeren Wäldchen verwandelte sich die offenbar nur für landwirtschaftliche Nutzfahrzeuge angelegte Straße in einen holprig-matschigen Feldweg, der dem Astra schwer zu schaffen machte, aber das Signal des Navigationsgerätes wies unbeirrt geradeaus. Dann, nach vielleicht einem halben Kilometer, sah ich das Haus. Es war eine alte, nicht sehr große Bauernkate, die sich tief in eine feuchte Bodensenke duckte und erst im letzten Augenblick zu sehen gewesen war. Das Pappelwäldchen hatte sich im Laufe der Jahre bis nahe an die Hauswände herangearbeitet. Nach Westen hin lichteten sich die Bäume und gaben den Blick auf einen Kanal frei. Hinter dem Haus war ein kleiner Schuppen. Das ganze Anwesen sah leer und unbewohnt, aber eigentlich nicht verwahrlost aus.

Ich stellte den Motor ab und wartete. Dass jemand zu Fuß hier herausgekommen war, schien mir sehr unwahrscheinlich, und ein Auto hätte ich sehen müssen. Der Platz vor dem Haus war leer, und hinter dem Schuppen begann der Wald. Was war mit einem Motorrad? Es konnte jemand im Haus sein, der mit einem Motorrad gekommen war, das jetzt im Schuppen versteckt war. Ich wusste nicht, was ich tun sollte, aber ich hatte keine Angst. Ich ließ die Scheiben herunter und lauschte dem Vogelgezwitscher um mich herum, das augenblicklich verstummte, als ich kräftig auf die Hupe drückte.

Dann war ich es leid. Ich stieg aus, schlug einen kleinen Bogen und ging zum Schuppen. Die Tür stand einen Spalt auf. Ich trat dagegen und sah hinein.

Kein Motorrad.

Gerümpel. Morsche Leitern, eine rostige Sense, ein vorsintflutlicher Grill und alte Petroleumlampen. Spinnweben und ein schwerer modriger Geruch. Ich registrierte ein Scharren und Zischeln, und gleich darauf schoss eine Ratte von der Größe eines kleinen Kaninchens aus dem Türspalt und verschwand im Gras.

Ich ging zum Haus und schaute durch das Fenster in den Wohnraum. Er war leer, und ich war mir jetzt ziemlich sicher, dass niemand außer mir hier war. Die Haustür war nicht abgeschlossen. Also ging ich hinein und schaute mich um. Neben dem Hauptraum gab es noch zwei kleinere Räume, die wohl als Küche und Schlafzimmer gedient hatten. Ein Bad oder eine Toilette konnte ich nirgends entdecken. Bis auf einen Tisch, drei Stühle und ein uraltes Sofa im Wohnzimmer waren alle Einrichtungsgegenstände verschwunden. Die Wände waren weiß gekalkt. Das Haus war offenbar schon vor Jahren verlassen worden, aber eigentlich noch in erstaunlich gutem Zustand. Das Dach war noch dicht, und niemand hatte sich die Mühe gemacht, die Fenster einzuwerfen.

Ich ging zurück zum Auto, setzte den Opel mit dem Heck so weit wie möglich zurück in das Pappelwäldchen.

Anschließend bedeckte ich ihn notdürftig mit Zweigen und Riedgras. Die Tarnung war nicht gerade umwerfend, aber mit dem hellen Grün auf dem hässlichen braunen Lack verschmolz der Wagen doch ganz annehmbar mit der Umgebung. Das langsam nachlassende Tageslicht würde mir helfen.

Ich holte den Gewehrkoffer und das Mineralwasser aus dem Auto, ging noch einmal zum Schuppen und suchte mir zwei Petroleumlampen heraus, die noch halbwegs brauchbar aussahen. Beide hatten noch einen Restvorrat an Brennstoff. Zurück im Haus stellte ich alles auf den Tisch, und daraufhin packte ich die Flinte aus. Ich setzte sie zusammen und stellte überrascht fest, dass mir der Bewegungsablauf nicht nur flüssig von der Hand ging, sondern der Umgang mit der solide präzisen Mechanik irgendwie Spaß machte. Unwillkürlich musste ich an eine Szene aus dem Film *Forrest Gump* denken. Tom Hanks zerlegt freudig immer wieder aufs Neue in stumpfsinniger Routine das M16 und baut es in unglaublicher Geschwindigkeit wieder zusammen, während seine Stimme aus dem Off darüber räsoniert, wie gut er und die Armee zusammenpassen. Ich mochte den Film.

Mein Plan, wenn man es denn so nennen wollte, war vage. Nachdem mir klar geworden war, dass sie Anna und mich nicht einfach gehen lassen würden, wenn ich die CD herausgab, mir aber andererseits gar nichts anders übrig blieb, als zu diesem Treffpunkt zu fahren, hatte mich das Dilemma an den Rand der Verzweiflung gebracht. Und dann hatte ich an den Albaner auf dem Bahnhofsklo gedacht. An seinen ungläubigfassungslosen Gesichtsausdruck, als ihm bewusst wurde, dass *er* sterben würde. Ganz offensichtlich hatte er das nicht für eine realistische Option gehalten, und das war meine vielleicht einzige Chance. Sie waren so sehr daran gewöhnt, dass Einschüchterung, Demütigung und Erpressung funktionierten, dass sie gewalttätigen Widerstand von Seiten eines Opfers nicht ernsthaft in Erwägung zogen. Zumal sie nicht wissen konnten, dass dieses Opfer zwischenzeitlich an eine großkalibrige Waffe gekommen war. Sie hatten gedroht, Anna zu töten, wenn sie die CD nicht bekamen, was andererseits auch hieß, dass sie sie *nicht* töteten, solange sie die CD nicht *hatten*. Ich wollte Anna nicht austauschen, sondern befreien, und ihren Aufenthaltsort würde mir jemand verraten. Zumindest in diesem Punkt war ich zuversichtlich.

Einen Augenblick überlegte ich, ob ich die Flinte durchladen sollte, aber ich entschied mich dagegen. Zunächst einmal würde ein Bote kommen – und ich hatte nicht vor, jemanden aus Versehen zu erschießen.

Wenn schon, sollte es Absicht sein.

Einunddreißig

Ich hörte den Wagen, lange bevor er auf den Hof einbog. Vorsichtig schaute ich durch einen Spalt der Haustür. Der Fahrer wendete und parkte den Lexus mit der Nase in Fahrtrichtung auf dem kleinen Feldweg, den er gekommen war. Er stieg aus, schaute sich wachsam um und kam danach, ohne den Wagen abzuschließen, zügig auf das Haus zu. Ich stieß die Haustür ganz auf und trat ein paar Schritte zurück.

Er war ein kleiner, stämmiger Mann in den Vierzigern mit grau-schwarz meliertem Dreitagebart und einem erstklassig geschnittenen dunkelblauen Anzug. Hellblaues Hemd, Armani-Brille, Aktenkoffer –, eine Zierde der belgischen Anwaltskammer.

Stirnrunzelnd und deutlich angewidert wanderte sein Blick durch die Bauernstube, dann schloss er die Tür hinter sich und kam zwei Schritte auf mich zu.

»Monsieur Nyström? Haben Sie das Material dabei?«

»Oui«, sagte ich, und dann sah er das Gewehr.

Ich hatte es, am Schaft umfasst, hinter meinem rechten Bein verborgen gehalten, holte es jetzt hervor, schwang es beidhändig mit dem Kolben nach vorn in einem Halbkreis auf ihn zu und traf ihn mit einem schönen, wuchtigen Schlag an der linken Schläfe.

Es war das Hinterhältigste, was ich je gemacht habe, und ich genoss es bis in die Fingerspitzen. Er klappte zusammen wie eine Marionette, der man alle Fäden auf einmal durchgeschnitten hat, und einen kurzen schrecklichen Moment lang hatte ich Angst, ihn getötet zu haben. Aber er rappelte sich wieder hoch, stützte sich mit den Händen auf und schaute mich aus glasigen Augen ungläubig an. Seine Lippen formten etwas, das wie »pourquoi« aussah, aber nicht zu verstehen war.

»Lassen Sie uns ein bisschen Deutsch reden«, sagte ich. »Das können Sie doch, Monsieur Villani!«

Ich zerrte ihn hoch, setzte ihn auf einen Stuhl und band ihm mit Klebeband die Hände auf dem Rücken zusammen. Er war immer noch benommen, sein Kopf hing auf die

Brust herab, und aus seinem linken Ohr sickerte ein dünnes Rinnsal Blut in seinen Hemdkragen. Ich hockte mich ihm gegenüber auf die Tischkante und wartete, bis seine Arroganz wieder die Oberhand gewann. Er brauchte nicht länger als fünf Minuten, dann hob er den Kopf und starrte mich verächtlich an.

»Großer Gott, sind Sie dumm!«, sagte er in einwandfreiem Deutsch. »Was wollen Sie jetzt tun? Mich töten?«

Doch plötzlich schien ihm klar zu werden, dass er den Schlag auf seinen Advokatenkopf schließlich auch nicht für möglich gehalten hatte und dass man die Dinge nicht herbeireden soll.

»Ich verstehe Sie nicht«, sagte er. »Wir haben Anna Jonas. Die wollen Sie doch wiederhaben. Und ich habe Geld mitgebracht. Viel Geld!«

Mein Blick fiel auf den Aktenkoffer.

»Machen Sie ihn auf. Es sind 2,2 Millionen Euro. Gebrauchte Scheine. Nicht zurückzuverfolgen. Geben Sie mir das Material, und nehmen Sie die Kleine und das Geld, und verschwinden Sie. Nach Südafrika oder Bolivien oder sonst wohin, solange Sie noch können. Bloß raus aus Europa.«

Ich sagte nichts. Stattdessen langte ich nach der Schrotflinte, klappte sie über den Knien auf und schob zwei von den Monsterpatronen in den Doppellauf. Villani hatte angefangen stark zu schwitzen, und ich konnte mitansehen, wie sich jahrzehntelang trainierte Überheblichkeit in pure Panik verwandelte. Seine kühle, kultivierte Stimme war jetzt mit einem feinen Zittern unterlegt, das mir sehr gut gefiel.

»Sie haben nicht die geringste Ahnung, mit wem Sie sich da angelegt haben. Und wenn Sie mich töten, ändert das gar nichts. Verstehen Sie, ich bin nur eine Art Geldbote mit einem letzten Angebot. Das Mädchen und den Koffer gegen das Material.«

»Sie wären nicht der erste Geldbote, der erschossen wird.«

»Warum wollen Sie mich nicht wenigstens anhören?«

»Wie kommen Sie auf die Idee, dass ich Geld will? Oder ein paar Ratschläge brauche, wie ich mein Leben verlängern kann.«

Villani schwieg. Offenbar versuchte er, sich darüber klar zu werden, wie weit ich gehen würde.

»Eh bien«, sagte er schließlich, »Geld wollen Sie nicht, und am Leben bleiben wollen Sie auch nicht. Was dann? Was ist mit dem Mädchen?«

»Ja«, sagte ich, »was ist eigentlich mit dem Mädchen? Fangen wir doch mit ihr an. Wo ist sie?«

Villani schnaubte und starrte auf den Boden.

»Wenn Sie hier in einem Stück wieder rauswollen, werden Sie mir wohl ein paar Sachen erzählen müssen, die ich noch nicht weiß!«

»Ah merde, c'est ridicule!« Sein Gesicht hatte jetzt einen störrischen und verächtlichen Ausdruck angenommen. »Hören Sie auf mit der Gangsternummer. Sie sind kein Killer, und ich bin es auch nicht. Machen Sie mich los, und wir reden vernünftig.«

Statt einer Antwort drehte ich das Gewehr mit dem Kolben in Richtung seines Gesichts, schob es wie einen Billardstock kräftig vor und brach ihm die Nase. Er stieß einen erstickten Schrei aus, und ich wandte mich zur Seite, um meine aufwallende Übelkeit zu überspielen. In meinem Mund war ein bitterer, metallischer Geschmack. Dann zwang ich mich, ihn anzusehen. Aus seinen aufgerissenen

Augen liefen Tränen, die sich mit dem Blut aus seiner Nase vermischten. Der Mund stand offen, die Oberlippe war aufgeplatzt.

»Sie Schwein!«, sagte er undeutlich.

Er war keineswegs am Ende, aber ich war es. Die kalte Wut, die meinen Adrenalinspiegel die letzten fünf Tage auf konstantem Niveau gehalten hatte, war verpufft. Hatte sich mit dem Anblick von Villanis zerschlagenem Gesicht einfach davongemacht und eine dumpfe Leere hinterlassen. Ich hing mir selbst zum Hals raus. Helen hätte nicht gefallen, was ich hier tat. *Oh doch, Schatz, aber nur, wenn du es zu Ende bringst.*

Aber ich konnte so nicht weitermachen. Es war so, wie ich befürchtet hatte, als ich Max Althaus aus Schweden anrief. Ich konnte es nicht aus ihm herausprügeln, und irgendwie ahnte ich, dass er das wusste. Doch es gab noch eine andere Option, und von der wusste er nichts.

Ich legte das Gewehr beiseite, zog das Ziertaschentuch aus der Brusttasche seines edlen Sakkos und wischte ihm damit das Blut von Nase und Mund ab. Er gab keinen Laut von sich und starrte mich hasserfüllt an.

»Schauen Sie, Maître Villani, lassen wir doch das Mädchen noch einen Augenblick beiseite. Es gibt so viele Dinge, die ich gerne verstehen würde, dass ich wirklich froh bin, Sie zu treffen. Also, wir machen das so: Ich erzähle Ihnen mal, was meiner Meinung nach passiert ist, und immer wenn ich nicht mehr weiterweiß, helfen Sie mir auf die Sprünge. Und wenn ich fertig bin, erzählen Sie mir, wo Anna Jonas ist. D'accord?«

Villani sagte nichts und behielt das Gewehr im Auge. Ich machte es mir wieder auf der Tischkante bequem.

»Sehen Sie, ich habe mich ein bisschen schlaugemacht und werde mich so kurz wie möglich fassen. Es geht um Geld und Öl. Wenn man das braune Gold irgendwo auf dem Globus aus der Erde holt, muss es dahin transportiert werden, wo man ein Geschäft damit machen kann. Und das wird nun mal gerne mit Tankschiffen gemacht. Dieser Transport muss aber möglichst billig sein, wenn der Gewinn am Ende stimmen soll. Also wird gespart. An den Schiffsbesatzungen und vor allem bei der Sicherheit der Öltanker.

Wenn Sie mir die saloppe Formulierung gestatten: Die Welttankerflotte ist ein mobiler Schrottplatz. Mit schöner Regelmäßigkeit säuft eine von den schwimmenden Rostlauben ab und richtet eine Riesensauerei an – Exxon Valdez, Erika, die Prestige, zuletzt die Alhambra. Wie sagte der dänische Lotse der Prestige so schön: Eine geschminkte Leiche habe er durch den Großen Belt gebracht, bei der weder das Radarsystem noch die Anti-Kollisionsausrüstungen funktionierten, und die er nie wieder in seinen Gewässern sehen wolle. Kein Problem, denn die Prestige liegt ja jetzt in zwei handlichen Teilen vor der galicischen Küste. So ähnlich war es auch mit der Alhambra. Was aber das richtig Schöne an der Sache ist: Wie all die anderen Schiffe hatte auch die Alhambra gültige Zertifikate einer Kontrollgesellschaft, die ihr Hochseetüchtigkeit bescheinigten. Das sind meist private Firmen, die kommerziellen Zwängen unterliegen. Aber das wissen Sie ja! Prüfen sie zu streng, verlieren sie den Kunden. Also werden die Zertifikate äußerst großzügig ausgestellt, was auch überhaupt kein Problem ist, weil die Kontrollgesellschaften nicht haften müssen, wenn so ein zertifizierter Schrotthaufen den Meeresboden kennenlernt. Und auch sonst haftet so gut wie nie jemand für irgendwas wirklich. Dafür sorgt das System der Billigflaggen. Am beliebtesten sind Tonga, Liberia und Panama. Aber auch die Flaggenstaaten haften natürlich für nichts.

Es ist ein Riesenkuddelmuddel. Die Prestige zum Beispiel fuhr unter der Flagge der Bahamas. Das Schiff gehörte einer griechischen Reederei mit Sitz in Liberia und fuhr in Charter einer Schweizer Firma, die aus Russland finanziert wird. Langweile ich Sie?«

Villani zuckte vor Schreck zusammen und schaffte es, seinen Blick von dem Schrotgewehr abzuwenden, das er die ganze Zeit unter schläfrig herabhängenden Lidern wie hypnotisiert angestarrt hatte.

»Bleiben Sie noch einen Moment auf Empfang, Maître, ich komme gleich auf den Punkt. Also, die Reedereien und Ölkonzerne sparen an der Sicherheit der Schiffe, die Kontrollgesellschaften kontrollieren nachlässig, die Billigflaggenstaaten bekommen ihren Anteil vom Profit, und der Verbraucher hierzulande will schließlich auch billiges Öl. Die Weltmeere werden also in einem Tempo versaut, dass einem schwindelig wird, aber – und jetzt kommt's: Das alles ist weltweit bekannt und völlig legal. Jeder weiß, dass das Geschäft genau *so* funktioniert, und abgesehen von ein paar Umweltschützern regt sich kein Schwein darüber auf.«

Villani schüttelte stumm den Kopf und schien etwas sagen zu wollen, aber er tat es nicht. Seine Nase hatte wieder angefangen zu bluten, und er leckte mit der Zunge einen Blutstropfen ab, der seine Oberlippe erreicht hatte. Aber ich war noch nicht fertig.

»Und sehen Sie, Maître, da ist etwas, was ich überhaupt

nicht kapiere. Wenn das alles so ist, wieso bezahlen dann Leute, für die Sie arbeiten, an Vorstandsmitglieder von Zertifizierungsfirmen und Hafenstaatkontrolleure in Ventspils und anderswo große Summen Schmiergelder? Waren die noch nicht entgegenkommend genug? Und was ist daran so weltbewegend, dass ein Schweizer Bankangestellter, der ein bisschen zu neugierig ist, deswegen sterben muss? Aber bevor Ulf Jaeggi stirbt, schickt er eine Nachricht nach Hamburg. Und die bringt Helen Jonas ins Spiel. Sie fängt an, vorsichtig herumzurecherchieren, und Sie lassen ihr eine Warnung zukommen. Frau Jonas stellt sich stur und … Ist Ihnen das eigentlich klar, Sie Arschloch, dass Sie wegen Helen Jonas auf diesem Stuhl sitzen und aus keinem anderen Grund?«

Meine Nerven flatterten, ich spürte, wie die Wut zurückkam, und riss mich zusammen.

»Also, Maître, wer hat Frau Jonas getötet und vor allem warum? Und wo ist ihre Schwester?«

Villani schwieg. Sein Blick wanderte zur Schrotflinte und zu mir zurück. Offenbar dachte er darüber nach, ob das Gewehr auf dem Tisch liegen bleiben würde. Ich beschloss, seiner Entscheidung ein wenig nachzuhelfen, langte danach und legte es wieder über meine Knie. Seine Augen hatten sich geweitet, aber er sagte keinen Ton. Irgendwie hatte ich das Gefühl, dass Maître Villani vor seiner Anwaltskarriere möglicherweise in einer etwas härteren Branche gearbeitet hatte. Also drehte ich den Kolben des Gewehrs wieder in die Richtung seines Gesichts.

»Hören Sie auf!«, sagte er mürrisch.

Ich ließ das Gewehr, wo es war, und machte eine einladende Geste mit der Hand.

Villani ließ sich Zeit.

»Es stimmt, was Sie sagen«, sagte er schließlich, »aber eben auch nicht ganz. Vor allem stimmt nicht, dass sich außer ein paar Umweltschützern kein Schwein darüber aufregt. All die Jahre ist es so gelaufen, aber seit der Exxon Valdez ist alles schwieriger geworden. Die Amerikaner haben hier das erste Mal einen Erdölkonzern mit Erfolg haftbar gemacht. Und gleich das berühmte Verbot von Einhüllentankern in ihren Hoheitsgewässern erlassen. Das kommt auch auf Europa zu.«

»Ja, und so zügig«, sagte ich, »2015 soll's schon losgehen.«

»Sie täuschen sich, wenn Sie meinen, dass das langsam ist. Die Vereinten Nationen setzen uns da ganz schön zu. Seit 1996 müssen alle neuen Öltanker schon als Doppelhüllenschiffe gebaut werden.«

»Die International Maritime Organization gestattet jede Menge Ausnahmen, und das wissen Sie auch. Zum Beispiel kann der jeweilige Flaggenstaat einigen neueren Einhüllentankern den Betrieb bis zu 25 Jahre nach deren Auslieferung erlauben, wenn sie bestimmte technische Anforderungen erfüllen.«

»Ja, und trotzdem wurde die Luft für alle im Geschäft immer dünner. Nach dem Untergang der Erika 1999 hat die EU ziemlich aufgedreht. Es wurde ein ganzer Maßnahmenkatalog beschlossen. Vor allem strengere Schiffskontrollen in den EU-Häfen. Es gibt Pläne, die Kontrollgesellschaften und die Flaggenstaaten im Falle einer Havarie juristisch haftbar zu machen und die Schiffe zum Einbau einer Blackbox zu zwingen. Wie bei Flugzeugen. Mit den Dingern können Sie nachvollziehen, ob die Tankschiffprüflisten vom Kapitän korrekt gecheckt wurden.«

Villani dozierte jetzt regelrecht und schaute mich an wie ein Professor für Internationales Seerecht einen begriffsstutzigen Studenten. Seine Angst schien sich etwas gelegt zu haben.

»Binden Sie mich los«, sagte er.

»Erzählen Sie mir etwas, was ich noch *nicht* weiß!«

Ich stand auf und flößte ihm etwas Wasser ein. Dann machte er weiter.

»Die Alhambra war in einem erbärmlichen Zustand. Neunundzwanzig Jahre alt, natürlich nur eine Hülle. Sie war so marode, dass sie schon Mitte der Neunzigerjahre Mühe hatte, eine Charter zu bekommen. Aber auf dem Baltikum nehmen sie auch die Hafenstaatkontrollen nicht so genau, und so haben die Esten sie dann immer wieder ohne Beanstandung mit russischem Schweröl von Tallinn nach Gibraltar starten lassen. Nur dass die Inspektoren in Ventspils und später auch in Genua jetzt einfach nicht mehr mitspielen wollten. Nach dem Untergang der Prestige waren sie monatelang in der Öffentlichkeit durch den Wolf gedreht worden, und jetzt waren sie eher bereit, den Kunden zu verlieren, als die Zertifikate wie gewohnt auszustellen. Also hat man Geld geboten. Viel Geld. Und hat die Zertifikate bekommen.«

Villani schaute mich an und schien auf irgendeinen Kommentar von mir zu warten.

Ich machte mit dem Zeigefinger der rechten Hand eine kreisende Bewegung zum Zeichen, dass er weitersprechen sollte.

»Geben Sie mir noch was zu trinken!«, sagte er.

Ich gab ihm was.

»Es war das Dümmste, was sie zu diesem Zeitpunkt machen konnten. Nach der Havarie der Prestige stand die gesamte Tankerindustrie am öffentlichen Pranger. Die Umweltschützer überschlugen sich mit ihren Einfällen zur Rettung der Meere, und jede einzelne dieser Ideen hätte uns Milliarden gekostet. Die Spanier hatten gerade die Klassifikationsfirma ABS in New York auf 700 Millionen Dollar Schadensersatz verklagt. Die hatten der Prestige nach Schweißarbeiten an einem Tank in China Seetüchtigkeit bescheinigt. Und diese hirnlosen Idioten in Ventspils lassen sich bestechen und auch noch dabei erwischen. Ein öffentlicher Skandal um korrupte Inspekteure und Zertifizierungsfirmen hätte katastrophale Folgen gehabt!«

»Ulf Jaeggi hat das herausgefunden und versucht, Sie zu erpressen?«

»Ach was«, sagte Villani müde. »Wenn er das gemacht hätte, hätte ich ihm diesen Koffer hier gebracht, und die Sache wäre erledigt gewesen. Aber dieser blöde Moralwichser musste ja sofort zur Presse rennen.«

»Wie ist Ihnen der Moralwichser denn auf die Schliche gekommen?«

»Er hat sich irgendwie in die Dateien mit den Nummernkonten gehackt. War wohl ziemlich geschickt, aber wiederum dumm genug zu glauben, dass das keiner merkt.«

»Lassen Sie uns mal auf den Punkt kommen, Maître. Was ist Ihr Part in dieser Geschichte? Für wen arbeiten Sie?«

»Für IMSS, International Maritime Solid Solutions. Wir sind eine PR- und Beraterfirma. Mehr nicht!«

»Und nebenher verdienen Sie sich ein kleines Zubrot als Geldbote?«

»Wir werden dafür bezahlt, Probleme aus der Welt zu schaffen. Aber wir sind keine Gangster!«

»Sind Sie nicht?«

»*Ich* habe noch nie jemanden geschlagen!« Villani blickte auf das Gewehr und schaute mich dann herausfordernd an. »Ich habe Ihnen alles gesagt, was Sie wissen wollten. Machen Sie mich los!«

»Wo ist Anna Jonas? Und wer hat ihre Schwester umgebracht?«

Villani zuckte die Achseln. Ich starrte ihn an, und er starrte zurück. Er hatte beschlossen, es darauf ankommen zu lassen.

Zeit für Plan B.

Ich griff in meine Tasche und holte das Päckchen aus München heraus. Es enthielt zwei Ampullen mit einer wasserklaren Flüssigkeit und eine Injektionsspritze. Mit herzlichen Grüßen von Max Althaus. Villanis Gesicht zeigte einen ungläubigen, etwas verwirrten Ausdruck.

Über Sodium Pentothal wird viel Unsinn verbreitet, vor allem in Hollywoodfilmen. Amerikaner lieben die Vorstellung, dass es ein Mittelchen geben könnte, das einen zwingt, die Wahrheit zu sagen. Das FBI glaubt heute noch daran. Ich nicht. Sodium Pentothal ist ein Barbiturat, ein sehr starkes Beruhigungsmittel, das bei entsprechender Dosierung in fünfzehn Sekunden zu Bewusstlosigkeit führt. Es wird bei Hinrichtungen, aber auch zur Kurzzeit-Anästhesie eingesetzt. In geringerer Dosierung wirkt es enthemmend, entspannend und Angst reduzierend. Es macht redselig, aber es zwingt einen nicht dazu, die Wahrheit zu sagen. Es macht es nur schwerer zu lügen, weil das Lügen nun mal das arme Hirn mehr anstrengt als die schlichte Wahrheit. Wer wusste das besser als ich?

Villani hatte jetzt *wirklich* Angst. Er hatte angefangen

stark zu schwitzen und versuchte mit seinem Stuhl nach hinten zu rutschen, aber da war nur die Wand.

»Was soll das?«, flüsterte er. »Je ne sais pas, qu'est-ce que vous voulez savoir encore …«

»Bleiben Sie locker, Maître«, sagte ich freundlich. »Helen Jonas ist zwar mit einer Spritze umgebracht worden, aber Sie werden das hier überleben. Entspannen Sie sich, und genießen Sie den Trip.«

Ich öffnete die Ampulle, zog den Inhalt auf und drückte dann den obligatorischen Tropfen aus der Nadelspitze. Villani stierte entsetzt auf die Spritze, und ich registrierte einen dunklen Fleck im Schritt seiner Hose, der sich langsam ausbreitete.

»Sale boche!«, sagte er. »Sie verdammtes Dreckschwein!«

Ich kümmerte mich nicht weiter um sein Gerede, kniete mich neben ihn auf den Boden, schob seinen linken Ärmel hoch und suchte mir die richtige Stelle.

»Sie müssen still sitzen«, sagte ich, »sonst kann ich für nichts garantieren.«

Villani gab einen resignierten Laut von sich, und als er einen Augenblick ruhig saß, verpasste ich ihm einen schönen sauberen Schuss.

Die Wirkung setzte innerhalb von dreißig Sekunden ein. Die Muskulatur entspannte sich deutlich, und wenn er nicht gefesselt gewesen wäre, wäre er wahrscheinlich vom Stuhl gefallen. Sein Gesicht bekam einen in sich gekehrten, verträumten Ausdruck, und der Atem ging ruhig und gleichmäßig.

Die Wirkung würde maximal zehn Minuten anhalten. Ich musste mich beeilen.

»Sind Sie Maître Villani aus Brüssel?«

»Ja.«

»Sie sind entspannt und ruhig, und es geht Ihnen gut?«

»Ja.«

»Sie wissen, wo sich Anna Jonas befindet?«

»Ja.«

»Sagen Sie mir bitte, wo das ist!«

Villani zögerte. Offenbar versuchte er, sich zu konzentrieren, sich gegen das Abgleiten seines Verstandes zu wehren, aber es funktionierte nicht.

»Sie haben sie bei sich. Die Männer, die nach mir kommen.«

»Haben diese Männer auch Helen Jonas getötet?«

»Nein!«

»Was sind das für Leute?«

Villani schien sehr ernsthaft über diese Frage nachzudenken. Eine Minute verstrich.

»Albaner«, sagte er dann leise, »sehr gefährlich. Einer ist jetzt auch tot.«

»Wie viele sind es noch?«

»Drei.«

»Woher kommen sie.«

»Bosnien. Aus dem Bürgerkrieg. Sie waren Soldaten.«

»Was haben Sie mit denen zu schaffen?«

Villani schien jetzt etwas schläfriger zu werden und hatte angefangen, leicht zu nuscheln.

»Wir haben sie bezahlt«, sagte er undeutlich.

»Maître Villani, überlegen Sie jetzt genau: Wer hat Helen Jonas getötet?«

»Er hat es selbst gemacht.«

»Wer?«

Diesmal zögerte er sehr lange. Er schien Mühe zu haben,

sich an den Namen zu erinnern, vielleicht versuchte er aber auch ein letztes Mal, sich gegen die Droge zu wehren.

»Monsieur Morisaitte«, sagte er schließlich.

»Monsieur Morisaitte ist der Chef Ihrer Firma?«

Villani schüttelte langsam und nachdrücklich den Kopf. Er schien immer mehr zu ermüden, und ich begann, mir Sorgen wegen der Dosierung zu machen.

»Schauen Sie mich an, Maître! Was tut Monsieur Morisaitte?«

Er versuchte es, aber sein Blick irrte ziellos durch den Raum. Die Zeit lief aus. Ich schaute auf meine Uhr. Dann gelang es ihm noch einmal, mich anzusehen.

»Operative Director«, sagte er, »er macht die schmutzigen Sachen. Niemand will wissen, was er tut.«

»Ich will es wissen!«

Er stieß einen resignierten Seufzer aus.

»Wir nennen es aktive Neutralisation. Bestechung, Desinformation der Öffentlichkeit, gefälschte Umweltgutachten. Er hat Spitzel bei Greenpeace eingeschleust. Und ...«

Villanis Kopf war auf die Brust gesunken, und er war mitten im Satz eingeschlafen. Die Dosis war tatsächlich etwas zu hoch gewesen, aber es hatte sich trotzdem gelohnt. Max Althaus hatte sich sein Weißbier verdient.

Falls ich es schaffte, lebend nach München zurückzukommen.

Villani brauchte eine knappe Viertelstunde, um wieder wach zu werden. Er wirkte desorientiert und deprimiert. Ich band ihn vom Stuhl los und schleppte ihn zum Sofa. Dort lag er still auf der Seite und blickte mich aus leeren, verträumten Augen an.

»Ich habe Sie angelogen«, sagte er nach einer Weile. »Mit

dem Geld. Die werden Sie nicht am Leben lassen. Mich wahrscheinlich auch nicht, nach dem, was passiert ist.«

Ich sah schweigend aus dem Fenster. Es war sehr schnell dämmerig geworden. Vor mir lagen die flache Weidelandschaft und ein Kanal, der auf beiden Uferseiten von Bäumen gesäumt wurde. Im verblassenden Tageslicht zeichneten sich die Umrisse der Bäume scharf gegen den Himmel ab. Es gefiel mir. Ich war noch nie in Flandern gewesen, aber das hatte nichts zu sagen. Ich hatte ja auch keine Ahnung gehabt, wie fabelhaft sich eine Schrotflinte anfühlt.

Ich zündete die Petroleumlampen an, die ich aus dem Schuppen geholt hatte, bevor Villani kam.

»Haben Sie verstanden, was ich gesagt habe?«

Seine Stimme klang jetzt weniger feindselig. Ich nickte.

»Sie sind mir gefolgt. Mindestens zwei, vielleicht mehr. Ich hätte längst wieder bei ihnen sein sollen. Jetzt wissen sie, dass etwas nicht stimmt. Sie sind irgendwo da draußen. Machen Sie das Licht aus!«

Es war jetzt draußen fast dunkel. Das Flackern der Öllampen tauchte den Raum in ein unwirkliches Licht. Ich ging zum Sofa hinüber, betrachtete Villanis zerschlagenes Gesicht und gab ihm noch etwas Wasser. Vielleicht brauchte ich ihn noch.

Er hatte recht mit dem Licht. Widerwillig löschte ich die Lampen, und augenblicklich umfing uns eine beinahe vollständige Dunkelheit. Ich setzte mich auf einen der wackeligen Stühle und richtete den Lauf des Gewehrs auf die Tür. Die zwölf Patronen, die noch in der Schachtel waren, stellte ich in einer Reihe vor mir auf dem Tisch auf. Zwölf war eine gute Zahl. Zwölf Apostel, zwölf Geschworene, zwölf Schuss.

Danach begann das Warten.

Zweiunddreißig

Sie ließen sich Zeit. Es war fast zehn Uhr, als ich den Wagen hörte. Ich stopfte mir die Patronen in die Hosentasche, richtete Villani auf, öffnete das Fenster zur Rückseite des Hauses und schwang mich mit dem Gewehr hinaus. Ich duckte mich, brachte die Flinte auf dem Fensterbrett in Anschlag und zielte durch das geöffnete Fenster auf die Tür. Zum einen erhoffte ich mir von der Hauswand einen gewissen Schutz, und zum anderen war mir klar, dass ich die Flinte irgendwo auflegen musste, wenn ich überhaupt etwas treffen wollte.

Ich fragte mich, wie sie die Situation einschätzten. Villani hatte keinen Laptop dabeigehabt, um das Material an Ort und Stelle zu prüfen. Also war wahrscheinlich geplant gewesen, dass er mit der CD zu ihnen stieß und weitere Schritte erst unternommen wurden, wenn klar war, dass sie hatten, was sie wollten. Sie fühlten sich sicher, denn schließlich hatten sie Anna. Wie viel Zeit hatten sie für Villani eingeplant? Hatten sie ihn so lange vermisst, dass sie misstrauisch geworden waren? Auf jeden Fall mussten sie davon ausgehen, dass etwas nicht stimmte. Wenn sie näher kamen, sahen sie Villanis Lexus vor dem dunklen Haus stehen. Was würden sie daraus schließen? Villani war kein Mann, der zu Fuß über Feldwege und Matschwiesen lief. Wenn sein Auto da war, musste auch er hier irgendwo sein, und wenn er sich nicht bei ihnen gemeldet hatte, konnte das nur daran liegen, dass jemand ihn daran hinderte. Nur, wer konnte das sein? Mein ganzer Plan beruhte letztendlich darauf, dass ich in ihren Augen für diese Rolle überhaupt nicht infrage kam. Wenn sie den Opel nicht entdeckten, gingen Sie möglicherweise davon aus, dass ich bereits weg war.

Der Wagen hielt jetzt in einigem Abstand vor dem Haus, und der Motor wurde abgestellt. Das Abblendlicht ließen sie an. Ich hörte das Zuschlagen der Autotüren und gedämpfte Stimmen. Einer kam offenbar näher auf das Haus zu, denn er war jetzt deutlich lauter als die anderen.

»Hey, Villani …?!« Danach kam etwas, das sich wie eine Art Flämisch mit starkem osteuropäischem Akzent anhörte.

Als sie keine Antwort erhielten, nahm das Stimmengewirr einen Augenblick zu und wurde dann von einer befehlsgewohnten Stimme abrupt unterbrochen. Erneut wurden Autotüren zugeschlagen, und gleich darauf schnitten zwei scharfe Lichtkegel durch die Dunkelheit. Mit den Taschenlampen suchten sie die Umgebung des Hauses ab. Ich konnte jetzt drei Stimmen unterscheiden, ohne allerdings das Geringste zu verstehen.

Sie waren zu dritt in einem Auto gekommen, und wenn Villani nicht gelogen hatte, war Anna bei ihnen. Aber wo?

So wie ich sie kannte, hatte sie wahrscheinlich trotz ihrer Angst jede Menge Ärger gemacht, und ich konnte mir nicht vorstellen, dass sie sie, gefesselt oder nicht, auf der Rücksitzbank hierhergebracht hatten. Es war kein schöner Gedanke, aber ich war beinahe sicher, dass Anna sich im Kofferraum des Wagens befand. In welchem Zustand, wagte ich mir nicht vorzustellen. Wenn sie sich dem Haus näherten, musste ich es irgendwie schaffen, in ihren Rücken zu gelangen und den Kofferraum zu öffnen. Was, wenn er verriegelt war?

Plötzlich hörte ich einen überraschten Ausruf. Die Lichtkegel schienen sich auf einen Punkt zu konzentrieren, und die Stimmen klangen jetzt alarmiert und wachsam. Sie hatten den Opel gefunden, und mein dilettantischer Versuch, ihn zu tarnen, hatte ihnen offenbar zu denken gegeben. Es war schlagartig still, und ich wusste, was das zu bedeuten hatte.

Sekunden später wurde der Raum gleißend hell, und praktisch zeitgleich brach jemand durch die Tür. Sie hatten bei ihrem Auto das Fernlicht angestellt, und der Mann, der jetzt hereinkam, stand nach einem einzigen Tritt gegen das Türschloss schon beinahe mitten im Zimmer. Er hatte sich geduckt und hielt mit beiden Händen einen riesigen Revolver aus rostfreiem Stahl, der einen Halbkreis in meine Richtung beschrieb, als er mich am Fenster entdeckte. Ein kurzer Moment der Verblüffung beim Anblick des Gewehrs, dann schien sein Körper sich zu straffen und in der Bewegung für den Bruchteil einer Sekunde einzufrieren, als er zielte und sich auf den Rückstoß der Waffe vorbereitete. Ich hatte die Flinte geladen und entsichert und weiß Gott Zeit genug gehabt, mich auf diesen Augenblick vorzubereiten, aber ich war unfähig, mich zu rühren, geschweige denn zu schießen. Eine sich rasant steigernde Panik nahm in meinem Kopf ihren Ausgangspunkt und breitete sich wellenförmig über meinen ganzen Körper aus. Überdeutlich und riesengroß sah ich die schwarze Mündung, aus der das Projektil kommen sollte, das glatt durch die Wand des alten Hauses dringen würde. Und durch mich.

Villani hatte die ganze Zeit apathisch auf dem Sofa gesessen und sich nicht von der Stelle bewegt, und wenn er dabei geblieben wäre, hätte er vielleicht eine Chance gehabt. Vielleicht auch nicht. Seine Hände waren auf den Rücken gefesselt, und ich hatte ihm einen Knebel in den Mund geschoben, kurz bevor ich das Auto kommen hörte. Er war mindestens so verrückt vor Angst wie ich, und offenbar schien ihn das extrem helle Fernlicht des Autos vor dem Haus stark zu blenden. In dem Augenblick, als der Revolver zu mir herüberschwenkte, sprang er auf und lief in die Schussbahn.

Meine Trommelfelle schienen unter bohrenden Schmerzen zu zerreißen. Der kurze Widerhall des Revolverschusses, der Villani von den Beinen riss, dröhnte in meiner Brusthöhle wie ein tibetanischer Gong. Villani lag mit dem Rücken auf dem Steinfußboden und vollführte mit Armen und Beinen wild zuckende Bewegungen.

Dann drückte ich ab.

Auch die Flinte war laut, aber nicht so laut, wie der Revolver des Mannes gewesen war, der jetzt, wie von einem Dampfhammer getroffen, rückwärts aus der Tür gefegt wurde. Ich hatte beide Läufe abgefeuert und ihn aus nicht mehr als zehn Metern Entfernung in die Brust getroffen. Meine rechte Schulter schmerzte von dem Rückstoß der Flinte, als ob jemand mich dort mit einem elektrischen Viehtreiber gestreift hätte, aber ich achtete kaum darauf.

In der Luft hing ein ekelerregender Gestank von Kordit und Blut, und in den Nachhall des Schusses mischten sich die Geräusche, die Villani von sich gab. Die Kugel hatte einen Teil seiner Kehle zerfetzt. Die Stelle an seinem Hals war weiß – ein ganz und gar nicht menschliches Weiß. Als das Projektil seine Luftröhre zerriss, hatte es einen Schock verursacht, der alles Blut aus der Umgebung der Wunde vertrieben hatte. Jetzt kam es zurück und strömte schneller und schneller. Die Schmerzen mussten unerträglich sein. Da Villani noch immer den Knebel im Mund hatte, der seine Atmung erschwerte, versuchte er, durch das Loch in seinem Hals zu atmen *und* zu schreien. Dabei quoll stoßweise ein rötlich-brauner Schaum aus der Wunde, der ein blubberndes Geräusch verursachte, das mich bis an das Ende meiner Tage verfolgen wird. Dann wieder atmete er schlürfend das Blut in seine Lunge hinein. Mit Schaudern wurde mir klar, dass Maître Villani aus Brüssel letztendlich auf einem Steinfußboden ertrinken würde.

Aber er war noch lange nicht tot. Immer wieder schlugen sein Kopf und seine Gliedmaßen auf den harten Fußboden auf, während sein Gesicht langsam eine blaugraue Färbung annahm. Es war ein horizontaler Veitstanz des Todes.

Nicht dein Problem, sagte Helens Stimme. Ich schreckte heftig zusammen, als wenn tatsächlich jemand hinter mir gestanden hätte, und fing leise an zu fluchen. Wo zum Teufel hatte sie die ganze Zeit gesteckt?

Dann riss ich mich von dem Anblick des Sterbenden los und rannte mit dem Gewehr unter dem Arm in den Wald.

Dreiunddreißig

Nach etwa dreißig Metern schlug ich einen Halbkreis nach links, duckte mich in das hohe Gras und schaute durch die Bäume zum Haus hinüber. Es war ein lichter

Wald, der nur wenig Deckung bot, aber dafür war der Boden weich, und es gab kaum dürre Äste und Unterholz, das knacken konnte. Ein unbestreitbarer Vorteil angesichts der Tatsache, dass ich so gut wie gar nichts sehen konnte.

Die nahezu vollständige Finsternis um mich herum stand in scharfem Kontrast zu der geisterhaften Helligkeit, mit der die Autoscheinwerfer die Szenerie ausleuchteten. Das angestrahlte Haus, aus dem Villanis unheimliche Geräusche drangen, und die Leiche in der offenen Tür wirkten wie ein Filmset. Nur dass vermutlich niemand »Cut« rufen würde.

Ich sah jetzt eine schattenhafte Gestalt auf das Haus zuhuschen, die geschickt jede Deckung ausnutzte, den Toten in der Tür einfach übersprang und so blitzschnell im Haus verschwunden war, dass ich nicht hätte auf sie schießen können, selbst wenn ich es gewollt hätte. Sie hatten nicht lange gebraucht, um ihren Schock zu überwinden, und der Mut und die Bedenkenlosigkeit, mit welcher der zweite Mann in das Haus eingedrungen war, trugen nicht gerade zu meiner Beruhigung bei. Wieso zum Teufel wusste er, dass ich nicht mehr drin war? Von dem dritten Mann war nichts zu sehen, und auch das machte mir erhebliche Sorgen, aber ich hatte keine Wahl. Und vor allem keine Zeit mehr. Am Rande meines Bewusstseins registrierte ich, dass Villani verstummt war.

Zügig kroch ich weiter im Halbkreis nach links durch das hohe, nasse Gras, bis ich auf den Weg traf, der zum Haus führte, und befand mich drei Minuten später etwa zwanzig Meter hinter ihrem Wagen. Es war der schwarze Audi A8, den wir in Lettland gesehen hatten.

Ich kauerte mich tiefer ins Gras und schaute mich nach allen Seiten um. Hatte der zweite Mann das Haus wieder verlassen? Vielleicht war er durch das gleiche Fenster wie ich ins Freie gelangt und befand sich jetzt irgendwo hinter mir. Wie viel Zeit war vergangen, seit ich geschossen hatte? Maximal zehn Minuten. Eher weniger. Ich beschloss zu warten.

Noch einmal etwa zwanzig Minuten vergingen, bis ich ein leises Schlurfen, eigentlich mehr ein Schaben hörte. Ein Geräusch, das entstehen mochte, wenn sich ein schwerer Körper auf Händen und Knien über einen Waldweg schob. Ich umfasste mit beiden Händen die Läufe von Gunnars Gewehr und duckte mich, so tief es ging. Sehr langsam und beinahe lautlos schob sich von links ein flacher großer Schatten heran, dessen Umrisse mit der Umgebung zu verschmelzen schienen. Das musste der Mann sein, der so verblüffend schnell im Haus verschwunden und nicht wieder herausgekommen war. Ganz offensichtlich hatte er den gleichen Weg genommen wie ich. Er ging sehr tief gebeugt und kroch an einigen Stellen, an denen ihm wohl die Deckung nicht ausreichend erschien, tatsächlich auf Händen und Knien. Ob er eine Waffe hatte, war nicht zu erkennen. Etwa zwei Meter links von mir schien er zu zögern und verharrte dann in seiner tief geduckten Haltung. Ich hörte ihn durch die Nase Luft ziehen wie ein Tier, das Witterung aufnimmt, und war auf einmal sicher, dass er meine Angst riechen konnte. Denn auch ich konnte ihn riechen. Er roch intensiv nach altem Schweiß und Unmengen von Zigaretten. Die massiven Ausdünstungen eines Kettenrauchers, der in seinen Kleidern schläft. Nach endlosen Sekunden setzte er seinen Weg fort und bewegte sich im Schneckentempo von der Seite her auf mich zu. Ich wartete, bis er genau auf meiner Höhe war, fuhr hoch und ließ den Kolben der

Flinte auf die Stelle hinabsausen, wo ich seinen Hinterkopf vermutete. Ich hatte mich auf ein abscheuliches Geräusch vorbereitet, auf ein Knacken des Schädelknochens, einen Schmerzensschrei, aber es gab nur ein trockenes »Plopp«, und der Schatten blieb einfach liegen. Ich wartete einen Augenblick, kroch dann näher heran, schirmte mein Feuerzeug mit den Händen ab und ließ es vor seinem Gesicht aufflammen. Es war der Mann, der auf dem Hamburger Bahnhofsklo seinem verletzten Partner in den Kopf geschossen hatte. Seine Augen waren geschlossen, und sein grobknochiges, aber gut geschnittenes Gesicht hatte einen beinahe entspannten Ausdruck. Er schien gleichmäßig zu atmen, und meine Finger an seiner Halsschlagader ertasteten einen deutlich wahrnehmbaren Puls. Ich ließ ihn liegen und bewegte mich kriechend ein paar Meter weiter auf den Audi zu. Mir war klar, dass mir die Zeit davonlief, aber ich wusste nicht, was ich tun sollte. Wenn ich auf das Heck des Audi zulief und versuchte die Kofferraumklappe zu öffnen, gab ich trotz der schlechteren Sichtverhältnisse hinter dem Auto wahrscheinlich ein exzellentes Ziel ab. Besonders in dem Augenblick, in dem ich versuchen würde, Anna herauszuheben, oder aber feststellen musste, dass ich die Kofferraumklappe gar nicht aufbekam. Minuten vergingen.

Ich hörte das Geräusch leiser Schritte. Einer der Männer näherte sich vom Haus aus dem Audi und streifte für einen kurzen Augenblick das Scheinwerferlicht. Meine Intuition war richtig gewesen. Warum sollten sie mich suchen? Schließlich hatten sie eine Geisel, mit der man mich herbeizitieren konnte. Auch den Mann, der jetzt herankam, kannte ich.

Er war mittelgroß und sehr schlank, und er hatte schulterlanges, dunkelblondes Haar. Sein schmales Gesicht hatte einen höhnischen und frettchenhaften Ausdruck, und ich hatte es schon einmal gesehen, als er seinen Kopf nach hinten rotieren ließ, ohne den Rumpf zu bewegen. Ich hatte von ihm geträumt. Und ich konnte es gar nicht erwarten, den Trick mit dem Halsumdrehen Wirklichkeit werden zu lassen.

Er hatte jetzt den Kofferraum des Audi erreicht und ließ den Strahl seiner Taschenlampe eher ziellos über den Feldweg und die Büsche streifen. Ich duckte mich noch tiefer in das kniehohe Gras. Kein Problem. Ich war zu weit entfernt, um von dem Strahl erfasst zu werden.

Aber ich würde schnell bei ihm sein.

Dann öffnete er die Klappe des Kofferraums und drehte mir dabei den Rücken zu. Aus dem Inneren erklang ein dumpfes, ersticktes und wütendes Geräusch, das mit nichts auf der Welt Ähnlichkeit hatte, aber ich wusste, es war Anna. Keine Ahnung, wie er sich die Sache vorgestellt hatte. Vielleicht wollte er sie aus dem Kofferraum holen, sie mit der Pistole am Kopf ins Scheinwerferlicht stellen und mich herbeiflöten. Nur dass ich eben schon da war.

In dem Augenblick, als er sich vorbeugte, um das tretende und zuckende Fünfzig-Kilo-Bündel herauszuheben, sprintete ich los, und ich war wirklich schnell. Er hatte den Revolver in den Hosenbund gesteckt, um Anna mit beiden Armen aus dem Kofferraum heben zu können, was sich schwieriger gestaltete, als er wahrscheinlich gedacht hatte. Sie wehrte sich nicht nur, sondern machte auch trotz des Knebels ganz schön Lärm, was das Geräusch meiner Schritte überdeckte. Trotzdem muss er mich irgendwie gespürt haben. Er ließ Anna wie einen Mehlsack fallen, wirbelte herum und war mit der Hand schon fast an seiner Waffe. Aber ich war da und rammte die Läufe von Gunnars Flinte mit derartiger Wucht gegen seinen Hals, dass sein Kopf nach hinten flog. Mit schmerzverzerrtem Gesicht, aber äußerst vorsichtig, zog er die Hand zurück und legte beide Hände hinter seinen Kopf. Ich verstärkte den Druck der Flinte an seinem Hals, zog mit der linken Hand den riesigen Revolver aus seinem Hosenbund und schleuderte ihn seitlich in die Büsche. Er wog nicht ganz so viel wie eine Waschmaschine. Ich schaute zu Anna hinunter.

Sie lag mit angewinkelten Beinen in einer Art Embryostellung auf der Seite. Hände und Füße waren mit Kabelbindern gefesselt und der Mund mit Klebeband verschlossen. Außer der großen Schramme an der linken Schläfe, die ich schon auf dem Foto gesehen hatte, schien zumindest ihr Kopf unversehrt. Ihr Gesicht hatte einen verzweifelten, völlig verstörten Ausdruck. Ich holte mein Taschenmesser heraus, ließ es aufschnappen und wollte mich hinunterbeugen, um Annas Fesseln zu durchschneiden. Ich hatte nicht mehr viel Zeit, und ich hatte den Mann auf dem Feldweg nicht vergessen.

Aber es war zu spät.

Annas Augen waren weit geworden vor Schrecken. Mein Blick huschte zu dem Blondschopf links von mir. Sein Gesicht war nicht das eines Mannes mit einem Gewehr am Hals. Es war eine selbstzufriedene, höhnisch grinsende Fratze.

Großer Gott, sind Sie dumm, hörte ich Villani sagen.

Ich *war* dumm. Sie hatten gewusst, dass ich auftauchen würde, wenn sie Anna aus dem Kofferraum holten. Das war schon alles. Die ganze raffinierte Falle.

»Es gibt Menschen auf dieser Welt, die herumlaufen und verlangen, dass man sie tötet«, sagte Don Corleone.

Dann kam der Schlag.

Der Schmerz.

Und die Dunkelheit.

Vierunddreißig

Mir war kalt, aber ich fror nicht. Ich wusste, wie es ist, wenn man friert. Man verspürt eine Gänsehaut, man zittert, reibt die Hände aneinander oder haucht hinein, man springt herum, um sich aufzuwärmen. Man tut etwas. Frieren ist das Signal für den menschlichen Körper, dass die Außentemperatur seine eigene in einem kritischen Ausmaß unterschreitet, und zugleich seine Reaktion darauf. Frieren ist etwas sehr Lebendiges.

Was ich fühlte, war die Auskühlung und tödliche Müdigkeit, die dem *Er*frieren vorangehen. Und da war Nässe. Sie drang durch meine Kleidung, meine Haut, meine Kapillargefäße und bahnte der Kälte den Weg in den Körper. Ich wurde schwerer und begann zu sinken. Nicht schnell, sondern in extremer Zeitlupe, Millimeter für Millimeter glitt ich in die Tiefe. Die Nässe würde in meine Ohren dringen, meine Augen erreichen und schließlich mein Gesicht bedecken. Je tiefer ich sank, desto deutlicher hörte ich eine murmelnde Stimme. Der Ort, zu dem ich unterwegs war, war bewohnt. Es war eine leise, wütende Litanei unverständlicher Worte. In meinen dahintreibenden Gedanken erschien das Bild von Gollum, dem unentwegt lamentierenden, diebischen Gnom aus *Herr der Ringe*.

Das Sinken hatte aufgehört, offenbar hatte ich den Meeresgrund erreicht. Nur dass mein Gesicht nicht mit Wasser bedeckt war. Und der Gnom hier nichts zu suchen hatte. Wieder begann er leise zu fluchen und zu schimpfen in einer Sprache, die nur aus Zischlauten zu bestehen schien. Ich empfing seine Angst und Wut, ohne auch nur das Geringste zu verstehen.

Dann wieder, nach und nach, glaubte ich einige Vokale herauszuhören. Möglicherweise beherrschte ich doch seine Sprache, aber das war sehr unwahrscheinlich. Ich war noch nie in Mittelerde gewesen. Na und? In Flandern ja auch nicht. Wieso Flandern?

»Verdammte Scheiße«, sagte der Gnom jetzt sehr deutlich mit vor Wut zitternder Stimme.

Ich war so überrascht davon, ihn zu verstehen, dass es mir beinahe gelungen wäre, die Augen zu öffnen. Aber nur beinahe. Der Versuch, die Augenlider anzuheben, entzündete in meinem Kopf einen hellen Schmerz, der kleine bengalische Feuer auf meiner Netzhaut tanzen ließ. Der Gnom war jetzt still, aber nach wie vor registrierte ich seine verbissene Geschäftigkeit. Er rieb und raschelte und säbelte, und ich wünschte mir, seine Stimme noch einmal zu hören. Ihr Klang hatte mir auf merkwürdige Weise gutgetan, nicht trotz, sondern *wegen* des herzhaften Fluches. Ich gab meinen Augen eine zweite Chance, und diesmal funktionierte es. Es tat weh, aber die Lichtblitze blieben aus. Als ich die Lider einen Spalt weit öffnen konnte, sah ich eine nachtblaue Dunkelheit, die nach einiger Zeit langsam heller wurde. Ich war durchnässt, eiskalt und bewegungsunfähig. Aber ich war nicht tot, sondern lag auf dem Rücken unter freiem Himmel. Dessen wolkenloses Dunkel hatte sich in ein fahles Dämmerlicht verwandelt, und als ich jetzt links von mir die Stimme wieder hörte, erkannte ich sie.

Wir waren beide am Leben. Die jähe Erkenntnis dieser ebenso schlichten wie ungeheuerlichen Tatsache versetzte meinem Verstand einen elektrisierenden Impuls, der diesmal nicht wehtat.

»So – ein – ver – damm – tes – Scheiß – messer! Wie kann man so was mit sich herumtragen?«, giftete die Stimme neben mir.

Ich habe es schon sehr lange, dachte ich.

Es war eine brasilianische Cool-Jazz-Stimme. Eine Zwei-Frauen-Stimme. Eine wunderbare Stimme. Nur eben wütend.

Dreh den Kopf! Du musst deinen Kopf drehen!

Dieselbe Stimme, die eben noch neben mir gewesen war, schien jetzt direkt *in* meinem Kopf zu sein. Ich drehte ihn nach links.

Anna saß etwa einen Meter von mir entfernt auf dem Boden. Sie hatte die Beine angewinkelt und schien mit aneinandergedrückten Fäusten rhythmisch auf ihre Knie zu schlagen. Nach scheinbar endlosen Minuten, die ich ihr zusah, begriff ich, was sie da tat. Sie hatte mein Klappmesser zwischen ihre angezogenen Knie geklemmt und bewegte die Kabelbinder, mit denen ihre Handgelenke gefesselt waren, an der Klinge auf und ab. Ich wollte sie auf mich aufmerksam machen und gleichzeitig irgendwie anfeuern, aber ich brachte keinen Laut heraus. Plötzlich gab die Plastikfessel nach, und Anna stieß einen heiseren Triumphschrei aus, der auch meine Stimme reaktivierte. Es war nur ein Krächzen, aber endlich sah sie zu mir herüber. Der Ausdruck von Überraschung und wilder Freude auf ihrem Gesicht war unbeschreiblich belebend. Sie packte das Messer mit beiden Händen, durchtrennte die Fußfessel und kniete sich neben mich.

»Großer Gott«, sagte sie, »ich habe gedacht, du wärst im Koma.«

Ich wollte den Kopf schütteln, war aber im letzten Augenblick klug genug, es nicht zu tun.

»Hoch!«, sagte ich stattdessen.

Anna richtete meinen Oberkörper vorsichtig auf und strich dabei zärtlich über meinen kahlen Schädel.

»Oh, Mann«, sagte sie, »wenn ich gewusst hätte, dass Bruce Willis kommt, hätte ich mich umgezogen.«

Ich hätte gerne gelacht, aber ich war mir sicher, dass mein Kopf dabei platzen würde. Außerdem begann ich jetzt erbärmlich zu frieren.

»Hol den Wagen«, sagte ich und bekam tatsächlich einen ganzen Satz heraus.

Anna fischte aus meiner Hosentasche den Schlüssel für den Astra. Sie parkte ihn mit der Beifahrerseite direkt neben mir und öffnete die Tür. Es dauerte beinahe zehn Minuten, bis ich es mit ihrer Hilfe auf den Beifahrersitz geschafft hatte. Sie kurbelte die Rückenlehne nach hinten und brachte mich in eine halb liegende Position. Dann startete sie den Opel im Leerlauf und drehte die Heizung auf. Nach einiger Zeit wurde das Zittern weniger. Wir saßen beide einfach nur nebeneinander und genossen es, nicht tot zu sein. Die Frage war nur, warum.

»Warum haben sie uns nicht getötet?«

Anna schwieg. Draußen wurde es langsam hell, und ich ließ meinen Blick über den Platz vor dem Haus schweifen. Der Lexus und der Audi waren verschwunden, das Haus war dunkel. Die Haustür war geschlossen, und der Platz davor schien leer zu sein.

»Was ist das Letzte, woran du dich erinnerst?«, fragte Anna nach einer Weile.

»An den Mann mit dem Loch im Hals.«

»Warst du das?«

»Nein.«

Anna schwieg eine Weile. »Es war entsetzlich in dem Kofferraum«, sagte sie schließlich, »schon die Fahrt hierher war schlimm. Sie haben mir nicht gesagt, wohin wir fahren, aber ich habe mir natürlich gedacht, dass es irgendwie um einen Austausch geht. Als ich dann das Geschrei und die Schüsse hörte, bin ich vor Angst fast gestorben. Ich hatte Angst um dich, Angst, dass der Wagen von Schüssen durchsiebt werden könnte, und Angst, nie wieder aus dem Kofferraum hinauszukommen, wenn alle tot sein würden. Dann ging die Klappe auf, und das langhaarige Arschloch hob mich heraus und ließ mich einfach fallen. Vom Boden aus sah ich dann dich mit dem Gewehr an seinem Hals, und da habe ich endgültig gedacht, ich schnapp über. Wir hatten sie. Es war ein wahnsinniges Gefühl – für etwa zehn Sekunden. Dann sah ich den Mann hinter dir. Er hielt etwas in der Hand, das ich nicht erkennen konnte, aber es muss schwer gewesen sein, denn als er dir damit auf den Kopf schlug, bist du sofort zu Boden gegangen. In diesem Augenblick habe ich gewusst, dass ich sterben muss.«

Annas Stimme hatte angefangen zu zittern. Wir bewegten uns beide am Rande des totalen Zusammenbruchs, aber es war noch nicht vorbei. Ihre Schilderung der Ereignisse hatte meine Erinnerung zurückgebracht, was mich einerseits etwas beruhigte, weil meine Kopfverletzung möglicherweise nicht ganz so schlimm war, wenn ich keine posttraumatische retrograde Amnesie hatte. So nennen meine Kollegen in München den gnädigen Filmriss, der nicht nur die Erinnerung an den großen Crash, sondern auch an die Stunden davor gleich mit ausradiert. Andererseits hatte ich jetzt wieder in unauslöschlicher Deutlichkeit das Bild des Mannes vor Augen, der von einer doppelten Schrotladung durch die Tür geschleudert wurde. Ich spürte kein Bedauern, aber ich wusste auch, dass ich nicht nach München zurückkehren konnte. Wenn man Villani und den Mann auf dem Bahnhofsklo mitzählte, hatte ich drei von ihnen auf dem Gewissen. Warum war ich noch am Leben? Ich öffnete das Handschuhfach und holte den Glenfiddich heraus, den ich an der Raststätte gekauft hatte.

»Du solltest jetzt keinen Alkohol trinken«, sagte Anna.
»Nein. Sollte ich nicht.«

Ich machte die Flasche auf und nahm einen winzigen Schluck, der in meinem Kopf augenblicklich ein wunderbares Achterbahngefühl erzeugte. Gegen die Kälte half er nicht.

»Also«, sagte ich, »warum haben sie uns nicht getötet?«

Anna nahm mir den Whisky aus der Hand, trank und fing prompt an zu husten. Die vom Gebläse des Wagens aufgemischte trockene Heizungsluft ließ aus unseren nassen Sachen einen feucht-muffigen Dunst aufsteigen.

»Sie hatten es vor«, sagte Anna, »da bin ich ganz sicher. Als sie gesehen haben, dass du völlig weggetreten warst, haben sie dich einfach neben dem Audi liegen lassen und mir befohlen, bei dir sitzen zu bleiben. Dann sind beide zum Haus gegangen, und was sie dort vorgefunden haben, hat sie sehr wütend gemacht. Den Mann vor der Tür hatten sie ja schon gesehen, aber im Haus – das muss schlimm gewesen sein. Du hast ja gesagt, du hast ihn nicht getötet, aber sie haben es auf dein Konto gebucht.«

»Killed by friendly fire, wie die Amis so schön sagen. Der Typ auf dem Bahnhofsklo und der Anwalt in der Hütte. Nur dass ich sie jeweils in die richtige Situation gebracht habe, ihre Freunde wirklich kennenzulernen.«

»Als sie zurückkamen, waren sie offensichtlich enttäuscht, dass du noch ohnmächtig warst. Ich glaube, sie hatten sich vorgestellt, was sie mit mir anstellen wollten, und sie hätten gerne gehabt, dass du dabei zusiehst. Ich war verrückt vor Angst.«

»Was ist dann passiert?«

»Das ist es ja. Ich weiß es nicht. Ein Handy hat geklingelt. Ganz komischer Klingelton. Der Blonde mit den langen Haaren hat telefoniert, und dann haben sie angefangen aufzuräumen.«

»Verdammt, ich höre, was du sagst, aber ich verstehe kein Wort!«

»Was ist daran nicht zu verstehen?«, sagte Anna tonlos. »Jemand hat die Sache abgeblasen. Und sie haben brav gehorcht und die Leichen weggeräumt. Sie haben sie in den Kofferraum von dem Lexus gepackt. Wahrscheinlich werden sie das Auto gleich mitentsorgen. Dann haben sie vor dem Haus und, ich glaube, auch drinnen den Boden gesäubert. Der Blonde hat eine Weile gebraucht, um seine Pistole zu finden, die du in die Büsche geworfen hast. Das Ganze hat etwa eine Stunde gedauert. Dann hat jeder von ihnen einen Wagen genommen, und weg waren sie. Ach ja, sie haben deine Flinte kaputt gemacht, da hinten gegen den Baum geschlagen.«

»Ich verstehe nicht, wie der Kerl so schnell wieder auf die Beine gekommen ist.«

»Du hast zugeschlagen wie ein Mädchen. Er ist dann zurückgekommen und hat dir gezeigt, wie man das macht.«

»Es ist ein scheußliches Gefühl, jemandem mit einem schweren Gegenstand auf den Kopf zu schlagen.«

»Ja«, sagte Anna nachdenklich, »was für ein Gefühl war es, den anderen zu erschießen?«

»Gar kein Gefühl. Ein Reflex. Im Grunde der Höhepunkt meiner Panik. Als der Typ durch die Tür kam, war ich unfähig, mich zu rühren, und wenn der Anwalt sitzen geblieben wäre, hätte es mich mit Sicherheit erwischt. Ich habe abgedrückt, als Villani vor meinen Augen zusammenbrach.«

Anna schwieg. Die Scheiben des Astra waren jetzt von innen vollständig beschlagen, was uns auf eine merkwürdige Weise von der Außenwelt abschloss. Der von unserer Kleidung aufsteigende etwas modrige Dunst vermischte sich mit unserem Schweiß und dem Aroma des Glenfiddich und erzeugte eine intensive Treibhausatmosphäre.

»Was hast du gemacht, als sie abgehauen sind?«, fragte ich.

»Ich war völlig gaga, weil ich dachte, du seist tot. Als ich gemerkt habe, dass du noch atmest, habe ich eine Weile geheult und wusste überhaupt nicht, was ich machen sollte. Dann habe ich in deiner Hose das Feuerzeug gefunden. Damit bin ich herumgekrochen und habe dein Messer gesucht. Du hattest es in der Hand, als der Typ dich niedergeschlagen hat. Aber es war einfach zu dunkel, und ich habe mir mit dem Feuerzeug nur die Finger verbrannt. Zwischendurch habe ich immer wieder versucht, dich wach zu bekommen. Als es etwas heller wurde, habe ich das Messer dann doch gefunden.«

Anna machte eine hilflose Bewegung mit ihren Schultern. Ihre Augen hatten sich plötzlich mit Tränen gefüllt.

»Ich kann nicht glauben, was du getan hast«, schluchzte sie, »hier mit einer Flinte anzurücken wie ein verdammter Actionheld. Warum hast du ihnen die Scheiß-CD nicht gegeben? Wir könnten jetzt tot sein.«

»Vermutlich wären wir das, wenn ich einfach gemacht hätte, was sie wollten.«

Ich setzte zu einer ziemlich umständlichen Erklärung an, aber Anna hörte gar nicht zu. Sie zitterte und weinte und machte mir so lange Vorwürfe, bis ich genug davon hatte.

»Wer hat uns denn die ganze Sache hier eingebrockt? Wieso bist du allein nach Rostock gefahren und hast dich wie ein Kleinkind im Parkhaus einfangen lassen? Jetzt bist du am Leben, verdammt, und jammerst die ganze Zeit, dass du tot sein könntest!«

Anna starrte mich mit offenem Mund ungläubig an. Ich sah die Angst und Wut in ihren Augen, in denen jetzt keine Tränen mehr waren. Dann kippte ihre Stimmung.

»Ja«, sagte sie müde, »das war so bodenlos bescheuert, dass du es mir bis Weihnachten vorhalten kannst. Ich war fasziniert von dem Gedanken, Dr. Meiners die ganze Geschichte zu präsentieren und ihn dir gleich mitzubringen. Geduld war noch nie meine Stärke. Als ich den Bus aufgeschlossen habe, haben mir zwei Männer ein Tuch mit Chloroform aufs Gesicht gedrückt. Die erste Nacht habe ich mit verbundenen Augen in irgendeinem Apartment verbracht, am nächsten Tag sind sie fast die ganze Zeit durch die Gegend gefahren.«

»Haben sie dich ...?«, ich deutete mit dem Finger auf die blutverkrustete Schramme an ihrer Schläfe.

»Nein, eigentlich nicht. Das war der Große, den du erschossen hast. Ich hätte ihn nicht dauernd treten sollen.«

Sie schwieg einen Augenblick und fing dann langsam an zu grinsen.

»Ja«, sagte sie, »und wenn man bedenkt, das du gar nicht Bruce Willis *bist,* warst du auch ziemlich gut.«

Ich ließ das Seitenfenster herunter und etwas Dunst hinaus. Draußen war es jetzt beinahe vollständig hell.

»Wir müssen hier weg«, sagte ich, »aber vorher musst du noch einmal in das Haus gehen!«

Das Lächeln auf ihrem Gesicht verlosch.

»Warum?«

»Weil ich dort einen Mann erschossen habe. Ich muss wissen, wie es da drinnen aussieht. Außerdem müssen wir das Gewehr mitnehmen.«

Anna schüttelte langsam und nachdrücklich den Kopf.

»Ich würde es selbst tun, aber wenn ich jetzt aufstehe, werde ich den ganzen Wagen vollkotzen.«

Sie stieß einen langen, resignierten Seufzer aus.

»Okay«, sagte sie, »keine Drohungen mehr für heute!«

Dann stieg sie aus und ging mit steifen Gliedern zum Haus hinüber. Nach kaum fünf Minuten war sie wieder da. Ich öffnete die Tür auf der Beifahrerseite, und sie reichte mir herein, was von Gunnars Flinte übrig geblieben war.

»Drinnen alles tipptopp«, sagte sie, »keine Leichen, gar nichts! Ein paar braune Flecken hier und da. Die Bullen würden natürlich sofort feststellen, dass es Blut ist, aber ich glaube nicht, dass jemand hier rauskommt und den Fußboden untersucht.«

»Okay, steig ein. Wir hauen ab!«

»Moment noch, das waren die guten Nachrichten. Jetzt kommen die interessanten. Sie haben uns ein bisschen Reisegeld dagelassen!«

Halb hinter ihrem Rücken verborgen, hatte sie Villanis Aktenkoffer gehalten, den sie jetzt in meinen Schoß legte. Sie ging um den Wagen herum und setzte sich hinter das Steuer. Ich rührte mich nicht.

»Schau mal rein«, sagte sie, »es ist eine Menge Geld.«

»Ja, ich weiß. 2,2 Millionen Euro. Gebrauchte Scheine. Nicht zurückzuverfolgen. Das war Villanis Angebot. Der Koffer und dein Leben gegen Helens Material. Ich verstehe überhaupt nichts mehr!«

»Das sind sehr gefährliche Leute, nicht wahr?«

»Ja.«

»Die gewohnt sind zu bekommen, was sie wollen.«

»Ja.«

»Und du hast drei von ihnen auf dem Gewissen, was sie sehr wütend gemacht hat.«

»Ja.«

»Und sie hatten uns hier in der Falle. Ich gut verschnürt und du halb tot. Sie hätten in fünf Minuten aus uns herausfoltern können, wo das Material ist. Richtig?«

»In zwei Minuten!«

»Okay, und sie brechen die ganze Sache einfach so ab, räumen auf und lassen als kleinen Gag den Geldkoffer hier. Also, wie du richtig gesagt hast: Warum sind wir nicht tot?«

»Weil sie bereits haben, was sie wollen?«

»Ja«, sagte Anna, »so einfach ist das!«

Nur für mich nicht. Ich begriff nichts mehr. Ich saß nur da, benommen von Schmerz und Enttäuschung – und der Verstand im freien Fall. Es gab nichts, was ich Annas Schlussfolgerungen hätte entgegensetzen können. Nichts, was wir noch tun konnten. Aus, vorbei und erledigt.

»Ich brauche ein Telefon.«

»Negativ«, sagte Anna, »sie haben beide Handys mitgenommen, und was du jetzt brauchst, sind ein Arzt und ein Bett!«

Dann legte sie den Gang ein und fuhr einfach los.

Fünfunddreißig

Wir brauchten ewig lange bis nach Antwerpen. Anna fuhr sehr vorsichtig und behutsam, trotzdem wütete der Schmerz in meinem Hinterkopf bei jeder Unebenheit der Straße mit konstanter Bösartigkeit. Unsere Kleidung war nach wie vor klamm, und da Anna die Heizung zwischendurch abschalten musste, um das Beschlagen der Scheiben im Griff zu behalten, hatten wir schon nach kurzer Zeit wieder zu frieren begonnen. Irgendwo auf freier Strecke hielt sie an und warf die Überreste von Gunnars Flinte in einen Kanal. Ich bekam es kaum mit.

In der Innenstadt hielt sie vor einem teuren Sportgeschäft, schnappte sich aus Villanis Koffer ein Bündel Hunderter und kam nach zwanzig Minuten mit drei großen Einkaufstaschen wieder heraus. Auf einem halbwegs leeren

Parkplatz zogen wir uns im Auto um. Es war eine akrobatische Nummer der Sonderklasse. Anna hatte nach Augenmaß eine stattliche Kollektion bequemer Freizeitkleidung und Sportschuhe sämtlicher europäischer Nobelmarken eingekauft, und als ich mit ihrer Hilfe nach gefühlten drei Stunden endlich in trockenen Sachen dasaß, war ich in Schweiß gebadet.

»Was nicht passt, kann ich umtauschen«, sagte Anna, als ob das irgendeine Rolle gespielt hätte. »Die waren vielleicht freundlich, als ich die Scheine einfach so aus der Hose gefischt hab, da könnte ich mich dran gewöhnen. Sogar ein Hotel haben sie mir empfohlen.«

Sie hatte offenbar nicht die geringste Mühe, sich in der Stadt zurechtzufinden, denn ich war kaum eingenickt, als wir in einer ruhigen Seitenstraße vor einem kleinen Hotel hielten, das eher einer gediegenen Familienpension glich. Anna kümmerte sich um die Formalitäten. Villanis Aktenkoffer und die teuer aussehenden Einkaufstaschen schienen dem Mann an der Rezeption als Gepäck völlig auszureichen, und wir bekamen problemlos ein komfortables Doppelzimmer.

»Ich muss telefonieren«, sagte ich.

»Du legst dich jetzt da in das Bett, oder ich fahre dich in die nächste Klinik und kipp dich vor die Tür der Notaufnahme!«

»Ich gehe ja ins Bett, aber ich *muss* telefonieren!«

»Haaaallo!«, sagte Anna. »Du kannst die Bruce-Willis-Nummer jetzt abblasen, die Show ist vorbei!«

Ich legte mich vorsichtig auf das Bett, streckte die Hand aus und versuchte mich an einer Imitation des schmutzigen Grinsens aus *Stirb langsam*.

»Das Telefon, Baby!«

Anna ging quer durch das Zimmer, holte das Telefon vom Ankleidetisch und stellte den Apparat zu mir auf die Bettdecke.

»Fünf Minuten, Schweinebacke!«

Dann fing sie an zu kichern, ging ins Badezimmer und schloss die Tür hinter sich. Durch das Rauschen des Badewassers hörte ich, wie sich das Kichern in ein heiseres Schluchzen verwandelte. Nach einer Weile war sie still.

Ich tippte die Hamburger Nummer ein und ließ mich verbinden. Nach wenigen Sekunden war er am Apparat.

»Ja!?«

Erstaunlich, wie er es schaffte, diesen winzigen Hauch Belustigung und Hochmut, der seine Stimme so unverwechselbar machte, in einem einzigen Wort unterzubringen. Ich ließ ein paar Sekunden verstreichen.

»Warum hast du das gemacht?«, fragte ich schließlich.

»Thomas, um Gottes willen, wo steckst du, ich habe …« Ich konnte hören, wie er die Fassung verlor und mit den Tränen zu kämpfen schien. Dann hatte er sich wieder im Griff.

»Ist das eine sichere Leitung?« Seine Stimme war jetzt völlig verändert. Die Süffisanz war verschwunden und hatte einer kühlen und vorsichtigen Distanziertheit Platz gemacht.

»Gibt es sichere Leitungen?«

»Ein paar schon. Von wo rufst du an?«

»Aus einem Hotel in Belgien. Wie sicher ist denn dein Telefon?«

»Ziemlich sicher. Also, was zum Teufel hast du angestellt? Ich war krank vor Sorge.«

»Du hast mich verraten!«

Mischka schwieg.

»Nein«, sagte er dann, »ich habe euer Leben gekauft.«

Ich nahm den Hörer vom Ohr, legte ihn auf die Bettdecke und starrte ihn an. Der Schmerz in meinem Hinterkopf hatte wieder zugenommen. Aus dem Badezimmer hörte ich durch das Rauschen des Wassers Anna vor sich hin fluchen. Ich wollte nicht wissen, was Mischka zu sagen hatte. Dann griff ich trotzdem nach dem Telefon und hörte ihn am anderen Ende der Leitung schnell und unregelmäßig atmen.

»Wer hat es dir denn zum Kauf angeboten?«, fragte ich.

»Geldorf!«

Es war komisch. Ich hatte Geldorf nie richtig vertraut und war trotzdem wie vor den Kopf geschlagen. Vielleicht, weil ich ihn irgendwie gemocht hatte mit seiner dröhnenden Jovialität und seinen bescheuerten Zigarillos. Seine Darbietung des ausgebrannten und alleinerziehenden Großstadtbullen mit Herz hatte ich jedenfalls geschluckt wie ein Karpfen die Brotkrümel. Wenn sie Geldorf kaufen konnten, konnten sie jeden kaufen.

»Wie genau ist es abgelaufen?«

»Es war gestern Abend kurz vor elf«, sagte Mischka. »Er hat mich aus einer Fraktionssitzung rausholen lassen. Ganz offiziell und ohne Geheimnistuerei. Wir sind in einen der Konferenzräume gegangen, und er ist gleich zur Sache gekommen. ›Sie kennen Thomas Nyström?‹ ›Es war keine Frage, sondern eine Feststellung. Also habe ich genickt. Er war Ihr Schulfreund, und Sie haben ihn hier in Hamburg wiedergefunden. Ich war dabei, als er Sie am Tag der Beerdigung auf einem Plakat entdeckt hat.‹

Ich habe wieder nur genickt. Und dann hat er einfach die Katze aus dem Sack gelassen: ›Ihr Freund hat sich in eine ausweglose Lage manövriert‹, hat er gesagt, ›ich weiß, dass er Ihnen etwas geschickt hat, wahrscheinlich eine Diskette oder CD. Geben Sie sie mir, und ich sorge dafür, dass er am Leben bleibt. Er und die Punkerin.‹ Dann hat er sein Handy herausgeholt und mir ein Foto von euch gezeigt. Trotz der Dunkelheit wart ihr im Scheinwerferlicht gut zu erkennen. Geldorf hat mir versichert, dass du nicht tot bist, aber es sah verdammt so aus.«

»Hattest du die CD bei dir?«

»In meinem Schreibtisch. Gut getarnt in einem Rolling-Stones-Cover.«

»Hast du sie kopiert?«

»Nein, aber das wäre auch nutzlos gewesen. Geldorf hat es gleich angesprochen: ›Der Deal gilt für diese CD, wenn irgendwelche Kopien auftauchen, gibt es keinen Ort auf der Welt, an dem Ihr Freund sich verstecken kann.‹ Ich habe ihm geglaubt.«

»Danke.«

Mischka räusperte sich unbehaglich.

»Und dann hast du die CD geholt und ihm gegeben?«, fragte ich.

»Ja«, sagte Mischka, »aber das ist noch nicht alles.«

Ich hielt die Luft an, und Mischka ließ sich Zeit.

»Bist du in deinem Institut in München mal auf Band aufgenommen worden?«, fragte er dann.

»Nein, was hat das jetzt damit zu …?«

»Denk nach, verdammt!«

»Ich habe vor zwei Jahren eine Vorlesungsreihe gehalten. Einführung in die klinische Neuropsychologie. Ein paar Studenten haben die Vorlesungen aufgezeichnet, und weil die Tonqualität erstaunlich gut war, sind die Bänder schließlich in der Präsenzbibliothek gelandet. Oh, nein!«

»Doch«, sagte Mischka, »Geldorf hat sich deine Stimme besorgt. Ganz legal. Es hat ihm einen Heidenspaß gemacht, mir das zu erzählen. Er hat sie von der KTU mit dem Anruf in der Notrufzentrale vergleichen lassen. ›Definitiv identisch und so beweiskräftig wie ein Fingerabdruck‹, hat er gesagt, ›und wenn Sie jemand fragt, was die Polizei um diese Zeit hier wollte, sagen Sie einfach, ein Freund von Ihnen steckt in Schwierigkeiten. Ist sogar die Wahrheit.‹«

»Ja«, sagte ich, »das ist die Wahrheit.«

Die Badezimmertür ging auf, und Anna kam herein. Sie war ganz in ein riesiges Badetuch gehüllt und hatte ein weiteres Handtuch wie einen Turban um den Kopf gewickelt. Ich bedeutete ihr mit einer Handbewegung zu schweigen. Sie sah mich wütend an, schnappte sich dann eine von den Einkaufstüten mit ihren neuen Klamotten und verschwand wieder im Bad.

»Du kannst vorerst nicht nach Deutschland zurückkommen«, sagte Mischka. »Geldorf lässt zwar nicht nach dir suchen, aber wenn er dich trifft, nagelt er dich an die Wand. Nimm das Mädchen und das Geld und tauch unter. Am besten, ihr verschwindet aus Europa.«

»Woher weißt du von dem Geld?«

»Das habe ich für euch ausgehandelt. Gott der Gerechte, bist du begriffsstutzig!«, sagte Mischka in einem so grässlich tuntigen Tonfall, dass ich unwillkürlich lachen musste. »Denkst du wirklich, ich hätte dem Arschloch geglaubt, dass sie euch auf Dauer in Ruhe lassen, wenn sie das Material erst haben. Euer Leben und das Geld gegen die CD, das war der Deal. Nur mit viel Geld kann man wirklich von der Oberfläche verschwinden, glaub mir, und genau das solltet ihr machen.«

»Ja, ich spreche mit Anna. Wir werden uns eine Weile nicht sehen, oder?«

»Nein«, sagte Mischka. Dann legte er auf.

Ich ließ den Hörer auf die Bettdecke fallen und schloss die Augen. Die Kopfschmerzen hatten etwas nachgelassen, aber ich konnte trotzdem nicht klar denken. Geldorf war also korrupt. Was für eine Überraschung. Und er hatte mich in der Hand. Es dauerte eine Weile, bis mir die ganze Tragweite dieser Tatsache klar wurde. Sie hatten keinen Grund mehr gehabt, uns umzubringen, weil sie nicht nur Helens Material, sondern auch die Option hatten, mich ganz legal aus dem Verkehr zu ziehen. Der Stimmenvergleich gab Geldorf die Möglichkeit, mich erkennungsdienstlich zu behandeln und meine Fingerabdrücke mit denen auf dem Gürtel des Mannes aus dem Bahnhofsklo zu vergleichen. Daraus würde sich ein dringender Tatverdacht ergeben, der je nach Haftrichter für ein paar Monate Untersuchungshaft lässig ausreichte. Ohne Motiv und Tatwaffe waren die Beweise für eine Mordanklage vielleicht etwas mager, aber es war genug, um mich zu ruinieren. Schließlich hatte ich so ziemlich alles getan, um die Arbeit der Polizei zu behindern. Ich würde meinen Job verlieren und vermutlich nie wieder einen finden, aber das war nicht das Schlimmste. Die eigentliche Katastrophe war der vollständige Verlust meiner Glaubwürdigkeit. Alles, was ich über Helens Tod und die Hintergründe herausgefunden hatte, würde niemanden mehr interessieren, wenn ich als Tatverdächtiger in einem Mordfall in U-Haft saß, und das war das eigentlich Geniale an Geldorfs Schachzug.

Anna kam aus dem Badezimmer. Sie trug ein dunkelblaues Sweatshirt mit Kapuze, helle Jeans und Reeboks, die, wie ich wusste, ein Vermögen gekostet hatten. Nach dem flotten Abschied von ihrer Punkerkarriere hatte sie ganz umstandslos den Geschmack ihrer Schwester übernommen, der so einfach war wie der von Oscar Wilde: immer mit dem Besten zufrieden. Sie sah erstaunlich ausgeruht und konzentriert aus. Vorsichtig setzte sie sich zu mir auf die Bettkante und sah mich fragend an.

»Mischka hat ihnen Helens Material ausgehändigt, und ich kann nicht nach Deutschland zurück. Das sind die Highlights!«

Dann gab ich ihr eine möglichst genaue Schilderung des Telefongesprächs. Sie war bestürzt und traurig, aber auch auf eine merkwürdige Weise gefasst.

»Gut«, sagte sie schließlich, »die haben gewonnen, und wir haben verloren. Ich glaube, wir hatten niemals eine Chance. Aber wir leben noch. Vielleicht ist das das Erstaunlichste an der ganzen Sache. Was passiert jetzt? Willst du wirklich alles aufgeben und mit dem Geld untertauchen?«

»Das entscheide ich später. Denn es ist noch nicht vorbei.«

Anna schüttelte den Kopf.

»Doch«, sagte sie, »und das weißt du auch.«

»Ich weiß, wer Helen getötet hat. Und sie wissen nicht, dass ich es weiß.«

Anna schien wie erstarrt. Sie hatte ihre eine Hand in das Betttuch gekrallt und zog sich dann mit der anderen in einer unbewussten Bewegung die Kapuze ihres Sweatshirts über den Kopf. In ihren Augen glitzerten Tränen wie Bergkristalle. Mein Kopf dröhnte wie ein defekter Basslautsprecher.

Dann erzählte ich ihr von Villanis Verhör.

Sechsunddreißig

Wir blieben sieben Tage in dem Hotel, und die ersten drei davon verbrachte ich im Bett. Anna drängte darauf, meinen Kopf von einem Arzt untersuchen zu lassen, aber ich wollte nichts davon wissen. Natürlich hätte ich gerne eine MRT gehabt, um alle denkbaren Risiken auszuschließen, aber was sollte ich einem Arzt über die Entstehung der Kopfverletzung erzählen? Der Gedanke, mich bei einem belgischen Neurologen in einer komplizierten Lügengeschichte zu verheddern, gefiel mir ganz und gar nicht, und schließlich gab Anna nach. Ich schlief die meiste Zeit, ließ mir das Essen aufs Zimmer bringen und ging jedem Streit mit ihr aus dem Weg. Am vierten Tag waren die Kopfschmerzen und die Übelkeit deutlich weniger, und ich war einigermaßen optimistisch, mit einer mittelprächtigen Gehirnerschütterung davongekommen zu sein.

Während ich schlief, streunte Anna durch Antwerpen. Sie war fasziniert von den zahllosen verwinkelten kleinen Gassen mit ihren gemütlichen Cafés und Kneipen und dem immensen Angebot unterschiedlicher Biersorten. Stundenlang wanderte sie im Hafen herum, und am dritten Tag erzählte sie mir von ihrem Besuch im Diamantenviertel (direkt hinter der Pelikaanstraat beginnt eine belgische Version von Jerusalem: Männer mit langen Bärten und Korkenzieherlocken, koscheres Essen und jede Menge Klunker). Ansonsten versuchte sie, wie sie es ausdrückte, einfach in Bewegung zu bleiben. Sie hatte bei einer Hertz-Filiale den Opel Astra gegen einen unauffälligen kleinen Peugeot mit belgischem Kennzeichen getauscht und mithilfe eines Wörterbuchs mehrere Tage lang alle Zeitungen aus Antwerpen und Umgebung durchforstet, um herauszubekommen, ob ein Lexus mit zwei Leichen im Kofferraum aufgetaucht war.

»Was ›zwei tote Männer‹ auf Holländisch heißt, habe ich nachgeschlagen, und den Rest reim ich mir zusammen.«

Aber es gab keine Meldung, und ganz allmählich ließ die Anspannung etwas nach.

Nachdem ich Anna am Tag unserer Ankunft von meinem Gespräch mit Villani erzählt hatte, war sie wütend und deprimiert gewesen, aber es hatte an ihrer Einstellung nichts geändert.

»Es macht keinen Unterschied mehr. Okay, der Mann heißt Morisaitte und arbeitet für International Maritime Solid Solutions. Eine mächtige Firma, wie Helen und wir feststellen mussten. Du weißt noch nicht einmal, wie er aussieht, und beweisen können wir überhaupt nichts. Wahrscheinlich ist auch der Name falsch. Finde dich damit ab, dass wir verloren haben!«

»Vielleicht ist es nicht sein richtiger Name, aber es ist der Name, unter dem er dort arbeitet. Villani hatte keine Chance, sich eine Lüge auszudenken.«

»Na, und? Wir haben nicht den geringsten Beweis!«

»Wir reden aneinander vorbei. Ich will überhaupt nichts mehr beweisen. Ich will, dass er dafür bezahlt.«

Damit war es raus. Wenn gar nichts mehr geht, versuch's mal mit der Wahrheit. Anna hatte mich ungläubig angestarrt. Ihre rechte Hand, unterwegs in Richtung Mund, um an den Nägeln zu knabbern, war auf halbem Weg in der Luft stehen geblieben.

»Was immer du genommen hast – ich will nichts davon haben!«

Mit dieser, wie ich fand, geschmacklosen Bemerkung hatte sie das Thema abgewürgt und sich auf den ersten ihrer langen Spaziergänge gemacht, dem in den sieben Tagen etliche weitere folgen sollten.

Am Nachmittag des fünften Tages gingen wir zusammen in ein kleines Café am St. Jansplein und sprachen – wie Anna es ausdrückte – über unsere Zukunft. Oder was davon noch übrig war.

»Du hast einen Menschen getötet«, begann sie vorsichtig.

»Ja, und es sieht irgendwie so aus, als ob ich damit durchkomme.«

»Ist das alles, was dich dabei beschäftigt?«

»Was willst du hören? Dass es mir leid tut? Ja, es tut mir leid, aber nicht so leid, wie es mir tut, dass Helen tot ist!«

Anna war blass geworden und schwieg betroffen. Dann schüttelte sie trotzig den Kopf.

»Was machst du jetzt? Nach München zurückkehren und hoffen, dass Geldorf dich in Ruhe lässt? Oder mit dem Geld untertauchen und ausprobieren, wie weit man mit zwei Millionen kommt? Was wird aus mir?«

»Ich habe dir gesagt, was ich will. Und genau dafür werde ich das Geld verwenden.«

»Das ist völliger Irrsinn! An wem, verdammt, willst du dich rächen? Du weißt doch nicht einmal, wie der Typ aussieht.«

»Ich kenne jemanden, der es weiß.«

Anna riss verwundert die Augen auf und dachte angestrengt nach. Dann fing sie an zu grinsen.

»Ja«, sagte sie, »das könnte funktionieren. Aber wie hast du dir die Gegenüberstellung vorgestellt? Glaubst du ernsthaft, dass der hierherkommt und mit dem Finger auf jemanden zeigt?«

»Ich habe da ein paar Ideen. Sehr teure Ideen, zugegeben, aber das macht nichts. Weißt du, Mischka hat gesagt, er habe für uns *ausgehandelt*, dass wir das Geld behalten dürfen, aber das ist nur ein Aspekt der Sache. Ich glaube, sie haben zugestimmt, weil sie hoffen, dass wir damit untertauchen. Wenn wir sozusagen unser altes Leben aufgeben und mit ihrem Geld von der Bildfläche verschwinden, macht uns das zu so einer Art von Komplizen. Vor allem, wenn Geldorf es schafft, mich in Deutschland auf eine Fahndungsliste zu setzen.«

»Du meinst, wenn wir abtauchen, können wir nie wieder das Maul aufreißen.«

»So ungefähr. Aus ihrer Sicht sind 2,2 Millionen Euro kein hoher Preis, um uns mundtot zu machen, ohne uns umzubringen, was auch nur wieder weitere Nachforschungen heraufbeschwören würde. Erinnere dich daran, was Morisaitte auf der Fähre zu mir gesagt hat: Wir haben kein Interesse daran, Sie zu töten – aber auch kein Problem damit. Sie betrachten es rein geschäftlich und gehen davon aus, dass wir halb verrückt vor Angst mit dem Geld nach Südamerika abhauen und sie auf der ganzen Linie gewonnen haben.«

»Haben Sie das nicht auch?«

»Doch! Bis auf ein paar Kleinigkeiten. Erstens: Vielleicht haben wir nicht ganz so viel Angst, wie sie denken. Zweitens: Sie wissen nicht, dass Villani mir Morisaittes Namen genannt hat. Und drittens: *Ich* nehme es nicht geschäftlich, sondern *persönlich*.«

Anna schüttelte resigniert den Kopf.

»Hör auf Thomas, bitte. Das ist völlig irre. Ich bin so froh, dass wir noch leben. Du kannst dich nicht mit dieser Firma anlegen!«

»Scheiß auf die Firma«, sagte ich, »ich will Morisaitte!«

Anna schwieg – ein bisschen lange für meinen Geschmack. Sie betrachtete sehnsüchtig ihre abgebissenen Fingernägel und fing dann an, auf ihrer Unterlippe herumzukauen.

Lass ihr Zeit, sie hat Angst, sagte Helens Stimme in meinem Kopf.

Hallo, meine Schöne, dachte ich, wo warst du, als ich dich brauchte? Weißt du noch, wie sie *mir* auf dem Schiff zugesetzt hat?

Der Klang ihrer melancholischen Stimme flutete meinen Körper mit Wärme und hinterließ ein wunderbares Kribbeln im Nacken.

Du weißt schon, dass du völlig verrückt bist, oder?

Nein, dachte ich, was ich vorhabe, wird meiner geistigen Gesundheit sehr förderlich sein.

Ich bin tot, Thomas, und nichts, was du tust, wird daran etwas ändern.

Ihre Stimme hatte jetzt den Seien-wir-doch-mal-vernünftig-Ton meiner Mutter angenommen. Unterlegt mit einem Hauch Verzweiflung. Hilf mir, oder halt dich raus, dachte ich und lauschte auf eine Antwort.

Aber da war nichts.

»Hörst du, was ich sage?«, fragte Anna jetzt so laut, dass die Leute an den Nachbartischen zu uns herübersahen. »Ich bin dabei!«

Sie winkte der Kellnerin und bestellte zwei kleine Kriek. Das Café hatte sich mit Studenten gefüllt, die Sporttaschen dabeihatten und offenbar von irgendeinem Training kamen. Alle waren verschwitzt, gut gelaunt und sehr laut. Als unsere Drinks kamen, muss ich wohl extrem misstrauisch geguckt haben, denn Anna fing plötzlich an zu lachen.

»Du solltest mal dein Gesicht sehen. Aber da musst du jetzt durch. Wenn schon Belgien, dann richtig.«

In den zwei 0,3-Liter-Gläsern vor uns befand sich eine rötliche, leicht sprudelnde Flüssigkeit, die eine gewisse Ähnlichkeit mit einer Billigbrause aus einem ehemaligen Ostblockland hatte.

»Das hier ist ein Lambic-Bier mit Kirschgeschmack«, sagte Anna. »Lambic ist ein Bier aus Gerste, Weizen und Hopfen, das mithilfe von Mikroorganismen durch Spontangärung gewonnen wird. Gibt's auch mit Erdbeer-, Bananen- und Mirabellengeschmack. Lambic schäumt nicht und wird außerhalb von Belgien nicht verkauft, was mich persönlich nicht wundert. Wohlsein!«

Sie stürzte das Gebräu in einem Zug hinunter und grinste fröhlich.

»Nun guck nicht so! Das hat mir ein Typ am Hafen erzählt. Ich bin eben offen für Land und Leute! Und jetzt sagst du mir, was ich machen soll!«

»Einkaufen. Wir brauchen einen Laptop mit einem drahtlosen Internetzugang, eine E-Mail-Adresse und zwei Handys, mit denen man fotografieren kann. Auf jeden Fall mit Prepaidkarte. Lässt du dir alles im Laden schon einrichten. Dann besorgst du einen Stadtplan und alles, was du an Infomaterial über Brüssel auf Deutsch auftreiben kannst. Wir brauchen außerdem zwei Hartschalenkoffer, die ruhig ein paar Aufkleber haben können, damit wir in einem Brüsseler Hotel als normale Touristen durchgehen. Wenn du den Laptop hast, gehst du in das belgische Branchenverzeichnis und suchst alle Privatdetektiv-Agenturen in Brüssel und Umgebung raus. Das Verzeichnis schauen wir uns dann gemeinsam an. Außerdem solltest du versuchen, dir in den nächsten zwei Tagen den Stadtplan von Brüssel einzuprägen, insbesondere das EU-Viertel und die Gegend um die Avenue des Nerviens. Dann buchst du über das Internet in dieser Gegend ein kleines unauffälliges Hotel, falls es so etwas dort überhaupt gibt, und übermorgen hauen wir hier ab.«

»Oui, mon capitaine! C'est tout?«, fragte Anna und salutierte mit zwei Fingern an der Schläfe.

»Kannst du noch mehr Französisch?«

»Nur noch ein paar schmutzige Wörter, die uns nicht weiterhelfen werden.«

»Das kann man nicht wissen. Wir haben ein paar sehr schmutzige Sachen vor.«

»Ja«, sagte Anna verträumt, »das will ich doch hoffen!«

Siebenunddreißig

Sie brachte mich zum Hotel und ging dann einkaufen. Der kleine Ausflug hatte mich völlig erschöpft, und als ich mich aufs Bett legte, glitt ich innerhalb von Sekunden in einen traumlosen Tiefschlaf, aus dem ich irgendwann von knatternden Revolversalven geweckt wurde. Anna war in der Zwischenzeit nach Hause gekommen und sah sich im Fernsehen *Lucky Luke* auf Französisch an.

»Große Comicfans, die Belgier«, sagte sie heiter, »schau mal: Les Daltooons!«

Sie richtete mich auf und stopfte mir zwei Kopfkissen in den Rücken.

»Bleib noch ein bisschen liegen. Du siehst irgendwie nicht gut aus.«

Ich fühlte mich auch nicht gut. Das schnelle Aufrichten und der Blick auf die raschen Szenenwechsel und Überblendungen im Fernsehen erzeugten eine spontane Welle von Übelkeit und Kopfschmerzen, die ich mit geschlossenen Augen und flachem Atem über mich hinwegbranden ließ.

»Schade«, sagte Anna, »ich wollte heute Abend mit dir zum Essen ausgehen – ganz edel. Drei Sterne, sechs Gänge, du weißt schon. Aber ich glaube, das wird nichts.«

»Morgen vielleicht«, sagte ich. »Hast du alles besorgt?«

»Ja! Kann das sein, dass deine Wahrnehmung getrübt ist? Ich muss was essen!«

Sie stellte den Fernseher ab und starrte mich an.

»Warum sagst du das nicht einfach?«, fragte ich hilflos.

»Männer!«, schnaubte Anna, rannte aus dem Zimmer

und kam nach fünf Minuten mit der Weinkarte des Hotelrestaurants zurück.

»Ich hab für dich was mitbestellt, den Wein darfst du aussuchen.«

»Was gibt's denn zu essen?«

»Carbonnade à la flamande, Rindfleischragout mit Gemüse in Gueuze-Bier geschmort. Ist bestimmt lecker. Gueuze ist sozusagen der Champagner unter den Bieren und wird sogar in Champagnerflaschen gelagert. Möchtest du etwas über die Herstellung wissen?«

Ich winkte ab, bestellte telefonisch an der Rezeption einen 95er Bordeaux, und als das Essen serviert wurde, besserte sich Annas Stimmung im Minutentakt. Nachdem sie sich den letzten Tropfen Biersoße mit dem Rest des Weißbrotes einverleibt hatte, verfiel sie in eine Art postkulinarische Genießerstarre.

»Bist du jetzt ansprechbar?«, fragte ich nach einer Weile.

»Ja, doch«, sagte sie mit einem sonnigen Lächeln, »du musst mich nur regelmäßig abfüttern, dann funktioniere ich einwandfrei!«

»Gut, dann lass uns was arbeiten.«

Anna packte den Laptop auf den Tisch, ging online und studierte dann eine gute halbe Stunde die endlos lange Liste der Brüsseler Hotels.

»Die Auswahl ist riesig«, sagte sie schließlich, »aber wenn du ins EU-Viertel willst, würde ich das Derby in der Avenue de Tervueren vorschlagen. Es ist relativ klein und für Brüsseler Verhältnisse preisgünstig. Eigentlich mehr ein Businesshotel. Ziemlich nah, aber nicht zu nah an der Avenue des Nerviens.

»Okay, kannst du online buchen?«

Anna runzelte fragend die Stirn.

»Nee«, sagte sie dann, »ich schick eine Brieftaube.«

Nachdem wir eine Viertelstunde später die Buchungsbestätigung für zwei Einzelzimmer auf dem Bildschirm hatten, kümmerte sich Anna um die in Brüssel ansässigen Detektivagenturen.

»Kannst du irgendwie spezifizieren, was wir suchen?«

»Ja, keine Hinterhofklitsche mit einem belgischen Philip Marlowe, sondern eine renommierte, technisch gut ausgestattete Agentur, die auch außerhalb Belgiens operieren kann!«

Diesmal dauerte das Auswahlverfahren länger, aber zum Schluss einigten wir uns auf Verlaine & Partners/Belgium Investigation Services direkt am Leopoldpark. Die ansprechend aufgemachte Website der Firma warb mit einem großen Fuhrpark inklusive spezieller Observationsfahrzeuge, modernstem technischem Equipment, der Mehrsprachigkeit ihrer zahlreichen Mitarbeiter und – was Anna besonders gefiel – mit »een totale beroepsdiskretie.«

»Die nehmen wir, die halten dicht. Aber das wird nicht billig!«

»Nein«, sagte ich mit einem Blick auf Villanis Aktenkoffer, der in der Ecke stand, »vor allem, weil wir sie exzellent motivieren werden.«

Achtunddreißig

Es war das größte Büro, in dem ich jemals gewesen war, eines von der Sorte, in denen normalerweise dreißig emsige Angestellte zusammengepfercht werden, aber Monsieur Verlaine junior hatte die ganzen hundert Quadratmeter für sich. Wir befanden uns im sechsten Stock eines Bürogebäudes in der Brüsseler Innenstadt, und die Agentur hatte offensichtlich die ganze Etage gemietet. Der Raum war sparsam, aber erlesen möbliert und sehr hell. Neben dem riesigen Mahagonischreibtisch, hinter dem Monsieur Verlaine mit milder Neugier meine Visitenkarte betrachtete, gab es noch einen großen Konferenztisch, um den herum locker zwanzig Leute Platz hatten, und eine Sitzecke mit einer wuchtigen Couchgarnitur und zwei Plasmabildschirmen. An den weißen Wänden hingen hauptsächlich Reproduktionen von Magritte, unter anderem die verschiedenen Versionen von *La trahison des images*. Das berühmte kleine Verwirrspiel des Malers, eine Pfeife zu malen und »Dies ist keine Pfeife« darunterzuschreiben, schien mir gut in ein Detektivbüro zu passen.

Monsieur Verlaine junior sah von meiner Visitenkarte auf, die mich wahrheitsgemäß als Dr. Thomas Nyström vom Max-Planck-Institut in München auswies. Er mochte vielleicht Mitte zwanzig sein, war groß und schlaksig und trug einen schicken grauen Flanellanzug. Trotz seiner halblangen Haare, der modischen Hornbrille und des jungenhaften Aussehens machte er den Eindruck eines Mannes, der seinen Vorteil im Auge hat und auf sich aufpassen kann. Sein Deutsch war so makellos wie seine Umgangsformen.

»Schön, dass Ihre Wahl auf uns gefallen ist, Dr Nyström«, sagte er jetzt. »Was kann ich für Sie tun?«

»Nun, ich weiß nicht recht, wie ich anfangen soll, weil ich die Gesetze in Ihrem Land nicht kenne und etwas unsicher bin, ob Sie das, was ich brauche, wirklich leisten können.«

»In Belgien sind die Aktivitäten privater Ermittler durch ein Gesetz aus dem Jahre 1991 eindeutig geregelt. Das Gesetz ist aber nicht sehr restriktiv. Ich würde sagen, es ist ein sehr belgisches Gesetz. Erzählen Sie mir einfach, was Sie wollen, und ich sage Ihnen, ob wir es machen können.«

»Ich möchte, dass Sie die Identität eines Mannes ermitteln, von dem ich nur den Namen weiß. Er arbeitet in einer großen Brüsseler Firma, und ich denke, dass er in Deutschland an einer Straftat beteiligt war, wofür es aber keine Beweise gibt. Es ist außerordentlich wichtig, dass weder er noch die Firma von diesen Nachforschungen erfahren. Deshalb ist es auch nicht möglich, sich *in* der Firma nach diesem Mann zu erkundigen. Wahrscheinlich würde man sogar rigoros bestreiten, dass er dort beschäftigt ist. Auf jeden Fall aber würde er von den Ermittlungen erfahren. Ich will, dass Sie einen anderen Weg einschlagen: Beobachten Sie mit der größten Diskretion und Unauffälligkeit die Firma, und fotografieren Sie zwei Wochen lang Tag und Nacht alle männlichen Mitarbeiter, die dort ein- und ausgehen. Das dürften, grob geschätzt, um die hundert sein. Anschließend schicken Sie einen Ihrer Leute mit den Fotos nach Hamburg. Dort arbeitet in einem Fitnessclub in der Innenstadt ein Mann namens Mirko. Machen Sie einen Termin mit ihm aus, und bieten Sie ihm zehntausend Euro, wenn er mit Ihnen kooperiert. Fragen Sie ihn, ob er sich an die tote Frau in der Sauna erinnert, und zeigen Sie ihm die Fotos. Wenn er auf einem der Fotos den Mann wiedererkennt, der damals mit der Frau in dem Fitnessclub war, ist der erste Teil Ihres Auftrags erledigt. Sie kommen zurück nach Brüssel, und ich entscheide, wie es weitergeht.«

Verlaine hatte angefangen, sich Notizen zu machen, sobald ich zu sprechen begonnen hatte, und ich stellte mit Erstaunen fest, dass er die beinahe ausgestorbene Kunst der Stenografie beherrsche. Jetzt sah er von seinen Unterlagen auf und lächelte.

»Kein Problem«, sagte er, »nicht billig – aber kein Problem. Je nachdem, in welcher Straße sich die Firma befindet, mieten wir eine Wohnung oder Büroräume auf der gegenüberliegenden Straßenseite an und fotografieren von dort. Das Prozedere dauert etwas länger, ist aber am sichersten. Falls das nicht geht, verfügen wir über mehrere spezielle Observierungsfahrzeuge, die wir sehr unauffällig platzieren können. Auch die Fahrt nach Hamburg ist selbstverständlich kein Problem. Sobald der Mitarbeiter des Fitnessclubs Ihren Mann identifiziert hat, sollten wir alle anderen Fotos vernichten. Wissen Sie schon, wie es weitergeht?«

»Nicht genau, aber richten Sie sich darauf ein, den Mann über einen längeren Zeitraum zu observieren und Nachforschungen über seine Vergangenheit anzustellen.«

Verlaine hatte sich entspannt zurückgelehnt, legte jetzt die Fingerspitzen aneinander und strahlte mich förmlich an.

»Selbstverständlich«, sagte er, »das ist ja unser ureigenes Metier. Ich verspreche Ihnen, Sie werden zufrieden sein. Darf ich Ihnen etwas zu trinken anbieten? Wasser, Kaffee, vielleicht einen Cognac?«

Ich schüttelte den Kopf.

»Bevor wir mit dem Papierkram beginnen«, sagte Verlaine, »müsste ich noch wissen, um welche Firma es sich handelt.«

»International Maritime Solid Solutions Limited in der Avenue des Nerviens.« In Verlaines Gesicht ging eine eigenartige Veränderung vor. Sie war so minimal, dass sie mir entgangen wäre, wenn er nicht direkt im hellen Licht der Vormittagssonne gesessen hätte. Während sein Mund breit gezogen blieb, verschwand das Lächeln aus seinen Augen. Sie wurden rund und wachsam, und die um eine Winzigkeit angehobenen Nasenflügel drückten deutlich Abscheu und Widerwillen aus.

»Verzeihen Sie«, sagte er dann, »aber in diesem Fall muss ich mit meinem Vater Rücksprache halten. Wenn Sie mich für einen Augenblick entschuldigen würden.«

Er stand auf und verschwand hinter einer offenbar schallisolierten Tür. Wenige Minuten später kam er mit einem älteren Mann im Schlepptau zurück. Verlaine senior hatte keinerlei äußerliche Ähnlichkeit mit seinem Sohn. Er war groß und korpulent, hatte einen kantigen Bauernschädel und sah aus wie ein alt gewordener Großstadtbulle. Einer von der kurz angebundenen, reizbaren Sorte. Er schüttelte mir kräftig die Hand und ließ sich dann neben seinem Sohn hinter dem Schreibtisch nieder.

»Sie müssen meinen Sohn entschuldigen, aber es war richtig, dass er mich hinzugezogen hat. Wir können diesen Auftrag nicht annehmen.«

»Wieso nicht?«

»Das kann ich Ihnen nicht sagen. Tut mir leid, aber Sie müssen sich an eine andere Agentur wenden. Wir wollen mit IMSS nichts zu tun haben.«

»Also, jetzt verstehe ich überhaupt nichts mehr. Von dieser Firma gehen jede Menge illegale Aktivitäten aus, die eine Reihe von Leuten das Leben gekostet haben. Ich will nichts weiter, als dass Sie die Identität eines Mannes ermitteln, der dort arbeitet. Und Sie sagen einfach Nein? Sie sind die größte Detektivagentur in Brüssel. Ist der Auftrag zu schwierig für Sie? Oder kann es sein, dass Sie Angst vor denen haben?«

Verlaine starrte mich giftig an und kaute auf seiner Unterlippe herum.

»Ich glaube, dieses Gespräch ist jetzt zu Ende«, sagte sein Sohn.

Der Alte schüttelte den Kopf und gab einen resignierten Seufzer von sich.

»Wir haben schon einmal versucht, über IMSS Nachforschungen anzustellen«, sagte er angewidert, »und zwar vor etwa acht Jahren. Auftraggeber war ein amerikanisches Konkurrenzunternehmen. Unsere Leute sind damals entdeckt worden, und die Firma hat versucht, uns mit allen erdenklichen Mitteln zu ruinieren. Sie haben uns mit Klagen überzogen, uns in der Presse diffamiert und unsere Mitarbeiter eingeschüchtert. Die Öffentlichkeit zu manipulieren ist schließlich ihr Spezialgebiet. Dann kam die Steuerfahndung, stellte unsere Büros auf den Kopf und legte uns praktisch für drei Wochen still. Können Sie sich vorstellen, wie viele Aufträge eine Detektei noch bekommt, die derartig im Rampenlicht steht? Wir haben monatelang nichts verdient. In der Security-Abteilung von IMSS arbeiten einige der besten ehemaligen Polizisten Belgiens, die für ein entsprechendes Honorar den Staatsdienst quittiert haben. Die haben ihre alten Verbindungen spielen lassen und uns zusätzlich noch die Hölle heißgemacht. Ach ja, und einer unserer Ermittler hatte einen tödlichen Verkehrsunfall, der bis heute nicht aufgeklärt ist.«

»Wie konnte es denn passieren, dass Ihre Leute aufgeflogen sind? Klingt nicht gerade professionell.«

Verlaine senior schnaubte ärgerlich.

»Ich bin jetzt seit dreißig Jahren in dieser Branche, und es hat nur dieses eine Mal gegeben, aber mir kommt heute noch die Galle hoch, wenn ich daran denke. Ist Ihnen schon aufgefallen, wie in Brüssel Auto gefahren wird? Zwar gibt es auch bei uns so etwas wie Vorfahrt, nur dass sich eben niemand darum kümmert. Eine alte Lady kam mit einem BMW aus einer Seitenstraße auf die Avenue des Nerviens geschossen und hat unser Observationsfahrzeug zerlegt. Praktisch direkt vor deren Haustür. Jemand mit Verbindung zu IMSS hat dann am Unfallort unser Equipment gesehen. Drei Tage später hatten wir die Anwälte am Hals.«

»Eigentlich bin ich ja gar nicht an der Firma interessiert, sondern nur an einem Mann, der zufällig dort arbeitet.«

Beide Verlaines dachten über diesen Einwand nach, dann schüttelte der Alte langsam den Kopf.

»Tut mir leid, aber Sie müssen sich jemand anderes suchen. Wir gehören zu den Leuten, mit denen die Firma noch eine Rechnung offen hat. Die sind so nachtragend wie Scientology. Wir haben auch noch zwei Seniorpartner, die ein Mitspracherecht haben. Die würden niemals zustimmen. Das existenzielle Risiko für unsere Agentur steht in keinem Verhältnis zum Auftragsvolumen.«

Ich saß völlig konsterniert da und betrachtete die beiden ungläubig. Mit allen möglichen Komplikationen hatte ich gerechnet, hauptsächlich mit juristischen Einwänden, aber die beiden Männer vor mir hatten tatsächlich Angst. Was hatte Helen in dem Brief an mich geschrieben: »Von Anfang an habe ich gewusst, dass ich mich auf dünnem Eis befinde, aber ich hatte keinen Begriff von der unvorstellbaren Macht dieser Leute.« Verlaine und sein Sohn hatten offenbar einen Begriff davon.

Ich war versucht, aufzustehen und zu gehen. Es gab noch mehr Detektivagenturen in Brüssel, und es musste möglich sein, jemanden zu finden, der nicht die Hosen voll hatte. Andererseits gefielen mir die Verlaines. Sie machten einen ehrlichen, zuverlässigen und kompetenten Eindruck, und schließlich hatten sie auch nichts anderes getan, als was jeder Geschäftsmann tut, nämlich Aufwand und Ertrag, Risiko und Gewinn gegeneinander aufzurechnen. Ich beschloss, aufs Ganze zu gehen.

»Sie haben gesagt, das Risiko für Sie stehe in keinem Verhältnis zum Auftragsvolumen. Was halten Sie davon, wenn wir dieses Verhältnis ändern? Der Auftrag besteht aus zwei Teilen. Wenn Sie beide Teile erfolgreich abschließen, gebe ich Ihnen zusätzlich zu Ihren normalen Honorarforderungen eine Erfolgsprämie. Helfen Sie mir, das Schwein aus dem Verkehr zu ziehen, und ich zahle Ihnen eine Million Euro. Bar und steuerfrei.«

Es war interessant, die Reaktionen der beiden zu beobachten. Verlaine junior zuckte zusammen und fing unmittelbar an zu schwitzen. In seinen Augen erschien ein harter und gieriger Glanz, der mir durchaus gefiel. Schließlich hatte ich diese Reaktion hervorrufen wollen. Der Alte zeigte sich völlig unbeeindruckt, außer dass vielleicht seine Stimme ein wenig tiefer und kehliger klang.

»*Haben* Sie denn eine Million Euro, Dr. Nyström?«
»Wollen Sie sie sehen?«
Er schüttelte den Kopf und stand auf.
»Ich muss zwei Telefonate führen. Warten Sie hier!«
Er verschwand im Nebenzimmer, und während er telefonierte, sah ich Verlaine junior beim Neusortieren seines Nervenkostüms zu.

Dann kam der Alte zurück.

»Wir machen es! Hunderttausend als Anzahlung, vierhunderttausend nach der Identifizierung und den Rest, wenn wir Ihren Mann bis auf den Mageninhalt durchleuchtet haben. Kein schriftlicher Vertrag.«

»Vertrauen gegen Vertrauen?«

»C'est ça!«, sagte Monsieur Verlaine.

Neununddreißig

Brüssel ist eine ungewöhnliche Stadt. Eine Millionenmetropole, die mitten in Flandern liegt und doch frankophon dominiert ist, wobei man allerdings auch jede Menge Spanisch, Englisch, Polnisch, Japanisch, Kongolesisch und Türkisch zu hören bekommt. Eine Stadt, in der abgrundtief hässliche Hochhausfassaden sich mit fantastisch erhaltener Jugendstilarchitektur abwechseln, Autofahrer trotz drakonischer Strafen vorzugsweise in zweiter Reihe, gerne auch auf dem Zebrastreifen parken und auf den ersten Blick irgendwie jeder macht, was er will. On s'arrange!

Brüssel ist die Hauptstadt der EU, aber nicht der Belgier. Es gibt Flamen, Wallonen und eine kleine deutsche Minderheit, aber wie schon 1912 der Sozialist Jules Destrée dem damaligen König schrieb: Belgier gibt es nicht! Was das Land einst zusammenhielt, waren der König, die Fußballnationalmannschaft und das Bier, aber auch mit diesen nationalen Klammern ist heute nicht mehr viel Staat zu machen. Der König ist in Flandern unbeliebt, weil sein Niederländisch lausig ist, die belgische Nationalmannschaft kickt auf dem Niveau von Kasachstan, und der Biergenuss ist komplett regionalisiert. Kein anständiger Flame trinkt mehr das Gebräu aus dem Süden und umgekehrt. Und so kann es sein, dass den Belgiern ihr schöner Staat demnächst um die Ohren fliegt.«

Anna grinste und sah aus ihrem Reiseführer hoch.

»Die letzten vier Sätze waren von mir«, sagte sie.

Wir saßen im Tea & Eat, einem der vielen Salons de Thé, in denen man sowohl süße Patisserie als auch herzhafte Snacks bekommt, und arbeiteten uns durch die Speisekarte. Anna hatte zu einer Kanne feinstem Darjeeling eine ganze Platte mit Antipasti, Bruschette und Caricolles verdrückt und war in gehobener Stimmung.

Die Stadt gefiel uns. Es war unser fünfzehnter Tag in Brüssel, mein Kopf war wieder in Ordnung, und dank Villanis Geldkoffer hatten wir die Wartezeit mit einem umfangreichen touristischen Programm ausgefüllt.

Anna hatte mich durch zahlreiche Museen geschleppt, von denen mir das Comicmuseum und das Musée des Sciences naturelles mit seinen altmodischen Sälen und den Mahagonivitrinen am besten gefiel, und jeden Abend hatten wir fantastisch gegessen. Wir waren durch das kongolesische Matongé-Viertel geschlendert, hatten im Travers hervorragenden Jazz gehört und uns in Jacques Brels Lieblingslokal A la Mort Subite mit Gueuze aus der hauseigenen Brauerei betrunken. Jetzt fühlte ich mich wie am letzten Tag eines gelungenen Urlaubs, dem nur noch ein krönender Abschluss fehlte. Der Tod von Monsieur Morisaitte.

»Am besten, *du* isst jetzt nichts mehr«, sagte Anna kauend, »ich habe für heute Abend einen Tisch im Notos reserviert. Und zwar schon vor einer Woche.«

»Hast du nicht langsam genug von der Fresserei?«

»Das Notos ist der zurzeit angesagteste Gourmettempel in Brüssel. Feinstes Art-déco-Interieur, und jetzt halt dich fest: *griechische* Nouvelle Cuisine! Kannst du dir das vorstellen? Kein Gyros!«

Ich versuchte, es mir vorzustellen, aber ich war nervös und unkonzentriert. In der letzten Nacht hatte ich von dem Mann geträumt, der mit zerfetzter Brust von einer unsichtbaren Hand durch die Tür eines Bauernhauses geschleudert worden war. In meinem Traum hatte ich keine Schüsse gehört, aber der Kupfergeruch von Blut war allgegenwärtig gewesen, und mir war davon so übel geworden, dass ich aufgewacht war. Allerdings hatte der Traum nichts an meinem Plan geändert, noch einen Mann zu töten. Ich wusste nur noch nicht, wie ich es anstellen sollte, und vor allem nicht, wie es danach weitergehen würde.

Am Vormittag hatte ich mit dem Verwaltungsleiter meines Instituts in München telefoniert und um unbezahlten Urlaub gebeten. Ich gab vor, aus Schweden anzurufen, und erzählte ihm, dass die Demenz meines Vaters so weit fortgeschritten sei, dass meine Mutter ohne meine vorübergehende Hilfe nicht mehr zurechtkam. Dr. Colmar hatte sich meine Geschichte mit dem üblichen Desinteresse angehört und lediglich wissen wollen, ob Max Althaus meine Vertretung übernehmen würde. In der Gewissheit, dass der Kollege Althaus keine Wahl hatte, hatte ich dies nachdrücklich zugesichert. Sorry, Max.

»Wenn Sie am ersten August nicht wieder hier sind, sind Sie draußen«, sagte Colmar statt eines Abschiedsgrußes. Dann hatte er einfach aufgelegt.

Ich hatte keine Ahnung, wo ich am ersten August sein würde. Vielleicht in München, vielleicht in einem Hamburger Untersuchungsgefängnis, vielleicht in Buenos Aires. Es war mir egal.

Dann fing mein Handy auf dem Tisch zu tanzen an. Ich hatte den Klingelton ausgestellt, und der Vibrationsalarm ließ das winzige Telefon auf der polierten Tischplatte hüpfen wie ein Scherzartikel. Ich erkannte die Stimme sofort.

»Wir können liefern«, sagte Verlaine.

»Wann und wo?«

»Warum nicht gleich? Kommen Sie bei uns vorbei. Und vergessen Sie das Geld nicht!«

Der alte Verlaine war tatsächlich kein Freund vieler Worte. Er legte auf, ohne meine Antwort abzuwarten. Anna sah mich fragend an.

»Es geht los. Ich glaube, wir haben ihn.«

»Gut«, sagte Anna. »Lass uns das Geld holen. Und dann will ich wissen, wie das Schwein aussieht.«

Vierzig

Als wir im sechsten Stock des Gebäudes am Leopoldpark aus dem Lift stiegen, pfiff Anna anerkennend durch die Zähne.

»Den Herrschaften geht's offenbar gut«, sagte sie.

»Warte, bis du das Büro siehst.«

Verlaine senior öffnete uns persönlich und sah erst Anna und dann mich missbilligend an.

»Wer ist das?«

»Frau Jonas, meine Partnerin.«

»Sie hätten mir sagen sollen, dass es noch eine Mitspielerin gibt.«

»Jetzt wissen Sie es ja.«

Ich schob mich an seinem Bauch vorbei in den Raum und setzte mich unaufgefordert an den großen Konferenztisch. Dort saßen bereits der junge Verlaine und ein unauffälliger, blonder Mann in mittleren Jahren, der einen Rollkragenpullover und darüber ein Tweedsakko mit Lederflicken an den Ellenbogen trug. Er ähnelte mehr einem Englischlehrer als einem Detektiv. Der Alte und Anna setzten sich zu uns, und Verlaine junior kam ohne Umschweife zur Sache.

»Dr. Nyström, Madame Jonas, ich freue mich, Ihnen mitteilen zu können, dass wir den ersten Teil des Auftrags erfolgreich abschließen konnten. Lassen Sie mich Ihnen Jacques Teerboom vorstellen. Er hat die Fotoüberwachung geleitet und war für Sie in Hamburg. Wenn Sie einverstanden sind, wird er Ihnen jetzt einen zusammenfassenden Bericht geben.«

Teerboom räusperte sich, nickte Anna und mir zu und legte die Fingerspitzen aneinander.

»Wir haben die ersten fünf Tage aus den Observierungsfahrzeugen heraus fotografiert und zwar in Wechselschichten von morgens sechs Uhr bis abends 22 Uhr. Das Gebäude hat keine Neben- oder Hintereingänge, das haben wir geprüft, und so konnten wir uns auf das Hauptportal konzentrieren. Ab dem sechsten Tag konnten wir kurzfristig ein kleines Büro in einem Haus schräg gegenüber anmieten, was die ganze Sache vereinfachte. Wir haben mit Teleobjektiven und hochwertigen digitalen Kameras gearbeitet und uns auf die Gesichter konzentriert. Da wir zunächst wahllos jeden Mann fotografiert haben, der in den vierzehn Tagen raus- oder reingegangen ist, sind natürlich viele mehrfach getroffen worden, sodass wir nach Ablauf der zwei Wochen knapp fünfhundert Fotos hatten. Nach dem Aussortieren der Mehrfachaufnahmen blieben einhundertundzwanzig Gesichter übrig. Bei dieser Gruppe sind mit Sicherheit auch Besucher und Kunden der Firma dabei. Die Fotos haben wir auf eine CD gebrannt. Ich möchte Ihnen eine kleine Auswahl davon zeigen, um Sie von der hohen Auflösung und der technischen Qualität der Bilder zu überzeugen, was ja für die Sicherheit der Identifizierung von Bedeutung ist.«

Er drückte ein paar Tasten und drehte sein Notebook zu uns, sodass wir den Monitor sehen konnten. Wie bei einer Diashow erschienen jetzt im Abstand von etwa fünfzehn Sekunden großformatige schwarz-weiße Porträtfotos, die so gestochen scharf waren, dass man zum Teil Hautunreinheiten auf den Gesichtern der Männer erkennen konnte.

»Wer von denen ist Morisaitte?«, frage Anna mit vor Ungeduld vibrierender Stimme.

»Einen Augenblick noch, Madame«, sagte Teerboom und hielt die Bildfolge mit einem Mausklick an. »Ich bin gestern Mittag mit der CD nach Hamburg geflogen und habe mit dem Barkeeper in dem Fitnessclub gesprochen. Ihr Angebot von zehntausend Euro hat ihn sehr kooperativ gemacht. Ich habe ihn nach seiner Schicht in einer Bar getroffen und ihm die Fotos auf dem Laptop gezeigt. Er hat schon beim ersten Durchgang, und ohne zu zögern, diesen Mann erkannt. Es ist die Nummer 74.«

Teerboom drückte erneut auf eine Taste, und Anna gab ein nervöses Zischen von sich, als das Foto auf dem Monitor erschien. Helens Mörder sah gut aus. Er mochte vielleicht Anfang fünfzig sein und hatte ein schmales, ebenmäßiges Gesicht mit einer geraden Nase und vollen Lippen, die zu einem leicht ironischen, aber nicht unangenehmen Lächeln nach oben gezogen waren. Sein dunkles Haar war an den Schläfen ergraut, und seine von zahlreichen Lachfalten umgebenen Augen strahlten Intelligenz, Humor und Vertrauenswürdigkeit aus. Es war das, was man früher ein gutes Gesicht nannte.

»Verdammt«, sagte Anna, »dieser Mirko muss sich irren.«

Teerboom kramte in seinem Aktenkoffer und schob dann einen eng bedruckten Briefbogen zu uns herüber.

»Ich habe natürlich versucht, mich so weit wie möglich dagegen abzusichern, dass er sich keine Mühe gibt oder wahllos auf jemanden zeigt, nur um schnell das Geld zu kassieren. Deshalb habe ich ihn diese eidesstattliche Erklärung unterschreiben lassen. Mirko schien nicht zu wissen, dass die Erklärung in dieser Form keine juristische Bedeutung hat, und war mächtig beeindruckt. Aber das hätte es gar nicht gebraucht. Schauen Sie, ein bisschen Menschenkenntnis habe ich auch, und ich sage Ihnen: Das war eine spontane und glaubwürdige Identifizierung.«

Anna schien immer noch zu zweifeln, aber ich schloss die Augen und versuchte mich an seine Stimme zu erinnern. Eine nicht unfreundliche, kultivierte und gleichzeitig arrogante und unerbittliche Stimme. Die Stimme eines Mannes, der absolut sicher ist, dass er bekommt, was er will, ohne dabei böse gucken zu müssen. Eine Stimme, die zu dem Mann auf dem Foto durchaus passte. Und sein Gesicht passte zu der Tatsache, dass Helen sich trotz ihrer Angst noch mit ihm getroffen hatte, obwohl sie eigentlich schon auf der Flucht war. Es war sein Gesicht, dem sie vertraut hatte. »Heute Abend treffe ich zum letzten Mal einen Informanten, und morgen früh bin ich weg«, hatte sie in ihrem Abschiedsbrief an mich geschrieben. Ich biss mir auf die Unterlippe und starrte aus dem Fenster.

Der alte Verlaine ging zu seinem Schreibtisch und drückte auf einen Knopf der Gegensprechanlage. Augenblicke später brachte eine schicke Sekretärin ein Tablett mit Kaffee und Cognac herein. Er goss fünf Gläser halb voll und prostete mir zu. Ich schob ihm meinen Aktenkoffer mit den abgezählten vierhunderttausend Euro über den Tisch und hob ebenfalls mein Glas.

»Wie geht's jetzt weiter?«, fragte Verlaine.

»Sie haben eine Woche. Beobachten Sie den Mann, und finden Sie heraus, was immer es über ihn herauszufinden gibt. Ich will wissen, ob er Familie hat, wohin er geht, wo er wohnt und mit wem er schläft. Finden Sie heraus, ob er feste Gewohnheiten hat. Stellen Sie fest, wann er nach

Brüssel gekommen ist und woher er kam. Ich habe den Verdacht, dass er kein Belgier ist, sondern ursprünglich aus Serbien, Bosnien oder Albanien stammt. Andererseits spricht er so gut Deutsch wie jemand, der mit Deutsch als Muttersprache aufgewachsen ist. Informieren Sie sich über den Bosnienkrieg und insbesondere über Massaker und Kriegsverbrechen, die in dieser Zeit begangen wurden. Schauen Sie sich die Fahndungslisten von Interpol und die des Internationalen Gerichtshofs in Den Haag an. Lassen Sie Ihre Beziehungen spielen. Setzen Sie alle Ihre Leute für diesen Fall ein, und arbeiten Sie rund um die Uhr. Und lassen Sie sich nicht erwischen. Wenn er Sie bemerkt, wird er möglicherweise untertauchen.«

»Das ist ein großes Programm für eine Woche«, sagte Verlaine junior und fing sich für diese Bemerkung einen finsteren Blick seines Vaters ein.

»Eine halbe Million Euro sind eine Menge Geld für eine Woche Arbeit!«

»Keine Sorge«, sagte der Alte bedächtig, »Sie bekommen was für Ihr Geld.«

Einundvierzig

Es war die längste Woche meines Lebens. Anna und ich hatten jeden Spaß am Touristenleben verloren und verbrachten die meiste Zeit im Hotel. Wir waren nervös, ungeduldig und gereizt. Ich hatte meine Mutter in Schweden von einer Telefonzelle aus angerufen, um mich abzulenken, und war schon nach drei Minuten mit ihr in Streit geraten. Als sie mich ermahnte, Gunnars Gewehr pfleglich zu behandeln, hätte ich ihr beinahe erzählt, wie die Freunde des Mannes, den ich damit erschossen hatte, es an einem Baum zerschlagen hatten. Anna schleppte sich von Mahlzeit zu Mahlzeit und hatte nicht mal mehr Appetit auf ihre Fingernägel. Als wir uns am siebten Tag in dem Hochhaus am Leopoldpark wiedertrafen, lagen zumindest bei uns die Nerven blank. Wir saßen herum und warteten auf den alten Verlaine. Ich war stocksauer wegen seiner Verspätung.

Jacques Teerboom stand auf, um einen der großen Plasmabildschirme ein wenig mehr in unsere Richtung zu drehen, und setzte sich dann mit seinem Notebook auf den Knien wieder zu uns auf die Couch. Anna saß neben mir und trommelte ungeduldig mit den Fingern auf ihren Knien herum. Teerboom warf dem jungen Verlaine einen fragenden Blick zu, und der zuckte ratlos mit den Schultern.

Dann ging die Tür auf, und Verlaine senior stapfte mit dreißigminütiger Verspätung herein. Er gab Anna und mir die Hand und ließ sich schnaufend in einen der großen Sessel fallen.

»Tut mir leid, ich wurde aufgehalten«, sagte er. Dann ließ er seinen Blick von Anna zu mir wandern.

»Ich habe Sie das bisher nicht gefragt, aber ich muss diese Frage jetzt stellen: Was ist das für Geld, und woher haben Sie es?«

»Es ist auf jeden Fall echt, und ich glaube, es ist sauberes Geld. Man hat uns versichert, dass es nirgendwo registriert oder irgendwie gekennzeichnet ist, und ich denke, das stimmt. Wir haben ja auch schon einiges davon ausgegeben, ohne Probleme zu bekommen. Dass wir mit dem Geld irgendwo auffallen und dann zwangsläufig über seine Herkunft plaudern, war sicherlich nicht im Interesse der Leute, von denen wir es haben. Das Geld wurde uns gegeben, um uns das Maul zu stopfen, und wir werden es ein wenig zweckentfremden. *Ihr* einziges Problem mit dem Geld wird das Finanzamt sein.«

Verlaine grinste erleichtert und machte eine verächtliche Handbewegung.

»Wir sind in Belgien, Monsieur. Aber lassen Sie uns jetzt zum eigentlichen Zweck dieses Treffens kommen. Das war eine arbeitsreiche Woche, aber wir waren sehr erfolgreich, und ich glaube, Sie werden zufrieden sein.«

Er warf seinem Sohn einen auffordernden Blick zu.

»Gut«, sagte der junge Verlaine. »Also, Dr. Nyström, wir sind so verfahren, wie Sie es gewünscht haben. Wir haben alle zwölf Mitarbeiter unserer Agentur für eine Woche nur auf diesen Fall angesetzt. Mein Vater und ich haben selbstverständlich auch mitgearbeitet. Hinzu kommen ein paar V-Leute aus dem Brüsseler Rotlichtmilieu und vier freie Mitarbeiter aus dem belgischen Polizeiapparat, die uns auf die eine oder andere Art verpflichtet sind. Während ein Teil des Teams die Zielperson nahezu lückenlos observiert hat, hat sich der andere Teil mit der Vergangenheit von Monsieur Morisaitte beschäftigt. Das war der weitaus schwierigere Teil des Auftrags. Jacques Teerboom wird die Ergebnisse für Sie zusammenfassen.«

Teerboom drückte auf eine Taste seines Laptops, und auf dem großen Plasmabildschirm erschien Morisaittes Foto.

»Yves Morisaitte ist seit dem Jahr 2001 in Brüssel polizeilich gemeldet. Er hat ein Apartment in Anderlecht und wohnt allein. Er arbeitet, wie wir wissen, bei International Maritime Solid Solutions, ist aber nicht jeden Tag in der Firma. Er zahlt Steuern und hat in Belgien noch nicht einmal einen Strafzettel bekommen. Aber wo war er vor 2001? Offenbar nicht in Belgien. Wir haben gute Beziehungen zu den Meldebehörden und ein paar Kontakte zur Polizei. Ein Yves Morisaitte, auf den Alter und Beschreibung unseres Mannes zutreffen, hat vorher in Belgien nirgendwo gewohnt oder gearbeitet, zumindest nicht offiziell.«

»Haben Sie trotz des wallonischen Namens auch in Flandern sorgfältig recherchiert?«, fragte Anna.

»Selbstverständlich, Madame, aber ich versichere Ihnen, dass er vorher woanders war. Bitte lassen Sie mich der Reihe nach erzählen. Dr. Nyström, Sie hatten eine gute Nase, was die Verbindung zum Balkan angeht, und auch der Hinweis mit den Deutschkenntnissen war sehr nützlich. Ich muss hier ein wenig weiter ausholen, aber das ist notwendig, um zu verstehen, mit wem wir es zu tun haben.«

Teerboom betätigte erneut eine Taste, und Morisaittes Gesicht wurde von einer farbigen Zeittafel abgelöst, die mit zahlreichen Spiegelstrichen offenbar einen historischen Ablauf verdeutlichen sollte.

»Der Krieg in Jugoslawien, speziell in Bosnien und im Kosovo, gehört zu den rabenschwarzen Kapiteln der europäischen Nachkriegsgeschichte, die in Sachen Mord und Totschlag weiß Gott einiges zu bieten hat.

Wie Sie wissen, gründete Tito nach dem Zweiten Weltkrieg die Sozialistische Föderative Republik Jugoslawien, ein Gebilde aus sechs Teilrepubliken und zwei autonomen Provinzen, das sich als erstaunlich stabil erwies. So lange jedenfalls, bis Tito 1980 starb. Danach verschärften sich die Nationalitätenkonflikte in dem Vielvölkerstaat, und besonders im Kosovo kam es zu blutigen Streitigkeiten zwischen Serben und Albanern.

Im Jahre 1991 bricht Jugoslawien endgültig auseinander. Es kommt in verschiedenen Teilen des Landes zu bürgerkriegsähnlichen Auseinandersetzungen, und überall dort, wo im früheren Jugoslawien verschiedene Bevölkerungsgruppen friedlich zusammengelebt hatten, kommt es zu gewaltsamen ethnischen ›Säuberungen‹. Dies gilt besonders für den Kosovo und Bosnien-Herzegowina.

Diese ethnischen ›Säuberungen‹ stellen die eine besonders widerliche Spezialität dieses Bürgerkrieges dar. Die andere Spezialität sind die Massenvergewaltigungen von Frauen und Mädchen der jeweils anderen Bevölkerungsgruppe als Mittel der Kriegsführung. Und jetzt nähern wir uns unserem eigentlichen Thema.«

Teerboom hatte während seines kleinen Vortrags fleißig seinen Laptop bedient und seine Ausführungen mit Abbildungen von Zeittafeln, Landkarten und Politikern illustriert. Jetzt erschien auf dem Monitor die große Farbaufnahme einer idyllischen Flusslandschaft.

»Dies ist das Drina-Tal im Osten Bosniens mit den Orten Foca, Visegrad und Miljevina. Hier geschehen im Jahre 1992 fürchterliche Dinge. Der Ort Visegrad wird am 4. April 1992 zunächst von regulären Verbänden der jugoslawischen Armee angegriffen. Am 6. April kommt das berüchtigte ›Uzice-Korps‹ der JNA zusammen mit den paramilitärischen Banden der ›Arkanovci‹, ›Seseljevci‹ und ›Bijeli orlovi‹ dazu, und es beginnt ein beispielloses Massaker an den Zivilisten, die sich in die nahe liegenden Berge und Wälder geflüchtet haben. Es werden mindestens zweitausend Menschen getötet, und die Muslime verlieren alle Freiheiten und Bürgerrechte, die sie bis dahin hatten.

Zugleich errichten serbische Extremisten in den Ortschaften Foca, Visegrad, Miljevina und Elemis Internierungslager für Frauen und Mädchen, die als Vergewaltigungslager im Drina-Tal bekannt geworden sind. Aberhunderte von Frauen werden dort über einen unvorstellbar langen Zeitraum misshandelt und fortwährend systematisch vergewaltigt. Die Zeugenaussagen der Frauen, die diese Lager überlebt haben, sind mittlerweile vielfach dokumentiert und publiziert, aber die Verbrechen blieben nach dem Bürgerkrieg weitgehend ungesühnt. Nach den Veröffentlichungen der Gesellschaft für bedrohte Völker sind immer noch mehr als fünfhundert Kriegsverbrecher aus dem Drina-Tal auf freiem Fuß. Viele leben mittlerweile wieder völlig unbehelligt in Foca und Visegrad und bekleiden zum Teil hohe öffentliche Ämter. Nach einigen wenigen wird aber immer noch seitens des Haager Tribunals gefahndet.«

Teerboom ließ auf dem Bildschirm eine Liste von fünf serbisch klingenden Namen erscheinen, die allesamt auf -ic endeten. Anna hatte meine Hand genommen und fing jetzt an, meine Finger zu kneten. Sie war sehr blass.

»Es ist nicht leicht, Bilder von diesen Personen zu beschaffen«, fuhr Teerboom fort, »aber ich konnte einfach nicht glauben, dass Leute, die es so sehr genießen, andere zu erniedrigen, nicht auf die Idee kommen, davon Erinnerungsfotos besitzen zu wollen. Also habe ich einen Experten hinzugezogen – einen britischen Fotografen, der sich seit dreißig Jahren auf den Schlachtfeldern dieser Welt herumtreibt und sich im Internet sehr gut auskennt. Und auf einer sehr obskuren russischen Website hat er das hier gefunden. Passen Sie auf!«

Es war ein gutes Foto, schwarz-weiß, aber scharf. Es zeigte zwei Männer in Khaki-Uniformen auf einer Landstraße. Sie saßen hintereinander auf einem staubigen Motorrad, stützten sich mit jeweils einem Bein am Boden ab und lachten in die Kamera. Der vorn sitzende Mann zeigte mit dem ausgestreckten Zeigefinger auf ein Hinweisschild, das am Straßenrand aufgestellt war. Auf dem Schild stand: Foca 5 km. Der andere Mann reckte triumphierend den Daumen in die Luft. Im Hintergrund des Bildes war eine offenbar blühende Frühlingswiese zu sehen, auf der ein einzelner großer Apfelbaum stand. An dem Baum hing ein Mann. Seine herausquellende Zunge war ein schwarzer Schatten in der Nachmittagssonne.

»Ich glaube, der Mann vorne ist Radomir Kovac, obwohl er sich in den vergangenen fünfzehn Jahren sehr verändert hat. Er wurde geschnappt und zu zwanzig Jahren verurteilt. Aber der hinten hat sich nicht sehr verändert, oder?«

Teerboom hatte recht. Yves Morisaitte, oder wie immer er auch heißen mochte, hatte in jedem Lebensalter gleich gut ausgesehen. Anna presste meine Hand jetzt so heftig, dass es auch ohne Fingernägel wehtat.

»Wer ist der Kerl?«, flüsterte sie.

Teerboom wies mit einer Handbewegung auf den alten Verlaine. Der räusperte sich, holte dann aus seiner Jackentasche eine Schachtel Dunhill und betrachtete sie nachdenklich. Einen Wimpernschlag lang war ich versucht, sie ihm einfach wegzunehmen und mir sofort eine anzuzünden. Dann steckte er die Zigaretten wieder ein.

»Zlatko Zevic«, sagte er dann, »ein ehemaliger Krankenpfleger aus Frankfurt am Main. Geboren 1953 in Belgrad als Sohn von Gojko und Antonia Zevic. 1960 kommt er mit seinen Eltern nach Deutschland. Die finden zunächst einen Job bei Opel in Rüsselsheim und machen dann fünfzehn Jahre später in Frankfurt ein jugoslawisches Speiserestaurant auf. Zlatko hat in der Zwischenzeit einen Schulabschluss und eine Ausbildung zum Krankenpfleger hinter sich gebracht. Von 1975 bis 1985 arbeitet er als Pfleger in verschiedenen Kliniken im Frankfurter Raum. Dann taucht er ab und verschwindet praktisch spurlos.«

»Verdammt, woher wissen Sie das alles?«, fragte Anna.

»Weil er ein einziges Mal einen Fehler gemacht hat. Ende 1985 gerät er im Frankfurter Bahnhofsviertel in eine Razzia der Polizei und wird erkennungsdienstlich behandelt, weil er eine große Menge Medikamente bei sich hat, die unter das deutsche Betäubungsmittelgesetz fallen. Er bestreitet, dass die Medikamente sein Eigentum sind, und als am nächsten Tag ein Albaner aus dem Rotlichtmilieu behauptet, sie Zevic untergeschoben zu haben, wird das Verfahren eingestellt. Ich weiß nicht, ob nach deutschem Recht der ganze Vorgang hätte gelöscht werden müssen, aber die Frankfurter Polizei hat es nicht getan. Nach mehr als zwanzig Jahren hatten sie noch alles: Fotos, Fingerabdrücke, Vernehmungsprotokolle. Im Grunde war es gar nicht so schwer. Wir wussten, dass der Mann mit dem ehemaligen Jugoslawien zu tun hatte, und Ihr Hinweis auf sein völlig akzentfreies Deutsch deutete darauf hin, dass er in Deutschland aufgewachsen sein musste. Wir haben ein paar gute Kontakte zur Polizei in Antwerpen. Jemand dort hat auf unsere Bitte hin das Foto mit einer Anfrage an die deutsche Polizei weitergeleitet. War natürlich auch nicht billig. Der elektronische Abgleich mit deren Fotoarchiven ging dann ziemlich schnell.«

»Ich hab's immer gewusst, dass die Bullen nichts wegschmeißen«, flüsterte Anna und fragte dann: »Wird der Typ denn jetzt als Kriegsverbrecher gesucht?«

Verlaine schüttelte den Kopf.

»Auf den Listen des International Criminal Tribunal for the Former Yugoslavia und von Interpol taucht er nicht auf, aber das bedeutet nichts. Viele Serben und Kroaten sind bei Ausbruch des Bürgerkrieges aus dem Ausland in ihre Heimat zurückgekehrt. Glühender Patriotismus, Abenteuerlust, Mordgier, aus welchen Motiven auch immer. Auf jeden Fall kannte sie dort niemand. Die von den Behörden und dem Haager Tribunal identifizierten und zum Teil dingfest gemachten Männer wie zum Beispiel Radomir Kovac, Gojko Jankovic und Dragan Zelenovic waren in Bosnien bekannt. Unser Mann hätte alles mögliche tun können, ohne dass nach dem Krieg jemand mit dem Finger auf ihn zeigen konnte.«

»Immerhin ist er mit einem Kriegsverbrecher Motorrad gefahren«, sagte Anna bissig.

»Natürlich können wir nichts beweisen, aber ich glaube, da war noch mehr«, sagte Verlaine. »Denken Sie an den Mann im Apfelbaum.«

»Und wie ging es dann weiter?«

»Wir denken, dass er gegen Ende des Bürgerkrieges Bosnien verlassen hat. Es gibt keinerlei Hinweise darauf, was er bis 2001 gemacht hat, aber in diesem Jahr kommt er nach Brüssel. Wir wissen natürlich nicht, wann er angefangen hat, für IMSS zu arbeiten. Was macht er da eigentlich?«

Ich musste an Villani denken. An die aufgeplatzte Lippe, seinen leeren, verträumten Gesichtsausdruck und das dünne Rinnsal Blut, das aus seinem Ohr floss.

»Er macht die schmutzigen Sachen, die, von denen in der Firma sonst keiner etwas wissen will. Desinformationskampagnen, Bestechung, Infiltration von Umweltschutzorganisationen und Schlimmeres. Ich glaube, dass er in Bosnien erst erkannt hat, wo seine wahren Stärken liegen.«

»Was ist mit seinem Privatleben?«, fragte Anna.

Verlaine nickte Teerboom zu, und der griff wieder nach seinem Laptop.

»Das ist nicht besonders aufregend«, sagte er. »Unser Mann geht nur unregelmäßig in die Firma und dreimal pro Woche in einen Fitnessclub. Er schläft offenbar lange, frühstückt jeden Morgen in einem kleinen Café in den Marollen und isst abends vorzugsweise in Restaurants, wo Fisch serviert wird. Aber«, Teerboom machte eine kleine dramatische Pause, »er hat eine sehr schöne Freundin.«

Auf dem Monitor erschien das farbige Bild einer jungen Frau. Sie hatte dunkle Augen, brünette lange Haare und sehr volle Lippen, die zu einem mokanten Lächeln verzogen waren.

»Stimmt«, sagte Anna, »aber bei den Lippen hat sie was machen lassen.«

Teerboom blinzelte irritiert.

»Das ist Jacqueline van t'Hoff«, sagte er, »sie ist Kunstmalerin und hat ein kleines Atelier mit Wohnung im Marollen-Viertel. Morisaitte sieht sie fast jeden Tag. Sie gehen abends zusammen essen, und er hat in der vergangenen Woche viermal bei ihr übernachtet. Sie scheinen sich schon länger zu kennen.«

In rascher Folge zeigte der Bildschirm jetzt Fotos des Paares, die während der einwöchigen Observation geschossen worden waren. Morisaitte und van t'Hoff in einer Galerie, auf dem Wochenmarkt und immer wieder in Restaurants und Bars.

»Stoppen Sie mal«, sagte Anna. »Irgendwas ist komisch bei diesen Fotos.«

Teerboom und die Verlaines sahen sie überrascht an und schwiegen.

»Das erste Foto, das Sie uns gezeigt haben«, sagte Anna jetzt, »als Sie das aufgenommen haben, war sie da allein?«

Verlaine sah zu Teerboom herüber, und der nickte. Ich fing Annas Blick auf und schüttelte den Kopf. Ich begriff, was sie meinte, aber es war nicht nötig, die Verlaines mit der Nase darauf zu stoßen.

»Wie auch immer«, sagte ich, »wir wollen die CDs mit allen Fotos, Berichten und Ergebnissen inklusive des Materials, das die Frankfurter Polizei nach Antwerpen übermittelt hat. Sie haben hervorragende Arbeit geleistet. Da ist nur noch eine Kleinigkeit, und dann sind Sie uns auch schon los.«

Ich schrieb ein paar Worte auf einen Zettel und schob ihn zusammen mit dem Aktenkoffer, der die zweiten fünfhunderttausend Euro enthielt, zu Verlaine hinüber.

»Besorgen Sie mir das hier, und lassen Sie es von einem Kurier in mein Hotel bringen. Und erzählen Sie mir nicht, dass ein Mann mit Ihren Möglichkeiten diese Dinge nicht beschaffen kann!«

Verlaine las den Zettel und starrte mich durchdringend an.

»Ich weiß nicht, was Sie vorhaben«, sagte er kalt, »und

ich will es auch gar nicht wissen. Aber seien Sie froh, dass ich das Foto von dem Mann im Apfelbaum gesehen habe. Sonst würde ich Ihnen den Koffer jetzt zurückgeben und die Polizei anrufen. Kommen Sie nicht mehr hierher!«

Zweiundvierzig

»Was genau hast du gesehen?«, fragte ich Anna.
»Du zuerst.«
»Sie mag ihn nicht besonders.«
»Ja, ich glaube, sie ist unglücklich. Und sie hat Angst.«
Wir saßen im Hotel auf meinem Bett und schauten uns auf Annas Laptop die Fotos von Morisaitte und van t'Hoff an.
»Pass auf«, sagte Anna, »hier ist das erste Bild, das Teerboom uns gezeigt hat. Sie ist offensichtlich allein unterwegs. Könnte auf dem Flohmarkt sein, hier links am Bildrand, das sieht aus wie ein Marktstand. Aber das Wichtigste auf dem Bild ist ihr Lächeln. Sparsam, aber entspannt. Und jetzt schau dir die anderen an.«
Es waren insgesamt vierundzwanzig Fotos, auf denen beide gemeinsam zu sehen waren. Fast alle Bilder zeigten einen lebhaften, gut aufgelegten Morisaitte, der viel lachte und sprach, und eine Frau an seiner Seite, die einen ruhigen, beherrschten und in sich gekehrten Eindruck machte.
»Sie hat Lippen wie Angelina Jolie«, sagte Anna, »aber sie

lächelt nicht. Sie spricht nicht, sie hält nicht seine Hand. Gar nichts.«

»Wie kommst du darauf, dass sie Angst hat?«

Anna ließ die Bildfolge vorlaufen und stoppte bei Nummer achtzehn.

»Deshalb«, sagte sie.

Es war eines der zahlreichen Restaurantfotos. Beide saßen an einem kleinen Ecktisch, und Morisaitte hatte sich von ihr abgewandt, möglicherweise um den Kellner zu rufen. In dieser Sekunde musste ihr Gesicht den Ausdruck angenommen haben, den der Fotograf festgehalten hatte. Ihre Mundwinkel waren leicht abgesenkt und die Nasenflügel nach oben gezogen. Ich sah Widerwillen und vielleicht Besorgnis. Mehr nicht.

»Wenn sie nur nicht dauernd diese blöde Sonnenbrille tragen würde.«

»Macht nichts«, sagte Anna, »schau her!«

Sie zoomte das Gesicht näher heran und konzentrierte sich dann auf das linke Glas der dunklen Brille, das wiederum eine schmale, ungleichmäßig dunkle Umrandung aufwies.

»Was denkst du?«

»Ich denke, dass das keine Schminke ist. Das ist ein Hämatom.«

Als Teerboom uns in der Agentur die Fotos zeigte, hatte ich beinahe zeitgleich mit Anna begriffen, was wir da sahen und was es bedeutete. Das blaue Auge hatte ich übersehen, aber es war sozusagen das Sahnehäubchen auf der ganzen widerlichen Geschichte. Im Bruchteil einer Sekunde hatte ich vor mir gesehen, was passieren würde. *Das ist nicht dein Ernst,* flüsterte Helens Stimme in meinem Kopf, aber sie klang unsicher. *Come on, baby,* dachte ich zynisch, *du willst es doch auch.*

»Warum grinst du so?«, fragte Anna.

»Weil das hier ganz wunderbare Neuigkeiten sind.«

Dreiundvierzig

Vier Wochen später machte ich einen Krankenbesuch. Es war Mitte Juni, und alles deutete darauf hin, dass es ein heißer Sommer werden würde. Anna war nach Deutschland zurückgekehrt, und ich fuhr mit dem kleinen Peugeot auf einer Landstraße in Richtung Antwerpen und dachte mit Wehmut an die Münchner Biergärten. Auf dem Beifahrersitz lagen ein großer Blumenstrauß und eine Schachtel Konfekt.

Die Privatklinik lag in einem Vorort von Antwerpen und war von einem riesigen Park umgeben. Im Schatten hochgewachsener Buchen saßen in kleinen Gruppen Menschen in Rollstühlen, die lasen, sich unterhielten oder einfach vor sich hin dösten. Über die gepflegten, kurz geschnittenen Rasenflächen huschte aufmerksames Pflegepersonal, servierte Eistee und kontrollierte die Urinbeutel. Eine alte Dame mit einem extravaganten Strohhut, die sich mit ein paar Krocketschlägern abmühte, winkte mir übermütig zu, als ich zum Hauptportal ging. Ich winkte zurück. Es war schön zu sehen, was die Zweiklassenmedizin so zu bieten hatte.

Das Hauptgebäude der Klinik war eine große, wunderbar erhaltene Jugendstilvilla, und die elegante Mittvierzigerin mit den hochgesteckten Haaren, die mir an der Rezeption den Weg wies, passte perfekt in das Ambiente. Ich ging auf Marmorfußboden einen sommerlichtgefluteten Gang bis zum Ende und freute mich auf den Besuch. Natürlich hatte ich vorher angerufen, um sicherzugehen, dass es sich *lohnte* zu kommen.

»Doch, doch«, hatte mir der freundliche Oberarzt versichert, »er versteht jedes Wort, das haben wir getestet. Aber er kann sich nicht äußern, auch nicht schriftsprachlich. Wenn Sie ihn etwas aufmuntern könnten, das wäre fantastisch.«

Es war das letzte Zimmer auf der rechten Seite, und noch bevor ich an die Tür klopfte, konnte ich ihn riechen. Ärger und eine lächerliche moralische Empörung schossen in mir hoch. Die lassen ihn hier rauchen, dachte ich bitter. Dann klopfte ich an und ging darauf einfach hinein. Wie nicht anders zu erwarten, hatte er ein schönes Zimmer. In der Luft hing das unverwechselbare Aroma von Gauloises. Der Patient saß mit dem Rücken zu mir in einem Rollstuhl und schaute durch die großen Fenster hinunter in den Park. Er drehte sich nicht um, als ich die Tür hinter mir schloss.

»Hallo! Besuch ist da!«, sagte ich fröhlich.

Seine linke Hand tastete nach dem Joystick des Elektrorollstuhls, und mit einem leisen Schnurren drehte er beinahe auf der Stelle in meine Richtung.

»Toller Wendekreis«, sagte ich. »Haben Sie vielleicht eine Vase für die Blumen? Ah, ja, ich sehe schon selbst!«

Ich ging zum Waschbecken, füllte eine Kristallvase und stellte die Blumen auf den Tisch. Das Konfekt legte ich daneben und deutete mit dem Finger darauf.

»Was Süßes für später!«

Mein Blick wanderte durch den Raum, bis ich den Alarmknopf für die Schwestern fand. Ich zog den Stecker aus der Wand, setzte mich ihm gegenüber auf einen Stuhl und lächelte. Er saß völlig reglos da und starrte mich mit dem linken Auge an. Das rechte Augenlid hing schlaff herab und hinderte das Auge daran mitzustarren.

»Wow«, sagte ich, »eigentlich wollte ich Sie umbringen, aber das hier ist um Klassen besser.«

Morisaitte hatte die typischen Symptome eines schweren Schlaganfalls. Rechter Arm und rechtes Bein waren gelähmt. Eine Lähmung des Gesichtsnervs hatte sein rechtes Auge beinahe geschlossen und die gesamte rechte Gesichtshälfte nach unten gezogen, und da das Ereignis offensichtlich in der linken Hirnhälfte stattgefunden hatte, hatte es das Sprachzentrum gleich mit demoliert. Er sah nicht mehr annähernd so gut aus wie früher, aber das war sicher sein geringstes Problem. Ich deutete mit dem Finger auf den dicken Wulst, der sich unter seiner Jogginghose im Schritt abzeichnete.

»Muss für einen Kontrollfreak wie Sie hart sein, wenn er nicht einmal mehr das da im Griff hat.«

Morisaitte gab ein paar gutturale Töne von sich. Seine Gesichtshaut hatte sich gerötet, und sein linkes Auge funkelte hasserfüllt. Langsam kam ein bisschen Leben in die Sache.

»Ich habe mir gedacht, dass Sie vielleicht wissen möchten, was passiert ist. Die Ungewissheit muss doch schrecklich sein. In einem Krankenhausbett aufzuwachen, gelähmt und sprachlos, und nicht die geringste Idee zu haben, wie um Gottes willen man da hingekommen ist. Also, um es kurz zu machen: Ursprünglich wollte ich mir einfach eine Pistole besorgen und Sie auf offener Straße erschießen. Seit Sie Helen Jonas getötet haben, habe ich nämlich nicht mehr so übermäßig viel Spaß am Leben, und die Folgen wären mir egal gewesen. Aber, ehrlich gesagt, es war mir nicht gemein genug. Schauen Sie, Frau Jonas hat Ihnen vertraut, und Sie haben Sie umgebracht. Diesen speziellen Aspekt wollte ich gerne berücksichtigen.«

Morisaittes Mimik war lebhaft, aber wegen der entstellenden Lähmung nicht einfach zu interpretieren. Er hatte verstanden, dass ich offenbar für seinen Zustand verantwortlich war, konnte sich aber nicht erklären, was ich getan hatte. Auf seiner Stirn hatte sich ein fettglänzender Schweißfilm gebildet. Seine linke Hand umklammerte den Joystick des Elektrorollstuhls, und er war drauf und dran, ihn abzubrechen.

»Hat Jacqueline Sie besucht? Ich darf sie doch Jacqueline nennen, oder? Wahrscheinlich haben Sie in jeder verdammten Nacht darüber nachgegrübelt, warum sie nicht kommt. Wie sie es *wagen* kann, nicht zu kommen. Sie kommt nicht, weil sie weg ist. Weg aus Belgien und weg aus Europa. Richtung Indischer Ozean, vielleicht Sansibar. Wo es warm ist und die Farben leuchten. Genau das Richtige für eine Malerin.«

Sein Gesicht hatte sich jetzt so stark gerötet, dass ich Angst bekam, er könnte einen zweiten Schlaganfall bekommen, bevor ich die Geschichte zu Ende erzählt hatte. Seine linke Hand vollführte eine unkontrollierte Bewegung, und sein Stuhl rollte einen halben Meter auf mich zu. Ich stand auf und setzte mich hinter den Tisch.

»Sie haben das schlau eingefädelt, sehr schlau sogar. Jemanden mit Kaliumchlorid umzubringen. Beinahe in aller Öffentlichkeit. Respekt! Und trotzdem sind Sie auf eine grundlegende Weise dumm, die nichts mit Ihrem IQ zu tun hat. Das Dumme an Ihnen ist Ihr unerschütterlicher Glaube daran, mit allem *durchzukommen*. So was muss wachsen. Wie war das? Haben Sie mit fünf das erste Mal eine Katze gequält, und die Nachbarn haben Ihnen aus den Fenstern dabei zugesehen und dann einfach die Vorhänge zugezogen? Der Katze sind wahrscheinlich nach und nach größere Tierchen gefolgt. Ich wette, es gab da ein Mädchen, dem Sie mit fünfzehn den Kiefer gebrochen haben, weil sie nicht mit Ihnen schlafen wollte, und Sie waren sich absolut sicher, dass sie niemandem von Ihnen erzählen würde. Und dann Bosnien! Als die Serben dem Rest der Welt demonstrierten, mit was man alles *durchkam*. Das muss wirklich Ihre Zeit gewesen sein. Selbstverständlich waren Sie überzeugt davon, dass der Tod von Helen Jonas als Herzstillstand durchgehen würde. Genauso, wie Sie sicher waren, dass Anna und ich mit dem Geld fluchtartig verschwinden würden. Und Jacqueline van t'Hoff? Natürlich konnten Sie ihr eine reinhauen, wann immer sie es verdient hatte. Schauen Sie, das habe ich mit ›dumm‹ gemeint: Wie können Sie jemandem *vertrauen*, den Sie *schlagen*?«

Morisaitte rollte jetzt an die Tischplatte heran und deutete mit dem ausgestreckten Zeigefinger der linken Hand auf mich. Es war eine verzweifelte, anklagende Geste. Die Sehnen an seinem Hals traten hervor wie Kabeltrossen, und die Unfähigkeit, seiner Wut und Verzweiflung körperlich oder sprachlich Luft zu machen, trieb seinen Blutdruck in schwindelerregende Höhen.

»Das nimmt Sie alles zu sehr mit«, sagte ich, »lassen Sie es mich kurz machen: Vor etwa vier Wochen hatten Sie beruflich in Deutschland zu tun. Also habe ich Jacqueline van t'Hoff aufgesucht und ihr ein Angebot gemacht. Wenn es Sie beruhigt, sie hat nicht gleich Ja gesagt. Allerdings hat sie nicht aus Liebe gezögert. Sie hatte so viel Angst vor Ihnen, dass ich das Angebot erhöhen musste. Aber Sie wissen ja, letztendlich ist alles eine Preisfrage. Für vierhunderttausend Euro hat sie eingewilligt, Ihnen eine Winzigkeit Rohypnol in den Drink zu kippen. Was sagen Sie dazu? Ist doch preiswert! Vielleicht hätte sie es auch für weniger gemacht, aber ich wollte das Geld loswerden. Sie haben ihr vertraut, nicht wahr? Ich hoffe, Sie können es würdigen, dass ich mich mit dem Rohypnol um eine gewisse Parallelität der Ereignisse bemüht habe. Als Sie nach Brüssel zurückkehrten, sind Sie mit ihr essen gegangen und anschließend zu Ihrem Apartment in Anderlecht gefahren. Erinnern Sie sich? Dort hat sie Ihnen das Zeug ins Glas geschüttet. Der ultimative Absacker sozusagen. Eine Viertelstunde später hat sie mir dann die Tür geöffnet, den Geldkoffer entgegengenommen und sich auf eine sehr lange Reise begeben.

Haben Sie es sich schon zusammengereimt, was ich Ihnen verpasst habe? Na, kommen Sie! Sie sind doch vom Fach! Oh, Verzeihung! Wahrscheinlich können Sie sich an die Symptome gar nicht mehr erinnern. Denken Sie nach! Was führt zu Angstzuständen, Herz-Kreislauf-Störungen, Bewusstlosigkeit und schließlich Koma? Richtig: Hypoglykämie. Eine massive künstliche Unterzuckerung ruft man am besten hervor mit einer schönen großen Dosis Insulin. In Kombination mit Rohypnol und Alkohol hätte es eigentlich ausreichen müssen, um Sie zu töten. Nun ja, Sie sind ein starker Mann, und leider hat man Sie ja auch schon nach einem Tag gefunden. Aber wie ich anfangs schon sagte, ich bin nicht unzufrieden mit dem Ergebnis.«

Ich stand auf und stöpselte die Notrufapparatur wieder ein. Dann öffnete ich die Konfektschachtel auf dem Tisch, nahm eine Praline heraus und schob sie mir in den Mund. Morisaitte hatte jetzt sein linkes Auge auch geschlossen und schien sehr unregelmäßig zu atmen. Die Praline war elend süß.

»Belgisches Konfekt wird allgemein überschätzt, finden Sie nicht?«

Das linke Auge blieb geschlossen. Die Kommunikation war wirklich sehr einseitig.

»Vielleicht komme ich Weihnachten noch mal vorbei«, sagte ich, »halten Sie durch!«

Als ich über den sonnigen Marmorkorridor zurück in Richtung Park ging, kam mir eine Horde lachender Schwesternschülerinnen entgegen. Ihre hohen kichernden Stimmen übertönten alle Geräusche auf dem Flur, und durch die weiße Berufskleidung konnte man die knappe Unterwäsche schimmern sehen. Zum ersten Mal seit drei Monaten hatte ich das Gefühl, vielleicht doch normal weiterleben zu können. *Glotz da nicht so hin,* sagte Helen in meinem Kopf, und ihre Bossanova-Stimme hatte einen zärtlichen Unterton. Ich trat hinaus in den Park und sah die alte Dame mit dem Sonnenhut, die mir vorhin zugewinkt hatte. Sie unterhielt sich angeregt mit einem sehr großen, bulligen Mann mit kurzen blonden Haaren, der trotz der sommerlichen Temperaturen einen Trenchcoat trug. Ich erkannte ihn, noch bevor er sich zu mir umdrehte.

Es war Geldorf.

Vierundvierzig

Mein erster Impuls war abzuhauen. Die Entfernung zwischen uns betrug vielleicht einhundert Meter. Ich war jünger und vierzig Kilo leichter als er. Wenn ich quer durch den Park rannte und über die Außenmauer kletterte, konnte ich ihn leicht abhängen.

Bestimmt kannst du das, aber was machst du dann? Helens Stimme in meinem Kopf war leise und eindringlich. Geldorf hat hier in Belgien keine polizeilichen Befugnisse, dachte ich. *Meinst du wirklich, dass ihn das von irgendetwas abhält?*

Sie hatte recht. Außerdem war es zu spät, um wegzulaufen. Er hatte mich entdeckt und kam gemächlich auf mich zu geschlendert. Zwei Meter vor mir blieb er stehen, schirmte seine Augen mit der flachen Hand gegen die Sonne ab und sah mich nachdenklich an. Dann deutete er mit dem Zeigefinger auf das Klinikgebäude und fragte:

»Haben Sie ihm das angetan?«

»Keine Ahnung, was Sie meinen!«

»Na, kommen Sie. Warum sollten Sie ihn sonst besuchen? Ein Krankenbesuch bei einem Feind macht nur Sinn, wenn man ihn genießen kann. Und so richtig genießen kann man es, wenn man ihm den Schlamassel eingebrockt hat.«

Was immer Geldorf getan hatte, er war in der Zwischenzeit jedenfalls nicht dümmer geworden. Er wartete auf eine Antwort, und als ich schwieg, machte er einen Schritt auf mich zu.

»Ach, scheiß drauf«, sagte er, »ich konnte den Kerl sowieso nicht leiden. Gehen wir ein Stück?«

»Sie haben ihn also gekannt?«

»Mein Gott«, sagte er, »ich kenne so viele Arschlöcher.«

»Ich will nicht mit Ihnen reden.«

»Ich weiß. Aber vielleicht können Sie zur Abwechslung mal zuhören.«

Wir machten uns auf den Rundweg durch den Park und bewegten uns langsam auf eine Gruppe von Bäumen zu, in deren Schatten eine Sitzbank stand. Geldorf schwitzte und schnaufte, und sein Gesicht war rot angelaufen. Er sah aus wie ein wandelnder Herzinfarkt.

»Sie haben von Anfang an gewusst, dass Helen Jonas ermordet worden ist«, sagte ich.

»Nein, aber ich habe von Anfang an gewusst, dass *Sie* etwas mit dem Toten auf dem Bahnhofsklo zu tun haben! Warum haben Sie mir nicht einfach erzählt, was passiert ist?«

»Ich habe Ihnen nicht getraut. Und wie man gesehen hat, war das goldrichtig.«

»Ach, Quatsch! Als ich das internationale Strafregister von dem Typen gesehen habe, hab ich einen dicken Haken an die Sache gemacht. Das war mir völlig egal, wer den umgelegt hat. Ich lass mich nur nicht gerne verarschen, schon gar nicht von einem Bayern.«

»Halbschwede«, sagte ich automatisch.

Geldorf winkte ab und deutete auf die Parkbank unter den Bäumen. Er zog seinen Mantel aus, legte ihn auf die Sitzfläche und ließ sich schwer darauf fallen. Für mich war auch noch Platz.

»Wie lange sind Sie denn schon korrupt?«

Geldorf schüttelte den Kopf.

»Für jemanden, der eigenhändig einen Menschen getötet und zwei andere lebensgefährlich verletzt hat, reißen Sie das Maul ganz schön auf!«

»Und wie haben Sie Ihre Schmiergelder an der Innenrevision vorbeigebracht? Oder halten die auch die Hand auf?«

»Wenn Sie einen Augenblick aufhören, mich blöd anzumachen, erzähle ich Ihnen die Geschichte. Ansonsten ...«

Er machte eine vage Handbewegung in Richtung Parkausgang und fing dann an, seine Jackentaschen zu durchsuchen. *Wenn er jetzt wieder mit seinen Zigarillos herummacht, haust du ihm eine rein,* flüsterte Helen, und ich versprach es ihr. Aber Geldorf hatte nichts zu rauchen dabei, und die Gelegenheit verstrich.

»Als Frau Jonas' Leiche gefunden wurde«, sagte er, »deutete nichts auf ein Verbrechen hin. Die Begleitumstände waren unauffällig, das Tox-Screening negativ und das Ganze ein bedauerlicher, aber natürlicher Todesfall. Wir haben unsere Arbeit gemacht, und zwar gut. Dann entdeckte jemand – reichlich spät, aber immerhin – die Einstichstelle in der Armbeuge, und praktisch zeitgleich brachten Sie die Geschichte von der Platzangst des Opfers in Umlauf. Ich wurde hellhörig, der Staatsanwalt schaltete sich ein, und dann, auf einmal, wurden wir zurückgepfiffen.«

»Was soll das heißen?«

»Es gab eine interne Anweisung von ganz oben, den Fall zügig abzuschließen. Ich hasse so was. Jedenfalls hatte ich nicht die Absicht, mich daran zu halten, aber dann wurde mir mitgeteilt, dass im Körper der Toten trotz einer gründlichen Autopsie nichts gefunden wurde, was auf ein Verbrechen hinwies. Also haben wir den Fall offiziell abgeschlossen. Aber die Sache mit der Klaustrophobie von Frau Jonas und die merkwürdige Dienstanweisung, die natürlich niemals schriftlich irgendwo festgehalten wurde, sind mir nicht mehr aus dem Kopf gegangen. Hab ich schon erwähnt, dass ich mich nicht gerne verarschen lasse?«

Ich nickte.

»Der Fall interessierte mich«, fuhr Geldorf fort, »und ich war auch beeindruckt von Ihrer Hartnäckigkeit. Dann gab es den Toten auf dem Bahnhofsklo, und die Sache nahm eine überraschende Wende. Es passte überhaupt nichts zusammen, aber als ich Sie mit ihrem demolierten Gesicht zusammen mit der Kleinen in Frau Jonas' Wohnung gesehen habe, wusste ich, dass Sie mit drinhängen. Nur was hatte ein Psychoheini aus München mit einem albanischen Gangster zu tun? Die Ausrede mit den bierverblödeten Halbstarken fand ich übrigens klasse. Die kleine Schwester ist echt erfinderisch. Wo steckt sie eigentlich?«

»Sie ist nach Deutschland zurückgefahren. Ich wollte sie beim Schlussakt nicht dabeihaben.«

»War das, was Sie da drin gemacht haben, der Schlussakt?«

»Für mich ja!«

»Schauen wir mal«, sagte Geldorf. »Jedenfalls, als ich damals von Ihnen weg bin, war ich stinksauer. Weil ich nicht kapiert habe, was auf dem Klo abgelaufen ist, und weil ich mir sicher war, dass Sie mich belügen.«

»Und wann genau haben Sie sich schmieren lassen?«

»Sie können damit nicht aufhören, nicht wahr, Sie blöde Moralwachtel«, sagte Geldorf jetzt wirklich böse. Ich hob beschwichtigend die Hände und verfluchte meine Unbeherrschtheit. Schließlich wollte ich wissen, wie es weiterging. Geldorf schwieg und ließ mich zappeln.

»Vor acht Jahren wurde ich geschieden«, sagte er schließlich, »es war die schmutzigste Scheidung seit der Erfindung des Klärschlamms. Sie kriegte alles. Das Kind, das Haus, die Hälfte meiner Rente und den verdammten Hund. Ungefähr zu dieser Zeit bekam ich zufällig Wind von zwei großen Razzien, die von der Sitte und vom Drogendezernat auf dem Kiez geplant waren. Ich habe Ort und Zeit weitergegeben und dafür abkassiert.«

»Danach nicht mehr?«

Geldorf schüttelte den Kopf.

»Die Informationen hätten damals gar nicht über meinen Schreibtisch gehen dürfen. Es war ein Versehen und kam nie wieder vor. Es gab ein paar Kiezgrößen, die mich gerne mit einem monatlichen Festbetrag auf ihrer Lohnliste gehabt hätten, aber ich hatte nichts mehr zu bieten. Trotzdem hatten sie mich jetzt am Haken. Sie haben mich heimlich fotografiert, als ich das Geld in Empfang genommen habe, und ein Telefonat mitgeschnitten. Es war jedenfalls genug, um mich zu erpressen. Der Typ, der jetzt da drinnen im Rollstuhl sitzt, tauchte bei mir auf und präsentierte mir die Fotos von vor acht Jahren. Keine Ahnung, wieso er als Belgier Kontakte zum Hamburger Rotlichtmilieu hatte, aber er war bestens informiert.«

Ich musste daran denken, dass Morisaitte im Frankfurter Bahnhofsviertel aktiv gewesen war, und konnte mir durchaus ein paar Verbindungen vorstellen.

»Er zeigte mir also Bilder von Ihnen und der kleinen Jonas und verlangte, dass ich Sie wegen der Bahnhofsklogeschichte unter Druck setze. Um das Ganze offiziell abzurunden, tätigte er noch einen anonymen Anruf im Präsidium. Danach waren Sie auf einmal beide verschwunden.

Zum Glück fiel mir wieder ein, dass Sie Ihre Eltern in Schweden besuchen wollten – und na ja, den Rest kennen Sie.«

»Wenig später haben sie sich dann Anna geschnappt.«

»Ja, denen lief die Zeit davon. Sie waren überzeugt davon, dass das Material von Helen Jonas inzwischen in Ihrem Besitz war, und wollten Sie zwingen, es herauszugeben. Und ab da lief dann alles aus dem Ruder. Sie haben den Typen übrigens ganz schön zugesetzt. Woher zum Teufel hatten Sie das Gewehr?«

»Von meiner Mutter«, sagte ich und unterdrückte ein hysterisches Kichern.

Geldorf sah mich ungläubig an und wartete, bis sich meine Nerven wieder beruhigt hatten.

»Als sie das Material bei Ihnen nicht fanden, wussten sie nicht, was sie tun sollten, und riefen Morisaitte an. Ich war gerade bei ihm. Er wollte, dass seine Leute Sie und das Mädchen töteten und sofort von da verschwanden. Ich habe verzweifelt versucht, ihn davon abzubringen, und dann ist mir Ihr Politikerfreund eingefallen. Wenn ich in Ihrer Lage gewesen wäre, hätte ich das Material nicht bei mir haben wollen. Wo hätten Sie es sicher deponieren können? Wen kannten Sie in Hamburg? Es war ein Schuss ins Blaue. Morisaitte gab mir fünfundvierzig Minuten. Es war eine knappe Kiste.«

»Sie meinen, ich muss Ihnen jetzt auch noch dankbar sein, oder was?«

»Ihren Dank können Sie sich sonstwohin stecken«, sagte Geldorf mürrisch, »Hauptsache, Sie gebrauchen Ihren Verstand!«

»Wofür?«

Geldorf schwieg.

»Also«, sagte er schließlich, »was glauben Sie denn, warum ich Ihnen das alles erzähle? Ich will die Sache vom Tisch haben, und zwar hier und jetzt! So, wie ich das sehe, haben wir ein Patt: Ich habe jede Menge Beweise, um Sie mit der Leiche im Bahnhofsklo in Verbindung zu bringen. Wenn ich will, kann ich Sie fertigmachen. Andererseits würden Sie bei den Vernehmungen wahrscheinlich allerlei Dinge zu Protokoll geben, die unter uns bleiben sollten. Nicht, dass Sie etwas beweisen könnten, machen Sie sich da nichts vor. Aber ich will in den vorzeitigen Ruhestand, und zwar mit einer sauberen Akte und vollen Bezügen. Die Firma in Brüssel hat, was sie wollte, und des Weiteren kein Interesse daran, was mit Morisaitte passiert ist. Ich nehme an, sie zahlen ihm diese Klinik hier, aber mehr auch nicht. Der Mörder von Frau Jonas sitzt eine verschärfte Form von ›lebenslänglich‹ ab, und für die anderen Leichen interessiert sich sowieso kein Schwein mehr. Also, lassen Sie die Sache auf sich beruhen, und fahren Sie zurück nach München. Genießen Sie den Sommer. Halten Sie Ihre Vorlesungen, und grüßen Sie die kleine Jonas von mir. Und kommen Sie mir nie wieder in die Quere!«

Geldorf stand auf, schnappte sich seinen Mantel und stapfte ohne ein weiteres Wort davon. Ich sah ihm nach und versuchte, langsam ein- und auszuatmen. Es war tatsächlich vorbei. Ich hatte mein Leben zurück, aber ich war unfähig, irgendeine Art von Freude darüber zu empfinden. Ich fühlte mich leer und überflüssig. Gereinigt und blank gescheuert wie ein Bachkiesel und dann beiseitegelegt. Anna hatte versprochen, mich in München zu besuchen, sobald ich mich da wieder sehen lassen konnte. Vielleicht konnte ich sie überreden zu bleiben. Sie brauchte dringend jemanden, der ihr etwas Anständiges zu essen kaufte. Aber bis zum ersten August war noch Zeit, und auch von Villanis Geld war noch einiges übrig. Ich dachte an eine Frau mit meergrünen Augen und sehr schwarzem Haar, das wie Rabenfedern in der Sonne glänzte. Die Zeit war wirklich zu kurz gewesen, um Lettland kennenzulernen. Ich stand auf und schlurfte über den Kiesweg zurück zum Parkausgang. Die Nachmittagssonne brannte auf meinen immer noch ziemlich kurz geschorenen Schädel. Auf der anderen Straßenseite war ein Kiosk. Ich ging hinüber und kaufte mir eine Schachtel Marlboro. Ich riss die Packung auf, zündete mir eine an und inhalierte, so tief ich konnte. Der Rauch versetzte meiner Lunge einen wuchtigen Schlag, das Gift zirkulierte durch meinen Kreislauf und verdoppelte meine Nervenleitgeschwindigkeit in Sekundenbruchteilen. Es schmeckte fantastisch. Ich rauchte die Zigarette bis auf den Filter herunter, trat sie aus und warf die beinahe noch volle Schachtel in einen Papierkorb. *Brav,* sagte Helen mit der ihr eigenen Mischung aus Zärtlichkeit und Ironie. Wie gesagt, sie legte Wert darauf, das letzte Wort zu haben.

Danksagung

Beim Schreiben dieses Romans hatte ich Unterstützung von netten und klugen Menschen. Für Ratschläge, Hinweise, Kritik und Polemik bedanke ich mich bei T. Pfeiffer, H. Pfeiffer, O. Harlinghaus, U. Gross, R. Raab, W. Olenburg und bei Dr. med. C. Rodenhausen, die das Manuskript auch auf Fehler in medizinischen Sachfragen hin durchsah. Dr. med. Rojas-McKenzie erklärte mir die Auswirkungen von Kaliumchlorid auf die Herztätigkeit. Mein besonderer Dank gilt Georg Simader, ohne den aus dem Manuskript niemals ein Buch geworden wäre.

Alle Informationen zu den Themen Öltanker, Meeresverseuchung, Havarien und PR-Firmen stammen aus öffentlichen, allgemein zugänglichen Quellen. Zum Thema PR verweise ich stellvertretend für viele andere auf die Internetseiten des Center for Media and Democracy und die sehr informative Berichterstattung im Nachrichtenmagazin *Der Spiegel* Nr. 31 /06. Diesem Artikel entstammt auch das berühmte Zitat von Edward Bernays. Information zur Meeresverseuchung durch Havarien von Öltankern finden sich auf zahlreichen Websites von Greenpeace und anderen Umweltschutzorganisationen. Neben diesen und der aktuellen Berichterstattung in den Medien habe ich mich besonders an den Internetseiten des Projekts »Agenda 21 und Schule« orientiert, das es sich zur Aufgabe gemacht hat, junge Menschen für den Umweltschutz zu interessieren.